Alto teor Amoroso

Elliot Fletcher

Alto teor Amoroso

Tradução
Carolina Candido

HARLEQUIN
Rio de Janeiro, 2024

Copyright © 2024 by Elliot Fletcher
Título original: Whisky Business

Direitos de edição da obra em língua portuguesa no Brasil adquiridos pela Editora HR LTDA. Todos os direitos reservados. Nenhuma parte desta obra pode ser apropriada e estocada em sistema de banco de dados ou processo similar, em qualquer forma ou meio, seja eletrônico, de fotocópia, gravação etc., sem a permissão do detentor do copyright.

Direitos exclusivos de publicação em língua portuguesa cedidos pela Harlequin Enterprises II B.V./S.À.R.L para Editora HR Ltda.

A Harlequin é um selo da HarperCollins Brasil.

Contatos: Rua da Quitanda, 86, sala 601 A — Centro — 20091-005
Rio de Janeiro — RJ
Tel.: (21) 3175-1030.
www.harlequin.com.br

Editora: *Julia Barreto*
Assistente editorial: *Camila Gonçalves*
Estagiária Editorial: *Isabel Couceiro*
Copidesque: *Giovana Bomentre*
Revisão: *Natália Mori e Daniela Georgeto*
Projeto gráfico de capa: *Ren Nolasco*
Diagramação: *Abreu's System*

Publisher: *Samuel Coto*
Editora-executiva: *Alice Mello*

CIP-Brasil. Catalogação na Publicação
Sindicato Nacional dos Editores de Livros, RJ

F631a

Fletcher, Elliot
   Alto teor amoroso / Elliot Fletcher ; tradução Carolina Candido. – 1. ed. – Rio de Janeiro : Harlequin, 2024.
   352 p. ; 23 cm.

   Tradução de: Whisky business
   ISBN 978-65-5970-389-0

   1. Romance escocês. I. Candido, Carolina. II. Título.

24-88569
CDD: E823
CDU: 82-31(410.5)

Gabriela Faray Ferreira Lopes – Bibliotecária – CRB-7/6643

Este livro é dedicado à minha ansiedade.
Quem sabe um dia não precisemos mais uma da outra.

PLAYLIST

"Caledonia" – Dougie MacLean
"Bad Blood" – Taylor Swift
"This Is Me Trying" – Taylor Swift
"Home" – Edward Sharpe & The Magnetic Zeros
"Beach Baby" – Bon Iver
"Invisible String" – Taylor Swift
"Sunlight" – Hozier
"Sparks" – Coldplay
"SNAP" – Rosa Linn
"Pretty Lips" – Winehouse
"Death by a Thousand Cuts" – Taylor Swift
"Mardy Bum" – Arctic Monkeys
"Like Real People Do" – Hozier
"Want Want" – Maggie Rogers
"I Wanna Be Yours" – Arctic Monkeys
"Cherry Wine" – Hozier
"Us" – James Bay
"Love Like This" – Kodaline

"Love Song" – Lana Del Rey
"Simply The Best" – Billianne
"Oh Caroline" – The 1975
"Feel Me" – Aeris Roves
"Love Me Harder" – Ariana Grande
"Georgia" – Vance Joy
"Lavender Haze" – Taylor Swift
"Delilah" – Aeris Roves
"Perfect Places" – Lorde
"Belter" – Gerry Cinnamon
"Daylight" – Taylor Swift
"Sweet Nothing" – Taylor Swift
"Roots" – Grace Davies
"Something in the Orange" – Zach Bryan
"Feels Like" – Gracie Abrams
"I GUESS I'M IN LOVE" – Clinton Kane
"Calm" – Vistas

NOTA DA AUTORA

Ainda que *Alto teor amoroso* seja, primariamente, uma leitura descontraída, alguns de seus conteúdos podem atuar como gatilhos. Dentre eles: síndrome de ansiedade; menção de assédio virtual com comentários fazendo referência a peso e atos sexuais; menção de morte de um familiar próximo por câncer; menção de um relacionamento abusivo prévio; menção de um membro da família com Alzheimer. Romance explícito com encontros sexuais que se estendem por muitas páginas.

1

April

"CALEDONIA" – DOUGIE MACLEAN

Siga em frente, passarinho. Ficar obcecada pelo passado é coisa de fracassada. Os vencedores estão sempre de olho no prêmio. Meus dedos apertam o volante com mais força quando as lembranças do lema favorito do meu avô se infiltram no minúsculo interior do meu Mini Cooper.

Como uma criança de 7 anos cheia das vontades e cuja única alegria na vida era encontrar a próxima ocasião que *me* colocaria no centro das atenções, eu concordaria com ele de todo coração.

Reviver o passado era coisa de fracassada.

— Que ironia.

Dou risada sozinha enquanto vejo os minutos passarem devagar, tamborilando em ritmo constante no painel do carro. O homem mais velho que detinha cada segundo da minha atenção, todo arqueado, ergueu a mão frágil e sinalizou para que me aproximasse na distância de mais um carro. Na ânsia de fazer o que ele mandava, avancei até a rampa de acesso na popa da balsa que fazia, duas vezes ao dia, a conexão entre a ilha de Skye e a terra firme escocesa. *Um carro mais próxima da liberdade.*

O trailer alugado à minha frente — eu sabia que era alugado porque tinha passado os quarenta minutos anteriores encarando um adesivo que dizia "Trailers da Esplanada: a aventura começa com a gente!" — se aproximou dele. O velhote reapareceu, e as laterais de seu anoraque grande demais esvoaçavam como as asas de um passarinho surpreendido pela tempestade. Ainda assim, ele sorria com todos os dentes conforme carimbava os bilhetes e gesticulava para a obstruída ilha montanhosa por cima do ombro. Com a chuva, veio a névoa, ocultando com mãos fantasmagóricas o choque esverdeado e pairando tão baixa que bastava estender a mão para tocá-la.

Eu praticamente podia ler as palavras em sua boca envelhecida pelo tempo: "Sabia que Skye em gaélico significa névoa? Veja só que coincidência!". Ele contorceu as mãos grandes e articuladas de um lado para o outro e, por fim, tirou um mapa amassado do bolso. Laminado, é claro — um homem que trabalhava ao ar livre conhecia os desafios do clima escocês como o próprio rosto no espelho.

Acredite ou não, o sol estava brilhando não fazia nem quinze minutos.

Dudley, meu Dachshund de pelo duro, deu um gemido irritado do banco de trás, onde eu havia amarrado a caixa de transporte.

— Quase lá, amigão. Estou falando sério dessa vez. — A bufada de resposta pareceu confirmar a mentirosa que eu estava mostrando ser. Eu poderia ter chorado quando o motor do trailer acelerou e o veículo se afastou. — *Viu* — disse, olhando para a carinha dele pelo retrovisor.

— Olá, garota — a voz alegre do homem me cumprimentou com um forte sotaque escocês assim que abri a janela, uma mão pressionada no teto do carro. — Espero que tenha o bilhete, senão vai ter que atravessar nadando.

Respondi com uma risada cansada. Poderia apostar todo o dinheiro em minha conta bancária (menos do que você pensa) que ele repetiu a mesma frase para todo mundo que viu durante a semana. Sorrindo o máximo que conseguia, entreguei o bilhete de ida da balsa, ignorando a chuva que ensopava a manga da blusa. Ele não pegou o bilhete. Em vez disso, espiou a parte de trás do meu carro compacto, notando a pilha de caixas e sacos de lixo nos quais enfiei minhas roupas.

— O que veio fazer em Skye?

— Só visitar.

— Família, é?

— Coisa do tipo — respondi, sendo vaga de propósito.

Ele parecia encantado.

— Alguém que conheço?

— É provável que não.

Ele encostou um dedo nos lábios, examinando-me de novo por baixo do capuz, sem se incomodar com as gotas de chuva que escorriam pelo nariz comprido.

— Tenho certeza de que já vi sua cara em algum lugar, garota.

Eu não conseguiria lidar com *isso* naquele instante.

— Duvido.

Estendi mais o bilhete, com a chuva me encharcando até o cotovelo, até que ele enfim entendeu o que eu queria dizer. Meio descontente, carimbou o bilhete e fez sinal para que eu seguisse viagem.

— Bem-vinda a Skye. — Seu tom com certeza parecia menos alegre.

Quando me afastei com o carro, senti-me péssima. Ele era falador e, como alguém que *também* é boa de prosa, conseguia entender como doía ser cortada daquele jeito. O homem era do *meu povo*. Mas, ao que parece, até mesmo a mais alegre das personalidades pode ser ofuscada por uma viagem de doze horas desde Londres. Acrescente a isso o fato de que dirigi o tempo todo agarrada ao volante, os nós dos dedos brancos por ter me esquecido como era pilotar nas estradas sinuosas das Terras Altas da Escócia? Era tanta coisa ao mesmo tempo que parecia que eu poderia desmoronar.

Só conseguia pensar em comer e dormir.

A entrada em Skye gerava pouquíssimo alarde. Um píer estreito transcendia a rochosa Armadale Bay, no extremo sul da ilha, tão lindo e brilhante sob as nuvens cinzentas que o cobriam. Podia-se pensar na ilha como uma mão com cinco dedos esticados, cada dedo sendo uma península. Estávamos no polegar.

Apesar da longa viagem, meu Mini Cooper ronronava embaixo de mim, bem à vontade, enquanto eu dirigia para a pista que abraçava a costa e que começava a parecer familiar. A estrada que em quinze minutos me levaria ao norte, até a casa da minha infância, era acompanhada de um lado por árvores meio tortas. Do outro, tudo o que se interpunha entre o carro e a extensão de água azul refletida do outro lado era um muro baixo construído em pedra, que deixava entrever os picos das montanhas escarpadas do continente que se erguiam por entre nuvens de neblina.

Assim que passei pela placa que dizia "Bem-vindo a Kinleith", dei seta e diminuí a velocidade. Meus olhos procuraram automaticamente a curva acentuada, tão escondida entre os arbustos do meu avô que até ele foi enganado em algumas ocasiões, o que muito divertia minha avó. Eu podia imaginá-la se contorcendo no banco do passageiro toda vez que ele era forçado a dar a volta na estreita pista rural. Então é de se imaginar minha surpresa ao ver que não só os arbustos estavam bem aparados em formato de quadrado, mas também havia uma grande porta de ferro forjado na entrada.

— Que merda é essa? — murmurei, parando o carro.

Kier falecera havia quase três meses. Ele era meu último parente vivo, a não ser que contasse minha mãe... e eu não contava. Naquele instante, ela estava vivendo seus melhores momentos sem amarras na Tailândia. Ou seria em Bali? Independentemente disso, ela era mais como aquela amiga da escola que entrava em contato uma vez por ano para pedir que você investisse na nova empresa de derretimento de cera dela. E Kier... bem, meu avô não teria gastado dinheiro com algo assim.

Depois de virar, puxei o freio de mão e tirei o cinto de segurança. Dudley deu um grunhido patético que parecia dizer: "se eu não comer nos próximos trinta segundos, a morte é certa".

— Faz duas horas que você comeu, monstrinho.

Uma refeição feita às pressas na beira da estrada enquanto eu tentava fazer xixi atrás de um arbusto e, ao mesmo tempo, mantinha os olhos abertos para ver se aparecia alguém com uma câmera. Eu já podia imaginar a manchete: ESTRELA INFAME PREJUDICA ECOSSISTEMA AMEAÇADO AO URINAR. A essa altura, a paranoia já era natural.

Aposto que a Julia Roberts nunca teve que lidar com esse tipo de merda.

Para lá de cansada, nem me preocupei com a chuva. Saltei do veículo, torcendo, contra todas as probabilidades, que quem quer que tivesse sido o último a visitar a propriedade tivesse pensado em deixar o portão destrancado. Quase chorei de alegria quando ele abriu após um forte empurrão.

A noite do início de maio estava excepcionalmente agradável, mas meus dentes ainda batiam durante a viagem pelo terreno irregular que levava à mansão. Eu estremecia enquanto avançava pela estrada de terra, cada sulco e buraco arriscando cada vez mais a suspensão do meu carro urbano.

— Você consegue, meu bem, você consegue — sussurrei, esfregando o painel com carinho.

Em pouco tempo, a trilha se abriu para um caminho de cascalho largo; o carvalho antigo do qual caí e me fez quebrar o braço ficava bem no centro, como uma rotatória da natureza. E ali estava a mansão. O lar de quatro gerações de Murphys, a mesma bandeira sautor rasgada pelo vento, que tremulava na única torre do telhado de ardósia. Dois andares em estilo vitoriano se erguiam orgulhosos, as pedras desbotadas para uma cor de areia clara ao longo dos anos. As grandes janelas do andar inferior estavam quase totalmente ocultas por uma espessa hera verde que serpenteava em torno da estrutura como membros espremidos.

Senti que estava boquiaberta. Nos anos em que estive fora, tinha me esquecido de como a casa era grande, seu tamanho astronômico corroído pelas lembranças dos Natais aconchegantes na sala de estar, do bolo de limão com calda cristalizada que minha avó, Elsie, preparava todos os domingos. Naquela época, parecia normal, meu próprio parquinho situado em oito acres de terra.

Talvez tenham sido as janelas escuras ou o fato de saber que nenhuma alma viva esperava por mim lá dentro, mas a casa parecia grande demais para uma pessoa. Imaginei Kier andando por aquelas salas desertas em seus últimos dias de vida e me odiei um pouco mais. Eu deveria ter vindo. Deveria ter percebido que havia algo de errado.

Estacionei bem na frente e peguei Dudley antes que ele roesse uma das três patas que lhe restavam, transferindo-o da caixa de transporte para a tipoia de sustentação e ajeitando seu peso contra meu corpo. Depois de acomodá-lo na casa, poderia voltar para pegar as malas.

— O que acha da nossa nova casa, amigão? É muito diferente do nosso apartamento em Londres, você tem todo esse espaço para correr e poderemos caminhar até a praia todas as manhãs.

Ele lambeu meu queixo com entusiasmo, provavelmente para pegar os restos do sanduíche sem graça que comi na balsa, e não como reação às minhas palavras.

Subi os degraus até a entrada da frente e girei o puxador de latão na pintura descascada.

Trancada. Bem, isso ferrava com meus planos.

Burrice a minha achar que encontraria a porta da frente aberta — por mais que, quando estava vivo, Kier não tivesse nenhuma preocupação com segurança doméstica —, mas eu tinha saído de Londres com um pouco de pressa. Inclinando a cabeça para trás, medi a distância entre a treliça e a janela do segundo andar com o trinco quebrado e calculei a velocidade com que um ser humano poderia cair de uma altura de quinze metros e sair ileso.

Dudley se mexeu com impaciência.

— Tudo bem, tudo bem, estou pensando! Se eu morrer, não vai ter ninguém para te alimentar. Será forçado a levar uma vida selvagem, comendo ratos e coelhos fracos demais para fugir de você.

Após decidir que não entraria pelo segundo andar, contornei a casa, ignorando o caminho de pedras que levava à antiga destilaria de uísque que meu bisavô havia construído quase setenta anos atrás. Dei a volta na janela da cozinha na parte de trás da propriedade, sorrindo quando vi a moldura de madeira antiga e sentindo, pela primeira vez, alívio pelo fato de Kier não ter visto vantagem na reforma da casa. Com a quantidade certa de pressão, a vidraça deveria deslizar para cima.

Subi no canteiro de flores que outrora abrigava as hortênsias favoritas da minha avó, ignorei o barulho da lama molhada e o crime que ela cometia contra meus tênis brancos e empurrei.

— Anda, *anda*… — Cerrei os dentes e empurrei com mais força, dobrando os joelhos e pressionando o ombro contra a estrutura até ouvi-la gemer. — Abra, sua safada.

A janela abriu com tanta força que tropecei para trás, a lama se espalhando por minhas coxas nuas.

— Viu — disse para Dudley —, mamão com açúcar. — Enxuguei as mãos úmidas no short jeans, olhei para a cozinha escura que estava exatamente como eu me lembrava, toda de tijolos e vigas expostas, estilo campestre chique, como diria a *House & Garden*. Quando, na verdade, era só campestre e antiga. Ergui a perna sobre o parapeito enquanto dizia para Dudley: — Tenho habilidades que você nunca nem viu, amigo.

E foi assim que rasguei meu short enquanto invadia a casa do meu falecido avô.

Repito: Julia Roberts nunca teve que lidar com esse tipo de merda.

Depois de colocar o último saco de lixo que estava no carro ao pé da escada, troquei minhas roupas encharcadas pela primeira camiseta comprida que encontrei e pendurei minha lingerie úmida no radiador da cozinha. Prestando atenção na tarefa de estender o delicado material de renda, peguei meu short jeans favorito, que já não tinha salvação, e o joguei na lixeira sob a pia da cozinha. Não ousei olhar para os sofás vazios na extremidade do que servia como cozinha e sala de estar, onde os fantasmas da minha família esperavam.

Minha avó, Elsie, tricotando na poltrona diante da lareira, tão real que eu quase podia sentir o cheiro da fuligem. Eu podia ouvi-la se levantar aos pulos, exigindo que Kier tirasse o macacão assim que entrasse pela porta para o jantar. Podia ver o sorriso de Kier para mim, que só ficava mais infantil à medida que ele envelhecia, bagunçando meus cachos emaranhados quando perguntava: "O dia na escola foi bom, passarinho?". Até mesmo minha mãe estava lá nos curtos períodos em que se dava o trabalho de visitar. Não fora feita para a vida de uma jovem mãe solo e, por isso, passara a maior parte da minha infância trabalhando como apresentadora em cruzeiros. Naquela época, eu achava que esse era o trabalho mais glamouroso de que já tinha ouvido falar e a importunava por histórias até ela enterrar o nariz entre as páginas de uma revista. Havia muito amor e mágoa entre essas paredes. Tudo isso se foi em um piscar de olhos. Meu celular tocou no balcão de repente, arrancando-me de minhas lembranças vazias.

Adivinhei quem estava ligando e nem olhei para a tela antes de atender.

— Você recebeu meu recado — disse sem preâmbulos.

— April, por favor, me diga que é brincadeira. Uma dessas pegadinhas ridículas que você gosta de fazer.

Sydney era minha colega de quarto e uma das poucas amigas que eu tinha em Londres. Eu podia ouvir pela linha que sua voz estava mais anasalada do que o normal e sabia que isso significava que ela ainda estava com o protetor nasal antirronco. Como colega de trabalho e, *naquele instante,* atriz mais bem-sucedida do que eu, estava ocupada filmando seu primeiro longa-metragem em Toronto.

— Foi só uma vez e limpei bem o xixi! — respondi, pelo que deve ter sido a centésima vez. Foi a única pegadinha que fiz nos nossos onze anos de amizade, e ela nunca deixou que eu esquecesse.

— Eu *odeio* pegadinhas.

— Eu *sei*.

E, caramba, aprendi isso da maneira mais difícil. Em nossa primeira semana morando juntas, com a tenra idade de 20 anos, parecia um rito de passagem pregar uma peça de "boas-vindas ao apartamento" em minha colega aspirante a atriz. Papel-filme transparente na privada era um clássico, hilário. Ou foi o que achei.

— Então? — exigiu ela.

— *Então?*

— *Então…* por favor, não me diga que perdeu o juízo e foi para a Escócia!

— Por que eu diria se você já sabe que foi o que fiz? Minha mensagem dizia, literalmente: "Fui para a Escócia por um tempo, não sei dizer quando volto".

— Estava com a esperança de que alguém tivesse roubado seu celular… ou que você tivesse sido sequestrada. — Eu ri, passando o dedo por uma linha de poeira no parapeito da janela. A chuva ainda caía, obstruindo a visão do gramado e do caminho íngreme que levava à enseada da praia. — Você foi sequestrada? Dizem que essas coisas acontecem por aí.

— Na Escócia?

— *Exato.*

Decidi não relembrar Sydney que, na verdade, apesar de o meu sotaque suavizado sugerir o contrário, eu era escocesa. Respondi apenas:

— Acho que vou conseguir me virar.

— Por que fazer isso agora, April? E o trabalho que você tinha em vista?

— Trabalho? Não era muito melhor do que um concurso da camiseta molhada. Queriam que os homens convidados me encharcassem de champanhe antes de eu servir as bebidas.

Desde que minha carreira tinha enveredado pelo que se pode chamar de caminho acidentado, eu tinha começado a aceitar qualquer tipo de trabalho. Sentia que tinha participado de todos os reality shows no ar naquele momento: *Dançando com as celebridades*, *Cozinhando com as celebridades* (duas vezes) e *Celebnamoros*. Fui a eventos de relações públicas com trajes ridículos e sapatos que faziam meus pés sangrarem, fiquei ao lado de homens que me causavam calafrios, tudo com um sorriso no rosto. Eu havia me rebaixado ao papel de uma socialite faminta por dinheiro. Mas alguma coisa me incomodou quando vi aquela camisetinha branca. As palavras do idealizador do evento praticamente selaram minha decisão. *Querida, não é nada que eles já não tenham visto antes.*

Isso me fez sentir culpada pelos primeiros dias, quando os trabalhos surgiam um após o outro, basicamente caindo no meu colo. Aos 26 anos, ganhei um BAFTA de melhor atriz coadjuvante e, um ano depois, ganhei dois Globos de Ouro para minha coleção. Tudo o que faltava era um Oscar. Eu até tinha colado uma foto dele na geladeira, sem nunca perder o prêmio de vista.

De olho no prêmio, passarinho.

Como qualquer coisa que valha a pena na vida, foram necessários anos para construir minha carreira e apenas alguns segundos para arruiná-la, porque, seis meses depois, era risível pensar em um Oscar quando eu nem tinha a certeza de que conseguiria outro trabalho.

— Ah, querida. Tem certeza de que Skye é uma alternativa melhor? Você está em uma ilha, pelo amor de Deus. Pelo menos tem supermercados aí?

Não, mas tinha muitas lojas de conveniência e vivíamos no tempo da comida por aplicativo. Eu ficaria bem. *Em geral.*

— A Angela não mandou o contrato pra você? Ela disse que mandaria.

Angela, da LDN Artistas, *tinha* entrado em contato comigo e, apesar de parecer uma pessoa genuína e amigável, eu ainda não havia respondido. Não sabia dizer se estava pronta para aquilo. Só haviam se passado alguns meses desde que meu antigo contrato acabara, e eu precisava de um pouco de tempo para pensar.

Coloquei Sidney no viva-voz para poder vasculhar os armários. Dudley podia estar bem alimentado e cochilando com as pernas para o ar, mas meu estômago tinha começado a se retroalimentar.

A voz de Sydney ecoou no teto alto.

— Mas você foi vingada, com certeza este é o momento de voltar à ativa.

Não parecia uma vingança, parecia a parte mais sombria da minha vida sob um microscópio, enquanto um grupo de homens de meia-idade que já tinha visto meus peitos decidia meu destino. Eu ri em meio ao silêncio.

— Aaron pode ter perdido o emprego, mas nós duas sabemos que ele recebeu uma bela quantia por ter concordado em sair sem dramas. Ele vai ficar bem, mas eu… — Eu havia perdido anos do que, de outra forma, já teria sido uma carreira fugaz para uma mulher nessa indústria.

— É por isso que você precisa voltar a trabalhar.

— Não sei dizer se quero voltar a trabalhar.

A verdade nessas palavras me aterrorizou porque eu não sabia fazer mais nada. Eu não era boa em mais nada. Acrescente a isso o fato de que não teria condições financeiras de manter esse lugar se não voltasse a trabalhar, e logo, para perceber que minha vida estava mais do que bagunçada. Eu era a personificação do meme do cara que entra com uma pizza e encontra o apartamento inteiro pegando fogo.

Mas não poderia dizer nada daquilo para Sydney. Apesar de sermos amigas, não éramos do tipo que compartilham as coisas, então me forcei a soar alegre quando disse:

— Vou pensar melhor nisso e ler o contrato.

— Que bom. Tem certeza de que vai ficar bem?

— Tenho.

Olhei ao redor da cozinha, observando os armários de pinho em frangalhos e a grande mesa de jantar de seis lugares que Kier havia feito como presente de casamento para Elsie. Eu estava na redoma da minha infância, coberta por uma camada de poeira, mas minha próxima respiração foi a mais fácil em anos.

— O que você vai fazer? — perguntou.

— Não sei. — Mordi uma unha. — O que eu quiser fazer. Assar biscoitos e ler todos os livros de romance abandonados no meu leitor digital. Fazer caminhadas. Eu poderia fazer ioga em vez do circuito de treinos... Você sabe que odeio burpees.

Ela riu.

— Você vai ficar tão entediada que amanhã de manhã vai voltar rastejando para Londres.

A linha ficou muda e o silêncio se instalou ao meu redor.

— Acho que estamos prestes a descobrir.

2

April

"BAD BLOOD" – TAYLOR SWIFT

— Qual é o problema? É a cama? — Eu poderia jurar que meu cachorro parecia abatido. — O colchão é meio velho, mas eu trouxe nossa roupa de cama de casa, até aquele cobertorzinho que você gosta, viu? — Ergui o cobertor verde e roxo, uma recordação da minha infância, para que ele o examinasse e voltei a arrumar a cama. Eu não tinha conseguido entrar na antiga suíte dos meus avós, apesar de ser três vezes maior e ter banheiro privativo. Não, por enquanto, aquilo seria suficiente.

Tirei a capa antipoeira e virei o colchão, me surpreendendo com o bom estado dele. Na verdade, todo o quarto tinha resistido bem aos anos. O papel de parede listrado rosa e branco pálido que eu havia escolhido na adolescência porque era quase idêntico ao quarto da Cher em *As patricinhas de Beverly Hills* estava ligeiramente ondulado nos cantos, e as tábuas do assoalho rangiam mais do que antes. Fora isso, era como viajar no tempo.

Depois de alisar o lençol sedoso, arrumei as almofadas verde-jade favoritas que pareciam extravagantes nas minhas fotos do Instagram, quando, na verdade, foram compradas em uma loja de pechinchas.

Olhando para elas agora, neste lugar, não conseguiria pensar em uma metáfora melhor para a minha vida.

Eu estava colocando o lençol de cima, de calcinha bege e bunda para o ar enquanto tentava, com dificuldade, ajustar os cantos da coberta, quando ouvi.

Estalo. Deslize. Grunhido.

Estalo.

Deslize.

Grunhido.

Conhecia aquele grunhido, sabia bem o que era, porque era exatamente o mesmo grunhido que eu havia feito apenas algumas horas antes, quando me joguei pela maldita janela da cozinha. Era o grunhido do arrependimento imediato.

Outro ruído subiu a escada, baixo e com certeza masculino. Era alto o suficiente para que Dudley se virasse para a porta, com a cauda começando a se agitar em um ritmo de semiempolgação.

Um baque. Pés no chão.

Ao ouvir isso, me coloquei em movimento. Mergulhei em direção a Dudley, pegando o terrorzinho excessivamente amigável em meus braços e cobrindo sua boca antes que ele nos entregasse. Não tinha dirigido doze horas para me tornar a estrela de um filme de terror de quinta categoria que nem sequer teria espaço nos cinemas. Não, essa merda iria direto para os serviços de streaming. Ou pior... DVD. *Ah, as metáforas estão surgindo cada vez mais rápido esta noite.*

Cambaleei alguns passos para trás e abracei o corpo minúsculo de Dudley enquanto revirava as opções em minha mente... *Se acalme, ninguém além da Sydney sabe que você está aqui.* Puta merda. Ninguém além da Sydney sabia que eu estava ali. *Sou uma mulher morta.*

Olhei em volta à procura do celular enquanto ouvia mais barulhos — armários sendo abertos, panelas e frigideiras empurradas — e me dei conta de que o havia deixado na maldita mesa de jantar. Só tinha alguns minutos antes que percebessem e subissem as escadas. Precisava de um plano, precisava partir para a ofensiva. Um ataque surpresa era sempre o mais mortal... ou algo assim. Eu tinha um metro e cinquenta e sete, mas me exercitava toda segunda quarta-feira do mês. Era turrona, como um chihuahua.

— Você vai conseguir, você vai super conseguir — sussurrei com segurança para mim mesma.

Coloquei Dudley na cama e o fitei com o mesmo olhar de "não se atreva a se mexer" que usava quando ele avistava um pombo lento no parque. Então, revirei minhas malas em busca de algo que pudesse servir de arma. Minhas únicas opções acabaram sendo uma lata de desodorante em spray ou um par de botas de salto com tachinhas. As botas pareciam ser uma escolha óbvia para causar dor, mas o desodorante... Ele poderia incapacitá-lo por tempo suficiente para que eu pegasse o celular e pedisse ajuda.

Decisão tomada, tirei a tampa e saí sorrateira porta afora, arrastando meus pés descalços com facilidade no carpete antigo. A coisa era diferente na escada. Ali, deixei que a memória muscular assumisse a liderança, pisando de um lado para o outro sobre as tábuas soltas do assoalho com toda a eficiência de uma adolescente que sai escondida depois do anoitecer para beber na praia com as amigas.

A luz da cozinha entrava pela fresta da porta, a silhueta imponente do intruso se movendo pelo chão de taco do saguão. *Que cara de pau.* Balancei a cabeça em repulsa, segurando a lata de desodorante com mais força. Nada de ponta dos pés por aqui.

Colada à parede, deixei que a comoção contínua do roubo encobrisse meus passos enquanto tentava fazer meus batimentos cardíacos voltarem ao ritmo normal. Foi só quando cheguei à soleira da porta e vi a parte de trás da cabeça dele, com o cabelo castanho bagunçado, inclinada sobre a ilha da cozinha, bebendo da caneca favorita de Elsie, que a raiva me dominou. Todo o medo evaporou no mesmo instante. Não me acovardei, não pensei, nem mesmo respirei. Deixei o ardor amargo da justiça encher minhas veias e o ataquei.

Bastaram três passos para eu pular em suas costas gigantescas. Ele gritou, surpreso, tentando se livrar de mim no mesmo instante, mas eu fui mais rápida, envolvendo sua cintura com as pernas enquanto gritava, os braços em volta do pescoço da grossura de um tronco de árvore para me prender a ele.

O intruso se inclinou para a frente e para trás, o quadril batendo na bancada com força suficiente para derrubar uma tábua de corte. Cenouras voaram como pequenos mísseis enquanto uma faca extremamente afiada se chocava contra o azulejo cinza. Podia admitir que era uma cena um tanto estranha, um criminoso parando para cortar legumes no meio do roubo, mas estava envolvida demais, a sede de sangue real demais. Não existia nada além disso.

À distância, percebi o latido de um cachorro. Dois cachorros latindo. Dudley e outro, maior e com o timbre mais grosso.

— Que merda está acontecendo? — O homem gigantesco parecia atordoado, erguendo as mãos do tamanho de pratos de jantar para se livrar do meu aperto. Comecei a perder o controle, tinha no máximo alguns segundos antes que ele me dominasse. — Quem caralhos é você?

Ele parecia ansioso. *Que bom.*

— Sou a vingança, babaca — sussurrei entre dentes cerrados, *uma frase completamente improvisada,* antes de levantar a lata e pressionar o pistão.

Um sopro de flor de coco embaçou o ar, cobrindo não apenas o rosto dele, mas o meu também. Era úmido e sufocante, ardendo em meus olhos e descendo pela garganta. Gritamos ao mesmo tempo e, se antes eu achava que tinha alguma chance, com certeza não teria mais a partir daquele instante. Eu me agarrei a ele com mais força enquanto as lágrimas escorriam dos olhos, mas era como montar em um touro mecânico.

Ele levou as mãos ao rosto, palavrões voando no ar, e então estávamos em movimento. Soltei uma das mãos quando minhas costas encontraram a parede acima do radiador. Tentei agarrar qualquer coisa, sentindo um tecido macio nos dedos. Eu estendi a mão para enfiar o tecido na boca dele. Ele me sacudiu de novo, dando um salto para a frente. Duas das cadeiras da cozinha foram de arrasta pra cima durante a briga, caindo no chão enquanto os latidos ficavam impossivelmente mais altos.

Eu queria procurar o Dudley para ter certeza de que não estava correndo perigo, mas o intruso esticou uma daquelas patas de urso para trás, me agarrou pela parte de trás da camisa e me fez voar pelos ares.

— *Uff.*

O som saiu de mim como uma nuvem de poeira. Não de dor, mas de surpresa, porque quiquei duas vezes e caí no sofá, de costas, esparramada. Uma sombra se ergueu sobre mim, mas tudo o que meus olhos cansados conseguiram distinguir foi uma massa de cabelo, barba e tecido xadrez antes de mãos pressionarem meus ombros. Eu me debati e o desodorante caiu das minhas mãos.

— *Por Deus,* sua jararaca dos infernos — exclamou o intruso, cuspindo o tecido enrolado em sua boca. — Comece a se explicar. Agora mesmo!

— *Eu* tenho que explicar? — Tentei arranhá-lo, mas ele se antecipou, as mãos escorregando para meus bíceps e me prendendo às almofadas. Como ele conseguia enxergar quando meus olhos tinham sido substituídos por bolas de fogo flamejantes? Sua silhueta enevoada limpou meus olhos com a manga da camisa e o alívio quase venceu a dor. — Já liguei para a polícia e eles estão a caminho. Se for esperto, vai cair fora antes que cheguem.

— Ligou para a polícia, é? Falou com quem? — Ele não me deu chance de responder. — Sei bem que o Tom desliga o celular depois das nove.

Maldita ilhazinha em que não acontece crime nenhum!

Colocando toda a autoridade que consegui reunir em minha voz, afirmei calmamente:

— Você está invadindo uma propriedade privada. Saia agora e podemos esquecer tudo isso.

Havia incredulidade em sua risada.

— Olha, garota... — interrompeu ele, o rosto se retorcendo como se um véu tivesse sido levantado e agora fôssemos cidadãos do Mundos Opostos, onde tudo o que ele julgava correto era uma falsidade cruel. Ele me soltou e esfregou os olhos de novo. — *April?* — O homem disse meu nome com uma familiaridade relutante, não com reconhecimento. O que significa que me *conhecia.* Não como April Sinclair, mas April Murphy. — O que você está fazendo aqui?

Com as mãos enfim livres, puxei a bainha da minha camiseta até os olhos, enxugando-os até que eu também pudesse vê-lo claramente.

O choque me fez ficar paralisada. Todo desgrenhado e nem um pouco feliz, por baixo daquele cabelo e barba bagunçados que eu julgara serem castanhos quando, na verdade, eram loiro-escuros, estava Malcolm — Mal — Macabe.

Malcolm. O alívio que senti foi enorme.

Não era de surpreender que eu não tivesse reconhecido a voz dele, pois podia contar nos dedos de uma mão quantas vezes o ouvi falar durante os verões em que trabalhou com Kier na destilaria. No entanto, não tinha dificuldade nenhuma em reconhecer aquele rosto. A imagem acima de mim se embaçava, transformando-se no adolescente magricela que oscilava entre esquisito e bonito. Pés grandes demais e mãos inquietas que faziam buracos nas mangas dos suéteres. No entanto, algo nele me atraía o bastante para ver aquelas mãos se tornarem seguras e firmes quando ele tirava a cevada da traseira de um caminhão e a carregava para dentro do armazém. Dos 15 aos 18 anos, esse era o meu passatempo favorito.

Acima de mim, sua boca invertida se moveu e percebi que ele estava falando.

— O que está fazendo aqui?

Por que ele fica perguntando isso o tempo todo?

— Hmm… essa casa é minha.

Dudley escolheu esse momento para pular no sofá e se acomodar na dobra do meu braço. *E o prêmio de pior cão de guarda do mundo vai para…*

Os olhos de Malcolm se voltaram para Dudley e depois para mim, toda largada no sofá. Talvez tenha sido a maneira como seus olhos azul-acinzentados se arrastaram sobre mim, mas nós dois nos demos conta, no mesmo instante, do que eu estava vestindo… ou talvez fosse melhor dizer do que eu *não* estava vestindo. Minha camiseta estava embolada na cintura, deixando a calcinha bege à mostra. Ele engoliu em seco e deu um passo para trás, as bochechas assumindo o tom mais vermelho dos vermelhos. *Ali*, esse era o Malcolm de que eu me lembrava. Em vez de me endireitar, estiquei uma perna e observei seu olhar acompanhar o movimento.

Descobri que gostava bastante dos olhos dele em mim. Sempre gostei.

Saltando como se tivesse me visto trocando de roupa, Mal endireitou as cadeiras que havíamos derrubado e enfim notei o que era o tecido que balançava frouxamente na ponta de seus dedos. Meu sutiã. O sutiã de renda branca que eu havia deixado para secar no radiador. Os últimos sessenta segundos passaram de novo em minha mente e uma gargalhada escapou, vinda do meu peito. Eu tinha acabado de me envolver em uma luta física com Malcolm Macabe. Pulei nele como um maldito macaco-aranha e enfiei meu sutiã na boca dele.

Essa noite estava rapidamente assumindo o lugar de uma das mais estranhas da minha vida.

Eu me endireitei no sofá, limpando as lágrimas do rosto e encontrando depressa a origem do segundo latido: um lindo *golden retriever* sentado ao lado de Malcolm. Ao lado do dono muito sério, eles eram noite e dia. O corpo inteiro do cachorro vibrava, a cauda batendo com alegria no azulejo. Malcolm continuava me olhando em desaprovação, os lábios tão cheios quanto eu me lembrava, meio escondidos por uma barba grande, mas bem aparada. Sua boca estava pressionada em uma linha firme e tornava mais pronunciada a cicatriz da cirurgia que sempre se estendera da narina esquerda até o centro do lábio superior. O tempo fizera com que ela perdesse o tom rosado e ficasse mais branca.

Quando se deu conta de que eu o analisava, Mal olhou para os próprios pés. *Tudo bem então.* Olhei para o cachorro.

— Oi, coisa linda — disse, estendendo uma das mãos.

Malcolm emitiu um grosseiro "Garoto!", mas o cachorro já estava se movendo, mergulhando direto para o carinho oferecido. Como não queria ser ignorado, Dudley caiu de costas, apalpando meu braço até que eu o acariciei com a mão livre.

Malcolm observou toda a troca de carícias com olhos cautelosos, embora inchados, como se minha mão fosse uma serpente prestes a sufocar seu amado animal de estimação. Talvez essa conclusão fosse justa, tendo em mente o que acabara de acontecer, então decidi falar do grande elefante na sala.

— Olha, desculpa por ter pulado em você e por ter jogado aquele spray no seu rosto… e toda aquela coisa de "babaca". Se eu soubesse que era você, não teria tentado…

—… quase me cegar?

Continuei a acariciar os cachorros.

— O desodorante não tem toxinas, jamais cegaria você.

— Estou pouco me fodendo se tinha pó de fada ou uma merda do tipo.

Tive de morder o lábio para não soltar uma gargalhada.

— Todos nós somos responsáveis pelo destino do planeta, Malcolm.

— *April.* — Havia uma advertência em seu tom. Se não fosse pelo sutiã que ele ainda segurava sem se dar conta, eu me sentiria como se estivesse na sala do diretor.

— Tá, tudo bem, me desculpe. Me deixa explicar… Na verdade, é bem engraçado. Eu estava lá em cima, no quarto, quando ouvi você entrar pela janela. E como qualquer mulher que se depara com um agressor…

— *Agressor?* — Parecia que um dos vasos sanguíneos dele estouraria em breve.

—… minha mente chegou à pior conclusão na mesma hora.

Fiquei de pé, e os cães dançaram animados aos meus pés. Assim como o Malcolm adolescente, ele não olhou para mim e continuou encarando as próprias botas.

— Eu não arrombei a porta, só entrei pela janela porque a trava de segurança estava acionada.

— Você quer dizer a trava de segurança que uma mulher solitária pode colocar por, sei lá… segurança? — Eu sorri animada. Nenhuma reação, *nada, nadica de nada.* Nem mesmo uma rachadura em seu exterior gelado. *Que estranho.* O sorriso costumava funcionar com todo mundo. — Malcolm, não estou culpando você. É óbvio que entendi tudo errado e sinto muito, sinto muito mesmo. Só estou tentando explicar…

— Como você entrou? — interrompeu ele. Recostando-se contra a mesa de jantar, Malcolm cruzou os braços com mangas xadrez azul-escuras, fazendo as costuras do peito se esticarem. Aquele pedaço de renda despercebido ainda estava ali. *Bem. Ali.* Eu poderia jurar pela deusa Meryl Streep que me esforcei ao máximo para não olhar para o sutiã. — Hoje de noite. Como você conseguiu entrar? — perguntou de novo.

— Ah… pela janela da cozinha. — Fiz um gesto por cima do ombro. — Na verdade, se você parar pra pensar, é muito estranho que a gente tenha usado o mesmo caminho para invadir… Calma, você também rasgou as calças?

Ele apenas ergueu a sobrancelha ao ouvir isso.

— E isso não faria de *você* a invasora?

— Eu? — Recuei. Por que parecia que ele estava prestes a dizer "te peguei"? — Eu cresci aqui, sou neta do Kier, o que faz com que a mansão seja minha.

— Neta? — Ele riu em zombaria, o som não se alinhando nem um pouco com o Malcolm de que eu me lembrava. Aparentemente, ele não precisava olhar para mim para me atacar bem na jugular, pois continuou olhando para as próprias botas enquanto dizia a frase que pareceu me esfolar viva: — Uma neta não deixaria de brincar de faz de conta por alguns dias para ir ao funeral do avô?

Sabia que minha boca estava aberta, mas não tive a capacidade de fechá-la. Quando adolescente, Malcolm era tímido, tão tímido que doía, mas nunca cruel. Eu não esperava um abraço e um convite para jantar, apesar de que teria aceitado com certeza, mas talvez um sorriso e um "Oi, April, que bom ver você" ou até um "Vamos tomar um café e conversar".

Que merda estava acontecendo? Talvez fosse mesmo o Mundos Opostos. Ou talvez eu tivesse batido a cabeça durante a briga e tudo aquilo não passava de uma estranha alucinação...

— Malcolm...

Ele se aproximou de mim, inclinando-se um pouco mais perto do que seria apropriado, e deu dois tapinhas suaves no traseiro de seu cachorro, seguidos de um murmúrio:

— Vamos pra casa, Garoto.

O cachorro olhou para Dudley com um desânimo quase humano, mas o seguiu obedientemente. Observei toda a conversa em um silêncio atônito.

Antes de sumir de vista, Malcolm resolveu atirar mais uma vez. Na verdade, jogou uma granada, disfarçada com seu sotaque brando.

— Volte para Londres, princesa. Ninguém vai ficar feliz em ter você de volta.

Fiquei olhando até ouvir a porta se fechar. Então, fiz a única coisa em que era boa: atuar. O tremor em meus lábios se transformou em um sorriso, e um brilho falso que surgia com extrema facilidade se fundiu em minha voz quando disse a Dudley:

— Bem… isso foi estranho, mas não importa, ele deve ter tido um dia muito ruim. Amanhã vai ser um dia ótimo, você vai ver.

Fui arrumar a cozinha, rastejando com as mãos e os joelhos até pegar o último pedaço de cenoura. Por fim, quando não tinha mais motivos para ficar lá embaixo, voltei para o quarto que tinha cheiro de lar e me deitei na minha cama recém-feita, com Dudley enrolado no meu peito.

3

Mal

"THIS IS ME TRYING" – TAYLOR SWIFT

— Hmm, um tiquinho para a direita, acho. Não, esquerda, pra esquerda... *esquerda!* — Grunhi com o peso, deslocando o armário de carvalho maciço uma fração de centímetro para a esquerda. — Direita de novo... *Perfeito! Aye*, perfeito assim! — Jessica Brown, proprietária da Brown's Cafés e Bolos, bateu palmas e cantarolou em agradecimento.

Desloquei o armário mais-pesado-do-que-parecia, todo de carvalho, por cerca de um metro, de um lado da vitrine de vidro em que ficavam os bolos para o outro, porque Jessica alegou que assim daria para ver melhor da rua sua geleia caseira. Não fez diferença nenhuma na minha opinião, mas a Brown's é uma espécie de entidade por essas bandas. Portanto, se quisesse continuar sendo um cliente respeitável, quando Jessica pedia ajuda, era melhor ajudá-la. E... eu não gostava da ideia de deixá-la mover esses itens pesados sozinha.

Limpei os vestígios da manhã abafada da minha testa e observei a bagunça que havia feito, olhando em volta da pequena cafeteria que enfeitava a vila de Kinleith havia mais de três décadas. No local onde antes ficava o armário, o linóleo cinzento brilhava em um branco intenso sob uma camada fina de bolas de poeira, recibos antigos de caixa e o que eu rezaria até meu leito de morte para que fossem pedaços de chocolate. Melhor limpar aquilo antes que o pessoal da vigilância sanitária fizesse uma visitinha surpresa, pensei.

— Você tem uma vassoura? — perguntei enquanto ela se esgueirava para trás do balcão.

Jessica parecia uma década mais jovem do que seus 66 anos e não tinha deixado que as duas cirurgias para substituir o quadril a deixassem devagar. Ela ligou a energia de volta, o cabelo azul brilhando sob as luzes do teto que eu havia trocado por LEDs no mês passado. Isso a faria economizar muito nas contas de luz quando o longo inverno chegasse.

— Você é uma boa pessoa, Mal — disse, entregando uma vassourinha. Sentindo a queimação familiar nas pontas das orelhas, agachei-me, recolhendo a bagunça enquanto ela continuava a tagarelar. — E por falar em más pessoas… — *Estávamos falando disso?* — Como anda seu irmão?

— Você deve ver Callum mais do que eu — resmunguei. Ele era ainda mais doido por doces do que eu.

— Só em visitinhas rápidas, ele sempre está ocupado demais pra falar.

Resmunguei de novo, jogando no lixo o monte de poeira e recibos que datavam de 2002 e devolvendo as mesas e cadeiras aos lugares habituais.

Era por isso que Jessica fazia parte da lista de pouquíssimas pessoas que eu suportava por perto: ela falava e falava sem nunca esperar uma resposta. Não havia a expectativa de reciprocidade que me fazia suar e ver manchas pretas até que eu pudesse me dirigir à saída mais próxima. Um grunhido bem colocado aqui, um aceno de cabeça ali e ela contaria ao resto da minha família intrometida tudo sobre a *incrível* conversa que tivemos. Era toda a socialização que eu precisava para a semana inteira, bem ali.

— Já contei que minha neta sempre gostou dele? Você lembra da minha neta, Maggie? Pena que ela não mora mais perto, a menina se mudou para Glasgow, até raspou a cabeça e pintou de rosa, fez de tudo. — Ela estalou a língua. — Já está na hora de Callum arranjar uma boa namorada da vizinhança. Com um trabalho bom que nem o dele, parece egoísmo não fazer isso.

Eu me abstive de dizer que uma "boa namorada da vizinhança" faria meu irmão chorar de tanto tédio e, buscando a diplomacia, respondi:

33

— Ele já é casado com o trabalho.

Ela apontou um dedo ligeiramente torto para mim.

— Esse garoto vai olhar para trás um dia e perceber que está velho e feio, praticamente calvo, e vai desejar ter encontrado uma esposa.

Eu não discordei dessa afirmação, sobretudo porque achei divertido pensar no meu charmoso irmão mais velho, que nunca cometeu um único deslize em sua vida, perdendo aquela preciosa cabeleira. Também não pude deixar de notar que ela não perguntou da *minha* vida amorosa, como se, com apenas 32 anos, eu já estivesse amaldiçoado a uma vida inteira cozinhando macarrão demais para uma só pessoa. O calor em minhas orelhas se espalhou até que o senti dominar todo meu rosto, os polegares começando o mesmo caminho sem descanso, passando para a frente e para trás sobre as pontas dos outros dedos. O tilintar da campainha acima da porta anunciou o primeiro cliente do dia, proporcionando a desculpa perfeita para minha saída.

— Já vou indo então, Jessica.

Coloquei a mochila no ombro e deixei a garrafa de uísque que trazia a cada duas semanas para o marido dela, Angus. Seguindo os costumes de etiqueta da sociedade, cumprimentei o recém-chegado com a cabeça, sem parar para identificá-lo, e me joguei na rua ensolarada, com a liberdade ao meu alcance…

— Calma aí. Você esqueceu seu pagamento.

Meus ombros subiram alguns centímetros.

— Já disse da última vez que não precisa me pagar nada.

— Você tem um parafuso a menos, rapaz, agora aceite. — Ela me girou com uma força surpreendente, batendo uma fatia de pão de ló em minha mão vazia. A geleia e a cobertura de creme de manteiga escorreram entre meus dedos enquanto um morango perdido caía ao lado da minha bota. — Agora, sim, pode ir.

Direto na mão, sempre.

Levando o pão à boca, segui pela rua principal em direção ao estacionamento do vilarejo. O caminho de paralelepípedos descia para o porto, onde gaivotas gritavam e mergulhavam ao longe, preparando-se para um dia agitado em que roubariam casquinhas de sorvete de turistas desavisados. Os cartazes recém-pendurados para a próxima temporada de verão balançavam com a brisa da manhã, como dezenas de pipas em miniatura. Ainda não eram nove horas, mas a rua já estava repleta de movimento. Os moradores locais se cumprimentavam, limpando as janelas e abrindo as portas das várias lojinhas ao longo do trecho de oitocentos metros. Turistas com olhos sonolentos procuravam um café da manhã e posavam para fotos ao lado dos edifícios pitorescos pintados com a infinidade de cores pelas quais Kinleith havia se tornado famosa. *Travessia do Arco-Íris*, como era conhecida por muitos. O nome estava começando a pegar até entre os locais.

Abaixei a cabeça, contornei um grupo de garotas que posava com sinais de paz diante do salão de beleza rosa-brilhante e engoli o último pedaço do pão, lambendo a cobertura dos meus dedos pegajosos enquanto a tensão se espalhava pelo meu pescoço. Odiava aquela época do ano, odiava as multidões, o barulho e os danos ao nosso campo que vinham como consequência. Entendia os benefícios do turismo para a comunidade local, mas isso não queria dizer que tinha que gostar dele.

Assim que meu velho Land Rover surgiu no meu campo de visão, tirei as chaves do bolso e a pressão diminuiu um pouco. Garoto dormia um sono profundo, ocupando toda a extensão do banco traseiro, exatamente onde eu o havia deixado quinze minutos antes.

— *Por Deus* — resmunguei, cobrindo o nariz e a boca enquanto me acomodava ao volante. Apesar das quatro janelas escancaradas, ele conseguiu empestear a pequena cabine do carro. — Vamos ter que reavaliar sua dieta, rapazinho.

Meu cachorro rolou de costas e respondeu com mais um peido.

Dei ré para sair da vaga e iniciei a curta viagem até o pub Sheep's Heid, já recitando as palavras que diria ao proprietário, Ian, como num roteiro. *Última entrega do dia*, lembro a mim mesmo. Mais uma parada e eu poderia voltar para a destilaria — para o meu chalé.

Eu cumpria a mesma rotina religiosamente. Entregas de uísque uma vez por semana. Ida ao supermercado duas vezes por semana. Refeições do Brown's durante algumas tardes. Interações sociais breves que eu me forçava a fazer porque, caso contrário, ficaria enfurnado no meu chalé e ninguém nunca mais me veria ou falaria comigo.

Era Kier quem gostava dessa parte, Kier quem cuidava da venda de produtos e da socialização, enquanto eu fazia o trabalho pesado. À medida que ele foi ficando mais doente, a responsabilidade começou a recair cada vez mais sobre mim e, embora nosso pequeno círculo de clientes permanecesse fiel, eu não conseguia me livrar da sensação de que o estava decepcionando de alguma forma. Cada vez que eu gaguejava na entrega de um produto ou ignorava um pagamento atrasado que não podia me dar ao luxo de ignorar só por odiar confrontos, estava falhando.

Sabia o que as pessoas daqui pensavam de mim. *O mal-humorado. O isolado.* Esse vilarejo era, ao mesmo tempo, uma bênção e uma maldição. Era minha casa e, ainda assim, nunca conseguia me sentir em casa aqui.

Claro, eu me sentia em casa em meu chalé com Garoto, com Kier e, às vezes, com meus irmãos. Mas isso não impedia a sensação de alívio que sentia quando partiam e a reclusão que eu tanto ansiava me cercava como um cobertor quente e sem julgamentos. Pequenas comunidades se mantinham unidas, mas também tinham uma tendência à fofoca e ao julgamento caso as pessoas não agissem de uma forma considerada aceitável.

Isso nunca tinha me incomodado até agora.

Pensei em meus três irmãos, sobretudo no mais velho, Callum, e na facilidade com que vivia a vida, sem pestanejar. Queria entrar para o exército? Então ia e se alistava. Queria estudar na Universidade de Edimburgo? Ele ia estudar na Universidade de Edimburgo. Queria voltar para Skye e abrir a própria clínica veterinária? Voltava para Skye e abria a própria clínica veterinária. Queria namorar uma boa garota da vizinhança? A única dúvida que ficava era "Qual delas?".

Uma boa garota da vizinhança.

Não sei por que pensei em April no mesmo instante.

April Sinclair de volta a Kinleith. Eu quase não teria acreditado se não tivesse passado pelo Mini Cooper manchado de lama em frente à mansão esta manhã. A imagem dela na noite anterior surgiu em minha mente, embaçada, mas aquela onda de cachos vermelhos era reconhecível em qualquer lugar. Os membros nus esticados no velho sofá depois que eu a joguei como um saco de cevada. O artigo rendado que escondi no fundo da gaveta de meias. Balancei a cabeça, estremecendo com a lembrança.

April Sinclair era encrenca pura.

Murphy, lembrei a mim mesmo, com as mãos agarradas ao volante. April Murphy.

Nunca pensei que veria o dia em que ela se rebaixaria o suficiente para voltar à ilha e, se eu pudesse, a mandaria de volta por onde viera.

O aperto em meu peito sumiu por completo assim que fechei a porta do chalezinho de trabalho anexo à destilaria Kinleith.

Garoto trotou direto para a tigela, farejou ao encontrá-la vazia e depois se jogou em sua cama enorme. De seu lugar habitual, ao lado da lareira, ele me olhava com uma cara de dar dó enquanto eu colocava a aveia na tigela, acrescentava leite e aquecia tudo no micro-ondas.

— Você conhece as regras, rapazinho. Primeiro eu como, depois você — lembrei-o, ajustando o cronômetro.

Eu só tinha alguns minutos para desperdiçar com a comida se planejava encher o tonel de cevada antes do pôr do sol e carregar as caixas de uísque vazias. Ainda precisava trocar as dobradiças da porta do porão — meu kit de ferramentas estava separado e ainda intocado havia pelo menos uma semana. Agora que só restara eu, o número de tarefas crescia mais do que os minutos no dia. Callum aparecia para ajudar quando podia, mas não era o suficiente para resolver meus problemas financeiros. Precisava de mais um funcionário em tempo integral, mas não tinha como pagar. No momento, eu estava me virando com os que trabalhavam meio período e com favores.

Tirei a tigela fumegante do micro-ondas e me sentei à mesa de jantar que se encaixava perfeitamente no espaço aberto, desde que eu a encostasse na janela. Garoto choramingou de novo e fingi não ouvir.

Eu me lembro muito bem da noite em que Callum apareceu na minha porta, com um *golden retriever* desgrenhado em mãos, anunciando que o cachorro precisava de um lar. Meu "de jeito nenhum" foi sumariamente ignorado. Meu irmão colocou o cachorro em meus braços no mesmo instante e voltou para o carro sem olhar para trás. Eu não tinha espaço, tempo ou afeto para dar a um cachorro. No entanto, dois anos haviam se passado e estávamos fazendo dar certo.

Dava para atravessar o chalé inteiro em dez passos. A cozinha tinha apenas uma geladeira compacta, pia, micro-ondas e fogão, razão pela qual eu *geralmente* preferia comer na mansão. No centro havia uma área de estar, televisão, sofá de dois lugares — embora nunca recebesse convidados — e a poltrona que eu sempre usava. As únicas coisas que eu me recusava a reduzir eram a cama *king-size* no canto mais distante e as fileiras de estantes de madeira reciclada que abrigavam minha coleção de filmes e livros.

Pequeno, mas perfeito, e todo meu.

Mas não é seu de verdade, não é?

Por instinto, minha mão foi parar na pilha de papéis sobre a mesa, para a carta que eu havia relido inúmeras vezes no último mês, examinando as palavras que eu havia memorizado até aquele momento.

Consulta ao último testamento de Kier Angus Murphy.

Solicitação negada pelo beneficiário.

Não tem direitos legais.

Em seguida, veio a segunda carta, uma resposta do banco sobre minha solicitação de um empréstimo comercial. Mais uma vez, *negado*.

Negado.

Negado.

Negado.

Dei um soco na mesa, sem sentir satisfação alguma quando o papel pesado se amassou. Esse lugar era meu, o chalé, a destilaria. *Deveria* ser meu. Durante anos, fiz o processo de compra da destilaria Kinleith de Kier, pagando prestações mensais com a promessa de que a propriedade legal seria transferida para mim. Depois, ele ficou doente e todas as considerações sobre documentos legais e títulos de propriedade foram para o espaço.

Eu não era um canalha sem coração; sentia falta do meu amigo, o homem que tinha sido mais pai para mim do que meu próprio. Mas ele havia partido, e tudo pelo que eu trabalhei se foi com ele. E agora April *Murphy* tinha a cara de pau de aparecer aqui, com aquele sorriso de princesa, rindo das circunstâncias engraçadas de nosso reencontro, quando ela era a única beneficiária da minha ruína.

Não, ela não era uma *boa garota da vizinhança*. Pode ter sido um dia, em algum momento, mas eu testemunhei o desprezo em seus olhos quando ela olhou ao redor da mansão na noite passada, como se não fosse o prêmio que lhe prometeram de herança. Para ela, essa vida era pouco, *Kier* era pouco. Estivera ocupada demais com sua vida extravagante em Londres e seus amigos famosos para ver que Kier havia se esforçado muito para manter a mansão em bom estado. Para manter o funcionamento da destilaria enquanto sua saúde começava a falhar. Ela não pôde se dar ao trabalho de voltar para o funeral dele, mas foi rápida em retornar para ganhar dinheiro com algo que não havia conquistado.

Eu havia entendido sua ausência no início, quando a carreira tinha saído do campo de compreensão dos meros mortais. Até mesmo a ilha a havia colocado em um pedestal; não era possível andar pela rua sem ouvir o nome *April Sinclair* sussurrado com reverência. Mas os papéis nos filmes acabaram e, à medida que os rumores circulavam na imprensa, começaram os reality shows ridículos, e todos nós a vimos se enfiar em qualquer oportunidade para permanecer no centro das atenções.

Falei com Kier certa vez, encorajando-o a estender a mão e oferecer um lugar para que ela pudesse ficar por um tempo, ciente de que aquela decisão não cabia a mim. Talvez tudo o que ela precisasse era alguém que estendesse a mão e, via de regra, eles poderiam cuidar um do outro. Ela recusou. Mesmo quando ele piorou, ela se recusou.

Eu não conseguia compreender. Como permanecer à margem de um setor que a havia devorado e cuspido poderia ser uma alternativa melhor do que estar aqui? Ela era tão viciada assim em dinheiro e fama?

Bem, minha casa — o lugar que conquistei com suor e sangue — não seria o seu ganha-pão. April Murphy, ou Sinclair, seja lá qual fosse o sobrenome dela agora, só ficaria com esse lugar por cima do meu cadáver.

4

April

"HOME" – EDWARD SHARPE & THE MAGNETIC ZEROS

Uma das vantagens de passar a noite toda se revirando na cama foi acordar cedo o suficiente na quarta-feira de manhã para tomar meu café matinal na beira do lago, com o aroma da urze em meu nariz, enquanto o sol se erguia sobre a água. Esse momento pedia o banco esculpido à mão que havia muito tempo Kier prometera para Elsie que faria quando tivesse um dia de folga. Ele nunca teve um dia de folga.

Apesar da chuva da noite anterior, o dia começou ensolarado e seco, então levei Dudley para sua primeira caminhada na praia. Suei muito ao arrastar seu corpinho atarracado pelo caminho íngreme e escarpado que ziguezagueava da margem até a gruta particular. Ele voltou exausto e com os bigodes sujos de areia, ditando um ritmo mais lento de volta à mansão pelo caminho de pedras que passava pela antiga destilaria.

Quanto mais eu me permitia absorver tudo, mais intimidador o tamanho da propriedade se tornava. Eu era dona de tudo aquilo. Eu era *responsável* por tudo aquilo. A grama estava aparada e os arbustos que serviam de barreira entre a mansão e a destilaria estavam bem cortados. No entanto, com o passar das semanas do verão, precisariam de manutenção.

O ar livre sempre fora a praia de Kier, enquanto a casa era a de Elsie. Elsie nunca era vista sem um espanador na mão, era do tipo que dizia "jantar na mesa às cinco, deixe as roupas sujas na porta". Kier era o que consertava, o provedor. Suponho que deveria ser parecido para muitos casais mais velhos, vindos de uma época em que os papéis tradicionais de gênero eram tão fortemente estruturados. Será que isso fez com que Kier se tornasse um homem que não sabia de fato como cuidar de si mesmo? O mesmo poderia ser dito de mim?

Quando criança, quando não estava recitando monólogos no espelho, muitas vezes eu ficava ao lado da minha avó. Eu sabia fazer um excelente bolo de limão e enfiar a linha na agulha de olhos fechados, o que era ótimo — adorava todas essas coisas. Mas, fora isso, me sentia completamente inapta. Se algo quebrava, chamava um cara para consertar. Agora, eu queria ter passado um pouco mais da minha infância aqui fora aprendendo a fazer as coisas com Kier. Não queria *precisar* de alguém para dar um jeito nos meus problemas. Precisar de alguém dava margem à manipulação, e isso nunca mais poderia acontecer.

Depois de mais alguns minutos de caminhada, a destilaria de pedra surgiu em meu campo de visão. Quase tão grande quanto a mansão, com dois andares, a pedra caiada de branco era quase ofuscante sob a intensa luz do sol. Havia uma placa onde estava escrito DESTILARIA KINLEITH em grandes letras pretas, de frente para o pequeno estacionamento de cascalho, com a tinta começando a descascar em alguns lugares. Uma pequena cabana de trabalho se projetava à esquerda, de frente para o mar, e eu me lembrei de como ela costumava parecer escura e sem utilidade quando eu era mais jovem. Nos fundos, havia uma tenda separada, com teto baixo e grossas paredes de pedra, perfeita para abrigar o uísque durante seu processo de maturação de mais de três anos.

Viu, Kier, eu ouvia o que você dizia, pensei, protegendo meus olhos contra o sol para poder dar uma boa olhada. Tentei abrir a maçaneta a fim de reacender as lembranças, mas a porta estava trancada. Tentei de novo, encostando meu ouvido na porta. Eu poderia jurar ter ouvido um latido. Dudley inclinou a cabeça como se estivesse ouvindo também. Silêncio.

— As chaves devem estar em casa — falei para ele. — Voltamos depois.

De volta à mansão, tomei banho, vesti meu blazer azul-bebê favorito com short combinando e sequei o cabelo. Depois, sentei-me no balcão do café da manhã, encarando o celular. Já tinha adiado tempo demais uma resposta ao e-mail de Angela.

Eu já a havia encontrado algumas vezes por causa de Sydney, e ela sempre se mostrou gentil, solidária e profissional. Não tinha medo de estar entrando de olhos fechados em uma situação da qual não conseguiria sair. No entanto, eu sabia que devia um tempo a mim mesma antes de tomar uma decisão tão importante. Pensei que a honestidade era a melhor política, então mordi o lábio e comecei a escrever a resposta.

> Angela,
> Muito obrigada pela oferta de representação.
> Por favor, acredite que vou pensar a respeito do contrato, mas tenho que ser sincera: preciso de um tempo. Meu avô faleceu recentemente e voltei para minha cidade natal. Não sei ao certo até quando e acho que preciso desse espaço para ter um pouco de clareza. Se você não puder esperar, vou compreender.
> April Sinclair

Pronto.

Senti um peso sair de meus ombros. Agora poderia começar a fazer o que quisesse — assim que eu descobrisse o que eu queria. *Talvez uma ida ao vilarejo ajude.* Eu mal tinha me levantado da mesa quando a resposta dela chegou.

> April,
> Eu entendo! E não vamos passar o contrato adiante, queremos você.
> Leve o tempo que precisar. Mas que tal assim: se eu vir algum projeto que parecer uma boa opção, posso enviar pra você?
> Angela

Ah, ela era das boas.

Não conheço um único ator que deixaria passar o projeto perfeito. E, para alguém que estava desesperada para fazer um bom personagem havia anos, uma oferta dessas seria boa demais para resistir.

Meus dedos voaram sobre a tela.

Combinado.

A

Coloquei um pacote de biscoitos na cesta e parei próxima à prateleira antes de pegar outro. *Que se dane*. Lembrei a mim mesma que agora podia comer o que quisesse e joguei um saco grande de salgadinhos de queijo e um pack de seis latinhas de Irn-Bru, além de alguns produtos de limpeza. Dei uma última volta na lojinha de conveniência que ficava na rua principal de Kinleith e fui para o caixa, colocando meus óculos de sol rosa brilhante em forma de coração sobre os olhos. Era coisa de quem se acha diva e, normalmente, eu reviraria os olhos para minha própria arrogância. Mas talvez fosse culpa do nervosismo do primeiro dia, ou talvez o que Malcolm disse na noite anterior tenha me afetado de verdade, mas não estava pronta para ser reconhecida.

Enquanto esperava na fila, peguei o celular e abri meu aplicativo de rede social favorito para verificar as curtidas em uma publicação recente. A foto era um close-up do meu rosto, destacando a maquiagem minimalista de uma marca com a qual fiz parceria no ano passado. As publicidades eram minha principal fonte de renda no momento. Não era grande fã disso, mas fazia com que o dinheiro continuasse entrando e me ajudava a permanecer relevante, fosse lá o que isso queira dizer. Eu tinha muitas regras sobre as marcas que promovia; não promovia nenhum produto que não amasse e não usasse com frequência. Eu me recusava a promover qualquer coisa prejudicial — nada de shakes de dieta da moda ou chás que fazem você cagar as tripas. Nenhuma marca de moda que maltratasse os funcionários. Nenhum produto testado em animais.

Mantive a seção de comentários aberta para que os fãs pudessem engajar e, como sempre, meu polegar pairou sobre o ícone de visualização. Minha vez no caixa me salvou do covil de víboras que provavelmente teria me levado a uma espiral descendente por uma semana, tudo porque

Johngreer901, de Vancouver, disse: a única coisa pior do que seus peitos pequenos são seus filmes.

Enfiei o celular de volta no bolso e dei um sorriso discreto para a garota bonita de 20 e poucos anos no caixa enquanto colocava minha cesta no chão.

— April? — A voz veio de trás de mim. — April Sinclair, é você mesma! Me dá um autógrafo?

Meu corpo todo enrijeceu, sem conseguir olhar quem chegava antes que braços femininos me envolvessem, junto a um cheiro que reconheci.

— Juniper — expirei, retribuindo o abraço com uma ferocidade que nos balançou de um lado para o outro.

Ela me agarrou pelos ombros e me puxou para trás para dar uma boa olhada em mim.

— O que você está fazendo aqui? Por que não avisou que vinha? — Uma pergunta se sobrepôs à outra enquanto eu ficava ali, olhando para o rosto de uma das minhas amigas mais antigas.

— Foi uma decisão de última hora e cheguei ontem, ainda estou me acomodando. — Apontei com a cabeça para a cesta. — Acho que eu não sabia se deveria… Eu não pensei…

— Você vai ficar na mansão? Por quanto tempo? Por favor, diga pelo menos algumas semanas, ah, precisamos jantar uma noite. — Seu cabelo curto balançava enquanto as palavras saíam depressa a ponto de eu temer que seus pulmões pudessem explodir.

Segurei o pulso dela.

— June. Respire.

— Desculpa… Eu só fiquei muito feliz em ver você.

Dei risada, ainda que a empolgação dela tenha me feito sentir certa culpa. Eu deveria ter entrado em contato com ela primeiro.

— Vou ficar pelo menos algumas semanas, temos bastante tempo.

Ela bateu palmas.

— Ótimo, isso é ótimo. Ah, acabei de me lembrar, estou indo encontrar com a Heather para tomar um café. — Ela verificou o relógio fino em seu pulso. — E vou me atrasar.

Heather. Sorri com a menção do terceiro membro de nosso grupo de infância. Na escola, nós a apelidamos de May, para que pudéssemos ser

April, May e June. Era um pouco idiota, mas também muito engraçado. Fazia anos que não falava com nenhuma delas.

— Você deveria vir comigo — complementou ela depressa, franzindo a testa ao ver minha cesta repleta de lanchinhos cheios de açúcar. — A não ser que você esteja dando algum tipo de festa?

— Não. — Eu ri, envergonhada. — Isso tudo é só para mim.

— Ótimo, então você está livre para o café. — Ela me puxou para a porta.

— Minhas compras...

June olhou para a moça atrás do balcão, que eu percebi que me encarava com uma expressão ligeiramente atordoada.

— Michaela, coloque tudo em sacolas, por favor. Ela deve voltar em uma hora ou duas.

Michaela concordou, mas não tirou os olhos de mim. *Que merda*. Lá se ia minha chance de permanecer incógnita. Meu nome estaria na boca de todo mundo do vilarejo antes do anoitecer.

Assim que meus mocassins marrons atingiram os paralelepípedos cobertos pelo sol, Juniper entrelaçou o braço dela no meu, nossos ombros juntos. Com quase um metro e oitenta de altura, era mais o cotovelo dela contra meu ombro.

— Você diminuiu de tamanho?

— Não, acho que você que andou crescendo.

Ela mexeu o braço, guiando-me para a esquina e depois para a rua principal. Para meu choque, não encontramos a rua gasta e degradada da minha infância. Onde antes tinha pouco mais do que um cabeleireiro fora de moda, uma loja de bricolagem e uma farmácia, agora estava totalmente transformado. Era difícil acreditar que eu estava na mesma Kinleith e não nas páginas de um livro infantil.

— Caramba, o que aconteceu por aqui?

Eu não conseguia parar de olhar de um lado para o outro. Para onde quer que virasse, havia cores vivas e vitrines incríveis. Havia uma livraria, uma galeria de arte, uma perfumaria e até uma loja de animais.

— Hmm... turistas. Barcos cheios deles. — Eu sabia que o turismo havia aumentado na Escócia nos últimos anos, mas ver com meus próprios olhos a mudança que isso poderia gerar em uma comunidade foi inspirador. — Houve um momento, há cerca de dois anos, em que o número de turistas era tão grande que tivemos dificuldade de atender todas as pessoas que vinham visitar durante o verão... foi um pouco assustador, para ser sincera. Mas a comunidade se adaptou, surgiram novas empresas, novas pousadas e acampamentos. A rua principal — ela gesticulou à nossa frente — foi oficialmente transformada em uma rua de pedestres no verão passado para ficar mais agradável para os compradores. A quantidade de turistas ainda pode ser um pouco intimidadora — admitiu ela, com os lábios franzidos —, mas, quando ando por aqui e testemunho em primeira mão o quanto a ilha está prosperando, parece que tudo valeu a pena.

— Isso é incrível.

Ela girou no lugar, caminhando de costas enquanto sorria, transformando suas feições marcantes em algo mais suave.

— Segura esse entusiasmo para quando chegarmos na Brown's. Não mudou nem um pouco.

Brown's.

A nostalgia e um pouco de medo me dominaram. A Brown's foi nosso ponto de encontro durante todo o ensino médio, principalmente porque era o único lugar com um teto e grandes quantidades de bolo que podíamos comer sem a supervisão cuidadosa dos pais de Juniper e Heather ou de meus avós.

June me conduziu por baixo do familiar toldo azul e branco, olhando para os turistas que se amontoavam nos assentos ao ar livre. Ela entrou e, após um momento de hesitação, eu a segui. *As pessoas vão acabar vendo você, então é melhor arrancar o band-aid de uma vez.*

Eu nem tinha fechado a porta quando dois gritos de alegria ecoaram.

— Não acredito, é você mesmo? — Heather Macabe me puxou na direção dela, mas no mesmo instante me puxaram para outro lado.

— Minha vez. Saiam da frente, suas tontas. — Jessica Brown abriu caminho até o centro do nosso pequeno grupo, tirando meus óculos escuros para que pudesse apertar minhas bochechas. — Por onde você andou, mocinha?

Jessica não era de fazer rodeios, então eu compreendia que a pergunta não era literal.

— Eu não sabia — sussurrei, com um nó na garganta enquanto segurava as lágrimas. — Ele não me contou o que estava acontecendo.

— Aquele homem — resmungou —, sempre achando que sabia mais do que os outros.

— Eu deveria estar aqui.

Ela secou uma lágrima com o polegar.

— Sim. Mas você está aqui agora, e é isso que importa. — E, como se ela pudesse enxergar até mesmo minhas preocupações mais profundas, sussurrou: — Você vai fazer o que é certo por aquele lugar, sei que vai.

— Vem sentar com a gente. — Heather convidou Jessica enquanto a senhora idosa entregava um enorme bule e três xícaras de chá.

Jess balançou a mão para ela e voltou para trás do balcão a fim de cuidar de suas ocupações, gritando por cima do outro:

— Vocês três não querem uma velha atrapalhando a vibe.

Eu a observei com preocupação enquanto ela levantava uma bandeja pesada de canecas da máquina de lavar.

— Ela deveria fazer isso sozinha?

June deu uma risadinha.

— Se você tentar impedir, vai levar um tapa na bunda pela encheção de saco.

Heather dissolveu um cubo de açúcar em seu chá.

— Ela só trabalha três dias por semana agora. Nos outros dias, as filhas cuidam do negócio.

Assenti, servindo um pouco de chá para mim. Era incrível como a sensação era semelhante à dos velhos tempos, como se eu tivesse piscado e os últimos onze anos tivessem passado voando. Então, percebi que as duas me olhavam cheias de expectativa do outro lado da mesa. Bom, talvez não fosse *exatamente* como nos velhos tempos.

— *O que foi?*

Heather balançou a mão.

— Ah, não sei. Que tal o fato de que *April Sinclair* está sentada do outro lado da mesa e isso é muito estranho?

— Por favor, não me chame assim — pedi, me encolhendo.

Como se nossas palavras tivessem evocado essa exata situação, vi o flash de um celular na mão de uma mulher a algumas mesas de distância, a câmera apontada na minha direção. Mantive o foco em meus amigos e sorri com a pequena intromissão. Se ela ia tirar uma foto, era melhor que ficasse boa.

— Mas você é *April Sinclair*.

Balancei a cabeça.

— Sinclair é só um nome artístico, você sabe disso. — Sinclair era o nome de solteira de Elsie e, aos 19 anos, eu achei que soava muito mais sofisticado do que Murphy. — Legalmente, ainda sou April Murphy, e pra vocês sou só a April.

— Ainda assim é muito estranho — murmurou ela.

Era uma sensação bizarra estar tão mudada aos olhos das pessoas com quem você cresceu, quando você ainda se via como a mesma garota que trabalhava como garçonete naquele café todas as quartas-feiras depois da escola. Imaginei que a sensação devia ser muito parecida com a de quando Alice foi ao País das Maravilhas e comeu o bolo que a fez crescer cinco vezes. Sua essência permaneceu a mesma, mas estava diferente, uma estranha entre pessoas que costumavam ser suas amigas. Foi por isso que parei de visitar a cidade. Odiava quando apontavam para mim e cochichavam, como um simples passeio pelo vilarejo com Elsie se transformava em um espetáculo de circo em que todos queriam avaliar todas as escolhas que eu já havia feito, como se tivessem direito a uma opinião.

Desse jeito, parecia que eu era a rainha da coitadolândia, tadinha dela, tão famosa? Provável. Foi a vida que escolhi. A vida que eu queria. Mas meus sentimentos ainda eram meus e eram tão válidos quanto os de qualquer outra pessoa.

Ainda sentindo o escrutínio delas, dei um sorriso, procurando uma forma de mudar de assunto.

— Heather, seu cabelo está incrível, quando foi que você mudou?

Ela passou a mão sobre os fios loiros platinados na altura dos ombros, com um sorriso frágil.

— Faz uns seis meses?

Ela tinha sido naturalmente abençoada com mechas castanhas, que eu nunca tinha visto ser cortadas acima da cintura. Eis uma mudança drástica. June colocou uma mão no ombro dela em forma de apoio enquanto ela suspirava.

— Mike e eu nos separamos há quase um ano.

— O quê? Por quê? — Olhei para June e então de novo para Heather, esperando que uma delas risse. Nenhuma das duas riu.

Heather deu de ombros, parecendo desolada.

— Acho que ele não estava feliz com a nossa vida… não me amava o bastante. Ele se mudou para a Austrália, parece que a busca por programadores é bem grande por lá.

Balancei a cabeça, demorando um pouco para processar, para alinhar essa narrativa com o adolescente que conheci. Mike e Heather namoravam desde o ensino médio, e ele lambia o chão em que ela pisava. Eu lembro do dia em que ele foi para a faculdade, chorando de soluçar em frente a todos os amigos e prometendo que ligaria para Heather todos os dias. Ele cumpriu essa promessa. E ainda assim a deixou.

Outro pensamento surgiu.

— E Ava e Emily? — Heather tinha duas filhas gêmeas, que já deviam ter pelo menos 6 anos.

— Ele fala com elas uma vez por semana no FaceTime. Está sempre me pedindo para deixá-las passar o Natal lá… Ainda não decidi o que fazer.

— E nem precisa decidir — interrompeu June. — Foi ele quem foi embora, não pode fazer exigências. Se quiser ver as duas, ele que pegue a merda de um avião e venha para cá.

Heather assentiu.

— Eu sei, o Mal diz a mesma coisa o tempo todo.

Senti um arrepio no pescoço com a menção de Malcolm, o irmão mais velho de Heather. Ela tinha três irmãos mais velhos, sendo o Mal o mais novo da família Macabe. Callum era o mais velho, seguido por Alastair. Era aí que a coisa ficava complicada e bem desconfortável: Alastair já fora noivo de Juniper (o puro suco da Vida na Ilha) na época em que ambos moravam em Glasgow. Isto é, até seis anos antes, quando June foi forçada a voltar para Skye após o súbito ataque cardíaco de seu pai e resolveu ficar para ajudar a mãe a administrar a pequena pousada. Alastair escolhera — de uma forma um tanto brutal — continuar em Glasgow. Não apenas partiu o coração de June, mas também causou um desentendimento entre minhas duas amigas, já que Heather não podia cortar as ligações com o irmão.

Odiei o fato de estar tão longe e, de alguma forma, ainda estar envolvida em tudo. Fiquei furiosa por June e ameacei voar até Glasgow e arrancar as bolas de Alastair com as próprias mãos. Mas, no fundo, uma pequena parte de mim, apesar de se sentir culpada, conseguia compreender. A vida em uma ilha remota não era para todos. Por mais que Alastair tenha sido cruel em suas ações, não era melhor acabar com aquilo de uma vez do que passar anos construindo uma vida com alguém, sempre com um pé fora da porta?

Ao ver June reconfortar Heather dessa forma, não restavam dúvidas de que aquelas velhas feridas eram coisa do passado.

— Heather, sinto muito por ter tocado no assunto, eu não fazia ideia.

— Eu deveria ter te contado, mas acho que fiquei com vergonha. — Ela apoiou o rosto entre as mãos e deu uma risadinha. — Sou uma mãe solo de 30 anos que trabalha em dois empregos, não é bem a vida que sonhei.

June apontou sua xícara de chá para Heather.

— Você está arrasando, mamãe.

Brindei com June.

— Saúde. Com certeza você é a mãe solo mais gostosa que já vi. — Obtive a reação desejada quando ela deu uma risadinha, balançando o cabelo loiro de forma dramática.

— Tá bom, tá bom, já falamos o bastante desse assunto. — June bateu a mão com unhas bem-feitas na mesa. — É sua vez, April. O que você está fazendo aqui e quanto tempo vai ficar?

Fingi pensar, batendo um dedo nos lábios.

— Hmm... Não faço ideia e, de novo, não faço ideia.

Diante de suas expressões de espanto, expliquei como tinha vindo parar ali. Como descobri a morte de Kier por meio do advogado dele, que, aparentemente, recebera instruções estritas para me notificar apenas após o fato. Como enfiei tudo o que tinha no carro e dirigi até ali por impulso, sem entender bem o motivo, mas sabendo que precisava estar *ali*. E, sobretudo, como eu precisava decidir o que fazer com a mansão.

Repassar minha lista crescente de preocupações me fez perceber que, embora partisse meu coração vender a casa, não tinha certeza de que poderia mantê-la.

— E, em meio a tudo isso — acrescentei, afastando-me de meus pensamentos mais sombrios —, o contrato com minha agência chegou ao fim. Ainda não assinei com outra, portanto, tenho algum tempo e este parece ser o lugar perfeito para passá-lo. — Expliquei depressa o drama da minha carreira, com a esperança de que me poupassem de ter que falar mais daquilo.

— Você falou com Mal? — perguntou Heather.

Franzi a testa.

— Por que eu falaria com Malcolm? — Será que ele contara para ela o que havia acontecido na noite anterior?

— Porque ele administra a destilaria e mora no chalé ao lado… — Ela parou de falar diante da minha expressão atônita. — Você não sabia?

— Eu não fazia ideia. — Ao menos isso explicava por que ele havia arrombado a janela da cozinha na noite anterior. *Mais ou menos.* — Há quanto tempo?

Ele tinha trabalhado na destilaria quando era adolescente, mas a maioria dos rapazes da região ajudava Kier para ganhar um dinheiro extra durante o verão.

Heather semicerrou os olhos.

— Não sei… alguns anos.

— Anos?

— Kier nunca mencionou? — perguntou June.

Balancei a cabeça. *Ele deixou de mencionar muitas coisas.*

Heather tomou um gole de seu chá.

— Ninguém conhece aquele lugar melhor do que Mal. Se tiver uma forma de salvá-lo, ele vai saber. A destilaria é muito importante para ele.

— Passei por lá esta manhã e estava tudo trancado.

Heather deu uma risadinha.

— Sim, ele faz isso. Não gosta quando as pessoas aparecem "sem avisar". Tenho certeza de que vai ficar aliviado ao ver você.

— Duvi-dê-ó-dó. — Bufei. — Nos encontramos ontem à noite e ele não ficou nem um pouco feliz, ele me mandou até voltar para Londres.

E roubou meu sutiã favorito.

As sobrancelhas de Heather se ergueram.

— Ele disse isso? Mal não costuma bater de frente desse jeito.

— Talvez seja o meu charme. — Sorri, balançando as hastes dos óculos de sol. As duas riram.

— O Mal não fica feliz em ver ninguém, você tem que se infiltrar na vida desse homem até que ele não saiba como viver sem você. Vá lá e converse com ele, bata na porta até que ele perceba que você não vai embora. Por baixo de toda aquela barba e flanela, meu irmão rabugento é na verdade um ursinho de pelúcia. — Ela deve ter percebido minha dúvida, porque riu de novo. — Vou passar para vê-lo hoje de tarde, posso dar uma acalmada nele para você.

— Talvez não seja uma má ideia. — Peguei meu celular e acrescentei: — De todo modo, me passe o número dele, quem sabe se eu mandar uma mensagem seja melhor.

Heather me deu o número dele e salvei nos meus contatos com o nome *Grufalão*.

— Quando encontrar com ele, por favor, não mencione meus problemas financeiros. Não quero que fique preocupado achando que vou vender tudo… Essa é a última das hipóteses. Se eu precisar de ajuda, vai ser mais fácil se não achar que estou conspirando contra ele.

Percebi que Heather não gostou da ideia de mentir para Mal, mas, depois de um instante de hesitação, ela concordou.

— Você deve estar certa.

5
Mal

"BEACH BABY" – BON IVER

Virei a alavanca com um grunhido e me afastei, observando com satisfação enquanto a água fresca do córrego que jorrava depressa dos canos de cobre enchia o enorme tonel de metal. Essa coisa cobria uma grande parte da parede mais distante da sala de maltagem e exigia a maior parcela da manutenção. Com uma pá de metal, misturei o grão dourado no líquido, em um processo chamado maceração, que aumentaria significativamente o teor de umidade da cevada e a prepararia para a germinação.

O começo é sempre minha parte favorita. A expectativa de um novo lote. Uma nova descoberta. Cada barril de uísque tinha uma personalidade, uma impressão digital. Nenhum barril teria o mesmo sabor de outro, por mais que o processo fosse cuidadosamente replicado. E era algo demorado; só a metalização levava dias para ser concluída. Quarenta minutos para encher a cuba com água. Deixar em infusão por doze horas. Drenagem. Oxigenar por catorze horas. Repetir mais duas vezes antes de poder ser transferido manualmente e colocado no chão da maltaria para germinar.

Quando comecei a trabalhar em tempo integral na destilaria Kinleith, Kier propôs que mudássemos para a cevada pré-processada. Seria mais econômico e poderíamos pular o longo processo de germinação. Mas, *na minha opinião…* fazer isso prejudicaria a qualidade. Você recebe o que se coloca e, às vezes, fazer um esforço extra e seguir os métodos tradicionais dá resultado.

A cuba não estava nem na metade quando Garoto ergueu as orelhas, a cauda balançando como uma hélice de helicóptero. Ele uivou e eu o silenciei depressa, indo até a janela saliente na altura da cabeça. Ao menos, na altura da *minha* cabeça e não da verticalmente desprovida April Murphy, porque eu tinha usado essa mesma janela para espioná-la hoje de manhã, quando ela sacudiu a maçaneta da porta como se fosse a dona do lugar. O que, em teoria, ela é.

Metade de mim esperava encontrar sua massa de sedosos cachos vermelhos do outro lado do vidro de novo. A outra parte de mim, que presumia que ela já estivesse na metade do caminho de volta para Londres, não se surpreendeu ao encontrar Callum sorrindo como um colegial, mostrando o dedo do meio para mim. Retribuí o gesto, mas deslizei o ferrolho e abri a porta. Ao avistar um de seus humanos favoritos, Garoto saiu correndo pela fresta, as patas encontrando as coxas do meu irmão, cobertas pela calça jeans, e dando lambidas entusiasmadas nas mãos dele. Acostumado a ser coberto de saliva animal todos os dias, Callum não pestanejou.

— Olá, seu furacão com pelos. — Ele alisou a cara de Garoto, puxando seus olhos e verificando os dentes daquela forma clínica que deve fazer inconscientemente. — Como vai meu bom garoto? Cuidando desse ranzinza aí? — Ele sorriu para mim. Mostrei o dedo do meio de novo e dei as costas para verificar o nível da água.

Callum veio ao meu lado, lavou as mãos na pia e mergulhou uma delas na bebida, pegando um punhado de grãos e deixando-os escorrer pelos dedos.

— Vai ser um malte dos bons — observou com satisfação. — Eu teria ajudado, mas minha manhã foi bem cheia. O dia todo vai ser, aliás.

Mexi de novo na mistura e falei:

— Se está tão ocupado, o que está fazendo aqui?

— *Ai,* assim você parte meu coração, Mal.

Fiz uma careta.

— Desculpa… É que tem muita coisa acontecendo agora.

Ele me encarou, encostando a cintura na borda de metal.

— Vou passar por aqui no fim de semana pra dar uma mãozinha.

— Não precisa fazer isso. — Ele já tinha que administrar o próprio negócio bem-sucedido, não queria que assumisse meus fardos também. — Ewan vem amanhã, isso deve ajudar a aliviar um pouco.

O rapaz me ajudava algumas manhãs por semana. Era um pouco lento e muito tagarela para o meu gosto, mas tinha boas intenções.

Callum bateu uma mão em meu ombro.

— Tenho que me manter em forma de algum jeito se quiser ter uma chance de acompanhar você.

Eu sabia que meu irmão estava brincando. Ele era a única pessoa que se atrevia a me provocar com relação ao meu tamanho. As mulheres adoravam o porte atlético dele, enquanto eu era grande a ponto de intimidar as pessoas. Sentia a maneira como as mulheres me olhavam, às vezes com admiração, mas, na maioria das vezes, com cautela. Isso me fazia ter vontade de me encolher dentro de mim mesmo.

Ele tirou um sanduíche do bolso, sentou na borda da cuba e deu uma mordida enorme, me observando enquanto mastigava.

— Antes que eu me esqueça, mamãe quer você no jantar de sábado desta semana.

E lá estava.

Os cantos da minha boca se curvaram, fazendo a cicatriz no meio do meu lábio se retorcer — aquela que era resultado das múltiplas cirurgias para reparar a fenda palatina com que nasci. O que muitos não sabem sobre a fenda palatina é que, muitas vezes, ela não se limita à alteração estética. O meu caso era grave, o que significa que o tecido mole da minha boca e garganta não se fundiu no útero, causando problemas de alimentação, deglutição e, conforme cresci, de fala. Depois de várias cirurgias e anos de fonoaudiologia, restou apenas uma pequena cicatriz. Mas uma infância dentro e fora do hospital também pode deixar outras cicatrizes, que não são tão fáceis de serem vistas e compreendidas.

Por instinto, me afastei dele.

— Não sei se consigo. Tenho muita coisa…

— Que bom que estarei aqui para ajudar, então — diz ele, me cortando com eficiência. — Então posso dizer que você vai? Excelente. — Cal me deu um tapa nas costas antes que eu pudesse recusar de novo.

Merda. Por isso minha mãe sempre mandava Callum: era impossível dizer não para ele. Ele era o causador de problemas na infância, uma pessoa muito sociável, enquanto eu me contentava em ficar no quarto assistindo a filmes ou jogando videogame. Heather era um pouco mais reservada, como eu, mas ainda tinha um bom grupo de amigos para tirá-la de casa. Alastair, meu único irmão que morava no continente, era a sombra de Callum. Os dois eram muito parecidos e tinham apenas um ano de diferença de idade, então muitas vezes as pessoas achavam que eram gêmeos.

Eu amava minha família, por mais que meu pai e eu quase nunca concordássemos em nada. Mas eu odiava estar em qualquer ambiente de jantar mais formal. Me causava ansiedade, fazia minha pele coçar. *Precisava* estar em movimento, as mãos ansiando por uma tarefa para manter minha mente estável. Também detestava conversa fiada, ainda mais quando as perguntas sempre se voltavam para mim.

"Está saindo com alguém?", minha mãe sempre perguntava, a esperança fazendo seus olhos azuis-acinzentados brilharem.

"Como anda o trabalho?", meu pai contra-atacava, procurando algum motivo para se orgulhar de mim. Como clínico geral e sargento aposentado do exército, Jim Macabe esperava grandes coisas de seus filhos. Callum era veterinário; não era médico, mas estava próximo. Alastair havia seguido a tradição da família, trabalhando como clínico geral em Glasgow. Heather, mãe de gêmeas, também recebeu seu selo de aprovação à moda antiga. E eu... bom, meus olhos passearam pela sala de maltagem. Eu trabalhava em uma destilaria de uísque decadente que nunca seria minha, com lucros menores a cada ano.

As diferenças eram gritantes.

Em busca de uma oportunidade para mudar de assunto, perguntei a Callum sobre o encontro do último fim de semana. Ele tinha dirigido até Inverness para encontrar a moça. Um pouco extremo, talvez, mas o número de encontros era limitado em uma ilha com mais gado do que pessoas. Ele sorriu de forma brincalhona por trás do sanduíche.

— Cheguei em casa segunda pela manhã, e vamos deixar assim.

Senti uma pontada de inveja me atravessando como uma bala e, por alguma razão bizarra, a imagem de April Murphy, arfando e ofegante no sofá, me veio à mente de novo. Afastei a lembrança no mesmo instante. A mente de alguém que não faz sexo fazia cinco anos vai parar em lugares bem estranhos. Ou seriam seis? Quem saberia dizer, àquela altura?

— Então você vai sair com ela de novo? — perguntei, a voz mais rouca do que deveria.

Ele riu, zombeteiro, para o sanduíche.

— Nem ferrando. Foi divertido, mas não o bastante para uma viagem de seis horas. De ida e volta, que fique bem claro.

— Deus me livre! — exclamei, rindo. — Suponho que seja bom que Jess tenha feito uma oferta melhor pra você. Se bem que não sei dizer se ela ofereceu a neta ou ela mesma.

— Jessica Brown pode ser a única mulher nesta ilha com quem eu consideraria sossegar.

O rosto de April surgiu por trás de minhas pálpebras de novo, dessa vez rindo, deixando Garoto se esfregar em sua mão. Aquilo estava se tornando um problema. *Mais um motivo para evitá-la.*

Como toda boa família intrometida, assim que meu irmão foi embora, minha irmã apareceu. O cabelo loiro esvoaçando na altura do seu queixo enquanto ela descia de seu Land Rover. *O que um cara tinha que fazer para ficar de mau humor em paz?* Eu já conseguia sentir a dor de cabeça chegando.

Garoto abanava o rabo ferozmente, erguendo-se nas patas traseiras antes mesmo de ela entrar, como se não tivesse passado quinze minutos recebendo toda a atenção do meu irmão.

— Como vai meu sobrinho favorito? — murmurou ela, apertando as bochechas dele. — E meu irmão favorito, é claro.

É, ela queria pedir alguma coisa, com toda a certeza.

— Dois irmãos Macabe num único dia, estou começando a me sentir especial. Qual é? — resmunguei.

Ela franziu o pequeno nariz.

— Não posso passar pra visitar meu irmão?

A culpa foi instantânea.

— Claro que pode, me desculpa. Tem muita coisa acontecendo e Callum acabou de me deixar com a consciência pesada para jantar com a família.

— *Ahh*, a boa e velha consciência pesada familiar. Se ajudar, a Emily está passando por uma fase de colocar ervilhas no nariz, talvez isso alivie a pressão para você. Ou eu poderia pintar meu cabelo de azul e lembrar ao papai que sou o caso perdido da família.

Eu a encarei, descontente.

— Você não é um caso perdido. E sabe que eles amam ser avós. — O que eu não disse foi que nosso pai nunca se decepcionaria com Heather porque não esperava tanto de uma filha quanto de um filho. Ao criar duas lindas garotas enquanto trabalhava em dois empregos, minha irmã era uma super-heroína. — E não precisa me resgatar de nada. Mas fiquei curioso com isso do nariz. É uma ervilha por narina ou quantas ela conseguir enfiar?

Ela respirou fundo, exausta.

— Vai saber. Só agradeço o fato de o fascínio ser só com legumes pequenos. Não tenho tempo para ir ao pronto-socorro.

Ela parecia estressada.

— Quer chá? — Eu não bebia chá ou café, mas tinha certeza de que tinha alguns saquinhos de chá escondidos em algum lugar no fundo de um armário.

— Não. — Ela balançou as chaves do carro na mão. — Preciso buscar as meninas na escola daqui a pouco, só queria ver se você ainda pode ir buscar as duas na sexta. Tenho um turno no pub.

— Claro. Eu busco as duas toda sexta. — Desde que o filho da mãe do ex-marido dela foi embora e abandonou a família.

— *Certo.* — Ela hesitou. — Enfim… Adivinha com quem almocei hoje de tarde?

Franzi a testa, pensando que tivesse perdido parte da conversa.

— Hm… June? Juniper?

— April Sinclair. — Diante de minha expressão desinteressada, ela se apressou em continuar. — Não se faça de bobo, sei que você a viu.

Ah, eu a tinha visto sim. *Camisa amarrotada. Pernas nuas. O sutiã na gaveta da minha mesa de cabeceira.*

— Murphy — disse, quase engasgando. — O sobrenome dela é Murphy. — Não sabia por que esse pequeno detalhe me incomodava tanto.

— Tanto faz. Almoçamos juntas. Bom, na verdade foi um chá e bolo.

— Por quê?

— Porque nós somos amigas.

— Quando foi a última vez que ela falou com você?

Ela cruzou os braços, na defensiva.

— Não sei, talvez na mesma vez que *eu* falei com *ela,* três anos atrás, acho.

— Então, não tão boa amiga assim — ressaltei.

Ela ignorou minha provocação.

— E sabe o que mais? Ela estava muito bonita. — Ela sempre estava muito bonita, todos os homens do planeta sabiam disso. Não era novidade. — Mas claro que você já sabia disso — acrescentou Heather.

Acelerei o passo ao lado da cuba de metal e voltei a mexer, deslocando os grãos para a água com mais força do que o necessário.

— Seja lá o que esteja tentando dizer, Heather, diga logo. Você sabe que odeio esses joguinhos.

Ela expirou com um assobio.

— Ela disse que você estava assim.

Meu coração pareceu doer ao bater.

— Ela falou de mim? — perguntei, flexionando os dedos na madeira.

— Sim. Disse que você foi maldoso com ela. — *Maldoso.* O mundo se revirou no meu cérebro. — E sabe o que eu respondi? "Estranho, meu grande e adorável irmão pode ser um pouco rude, mas nunca maldoso."

— Vá direto ao ponto — resmunguei, odiando o fato de que isso provava que ela estava certa.

— Quero ter certeza de que você está bem.

— Estou bem. Só ocupado. — *Ocupado demais pra isso,* quase rosnei, engolindo as palavras.

Ela ergueu as mãos.

— Tudo bem. Vou sair do seu caminho.

— Não foi isso que eu quis dizer… — Dei um passo na direção dela. Ela parou na porta.

— Tudo o que eu queria dizer é que eu sei que tem muita coisa acontecendo com você, mas tente pegar leve com a April. Ela tentou esconder hoje, mas parecia muito triste.

Triste. Deixei a palavra de lado, junto com *maldoso.*

— Ela deveria estar triste, o avô acabou de morrer.

Eu sabia que, para ter uma chance de convencer a April de me vender a destilaria, precisaria me comportar. Costumava ser bom em me comportar. Ninguém diria que sou amigável, mas, caramba, eu conseguia ser agradável. Tinha feito milagre com a simpatia disponível em mim. April estava aqui não fazia nem vinte e quatro horas e eu já me sentia mais agitado do que em anos.

— Exato. — Ela me deixou com essa frase de despedida.

Atravessei a sala de malte, puxei a alavanca e apertei o cronômetro na parede para doze horas. Com Garoto ao meu lado, fomos direto para a desumidificação, meu corpo desejando o esforço punitivo de rearranjar e transportar barris.

Triste. A palavra me atingiu de novo e bati a porta atrás de mim, as dobradiças velhas protestando com a força. Eu estava quase na escuridão e o ar frio fazia minha pele pinicar. Nem mesmo o cheiro de uísque, madeira e terra úmida foi suficiente para me acalmar.

Os barris de uísque estavam empilhados de três em três sobre estacas de madeira, o novo produto estava em rotação na frente e alguns com quarenta anos de idade amadureciam nos fundos do armazém. Seguindo pela fileira, passei a palma da mão sobre a madeira endurecida.

— Triste — grunhi baixo, segurando um único barril e o girando um quarto de volta, enquanto ouvia a risada brilhante de April da noite anterior. Acho que nunca a vi triste um único dia em sua vida.

Eu estava com 14 anos na primeira vez que de fato prestei atenção em April. Tinha sido arrastado pela minha mãe para a feira anual de Natal e passei a noite inteira assustado. Eram pessoas demais, conversas demais. A música de Natal estava alta e o calor dos horríveis macacões de malha que ela nos obrigou a usar me deixava tonto. Quando o concerto começou, fiquei aliviado com a escuridão. Minha mãe se apresentou com o coral da igreja; uma mistura de hinos tradicionais que terminou com uma interpretação enérgica de "Rudolf, a rena do nariz vermelho", completada por uma dança que fez todos na cidade rirem. Quando pensei *até que enfim vamos embora,* uma April de 12 anos subiu ao palco vestida com uma longa e antiquada roupa de dormir, os cachos vermelhos malcontidos em uma trança grossa nas costas. Eu a reconheci, é claro, pois Kinleith era um vilarejo de algumas centenas de pessoas. Mas, para além de ser amiga da minha irmã mais nova, eu nunca tinha de fato registrado a presença dela até que subiu naquele palco, toda confiante, como se estivesse atordoada. Sonâmbula, percebi. Ela estava fingindo ser sonâmbula.

Murmúrios confusos corriam pela plateia. April não deu atenção a eles e caiu de joelhos, esfregando as mãos manchadas de vermelho e gritando: "Fora, maldita mancha! Fora, eu digo!". O vilarejo inteiro — inclusive eu — assistiu, extasiado, à transformação dela em Lady Macbeth com sangue nas mãos. Até hoje, não faço ideia se aquela apresentação de fato foi boa. Eu me lembro de ter achado muito estranho e um pouco inconveniente quando ela se ajoelhou e chorou ao lado do berço do menino Jesus, com a canção de Rudolf ainda ecoando em nossos ouvidos. Mas também fiquei pasmo. Só de pensar em estar diante daquelas pessoas — *falando* na frente delas —, eu suava frio. Mas para April… naqueles poucos minutos brilhou mais do que o sol, e eu já sabia que uma pessoa como ela era grande demais para um lugar como aquele.

Em seguida, meus pensamentos se voltaram para Kier, em como ficara frágil no final, como mal tinha energia o bastante para se arrastar para fora da cama pela manhã, quanto mais tomar banho e se vestir. Lembrei-me do modo como seu lábio inferior tremia quando ele falava dela, recusando-se a olhar para mim quando admitia que não pediria que April voltasse para casa de novo porque ela tinha coisas melhores a fazer do que cuidar de um homem velho como ele.

Então, não. April Murphy não tinha o direito de ficar triste.

6

April

"INVISIBLE STRING" – TAYLOR SWIFT

Consegui meu primeiro trabalho como atriz aos 19 anos. Uma propaganda de alimentos congelados que nunca chegou a ser exibida na televisão. Foi ao sair do pequeno estúdio de filmagem, que não era nada além de uma tela verde colada em um prédio de escritórios degradado em Londres, que conheci Aaron Williams. Ele era um agente de talentos que, depois de ver minha audição, me convidou para uma reunião em sua agência. Quando me lembro daquela adolescente de olhos brilhantes, apertando o cartão de visita de Aaron Williams contra o peito durante toda a viagem de metrô para casa, como se tivesse ganhado um bilhete de ouro, não sinto nada. Nem fúria ou arrependimento. O homem que começou minha carreira foi o mesmo que a encerrou, e isso tinha um tipo de ironia poética que a parte doentia de mim conseguia apreciar.

Conforme me aproximava da destilaria pela segunda manhã consecutiva, puxei parte da confiança que sentira todos aqueles anos antes. Era tão cedo que a neblina matinal ainda não havia se dissipado do topo do penhasco. Redemoinhos de nuvens brancas davam à terra uma atmosfera etérea, como se você pudesse encontrar uma fada tomando sol em cima de uma flor de lótus.

Ao me aproximar da porta, preparei-me imaginando que estava em um tapete vermelho usando um Vera Wang em vez de tênis sujos de lama. Bati bem alto e esperei. Como não houve resposta, bati de novo os nós dos dedos na madeira grossa. Eu tinha visto o que só poderia ser o Land Rover do Mal em minha caminhada matinal. Sabia que ele estava lá. Dessa vez, eu falaria mais do que duas palavras com Malcolm Macabe e o encantaria como fazia com todo mundo.

Com Dudley aconchegado em meu peito em um sling, equilibrei em uma das mãos uma garrafa térmica de café e bolinhos de limão que preparei ontem à noite enquanto assistia a episódios de *Grey's Anatomy*.

Alguns diriam que uma manipulação estava em andamento, mas eu diria que estava fazendo uso de artilharia pesada. Se ele não gostasse dos meus bolinhos, eu tinha mais uma dúzia de receitas da Elsie para tentar; *sconnes* de cereja, cheesecake de mirtilo, café e bolo de nozes. Tinha todo o tempo do mundo e um estoque ilimitado de açúcar.

Um cachorro latiu do outro lado da porta, seguido de um *"quieto"* em protesto. Então, o silêncio.

Ah, nem ferrando. Meu punho encontrou a madeira de novo, batendo sem parar, como um pica-pau irritante.

— Malcolm, estou ouvindo você — protestei, ainda batendo —, posso ficar aqui o dia todo. — Bati cada vez mais rápido até a madeira desaparecer e recuei rápido o suficiente para evitar cair de cara no peito dele.

Malcolm parecia atormentado, com o cabelo achatado de um lado e despenteado do outro, como se tivesse saído direto da cama. Também notei, a contragosto, como estava bonito sob a luz da manhã. Ou estaria, se não fosse pela cara feia e cerrada que marcava linhas profundas em sua testa. Eu tinha certeza de que sua boca também estava retorcida para demonstrar incômodo, ainda que estivesse escondida sob a barba espessa pela qual eu queria passar os dedos. Ele estava de xadrez de novo; a camisa de hoje era vermelho desbotado com a barra desgastada, as mangas subindo além dos cotovelos e uma camiseta branca por baixo, com manchas pretas. Eu me perguntei se todas as roupas dele eram assim, gastas e sujas devido ao trabalho árduo. Eu não era o tipo de garota rústica que curte xadrez e jeans, mas isso parecia bem a praia de Malcolm. Me fez sentir um pouco autoconsciente das calças de pernas retas e blusa de gola alta que eu estava usando.

Ignorando sua óbvia irritação, empurrei o prato de bolinhos para ele e dei o tipo de sorriso reservado para premiações.

— Ora só, bom dia, Malcolm. Bolinhos?

Ele nem ao menos olhou para o prato.

— Sou alérgico a lactose. — O *golden retriever* tentou se enfiar no minúsculo espaço entre o calcanhar dele e a porta. Mal o afastou com uma mão gentil.

— Então acho que a Heather estava tentando matar você, porque ela me disse que são seus favoritos.

— Parece que esse é o tema da semana — retrucou ele, abaixando o olhar para ver Dudley preso ao meu peito. — Que porra é essa?

Presumi que ele não estava falando do cachorro, então respondi:

— Um sling para carregar cachorro.

Eu poderia jurar que ele murmurou "ridículo" bem baixinho. Então, disse mais alto:

— O cachorrinho não tem pernas?

Sarcasmo. O mais puro sarcasmo.

— Ele tem uma rotina de sono bem rigorosa e só acorda de verdade depois das onze — brinquei. Ele revirou os olhos como se fosse a coisa mais idiota que já tinha ouvido. Tudo bem, se precisasse que eu fizesse o papel de atriz bobinha com o cachorro na bolsa, eu faria exatamente isso. Balançando o prato, sorri de novo, mostrando todos os meus dentes de cima. — Não vai pegar um bolinho?

— Eu já comi.

— Ah... Bom, posso entrar? — Estiquei o pescoço para espiar e a mão dele surgiu em minha frente, segurando o batente.

— Não.

— Por quê?

Ele suspirou.

— Estou ocupado.

— Talvez eu possa ajudar, estou com meus sapatos mais confortáveis.

Ele percorreu meu corpo com o olhar, observando minhas roupas. A avaliação não foi positiva ou negativa. Pareceu mais uma confirmação.

— Não. — Ele fez menção de fechar a porta, mas coloquei o pé no caminho.

— E se eu prometer não atrapalhar? — Ergui a garrafa térmica. — Trouxe café.

Malcolm fez uma pausa, considerando e... abriu a porta. *Ding, ding, ding. Senhoras e senhores, temos uma vencedora.*

Ele se afastou para permitir que eu passasse e, quando a porta fechou, ele se moveu ainda mais para longe, os polegares roçando as pontas de seus longos dedos. Parecia nervoso.

Meu sorriso era de desentendida enquanto colocava os bolinhos e o café no parapeito da janela e soltava Dudley do sling. Assim que suas patas tocaram o chão, ele e o *golden retriever* se lançaram um contra o outro, com uma série de latidos que enchiam o ar enquanto pulavam e davam cambalhotas. Minhas entranhas pareciam marshmallows derretidos enquanto eu observava.

— Esse cachorro só tem três patas — disse Mal atrás de mim.

Eu me virei para encará-lo, apoiando o queixo nas mãos na melhor imitação de Scarlett O'Hara.

— Ah, pelos céus, como foi que não notei? — Meu suave sotaque sulista ecoou no espaço quase vazio. Mal balançou a cabeça, inclinando-se para enfiar uma das mãos no gigantesco tonel de água ao nosso lado, o único equipamento no longo cômodo. — Ah, para com isso! Essa foi muito engraçada.

— Acho que nossas definições de engraçado são diferentes.

Mostrei a língua quando ele virou de costas. Malcolm continuou a me ignorar, mexendo em vários mostradores na parede, e entendi que isso significava que não me expulsaria tão cedo. Servi o café e ofereci uma caneca de lata para ele, que aceitou com um assentir de cabeça e colocou ao lado dos pés.

— Qual é o nome do seu cachorro? — perguntei, meu foco voltando para os cães que haviam se derretido em uma pilha de pelos no chão.

— Garoto — respondeu.

Fazia sentido.

— Quando ouvi você no outro dia, achei que era um apelido... Por que você deu esse nome, Garoto?

Pude perceber, pela sua postura, que minhas perguntas o deixavam irritado.

— Não estava nos planos ficar com ele, então o chamei de "Garoto" e o nome pegou.

— Não queria ficar com ele? — Voltei a olhar para o lindo cachorro. — Como alguém poderia não querer ficar com ele?

— Como eu disse, estou ocupado. Não tenho tempo para distrações.

Isso com certeza foi uma indireta bem direta. A carapuça serviu. Eu me afastei, usando a distância para observar o que sabia ser o piso de cevada. Era do jeitinho que eu me lembrava. Pavimento escuro, com várias vigas de sustentação no centro. Pequenas janelas com escotilhas em ambos os lados da estrutura, oferecendo uma vista ininterrupta da costa escarpada que terminava nas ondas azuis que quebravam sem parar. Ganchos pendurados ao lado da porta seguravam instrumentos de vários tamanhos e eu não sabia a finalidade de metade deles. Estava passando um dedo sobre as pontas de um ancinho quando Malcolm me surpreendeu.

— Se veio aqui me convencer de deixar você vender este lugar bem debaixo do meu nariz, um copo de café e um bolinho não vão ajudar. É esse o plano, não é? — Ele ainda estava de costas para mim, mexendo a cevada conforme a água começava a cair.

Como ele sabe? Parecendo ouvir a pergunta que não fiz, ele emitiu um som que parecia a réplica triste de uma risada.

— Seus olhos estão brilhando com cifrões desde que chegou aqui, princesa.

Princesa. Ele cuspiu a palavra como se fosse um insulto.

— Tinha planejado fazer ao menos uma semana de bolinhos de limão, na verdade — disse, fungando. — Que tal um bolo de cenoura? Isso funcionaria?

— Quem se deixaria convencer por um bolo de cenoura?

— Você não comeu o meu — respondi, e eu poderia jurar que as orelhas dele ficaram vermelhas. Eu me aproximei mais, passando um dedo pela borda da bacia. O líquido no interior ficou marrom-claro com a mistura da água com o malte.

— Isso parece novo.

Ele ficou tenso e olhou para mim por cima do cotovelo.

— Sim, troquei faz dois verões.

— Você ou o Kier?

Ele sabia o que eu estava perguntando.

— *Eu troquei.* — As sílabas eram como um choque de metal. Ele parecia enojado. — Você está mesmo pensando em vender as peças desse lugar, como um carro quebrado?

— Eu não quero fazer isso. — Será que ele achava mesmo que eu era tão insensível a ponto de vender o legado de Kier sem pensar duas vezes?

Malcolm me encarou de frente, os olhos assumindo um tom cinza--metálico conforme a raiva aumentava.

— Então não faça isso. Venda para mim.

— Para você? — A esperança faiscou como um fósforo aceso. — Você tem grana pra isso?

Ele abaixou o queixo, as botas raspando no chão. Se eu o conhecesse bem o bastante, diria que estava envergonhado.

— Não exatamente. Kier e eu tínhamos um acordo. Eu dava parte do meu salário todo mês para ele, com o combinado de que a propriedade seria transferida pra mim. Ele sabia que você nunca voltaria de vez.

A esperança sumiu tão de repente que meus joelhos quase cederam. *Kier, o que foi que você fez?*

— Você estava comprando a destilaria de Kier? — Eu precisava ouvir de novo. Precisava ter certeza do tamanho da confusão em que Kier me enfiara.

— Sim.

Lambi meus lábios secos.

— Quanto você pagou?

Ele inclinou a cabeça.

— Quase vinte mil.

— Vinte mil!

Kier havia tirado vinte mil dele. Cambaleei para trás, me apoiando na lateral do tonel. *Vinte mil libras.* Isso não podia estar certo. Mas, lá no fundo, eu sabia que estava.

Como eu poderia começar a explicar a esse homem, que havia sido leal ao meu avô por tantos anos, que Kier nunca tivera a intenção de vender a destilaria para ele porque eu já era a dona? Que eu havia comprado a mansão e todas as terras em que ela se encontrava para pagar uma dívida de jogo de Kier, na época em que eu tinha dinheiro e era besta o bastante para pensar que grandes salários não tinham data de validade.

— Isso não… Eu não posso… — Eu não conseguia terminar a frase.

O maxilar de Malcolm se cerrou e aqueles olhos se transformaram em pedras de gelo.

— Você quer dizer que não quer.

Eu poderia rir da ironia. Não tinha nada que eu quisesse mais do que vender a destilaria para ele. Isso resolveria tudo. Mas Malcolm não tinha meios para comprá-la. Com as mãos na cintura, fui até a janela, engolindo meu café já frio de uma vez só, enquanto analisava minhas opções. Tinha que haver uma forma de resolver isso. Eu me recusava a ser um monstro para nós dois.

Malcolm estava certo, a destilaria deveria ser dele. Agora que eu sabia que ele tinha dado todo esse dinheiro para Kier de bom grado, não poderia encontrar outro comprador.

Olhei em volta de novo, uma ideia começando a tomar forma. Uísque estava na moda no momento, e turistas do mundo todo estavam indo para a Escócia, a própria Juniper havia dito isso. Talvez eu não pudesse vender para ele agora, mas um dia, no futuro, quando nos tornássemos lucrativos, talvez eu pudesse.

— Certo, ouve só. Acho que encontrei a solução.

Ele cruzou os braços e, aiai, que belos braços.

— E qual é?

— Juntos, podemos colocar este lugar para funcionar. — Estendi a mão. — É óbvio que você sabe o que está fazendo, e eu…

— Ele já está em funcionamento — cortou ele.

Espelhei sua postura, cruzando os braços até que parecêssemos boxeadores em um ringue, avaliando um ao outro.

— E qual foi o faturamento no mês passado?

— E o que você sabe de faturamento, princesa?

Ignorei o apelido.

— Eu sei que este lugar não deve estar produzindo muito, o advogado de Kier me disse que a destilaria Kinleith tinha encerrado as atividades — respondi, apontando para a caixa de garrafas vazias ao lado da porta. — As garrafas nem têm rótulo!

— Elas não precisam de rótulo.

— Como alguém que não é da região vai saber o que está bebendo?

Ele ficou em silêncio por tanto tempo que achei que não fosse responder.

— Não precisamos de turistas.

— Meu Deus do céu. — Pressionei a ponta dos dedos contra os globos oculares e rezei por forças que já não tinha. — Parece a Idade das Trevas, você precisa de mim mais do que eu pensava. Fez um site, ao menos?

— *Por que* precisaríamos de um site?

Bem, isso respondeu minha pergunta. Minha risada era quase histérica.

— Se quer que eu venda pra você, precisamos ter uma renda de verdade…

— Não tem essa de *nós.*

Firmei minha voz o máximo que conseguia.

— Trabalhamos juntos, essas são minhas condições. É pegar ou largar.

Quando achei que seria impossível que Malcolm franzisse mais a testa, ele provou que eu estava errada.

— Não finja que está me dando uma escolha.

Isso foi o mais perto de um "sim" que eu poderia chegar.

— Ótimo. — Bati palmas, chamando a atenção dos cães, que estavam aconchegados em uma fresta com sol, Dudley sendo a conchinha menor. — Isso vai ser muito divertido.

Do seu lado da sala, Malcolm me observava como se estivesse examinando um corpo estranho sob um microscópio. Como se não soubesse de que maneira tinha chegado a essa situação e não conseguisse imaginar uma maneira de sair dela.

— Por que você se importa tanto? — perguntou, por fim. Eu sabia que a resposta era importante para ele.

Optei pela explicação mais fácil. A verdade, mas não toda.

— É o legado do Kier… este lugar era mais importante do que tudo para ele.

— Não tudo — respondeu Malcolm.

E, pela primeira vez, ele olhou diretamente para mim. Ele não me deu tempo para me preparar enquanto me desnudava, vendo ao mesmo tempo muito e não o suficiente.

Como uma configuração padrão, voltei a estampar aquele sorriso que deixava todo mundo à vontade e me dirigi à porta.

— Vejo você amanhã… sócio. Vamos lá, Dudley. — Ele deu uma última lambida em Garoto e me seguiu até a porta.

7

Mal

"SUNLIGHT" – HOZIER

Queria poder dizer que me vesti com a primeira camisa que encontrei, em vez de trocar de roupa três vezes pela manhã. Queria poder dizer que tive uma noite inteira de sono, e que não fiquei me revirando até Garoto ficar agitado. Queria poder dizer que não estava encarando a porta naquele instante.

Mas, se eu dissesse qualquer uma dessas coisas, seria um belo de um mentiroso.

Com os joelhos enfiados no tonel, apreciei o som do metal cortando o grão, os ombros balançando conforme eu transferia pás de cevada pré-germinada, macerada e pronta para a germinação para um carrinho de mão.

Ewan tinha chegado algumas horas mais cedo naquela manhã. O dia de colocar os grãos era um dos poucos do mês em que outro par de mãos se tornava tão essencial que eu me permitia pagar horas extras para ele.

Eu nem fingi prestar atenção enquanto ele tagarelava sobre uma caminhada que havia planejado para o próximo fim de semana.

—… só temos dois dias, então não vamos conseguir fazer todos os cento e cinquenta quilômetros, mas acho que vamos conseguir chegar ao menos até Rannoch Moor…

— Parece ótimo, que tal começar a espalhar?

Sem se deixar chatear pela irritação em minhas palavras, ele fez uma discreta saudação com dois dedos, enfim levantando o ancinho no qual havia passado a maior parte da manhã apoiado.

— Pode deixar, chefe.

Pulei a borda, as botas triturando os grãos soltos enquanto levava o pesado barril para o canto mais distante e despejava o grão em um monte no chão da maltaria. Ewan começou a trabalhar no mesmo instante, talvez sentindo toda a tensão que emanava de mim. Até mesmo Garoto havia se acomodado em silêncio ao lado da porta, mastigando obedientemente um brinquedo velho ao qual não costumava prestar atenção.

Repeti o processo mais uma vez, suando pelo esforço. Eu sabia que April não estava falando sério sobre ajudar. Esse trabalho era difícil… sujo. A princesa nunca se rebaixaria a esse tipo de trabalho manual. Mas ela poderia ter tido a decência de me avisar em vez de desperdiçar meu tempo. *Estou aliviado, na verdade*, disse a mim mesmo, grunhindo quando os grãos caíam no chão aos pés de Ewan de novo, mais rápidos do que ele conseguia varrer. Uma mulher como April não tinha que ficar por aqui. Ela era muito alegre, sorria demais, ria com muita facilidade. Acho que isso deve ser fácil quando tudo acontece do jeito que você quer.

Eu tinha carregado meu quarto barril quando uma comoção na porta me fez parar. O rabo de Garoto abanava, o nariz fungando pelo pequeno vão na parte inferior.

— Não, Garoto — sussurrei. Ele olhou para mim por cima do ombro, a expressão parecendo dizer "ahh, com certeza, sim". — Não se atreva, porra — avisei, agarrando-me a qualquer resquício de autoridade que me restava.

Ele me ignorou. Com a cabeça inclinada para trás e as patas dianteiras batendo na madeira, ele uivou como se fosse uma sirene, reverberando nas paredes. Ewan largou o ancinho com um estrondo, as mãos protegendo os ouvidos.

— Que porra é essa, quem está lá fora? — Ele fez menção de ir verificar.

— Fique aqui — disse um pouco rápido demais. — Continue trabalhando… Vai levar só um minuto. — Recusando-se a ficar para trás também, Garoto passou por mim, quase arrancando minhas pernas quando a porta se abriu e ele saltou para o cascalho. — Quem não está tentando me matar esta semana? — murmurei, endireitando-me na soleira da porta.

Seus saltos animados diminuíram depressa quando não viu seus novos melhores amigos em lugar nenhum. Em seguida, ele ergueu as orelhas e saiu correndo em direção ao escritório, a cauda batendo na porta fechada.

— Não tem ninguém lá dentro, Garoto! — chamei, seguindo-o. — A porta está trancada.

Seu gemido de resposta dizia o contrário.

A constatação foi como um balde de água fria. *Não, ela não faria isso.* Claro que sim. E, quando olhei pela pequena janela da escotilha, lá estava ela, a *porra* da April Murphy, sentada na cadeira da escrivaninha de Kier, mexendo em todas as gavetas como se pertencessem a ela. Tateei em busca de minhas chaves, escancarando a porta. Ela nem sequer olhou para cima quando a porta se chocou contra o tijolo.

Garoto mergulhou na minha frente, cumprimentando Dudley com um ganido animado.

— Como? — A ira praticamente escorria dos meus lábios.

Ela segurava os braços da cadeira com as mãos pequenas enquanto se virava para mim, como se estivesse sentada em um trono e não em uma cadeira de escritório com a merda de um apoio para a lombar.

— A janela — respondeu. *Nem ferrando.* A janela estava a mais de um metro e vinte do chão e ela devia ter pouco mais que um metro e meio. — É muito mais baixa do lado de fora — acrescentou, lendo exatamente para onde meus pensamentos tinham ido.

— Porque todo o piso inferior fica abaixo do nível do solo para ajudar no controle da temperatura.

— Vivendo e aprendendo, acho.

Ela inclinou a cabeça enquanto se reclinava na cadeira. Estava de novo com aquele short, minúsculo e azul-marinho, que oferecia uma visão completa das panturrilhas fortes e das coxas pálidas e macias quando April passava uma perna por cima da outra. Calçava sandálias que não escondiam as unhas quadradas e minúsculas pintadas do mesmo rosa-bebê que as unhas das mãos.

Desviei o olhar, observando a bagunça na mesa.

— Você gosta bastante de arrombar janelas pra invadir lugares.

— Você não estava presente quando discutimos que a destilaria é minha? — Não detectei malícia em sua voz, apenas verdades duras encobertas por seu tom adocicado.

— Poderia ter pedido a chave.

Uma sobrancelha ruiva se ergueu, fazendo com que suas sardas dançassem na ponte do nariz e nas maçãs do rosto. Seu nariz era pequeno, reto como uma flecha, terminando em uma delicada ponta de elfo. Nem sinal do nariz um pouco aquilino com o qual ela havia nascido.

— Você teria me dado a chave?

Sim, se fosse preciso pra você não correr o risco de se machucar. Não sou tão babaca assim. Mas o que eu de fato disse foi:

— Bisbilhotar não fazia parte do nosso acordo.

— Mas trabalhar juntos, sim.

— Você chama explorações clandestinas de "trabalhar junto"?

Seus lábios rosados e cheios se inclinaram nos cantos, revelando um sorrisinho perigoso e sedutor. Eu o arquivei para análise futura.

— Clandestinas — repetiu ela, girando a cadeira em um círculo completo. — Gosto dessa palavra. — O calor subiu pelo meu pescoço. — Gosto da cara que você faz quando diz.

Eu vacilei. Lento demais para encobrir a reação que suas palavras provocaram. Ela só podia estar brincando, tentando me desequilibrar. Fiquei na mesma posição, falando para a parede acima de sua cabeça.

— Você não vai se safar dessa flertando.

Sua risada suave tocou cada canto da sala.

— Mas é tão divertido.

— Questionável.

Alguma coisa se moveu.

— Que tal tomar café da manhã?

Senti o cheiro de algo doce de dar água na boca, canela e açúcar. Não. Eu não ia cair nessa de novo. Tinha comido todo o prato de bolinhos de limão que ela deixara ontem, e a bruxinha também sabia disso. Ignorei a oferta e apontei para a porta com a cabeça.

— Vamos lá, então.

— Vamos fazer o quê?

Talvez eu fosse um canalha, porque algo dançou dentro do meu peito com a confusão dela.

— Temos trabalho a fazer.

— Estou trabalhando…

Fiz que não enquanto subia os degraus.

— Receio que hoje seja dia de mão na massa. — Como esperado, ela não me seguiu. Esperei do lado de fora da porta e chamei de volta: — Estamos perdendo tempo, princesa.

Ela apareceu um segundo depois, tão descontente que fiquei feliz.

— O que "mão na massa" quer dizer, exatamente?

Dei um sorriso forçado, por mais que isso fizesse minha cicatriz se repuxar e, como resultado, meu sorriso parecesse torto.

— Quer dizer: se prepare para sujar suas lindas mãozinhas.

Ela bufou, a trança grossa que continha seus cachos passando por cima do ombro.

— Não estou vestida para trabalhos manuais.

Não. Ela não estava.

— Deveria ter pensado nisso.

Ela olhou para baixo, nervosa, os dentes pequenos e quadrados mordendo o lábio inferior. Suspirei e falei:

— Espere aí.

Olhei para o Garoto enquanto ele me seguia até os materiais de carga, a cauda balançando com alegria.

— Seu traidorzinho. Não vá achando que não vi você lamber a mão dela. — A resposta dele foi balançar ainda mais a cauda. — Ah, sim? Acha que ela é bonita? Bom… sem frango para o jantar. Só biscoitos secos e simples, você vai odiar.

Nós dois sabíamos que a ameaça não era verdadeira.

Encontrei April onde a deixei, olhando para o celular com um pequeno vinco entre as sobrancelhas.

— Tudo bem?

Não sei por que perguntei. Não queria saber nada da vida dela.

Se ela estava surpresa, não demonstrou.

— Está tudo ótimo. Só vendo uma mensagem de Sydney. — Ela colocou o celular no bolso de trás do short.

Sydney. Isso era nome de homem ou de mulher? *Não importa,* lembrei a mim mesmo. A destilaria era a única coisa que importava, e eu participaria desse joguinho com ela pelo tempo que fosse necessário até que ela se cansasse e voltasse para Londres, Beverly Hills ou qualquer outro lugar.

Sacudi o macacão que eu havia retirado dos materiais de carga e estendi para ela.

— Para suas roupas — anunciei.

— Ah. — Seus dedos se enrolaram no tecido cinza. — Obrigada. — Ela parecia de fato tocada pelo gesto.

Eu me remexi no lugar. Ela não deveria ficar comovida, o macacão era enorme e cheirava a mofo.

— Vai dar conta do recado.

Ela concordou e colocou uma bolsa de aparência cara sobre as pedras, depois levantou uma perna, mexendo na complicada tira em volta do tornozelo. *Meu Deus, vamos ficar o resto do dia aqui.* Antes que eu pudesse pensar melhor, arranquei o macacão da mão dela e me ajoelhei, abrindo bem o tecido.

— Perna.

— O quê? — Sua pergunta soou atordoada, mas minhas bochechas ardiam demais para encará-la.

— Perna. — Eu repeti, limpando a garganta. — Coloque sua maldita perna no buraco, princesa.

Ela apoiou a mão no meu ombro para se equilibrar. Deslizou o pé pelo tecido, o osso e o tendão delicados roçando em meu polegar. Apertei o tecido. Passei para a próxima perna. Ela também tinha sardas ali. Pequenas estrelas bronzeadas em cada um de seus dedos do pé. Eu poderia ter soltado o tecido, mas o fiz subir devagar por suas pernas até que minha mão tocou a parte interna de sua coxa. Nós dois estremecemos, e eu soltei o macacão. Ela não o pegou a tempo e ele voltou a se acumular em torno de seus pés. Ela se abaixou para pegá-lo, subindo-o pelas pernas como se estivesse nua. Dessa vez, eu não ajudei. Também não me levantei de onde estava ajoelhado.

Que porra era aquela? Eu mal conseguia respirar.

Ela já tinha fechado metade dos botões de pressão quando me levantei. Eu ainda não confiava em mim mesmo para falar, então me virei e voltei para a sala de malte, confiando que April me seguiria. Uma grande parte de mim esperava que ela não o fizesse.

8

April

"SPARKS" – COLDPLAY

— Achei que não voltaria mais — reclamou uma voz enquanto Malcolm avançava, abaixando a cabeça para passar pela porta baixa. Ao olhar por cima do ombro dele, fiquei surpresa ao encontrar um rapaz de 20 e poucos anos, com cabelo ruivo e cacheado como o meu, pingando de suor e segurando um ancinho como se fosse uma tábua de salvação.

— Tinha que resolver uma coisa — respondeu o barítono profundo de Malcolm, causando-me arrepios.

Aquela voz. Quando eu ignorava as palavras que vinham com ela, aquela voz *fazia algo* comigo. Algo delicioso. Ele deveria narrar os audiolivros obscenos que eu adorava ouvir. Seria como ter um James McAvoy mais sexy sussurrando em meu ouvido. E James McAvoy já era sexy para um caramba.

Então me dei conta do que ele disse. Eu era *a coisa* nesse caso?

O jovem parecia estar pensando a mesma coisa, porque seus olhos se voltaram para mim e se fixaram. Quando sorri, ele piscou.

— Você é... você é April Sinclair.

Minha expressão vacilou, e eu sabia que Malcolm havia percebido. Odiava ser pega no flagra e, por isso, coloquei o máximo de alegria em minha voz e estendi a mão.

— Em carne e osso. — *Meu Deus*. Até eu queria revirar os olhos. — Meu cheiro costuma ser melhor do que esse, eu juro. — Minha mão livre apalpou o macacão cinza que me cobria.

Ele aceitou a mão que eu oferecia, apertando-a enquanto a sacudia com entusiasmo.

— Eu sei… Quer dizer, você parece ter um cheiro maravilhoso. — Suas bochechas ficaram vermelho-cereja. — Quer dizer…

Eu ri, não pude evitar.

— Sei o que você quer dizer. — Olhei de volta para Malcolm, mas ele já estava na metade do caminho para o enorme tonel, com a pá na mão, fingindo que não existíamos.

— Desculpe — disse ao garoto —, nosso chefe mal-humorado se esqueceu de me dizer seu nome.

— Ewan… Ewan Davies — respondeu ele, ansioso.

— Prazer em conhecê-lo, Ewan.

E estava falando sério, ele tinha feições gentis. Grandes de uma forma que o fazia parecer mais jovem do que provavelmente era.

— Agora que acabaram com as trocas de gentilezas, que tal trabalhar um pouco? É pra isso que pago você, afinal — resmungou Malcolm, sem sequer levantar o olhar de sua pá.

Ao meu lado, Ewan se sobressaltou e me lançou um olhar de desculpas.

— Certo. Desculpe, chefe.

E eu… fiquei ali parada. Não ia deixar que esse gigante mal-humorado me intimidasse em meu próprio estabelecimento. Eu sabia que era ousado chegar depois de doze anos e balançar meu pênis metafórico, mas era, literalmente, a única vantagem que eu tinha.

— Você vai me pagar? — perguntei, virando-me toda para Malcolm.

Ele fez uma pausa, cruzando as mãos sobre o grande cabo da pá. Pontos finos de suor cobriam seu nariz e as maçãs do rosto afiadas.

— Não tenho como pagar você.

Fiz beicinho de uma forma que eu sabia que o irritaria.

— E se eu precisar comprar uma bolsa nova?

Os olhos cinzentos se voltaram para minha boca. Dessa vez, o olhar não parecia crítico.

— Tenho certeza de que você pode encontrar um morador solitário da ilha pra te presentear. Se os boatos estiverem corretos, você adora um *sugar daddy*.

Eu me segurei para não estremecer. Os boatos *não* estavam corretos.

— Andou lendo a meu respeito, chefe?

No segundo em que o apelido saiu dos lábios de Ewan, momentos atrás, eu suspeitei que Malcolm o detestava. A flexão de sua mandíbula confirmou minha hipótese. Ou era isso, ou eu tinha quase acertado no alvo com minha acusação. Ele abaixou o olhar.

— Não faça perguntas idiotas, princesa. Só comece a trabalhar.

Levei as mãos à cintura.

— É um pouco difícil se eu não souber o que tenho que fazer.

— Ewan — vociferou ele, e o garoto quase caiu de cara no chão na pressa de me ajudar.

— Aqui, pegue um ancinho na parede — ele apontou para a prateleira de equipamentos —, talvez seja melhor começar com um pequeno. — Depois que escolhi um ancinho com cabo de madeira macio, ele fez sinal para que eu o seguisse. — O chefão está despejando a cevada pré-germinada, que é a parte mais difícil. Nosso trabalho é varrer a cevada em linhas paralelas. Quando está quente assim, é melhor rastelar em linhas bem finas, com uma profundidade de oito a doze centímetros.

Observei o trabalho que Ewan já havia concluído, uma linha bem definida de grãos dourados.

— Não deve ser tão difícil assim, não? — Eu poderia jurar que ouvi uma bufada do outro lado da sala.

Ignorei e me joguei no trabalho.

No fim das contas, foi bem difícil.

Depois do quarto grunhido de "Varra em linhas *retas*, princesa", eu estava pronta para me jogar nas costas dele e terminar o trabalho que havia começado três noites antes na cozinha.

Estava suada. Um nó do tamanho de Glasgow se alojara nas minhas costas e tinha uma lasca no dedo que ardia toda vez que eu segurava o maldito ancinho. Não estávamos nem na metade do trabalho.

A não ser por um brilho fino na testa que só servia para deixá-lo mais atraente — de forma objetiva, sabe, se você gosta de grufalões resmungões, o que não era meu caso, com certeza —, Malcolm estava exatamente como estivera havia duas horas. Isso me fez ferver por dentro.

Pelo menos Ewan estava tão acabado quanto eu. Ele fazia uma pausa a cada cinco minutos ou mais para reclamar que "nunca fica mais fácil" para quem estivesse disposto a ouvir. Eu estava a duas reclamações de gritar "Cala essa boca, Ewan", mas, em vez disso, me contentei em morder o lábio e manter a cabeça baixa. Ewan parecia ser do tipo que chora.

Senti os olhos de Malcolm em mim apenas algumas vezes e fingi não perceber. Eu sabia o que ele estava fazendo… queria me matar de trabalhar, presumindo que eu jogaria a toalha. Será que Mal não sabia que uma mulher que está sob os olhos do público precisa desenvolver a mais grossa das cascas? Eu não conseguiria contar o número de vezes que me disseram que eu tinha um "rosto para o palco". Ou me ofereceram um salário maior se eu perdesse dez quilos antes do início das filmagens. Diretores gritaram na minha cara. Colegas se atiraram sobre mim enquanto suas esposas esperavam no trailer. Milhões de pessoas me viram nua na tela e julgaram meu corpo — havia uma chance de que essa lista *o* incluísse. Se ele queria me fazer desistir, teria que se esforçar muito mais.

— Por que estamos fazendo isso mesmo? — perguntei, apoiando o instrumento de tortura contra a parede para poder trançar de novo meus cabelos suados.

Ewan, que, ao que parece, estava ansioso para mostrar tudo o que sabia, entrou na conversa.

— Estamos tentando fazer com que a cevada germine. É por isso que é importante que você a revolva de um jeito uniforme, ou a germinação não será uniforme.

Inteligente.

— Você já se perguntou quem descobriu essas coisas? Tipo, quem estava de boa em casa e pensou "O que será que acontece se eu deixar essa cevada de molho na água por três dias e depois colocá-la no chão"?

Foi Mal quem me surpreendeu ao responder:

— Os escandinavos. Evidências mostram que foram os primeiros a descobrir a cevada maltada para fabricar cerveja.

— Por que não fico surpresa por você saber disso? — Seus olhos se encontraram com os meus, e a incerteza os tornou frios. E, apesar da tortura que eu havia sofrido esta manhã a pedido dele, precisava que Mal soubesse que eu não o estava provocando. — É legal. É importante conhecer a história das coisas, ainda mais se for algo importante pra você.

Em vez de amolecer como eu esperava, ele se afastou como se eu não tivesse falado. Fiz o possível para não deixar que isso me afetasse. Eu sabia que não era totalmente pessoal. Quando adolescente, Malcolm sempre fora quieto, ainda que um pouco mais gentil. Então, fiz o que eu fazia de melhor: peguei aquele ancinho infernal e comecei a falar.

Começando pela nova pilha que Malcolm havia acabado de esvaziar para mim, eu disse:

— Isso me lembra um filme que fiz uma vez... — Ewan parou de trabalhar, todo ouvidos. — Um drama de época sobre uma jovem que é encontrada andando pelos bosques de uma propriedade rural sem se lembrar de nada.

— Minha mãe adora esse filme — disse Ewan de uma só vez, depois corou no mesmo instante.

Abençoados sejam ele e sua pele clara. Eu apareci completamente nua em uma cena, com exceção de uma peruca de pelos pubianos colada na minha virilha. A cena da qual ele estava se lembrando naquele exato momento.

— *Enfim...* teve uma cena complexa nos campos em que tínhamos de cortar trigo com foices. O plano original era usar dublês para a maior parte do trabalho físico, mas, como eu era novata, insisti em fazer tudo sozinha. No primeiro dia, pelo menos. Qualquer integridade criativa desapareceu bem depressa quando acordei na manhã seguinte e não conseguia usar os braços. — Eu dei uma risadinha. — E, quando o filme enfim estreou, assisti àquela cena centenas de vezes tentando me distinguir da dublê de corpo, e nem dava para perceber!

Ewan fez uma série de perguntas a seguir. *A outra estrela do filme era simpática?* Sim. *Ser ator é tão glamouroso quanto parece?* Não. *Você já roubou alguma coisa de um set?* Sim.

Não me incomodei com as perguntas; é da natureza humana ser fascinado pela fama. As pessoas adoravam dar uma olhada por trás da cortina.

Malcolm, por outro lado, não aguentou por muito tempo. Eu mal tinha começado a contar sobre a vez em que beijei George Clooney por acidente nos bastidores do Oscar quando ele interrompeu, derrubando o carrinho de mão com um estalo alto.

— Se vocês dois não vão nem fingir que estão trabalhando, pelo menos usem esse tempo para o intervalo do almoço.

Ewan e eu nos olhamos envergonhados enquanto Mal se dirigia a uma sacola ao lado da porta e tirava um sanduíche embrulhado. Malcolm comia como fazia todo o resto: com foco e ferocidade. É como se estivesse correndo para comer mais rápido do que no dia anterior.

— Quanto tempo temos? — sussurrei para Ewan.

— Trinta minutos, apesar de o chefe só tirar cinco.

Trinta minutos inteiros.

— Use com sabedoria — respondi, indo até minha bolsa e pegando minha garrafa de água.

Ewan me seguiu, pegando a marmita dele.

— Ele não costuma ser tão mal-humorado. Eu me pergunto o que será que deu nele.

Hmm... Eu me pergunto. Não tinha certeza se deveria me sentir lisonjeada por, ao que parece, ter tido um efeito tão duradouro no humor dele. Tomando mais um gole de água, passei as costas da mão na testa suada e fui ver como estava Dudley. Cansados de brincar, ele e Garoto já haviam encontrado um lugar ensolarado para cochilar durante a manhã. Enchi a tigelinha de viagem com água, observando com olhos de coração enquanto eles se revezavam para beber.

— Acho que podem estar apaixonados — disse a Malcolm.

— Eles são cachorros — respondeu ele depois de um tempo.

— Bem, eu acho que é fofo. — Acariciei os dois, afagando as bochechas banhadas pelo sol. — O Garoto não tem alergia, não é? — Outro grunhido que presumi significar não, então dei um petisco para os dois.

Ele acha que sou ridícula.

De repente, precisando de um pouco de ar, decidi passar o resto do meu descanso no lago. Deitada entre as urzes roxas, com os dois cães aos meus pés, mordisquei barrinhas de cereal caseiras, lendo um dos meus romances favoritos que eu nunca ousaria deixar Malcolm ver: *A promessa do duque*. Que felicidade.

Talvez fosse melhor ter aproveitado aquele momento para tirar a farpa do dedo, porque, quando voltei ao trabalho, ele estava começando a latejar.

O cansaço fez com que Ewan e eu ficássemos muito mais calados durante a tarde e, em poucas horas, tínhamos coberto todo o piso. Cada centímetro de concreto branco escondido sob um manto de ouro que cheirava a cereal matinal. O cheiro me fazia lembrar de Kier. Eu o sentia toda vez que ele me abraçava, pressionando meu nariz em seu peito forte.

Colocando meu ancinho contra a parede para sacudir minhas mãos doloridas, observei Malcolm passar a parte de trás de uma vassoura sobre o grão, nivelando as partes que tinham ficado mais grossas.

— O que vem a seguir? — Esfreguei os dedos, estremecendo quando meu polegar passou sobre a farpa.

— Deixamos aqui por seis dias, virando o grão uma vez por dia para garantir que a germinação seja… O quê? O que houve?

— O quê? — Levantei a cabeça. Ele estava fazendo cara feia para mim. — Ah… — acenei com a mão machucada —, não é nada, apenas uma farpa. Eu tenho algumas pinças na mansão, vou cuidar disso…

Mas ele já havia tomado minha mão, puxando-me para mais perto para ver melhor. O topo de sua cabeça estava no mesmo nível do meu rosto e senti o cheiro de seu xampu fresco.

— Você deveria ter dito algo antes.

— Está tudo bem, quase nem dói mais… Ahh! — Um dedo grosso cutucou a ferida.

— Venha. Ewan, você pode ir embora. — Com a mão girando para envolver meu pulso, Malcolm me puxou atrás dele e mal tive a chance de me despedir de Ewan antes de sairmos para o agradável sol da tarde. Nenhum de nós falou enquanto contornávamos o prédio, parando ao lado de uma porta que agora eu sabia que dava para a casa dele. — Espere aqui.

Não esperei, é claro. Os dois cães e eu o seguimos até sua casa minúscula, mas charmosa. Havia coisas por toda parte, mas não parecia desordenada. Uma cozinha compacta que dava lugar a uma área de estar aconchegante, com uma lareira na frente da qual eu podia imaginar Garoto enrolado. Uma televisão gigante que parecia ser um item básico em qualquer casa de solteiro. Dei uma olhada na enorme cama no ponto mais distante do quarto, apenas o suficiente para ver que os lençóis azul-marinho estavam bem arrumados. Voltei minha atenção depressa para as estantes de madeira que ocupavam quase uma parede inteira, repletas de livros e DVDs. Eu não sabia que as pessoas ainda colecionavam DVDs. Somente o suspiro de Malcolm me impediu de inspecionar cada um deles.

Revirando uma gaveta, ele acenou com a cabeça para uma cadeira na pequena mesa de jantar.

— É melhor se sentar, já que se convidou para entrar.

— Este espaço é muito bonito — disse, sentando-me na cadeira frágil. Grunhido.

— Há quanto tempo você mora aqui?

— Tempo suficiente.

— Tempo suficiente para o quê?

— Só… tempo suficiente. — Ele fechou a gaveta, com um pequeno kit de primeiros socorros na mão. — Coloque a mão sobre a mesa.

Eu obedeci, mordendo o lábio para conter uma risada. A farpa poderia estar na minha mão, mas era ele quem estava agindo como um urso com um espinho na pata. Malcolm ocupou a cadeira oposta. A mesa era tão estreita que os joelhos dele se chocaram contra os meus. Ele abriu o zíper da bolsa, tirou vários itens pequenos, um lenço umedecido com álcool e um esparadrapo.

— Se você se machucar, precisa falar na mesma hora. Quando você trabalha com seu corpo, precisa cuidar dele. É sua ferramenta mais importante.

Distraída demais com a sensação de sua perna contra a minha, levei um momento para notar o par de pinças bem afiadas. Qualquer diversão que eu estivesse tendo encolheu-se e morreu ao ver aquilo.

Fechei os dedos e comecei a me levantar.

— Sabe… eu posso cuidar disso sozinha. Você deve ter coisas melhores pra fazer.

Não fui muito longe. A pele quente dele encostou na minha e minha bunda bateu na cadeira.

— É claro que vou cuidar disso, April. Agora pare de agir que nem bebê.

Não sei se foi o fato de ele ter me chamado de April e não de "princesa" ou sua insinuação de que eu estava com medo que me fez ceder. Mas, quando ele segurou minha palma com a sua, muito maior, curvou-se e levantou a pinça, desviei o olhar. Ela se cravou em mim com um beliscão agudo.

— Ahh...

— Nem doeu.

Por instinto, puxei a mão e ele me segurou com mais força.

— Ai! Isso arde...

— Não arderia se você parasse de se contorcer...

— Você precisa pressionar com tanta força...

— Fique quieta.

—... Ahhh!

— Peguei! — Ele segurou a enorme farpa presa entre as pontas da pinça, triunfante. — Veja, é pequena, nada com que se preocupar.

— Nada com que se preocupar? Você quase arrancou meu dedo todo!

Percebi um leve indício de um sorriso torto naquela boca carnuda.

— Por favor, chega de drama, princesa.

Ele abriu a toalhinha com álcool e passou na minha pele, causando outro grito de protesto. Dessa vez, ele acabou rindo. *Rindo.* Bom, não era bem uma risada, mais uma exalação alta, como a de um rinoceronte furioso. Mas eu aceitaria. Uma vitória era uma vitória. Ele abriu um curativo e o colocou em volta do meu dedo machucado.

— Pronto. Você vai viver para ver outro dia. — Ele alisou o curativo uma última vez e começou a arrumar o kit. Eu enfim dei uma olhada no meu dedo. Era um band-aid de princesa rosa-bebê. E não pude resistir.

— Quem diria que você era um grande fã da Disney?

As bochechas dele ficaram rosadas e Malcolm parou de mexer as mãos.

— Eu cuido das minhas sobrinhas uma vez por semana.

— Sei.

— Cuido mesmo! Toda sexta-feira à tarde.

Com o que eu sabia ser a mais sacana das risadas, dei um tapinha em seu ombro.

— Obrigada por cuidar de mim.

A cara feia voltou com força total.

— Me certificar de que você não perca um dedo por seu próprio descuido não é cuidar de você.

Eu me levantei.

— Amanhã no mesmo horário?

Esperei pela resposta dele. Quando pensei que não responderia, ele disse:

— Sim. E pare de flertar com o Ewan, não é justo com o rapaz.

— O quê? — Uma risada saiu da minha garganta.

Ele cruzou os braços sobre o tampo da mesa.

— Ele não entende vocês, atores, e pode pensar que significa alguma coisa.

Vocês, atores? O que merda isso queria dizer?

Decidi que preferiria não descobrir e abri o meu sorriso mais sedutor, passando um dedo pelo nó da madeira a poucos centímetros de sua mão.

— Quando eu estiver flertando, *chefe*, você vai perceber. — Sustentei seu olhar até que ele engolisse em seco. — Agora… se me der licença, acho que vou tomar um longo banho de espuma.

9

April

"SNAP" – ROSA LINN

— Como andam as coisas na destilaria? — perguntou Heather no momento em que me acomodei com meu café na Brown's no fim de semana seguinte.

Fiquei emocionada quando ela mandou uma mensagem me convidando. Não esperava ser acolhida pelo grupo tão depressa depois de tantos anos longe. Isso me fez lembrar do que sempre amei nessa pequena comunidade.... eles abrem os braços uns para os outros.

Dei de ombros, olhando para os rostos ansiosos de June e Heather.

— Fiquei a semana toda... ajudando. — *Quando o Malcolm deixava.*

— Sim, o Mal mencionou isso, mas eu quis dizer *com* o Mal. Em específico.

— Ah, sabe como é, ele me odeia.

Toda a evolução que fui tola o bastante para achar que tinha acontecido naquele primeiro dia se perdeu depressa. Na verdade, ele ficou ainda mais irritado, grunhindo sempre que Ewan ou eu falávamos. Era ainda pior nos dias em que Ewan não trabalhava. Sob a supervisão silenciosa e estoica de Malcolm, eu virava a cevada duas vezes por dia e pintava as datas nos tonéis da tulha. Durante o tempo todo, eu o observava sorrateiramente girando os barris com uma pequena empilhadeira, um processo que ajudava a reduzir a quantidade de líquido perdido por evaporação. Ao menos foi o que respondeu quando perguntei. Ao me pegar observando, ele disse, como um pai repreensivo, que eu não deveria (sob nenhuma circunstância) usar, tocar ou sentar na empilhadeira… o que, é claro, em meu cérebro se traduziu como "April, você precisa usar a empilhadeira".

Por fim, Malcolm havia me ensinado sobre o processo de fermentação. Enquanto esmagava a cevada, adicionava levedura a um líquido açucarado chamado mosto — sim, todas as partes desse processo têm nomes péssimos — e depois a transferia para um grande recipiente chamado *washback*, outro nome *nojento,* para fermentar. Após cerca de cinquenta horas, quando a parte superior começava a parecer um pouco com mingau, o que, mais uma vez, *nojento,* estava tudo pronto para ser destilado.

A demonstração durou trinta minutos, com ele tirando pequenos frascos de líquido que mostravam as variações do teor alcoólico e me mostrando o brilhante alambique de cobre que ele limpava religiosamente todas as manhãs, quer fosse usado, quer não. Ele fez com que eu cheirasse o mosto, explicando como um nariz treinado seria capaz de identificar o nível de fermentação da forma certa. Logo me dei conta de que Mal só gostava de falar quando o assunto era uísque e, embora eu só tivesse retido cerca de noventa por cento das informações, ele era um professor maravilhoso. Falava devagar e com riqueza de detalhes. Quando eu fazia perguntas, Mal não as desprezava, mas respondia com atenção. Eu estava ficando tão viciada em fazer perguntas que anotava durante a noite o que perguntar no dia seguinte. Era patético, mas havia muito tempo eu havia aceitado minha necessidade insaciável de ser apreciada.

Ah, e fora da destilaria, houve uma vez em que ele me pegou subindo o caminho íngreme depois de uma caminhada matinal na praia, com o corpo úmido de Dudley enfiado no sling. "É melhor não descer ali, vai se machucar nas pedras", gritou para mim.

— Ele disse isso? — perguntou Heather.

— Tá… não foi bem um insulto, foi mais pelo modo como ele disse, como olhou para mim.

— Como ele olhou para você?

— Como se não acreditasse que falava com alguém que é uma bela de uma imbecil. — E, depois que terminei de relatar a cara feia que ele estava fazendo, um sete na tabela que eu estava montando de caras feias de Malcolm, June e Heather se entreolharam.

Em seguida, June me deu um sorriso simpático, enquanto Heather batia palmas.

— Isso é incrível — disse ela, rindo.

Olhei para Juniper, certa de que ela devia ter perdido parte da conversa. June apenas balançou a cabeça.

— Ahhh, não. Eu sei o que você está pensando, Heather. A April acabou de chegar, não vai começar com essa palhaçada.

— Começar o quê? — perguntei.

— Ela está tentando juntar vocês dois.

Eu ri tão alto que sabia que estava chamando a atenção. Uma risada verdadeira, áspera, que saiu do fundo da barriga. Até que Heather disse:

— Não estou tentando juntar ninguém. Não preciso, o idiota do meu irmão está a fim de você, isso é óbvio.

Pressionei minhas bochechas com as mãos, olhando para ela.

— O que me assusta, de verdade, é que não consigo saber se está brincando.

— Está na cara.

— Como?

— Meu irmão quase não fala com ninguém, nem mesmo com a família dele.

Encontrei o olhar de June de novo. Ela estava tão atônita quanto eu deveria parecer.

— E?

— E… — Heather arrastou a palavra. — Ele fala com você, você mesma disse. Não teria avisado você pra tomar cuidado se não se importasse — concluiu, incisiva.

Ela poderia muito bem estar falando como o Chewbacca, porque não fazia sentido nenhum na minha cabeça.

— Tenho quase certeza de que ele estava evitando o incômodo de chamar uma ambulância se eu caísse e morresse. Está só me tolerando. E já deixou isso bem claro.

Ela já estava balançando a cabeça.

— Não. Estou dizendo, esse é o jeito do Mal. Se não gostasse de você, você seria praticamente invisível para ele.

— Você faz parecer tão elogioso — respondi, fazendo June rir em seu café, antes de continuar. — Heather, já passei da idade de me iludir e acreditar que, se um garoto puxar sua trança no parquinho, significa que ele gosta de você. Se um cara está interessado, ele demonstra interesse. Não que eu queira que ele esteja interessado, ou qualquer outra pessoa. Só vou ficar aqui por alguns meses, lembra?

— Tudo bem, tudo bem. — Ela ergueu as mãos. — Vou deixar pra lá. Não concordo, mas vou deixar pra lá.

Suspirei aliviada.

— Obrigada. Como anda a pousada? — perguntei a June.

Seus lábios se contraíram.

— Está tudo bem. Cheia como sempre... é ótimo, mas eu e mamãe não conseguimos concordar em nada agora. Acredito que estejamos ganhando dinheiro suficiente para reformar os banheiros, para que a gente não tenha de chamar o encanador uma vez por semana e dar desconto nos quartos, mas minha mãe é tão mão de vaca que não quer gastar um centavo em nada que não seja *necessário*.

Heather e eu estremecemos.

— Reformar o encanamento me parece bastante necessário.

— Adoro o trabalho, mais do que imaginava que gostaria quando voltei, mas, às vezes, gostaria que fosse só meu, para que pudesse tomar todas as decisões sem ela me pressionar porque não é assim que faria. Isso me torna horrível?

— Como alguém que tem uma história muito complicada com a mãe, devo dizer que não. Mães nos afetam como ninguém mais.

Ou, no meu caso, a *ausência* da minha mãe me moldou. Como atriz e cantora em um navio de cruzeiro, ela viajou para todos os cantos do mundo. Quando eu era criança, achava que o mundo começava e terminava com ela. Eu ficava na praia por horas, olhando para a água e imaginando-a navegando de volta para mim. Quando ficou claro que isso não aconteceria, outro desejo tomou forma. Se ela gostava de viajar... bem, eu viajaria ainda mais. Se ela era atriz, eu me tornaria uma atriz ainda melhor.

— Não se esqueça da gata — interrompeu Heather, me afastando de meus pensamentos.

— Gata? — perguntei.

— Ah, estou cuidando de uma gata para Kelly, a enfermeira veterinária. Estão procurando um lar permanente, mas estou cuidando dela há algumas semanas e, ao que parece, agora minha mãe deu para ser alérgica a gatos.

Pensei um pouco.

— Você não teve um gato na infância?

— Sim.

Dei uma gargalhada. Havia momentos em que eu desejava ter um relacionamento melhor com minha mãe, mas esse não era um deles. Nosso relacionamento ao longo dos anos foi provisório, algo mais parecido com amizade do que com mãe e filha. Eu não sentia mais aquela onda de ressentimento dentro de mim a cada vez que pensava nela. Isso era o melhor que poderia acontecer.

Quando terminamos nosso café, o assunto passou para o trabalho de Heather no pub Sheep's Heid, no vilarejo, e ela se lembrou de um cliente grosseiro que havia atendido na noite anterior.

— Ele disse que qualquer pub de boa reputação serviria Jameson's e eu respondi "Isso é uísque irlandês, amigo. Você não está na Irlanda". Acho que ele não gostou. — Ela bufou com a lembrança. — Acabei conseguindo vender o uísque do Kier pra ele. Bem, agora é do Mal, acho.

Eu me animei.

— Isso é incrível. Você vende bastante dele no pub?

Ela deu de ombros.

— Um pouco. Vendo mais para moradores locais.

Isso queria dizer que não.

Uma ruga de preocupação marcou sua testa, o que me lembrou muito o irmão dela.

— Como anda essa coisa toda? Eu me preocupo com Mal e sei que Callum também se preocupa. Mal se dedicou tanto a esse lugar e foi a única pessoa que o manteve funcionando por tanto tempo, não sei o que faria sem a destilaria.

Culpa. Raiva. Preocupação. Todas elas se juntaram, todas voltadas para Kier.

— Se tudo isso der certo, não vamos precisar descobrir. Deixa eu mostrar o que tenho feito. — Tirei o celular da bolsa, abrindo primeiro meus e-mails para mostrar o novo rótulo que um designer havia criado para a garrafa. Eu queria que continuasse tradicional, então era um rótulo branco simples com "UÍSQUE ESCOCÊS ENVELHECIDO KINLEITH" em letras douradas e o contorno da Ilha de Skye abaixo.

— Ficou incrível — disse June.

— Você mostrou ao Mal? — perguntou Heather.

Eu balancei a cabeça.

— Recebi há algumas horas. — Não admitiria que estava com medo de mostrar para ele. Não queria que ele pensasse que eu estava tentando tomar conta do negócio. — Também estamos trabalhando em um site. — Eu o abri em seguida, entregando-o para que elas pudessem dar uma olhada no site do qual tinha muito orgulho. — Estou montando um perfil de rede social, mas preciso definir nosso conteúdo ideal, portanto ainda estou na fase de pesquisa.

Heather devolveu meu celular.

— Você está se dedicando bastante.

Dei de ombros.

— Eu me importo bastante. — Agora aquilo era mais que o legado de Kier ou a manutenção da casa da minha família. Eu também queria que Malcolm fosse bem-sucedido, porque, mesmo que fosse um belo de um rabugento, merecia sucesso. — O designer, que é meu amigo, me devia um favor, ele fez a maior parte do trabalho no site e no rótulo. Também estou pensando em outra coisa… Quero a opinião de vocês antes de falar com Mal.

— Parece preocupante — brincou June.

Mostrei a língua para ela.

— Lembram da antiga sala de degustação?

— Mais ou menos. — Heather inclinou a cabeça. — Seus avós costumavam dar festas lá.

Concordei.

— Ela não está mais sendo usada, ficou cheia de barris e equipamentos quebrados. Mas fiquei pensando que, se eu limpasse tudo, poderíamos dar uma pequena festa de lançamento para o novo rótulo de uísque. — Mexi meus dedos com entusiasmo.

— É uma ótima ideia — disse June.

— Mas? — Com certeza havia um *mas* ali.

— Mal vai odiar — concluiu Heather.

— Ah, ele vai odiar, com certeza — concordou June.

Talvez.

— Se isso ajudar a salvar a destilaria, ele vai me agradecer. — De joelhos, de preferência.

Não. Nem pensar. Não vamos por esse caminho.

— Você vai voltar direto pra casa? — perguntou Heather quando saímos para a rua.

Estava ventando muito, então coloquei o blazer preto com pequenas margaridas bordadas sobre minha regata, fechando todos os botões.

— Daqui a pouco, tenho que dar uma passada no pet shop antes.

— Petiscos para o Dudley? — perguntou June.

— Sim, mas também quero comprar algo para minha pequena família de raposas.

As duas fizeram a mesma cara de espanto.

— Família de raposas?

— Sim, foi muito estranho. Eu tomo café da manhã todos os dias na beira do lago e, três dias atrás, uma pequena família de raposas apareceu, cinco coisinhas desgrenhadas. No começo, entrei em pânico achando que queriam comer o Dudley, então dei alguns dos petiscos dele para distraí-las enquanto fugíamos. Agora, elas voltam todos os dias no mesmo horário... é muito bonitinho, na verdade.

Heather riu, lançando um olhar de cumplicidade para June.

Juniper só revirou os olhos.

— Caramba, ratinha da cidade, você vai pegar raiva.

— Acho que isso não existe mais.

Ela tirou as chaves do carro da bolsa.

— Quando estiver com a boca espumando, não adianta vir correndo atrás de mim.

Elas jogaram beijos por cima do ombro e caminharam para o estacionamento da prefeitura. Eu me dirigi ao pequeno pet shop mais adiante na rua principal, que eu ainda não havia visitado. Talvez pudesse comprar algo para Dudley e Garoto. Quando foi que comecei a pensar nos dois como uma dupla? Era tão fofo como eles estavam começando a ficar apegados um ao outro. Ao menos *eu* achava fofo. Pelo modo como Malcolm franzia a testa toda vez que seu cão abanava o rabo em minha direção, percebi que ele não gostava, como se Garoto estivesse sendo conivente com o inimigo.

O Palácio dos Animais era pintado em um amarelo-limão bem alegre. Caixas de flores com petúnias e gerânios brilhantes ficavam embaixo das janelas que emolduravam a porta aberta. O interior era minúsculo, com espaço apenas para um pequeno balcão que abrigava um caixa antiquado e fileiras de prateleiras empilhadas com comida, brinquedos e petiscos.

— Ah… olá, bonitão — disse.

Um gato malhado ruivo descansava em uma cama em forma de coroa, confirmando que eu estava, de fato, diante da realeza.

Abaixei a mão para acariciá-lo quando uma voz disse:

— Se eu fosse você, não faria isso. — Retirei minha mão tão rápido que quase caí de bunda no chão. Uma risada alta e adorável se seguiu ao aviso. — Infelizmente, ele parece mais simpático do que de fato é.

Os bigodes do gato se contorceram no que eu poderia jurar ser decepção.

— Melhor do que parecer menos simpático do que você é, acho — respondi, enfim me endireitando para dar uma olhada na dona do sotaque australiano melódico.

A moça curvilínea de cabelo preto já estava me encarando.

— Você é April Sinclair. — Ah. Se alguma pessoa famosa já disse que se acostumou a ser reconhecida por pessoas aleatórias, estava mentindo. A atendente deve ter percebido minha insegurança. — Não, não… Eu não sou, tipo, uma fã maluca. — Ela fez uma careta, torcendo as mãos. — Eu sei que uma fã maluca diria isso, e eu sou sua fã, mas o que eu quis dizer é que a vila inteira está cheia de fofocas sobre você estar aqui e... — Ela fechou os olhos e balançou a cabeça. Quando voltou a abri-los, ela me deu um sorriso doce, ainda que um pouco tímido. — Vou começar de novo. Oi, você deve ser a April, eu sou a Jasmine. — Ela estendeu a mão e eu a apertei com uma risada. Toda essa situação era bizarra, mas também não era o cumprimento mais estranho da minha vida.

— Prazer em conhecê-la, Jasmine. Passei a semana toda querendo visitar sua loja, você tem coisas lindas.

Ela continuou a me encarar e eu limpei a garganta. Jasmine se constrangeu e levou as mãos ao rosto.

— Desculpe, estou fazendo de novo. Nunca conheci uma celebridade antes, não sei bem o que dizer.

Eu ri de novo. Apesar da estranheza, gostava dela.

— Prometo que somos tão chatos quanto qualquer outra pessoa no planeta. Já sei... Que tal você fingir que eu sou apenas uma de suas clientes regulares? O que você diria para mim?

Ela pareceu um pouco horrorizada com a ideia de encenação, mas assentiu e engoliu.

— Bom dia, April. O que posso fazer por você?

Ela nunca seria uma atriz, mas a sugestão resolveu o problema.

— Uma perguntinha estranha, você tem algo adequado para raposas?

— Raposas? — repetiu ela, e eu me perguntei que tipo de reação eu estava prestes a receber.

Expliquei minha situação com a pequena família de raposas que herdei. Ela não pareceu surpresa ou confusa, apenas sorriu e disse:

— Espere aí, eu tenho a coisa certa. — E correu para os fundos da loja.

Eu tinha a suspeita de que Jasmine e eu nos tornaríamos boas amigas.

10

Mal

"PRETTY LIPS" – WINEHOUSE

Mais tarde eu poderia me perguntar como fui parar nessa situação. Hoje não era esse dia. Eu não tinha tempo para isso.

Fazia quase duas semanas que April havia chegado, e eu já estava sintonizado com suas idas e vindas. Sabia que ela passeava com o cachorro por volta das sete nos dias de semana, antes de ir para a destilaria, e por volta das nove nos fins de semana. Também deduzi, pelos indícios do sono ainda presentes em sua postura, que as caminhadas matinais eram a primeira coisa que ela fazia ao sair da cama. Por isso, fui burro, muito *burro*, de presumir que era seguro voltar a usar a cozinha da mansão, desde que eu não fizesse barulho.

Por dois dias seguidos, saí da mansão com a sensação de que minha cabeça estava virada ao contrário. No domingo de manhã, em vez de chegar pela entrada dos fundos e encontrar a cozinha escura e vazia, como eu esperava, encontrei April. De pé no degrau de cima, do lado de fora das portas abertas da cozinha que davam para o lago, ela tomava seu café com os olhos fechados.

Eu poderia ter ido embora, ela não tinha percebido minha presença. Dei um passo para trás e então vi o que ela estava vestindo. Enorme em seu corpo pequeno, um pesado roupão floral feito de um tecido azul brilhante. E, em seus pés, um par de meias de tricô largas. Era uma monstruosidade. Um milhão de quilômetros de distância daquelas jaquetas e shorts coloridos que ela insistia em usar todos os dias. Eu tinha certeza de que a vovó Macabe fora enterrada em algo semelhante.

Ao abrir os olhos, ela se assustou ao me ver.

— Malcolm. — Suas bochechas ficaram no mesmo tom de rosa que a boca e ela se endireitou, passando a mão sobre a gola do vestido, claramente envergonhada por ser pega com uma aparência menos que perfeita. Era a primeira vez que eu a via se constranger com alguma coisa. — O que está fazendo aqui?

Eu não respondi. Não poderia, mesmo que quisesse. O polvilhado de sardas na ponte de seu nariz brilhava na manhã que se estendia. Rosas, laranjas e vermelhos a deixavam em chamas, muito mais impressionantes do que a vista que ela contemplava. Não deveria ter sido sexy. O que ela vestia com certeza *não deveria* ser sexy. Mas, *puta merda*, era sim. Assim como a maneira como o roupão se ajustava em sua cintura e depois se dividia ao redor das coxas nuas enquanto ela trocava o peso de um pé para o outro.

Até aquele momento, eu tinha feito um bom trabalho para não me sentir atraído por ela. Quer dizer, sempre me senti atraído por ela, mas de uma forma segura e *hipotética*. Uma forma do tipo "nunca vai rolar". Olhando para April ali, lembrei-me com muita facilidade por que ela fora minha primeira paixão.

Minha única paixão, na verdade.

Quando era adolescente, quando eu a pegava olhando para mim trabalhando na destilaria nos verões, minhas roupas ficavam apertadas demais e meu rosto parecia derreter sob sua atenção. Mas eu sabia com certeza que isso não significava nada para ela, mesmo quando me acompanhava para almoçar na praia. Nós não conversávamos. Ela lia um de seus livros de romance e eu fingia ler o que quer que tivesse tirado da biblioteca do vilarejo naquela semana.

April era animada, exuberante. Se gostava de alguém, não parava de falar com a pessoa. Ela não agia dessa forma comigo. Eu nem sequer me permitia imaginar isso. Um garoto que mal conseguia olhar os próprios irmãos nos olhos nunca atrairia uma garota como April Murphy.

Ela devia ter percebido que desviei o olhar, pois apertou mais o nó do roupão.

— Desculpe, Malcolm, costumo guardar meus trajes mais escandalosos para meus hóspedes noturnos.

Ela tinha hóspedes noturnos?

— O que está fazendo aqui? — perguntou ela de novo. Não de forma grosseira, mas surpresa, como se eu tivesse traçado uma linha invisível de "não ultrapassar" no meio da propriedade.

Eu me endireitei, concentrando-me nos cachos vinho em suas têmporas.

— A cozinha do chalé não é muito boa... Kier sempre me deixou usar a da mansão. Se isso for um problema...

— Não. Claro que não.

Ela se afastou para que eu passasse por ela na escada. Não o suficiente, pois percebi o toque de baunilha em seu café.

Continuei com meus afazeres, cozinhando os ovos que havia trazido comigo, enquanto os cachorros ficavam no meu encalço, esperando que eu deixasse cair restos. Teria sido educado oferecer a ela, mas não consegui formular as palavras. Enquanto eu preparava a comida, ela falou por cima do ombro, sem se afastar do horizonte.

— É tão bonito aqui de manhã, tão tranquilo. Eu tinha me esquecido.

— O que é uma vista comparada a uma infinidade de salões de beleza e vida noturna, certo? Você deve estar desesperada para voltar para Londres. — Falei sem pensar, mas sabia que era verdade. Skye não a satisfaria por muito tempo. Afinal, era por isso que April tinha ido embora.

— Por que você sempre faz isso? — Era o máximo de raiva que eu já tinha ouvido em sua voz.

— Faço o quê?

Ela olhou para mim.

— Distorcer cada palavra que sai da minha boca até que se torne um insulto.

Saí sem comer meus ovos. Coloquei o prato de lado e passei por ela sem dizer uma palavra. *Maduro pra caralho.*

Aquilo tinha sido na véspera e, quando ela não apareceu no seu horário habitual, às nove horas, andei pela tulha como um touro em uma jaula antes de decidir ir até a mansão para tomar um drinque — e talvez para ver como ela estava. Chamei Garoto para ir comigo, andando depressa. Ela gostava de caminhar até a enseada a partir do caminho na margem; era íngreme, com muitas pedras soltas da grama. Ela poderia ter se machucado em uma dessas caminhadas. Meus pensamentos giravam em espiral durante a caminhada, prontos para enfrentar todo tipo de situação. *Sangue e membros quebrados. A mansão vazia porque ela levou a sério minhas palavras de ontem e foi embora sem dizer nada.* Eu praticamente arranquei a porta da cozinha de suas dobradiças, tropeçando para entrar.

E lá estava ela, bem no centro do familiar espaço, vestindo uma calça de lycra, com a bunda em forma de coração no ar. *Ioga.* Ela estava atrasada por causa de ioga. Nem percebi minha irmã até que tropecei e bati com o joelho com força na ilha da cozinha. Heather deu uma risada ofegante.

— Tudo bem aí, Mal? Você está parecendo um pouco exaltado.

Eu sabia que meu rosto ardia em chamas, sabia que estava parecendo um completo idiota. Então, gritei:

— Você está atrasada!

April se ajoelhou, esfregando o rosto e o pescoço com uma pequena toalha.

— Você disse que não fazia sentido eu estar lá nas manhãs em que você limpa a tulha porque eu só sabia atrapalhar.

Eu tinha dito isso.

— Certo. — *Droga.* — Bem, vou engarrafar hoje à tarde, se quiser ajudar.

Suas feições se iluminaram.

— Sério?

Ela sempre foi assim, como se um fio vivo semipulsante vivesse sob sua pele. Concluía com entusiasmo todas as tarefas que eu pedia, mesmo as mais horríveis. Ela fazia perguntas perspicazes e nunca parecia entediada com os detalhes técnicos que fariam outras pessoas procurarem uma forma de escapar. Eu não conseguia decidir se isso era pura falsidade, afinal, ela era uma atriz premiada. Sua empolgação sempre parecia um pouco demais para eu suportar porque, no fundo, eu ansiava por ela. Queria que fosse real.

— Não consigo me lembrar da última vez que provei o uísque de Kier — disse ela, depois riu, os olhos brilhando como poças de jade quando se virou para Heather. — Na verdade, eu lembro sim! Você se lembra da festa na praia de Andrew Taylor?

Heather emitiu um som que era parte risada, parte grunhido e elas começaram a conversar sobre uma noite da qual eu me lembrava muito bem. Lembrava de encontrar as duas cambaleando na Cairnwell Lane depois que Heather telefonou, interrompendo o quebra-cabeça de duas mil peças que eu estava quase terminando, implorando para que eu fosse buscá-las e não contasse ao papai. Heather estava vomitando atrás de uma caixa de correio quando cheguei lá, e April tentava, com todo o cuidado, prender os cabelos da minha irmã. Estavam bêbadas e risonhas durante todo o trajeto até a mansão, e eu deduzi que, em algum momento, April havia pegado uma garrafa de uísque de Kier para levar para a festa.

Levantando-se, April enrolou seu tapete de ioga com eficiência.

— Desço em quinze minutos, preciso de um banho rápido.

E... aquela imagem ficaria para sempre em minha mente.

— Eu pensei que você costumava engarrafar a cada duas sextas-feiras — disse Heather assim que ficamos sozinhos.

Eu me remexi, ocupando-me em levar uma caneca suja da mesa para a pia e enxaguá-la.

— Jacob não pôde trabalhar na sexta-feira — menti depressa, incriminando Jacob, nosso mestre destilador. — E, se April está falando sério e quer mesmo aprender do negócio, é importante que entenda cada etapa do processo.

Ela cruzou os braços no balcão diante de mim, rolando os lábios entre os dentes e sorrindo daquele jeito que sabia que me irritava, como se tivesse um segredo que mal podia esperar para compartilhar e que iria derrubar toda a maldita casa ao seu redor.

— Então não foi porque a April ia fazer trabalhos administrativos na sexta, mas você sabia que ela estava animada para ver essa parte do processo?

Era exatamente isso.

— Não. Como eu disse, Jacob teve que trocar de dia.

Seus lábios se apertaram de novo e eu me senti como um papel-filme, transparente.

— Tudo bem, guarde seus segredos, irmão.

Assim que abri o barril, April deu um gritinho, inclinando-se para olhar mais de perto.

— Há quanto tempo esse está amadurecendo?

— Quase quatro anos.

Ela tinha se trocado antes de vir para cá, a legging de ioga que quase me deixara vesgo substituída por um de seus terninhos. Esse era rosa-claro, uma cor que deveria ficar estranha com seu cabelo, mas na verdade combinava. Agradeci a onda de frio quando ela entrou vestindo uma calça em vez de seus minúsculos shorts habituais, até que ela se virou para absorver o espaço e eu percebi como moldavam a bunda dela.

— Eu achava que só precisava de três anos. — Ela olhou para mim, e fiz questão de olhar bem acima de seus olhos.

Eu não sabia o que tinha acontecido comigo, era como se aquele maldito roupão de vovó tivesse minado todo o meu bom senso.

— Três anos é a exigência legal mínima, mas, quanto mais tempo você deixa o uísque amadurecer, mais suave ele fica. Temos barris com quase quarenta anos de idade.

— Quarenta anos? Eu não tenho tanta paciência.

— Uísque tem tudo a ver com paciência. Agora... — Eu nos forcei a voltar aos trilhos. Ela tinha um jeito de me distrair sem nem mesmo tentar. — Cada barril perde uma porcentagem de líquido à medida que amadurece, é o que chamamos de parte do anjo...

— A parte do anjo. Que gracinha.

— Não é para ser uma gracinha, é... Não importa, uma vez que o barril é aberto, ele é esvaziado na calha. — Apertei o grande botão verde com o pé e a correia transportadora se deslocou, todos os quatro barris rolando ao mesmo tempo, esvaziando-se na calha profunda abaixo.

— Você mistura vários barris?

Fiquei chocado por ela ter notado. Quando contratávamos novos funcionários, a paixão era sempre a parte mais importante de uma candidatura. As horas eram muitas e o trabalho, árduo. Em uma comunidade pequena, a paixão nem sempre estava disponível e você era obrigado a contratar o único par de mãos capazes. April tinha essa paixão, e eu nem sabia se ela tinha consciência disso. Eu a havia acusado de ser uma princesa e, se ela tinha assumido uma missão para provar o quanto errei, estava sendo muito bem-sucedida.

— A maioria dos uísques, mesmo os de malte único, é misturada. Isso nos permite atingir um nível mais alto de consistência.

— Certo. — Ela mordiscou o lábio inferior, guardando essa informação. — Então, o que acontece?

Apontei para os canos que saíam da calha.

— Eles canalizam o produto para os tanques de armazenamento e de mistura.

— Então, depois de misturar, como você garante que o gosto seja o mesmo todas as vezes?

— Esse é o meu trabalho, moça. — O passo pesado de Jacob ecoou nos degraus quando ele entrou, já tirando os braços de sua jaqueta de veludo cotelê desgastada.

April se assustou, claramente não esperando o recém-chegado. Então ela o viu.

— Eu me lembro de você.

— Sim, isso é bom, senão teria partido o coração desse velho.

Em dois passos, ele pegou April em seus braços e deu um beijo estalado em sua bochecha.

Ela se afastou, mostrando a ele aquele sorriso superiluminado que eu só estava acostumado a ver em fotos.

— Como você está, Jacob?

— Bem, moça. Muito bem. Não tão bem quanto você, eu espero.

Suas bochechas ficaram em um belo tom de rosa, embora eu tenha notado que ela não confirmou nem negou. O instinto se acendeu, aquele que me dizia que April não estava tão satisfeita quanto queria que o mundo acreditasse. Talvez ela não fosse tão hábil em esconder quanto pensava. Talvez eu tenha percebido porque era o mesmo olhar que me encarava no espelho todas as manhãs. Ou talvez eu tenha notado porque, por mais que eu negasse, notava cada pequeno detalhe dela.

— Começou sem mim, foi? — disse Jacob com um bom humor que eu não podia retribuir.

— Precisava mostrar a April o processo de engarrafamento.

Se ele achou estranho, não comentou — a fábrica de misturas era seu domínio, afinal de contas.

— Certo, certo — disse ele, colocando April sob seus cuidados.

Ela o seguiu, parecendo à vontade. Aquela era a oportunidade perfeita para fugir. Para tirar o perfume de April de minhas narinas e colocar os pensamentos em ordem. Eu tinha uma lista de tarefas tão longa quanto meu braço esquerdo, cada item exigindo minha atenção.

Mas, por alguma razão, eu fiquei, como se esse momento fosse importante. Ao mudar de posição, me reclinei contra a parede, com os olhos fixos no rosto de April enquanto Jacob segurava seus ombros, incentivando-a a olhar para dentro do tanque de mistura. O instinto de intervir, de tirar as mãos de Jacob de cima dela, foi tão agudo quanto absurdo. Eu não tinha ciúme de Jacob, até mesmo pensar nisso era ridículo, o homem tinha quase 70 anos e estava em um casamento feliz havia quase cinquenta. Mas, quando ele sussurrou algo enquanto demonstrava as verificações padrão das características dos sabores e aromas que escolhemos, ela deu uma risadinha, e aquele estalo percorreu minhas entranhas de novo. *Que inferno.* Passei a mão no queixo, as cerdas ásperas me lembrando que eu precisava aparar a maldita barba. *Mais uma coisa na lista.*

Qual deve ser minha aparência para ela?, eu me perguntei, cedendo à minha fraqueza de estudá-la enquanto sabia que estava distraída. Acompanhei os cachos apertados em espiral que roçavam seu pescoço, soltando-se do laço que prendia o resto de sua impressionante cabeleira. Aquele cabelo aparecera nos meus sonhos na noite anterior. As lembranças me inundaram, os cachos espalhados pelo travesseiro, fazendo cócegas nas minhas coxas enquanto ela me cavalgava. Quando eu a imaginava, ela estava sempre por cima.

Não são lembranças, repreendi a mim mesmo. Essas coisas nunca aconteceram. Nunca aconteceriam.

Às vezes, eu a pegava olhando para mim, para meu rosto e mãos quando trabalhávamos lado a lado, não que ela tentasse esconder. Eu conheci mulheres que me admiravam, sentia seus olhares calorosos em raras ocasiões. Ouvia suas palavras sussurradas em ocasiões ainda mais raras, quando a solidão me levava para a cama de uma desconhecida.

Para April, eu era um enigma a ser compreendido. Enquanto ela... Bem, eu não poderia chamá-la de tentação, porque não existia nenhum cenário em que uma mulher como ela me convidaria para sua cama.

Ela era uma distração. Uma obsessão.

Talvez eu devesse ter aceitado a oferta de Jasmine quando lhe dei carona no mês passado. Ela era uma mulher bonita. Divertida e bastante gentil. *E foi exatamente por isso que você disse não*, lembrei a mim mesmo. Eu não poderia gerar esse tipo de desconforto com uma pessoa de quem realmente gosto, uma pessoa que decerto veria pela vila em um futuro próximo.

Eu não fui feito para relacionamentos, não tenho a capacidade emocional de convidar outra pessoa para minha vida. Não porque eu não conseguiria me abrir, não. Eu sabia que poderia, com a pessoa certa. Mas também sabia que não poderia dizer as palavras que a fariam ficar. As mulheres queriam declarações, mereciam conforto, segurança, gentileza. Eu não sabia como expressar nenhuma dessas coisas.

Esfreguei meus olhos cansados, abaixando os punhos no mesmo instante em que a risada de April voltou a ressoar. Eu não queria perder um segundo sequer.

Ela parecia extasiada enquanto o líquido âmbar brilhante era despejado em uma dúzia de garrafas de vidro. Jacob lhe mostrou como fazer uma inspeção sensorial, segurando uma garrafa sob a luz branca que fazia brilharem todos os ângulos perfeitos de seu rosto enquanto ela o ajudava a inspecionar defeitos ou partículas flutuantes. Ela tirou um pacote de rótulos da bolsa e os entregou a Jacob para que ele os alisasse com precisão sobre o vidro. E, quando ele colocou o produto acabado em suas mãos, ela olhou para mim e sorriu. O sorriso era pleno e irrestrito.

Clique.

Foi como o flash de uma câmera atrás das minhas pálpebras, minha mente imortalizando cada detalhe daquele momento. Eu poderia jurar que meu coração parou. E, quando recomeçou, a próxima batida em meu peito tinha o nome dela.

Eu precisava vê-la provar o uísque.

Eu precisava disso como precisava da minha próxima respiração.

11

April

"DEATH BY A THOUSAND CUTS" – TAYLOR SWIFT

— Dá para acreditar?

Eu me aproximei de Malcolm, segurando a garrafa de vidro com o mesmo orgulho de uma mãe que exibe o primogênito. Talvez enviasse algumas fotos não solicitadas para todas as pessoas que conhecia. *Nós entendemos, Julie, você teve um bebê. Ninguém acha esse pequeno alienígena bonito além de você.*

Brincadeira. Mais ou menos.

— Quer dizer… eu não fiz nada, foi só o Jacob. Mas acho que ele não teria conseguido passar por isso sem meu apoio emocional.

Malcolm não disse nada — o que não é incomum —, mas também não fez cara feia. Coloquei a mão em seu braço.

— Ei, está tudo bem?

Ele olhou para minha mão por um longo momento.

— Tudo bem. Tudo bem. — Depois se afastou, ignorando meu toque. Ele estava agindo de forma estranha, não menos rude do que o normal, mas havia um nervosismo que com certeza não estava ali uma hora antes. Instalou-se ao redor dele como uma névoa espessa. Ele se livrou dela, pegando o frasco de mim e segurando-o contra a luz para inspecionar. — Nada como segurar o produto final em suas mãos, não é mesmo?

— Verdade — respondi com uma admiração incontida.

Até aquele momento, eu nunca havia entendido de fato a dedicação de Kier e Mal ao trabalho. Quando era criança, tudo o que eu sabia era que Kier passava muitos dias trabalhando, em horários imprevisíveis, e quais impactos isso causava no corpo dele. Hoje em dia, havia máquinas e métodos que facilitavam o trabalho, mas ainda era exaustivo. Nunca em minha vida eu havia ficado tão cansada como nas últimas semanas. Acordar três da manhã e passar doze horas ao dia num set de filmagem frio pra caramba era fichinha perto disso.

Quando coloquei a rolha na garrafa e o aroma de fumaça de turfa e caramelo doce permaneceu em meu nariz, tive que conter as lágrimas. Era o cheiro de casa.

Kier, Mal e Jacob… eles compartilhavam esse trabalho feito com amor. E, daqui a três anos, alguém seguraria meu trabalho árduo em suas mãos. Se disserem que sou uma mulher sensível demais, não vou negar. Também não posso negar que isso alimentou a parte da minha alma que eu só encontrava na frente das lentes de uma câmera. Cada emoção devia estar estampada no meu rosto, porque o semblante feroz de Mal se suavizou um pouco. Uma mudança que só poderia ser percebida por quem tivesse um manual de cada cara feia que ele faz.

— Venha. — Ele fez um gesto para a porta. Enquanto eu o seguia, ele chamou Jacob. — Está bem aí?

Jacob deu uma risadinha.

— Sim, rapaz. Faz só quarenta e oito anos que trabalho aqui, acho que sei me virar.

Ignorando seu sarcasmo, Malcolm acenou para Jacob e empurrou a porta, dando um passo para trás para que eu me abaixasse sob seu braço. O espaço era pequeno e, quando passei, minhas costas ficaram alinhadas com o peito dele, em um movimento que parecia ter propósito. Meu ombro tocou um músculo duro e senti o corpo dele se contrair, a tensão se espalhando da sua pele para a minha.

Tropecei no degrau mais alto, quase caindo quando minhas pernas falharam. Ele me pegou, as mãos segurando com firmeza meus ombros.

— Tudo bem?

Concordei, sem confiança para falar.

Que merda estava acontecendo?

Dois dias atrás, ele não suportava me ver, e agora… Agora eu ainda tinha certeza de que ele não suportava me ver, mas algo havia mudado. Havia uma eletricidade… uma *pressão* que não existia antes. Era coisa minha? Não parecia coisa minha. Eu flertava e provocava, mas sempre fiz essas coisas. O que só poderia significar que… a mudança vinha dele.

Ouvia os passos das botas dele, seguindo meus passos leves. Abracei a garrafa contra o peito, sentindo o peso de seu olhar quando saímos, pisando no cascalho que nos deixava entre o depósito de lixo e o prédio principal.

Eu esperava que ele nos levasse até a tulha. Havia uma entrega de barris para esta tarde e eu sabia que ele precisava liberar o espaço antes que a carga chegasse, por isso fiquei surpresa quando Mal seguiu o caminho que levava até o chalé. Sem o prédio para nos proteger das intempéries, o vento soprava no topo do penhasco, agitando meu cabelo e causando arrepios em meus braços, cada vez mais apertados contra o corpo. Ele olhou para o movimento e franziu a testa, acelerando o passo. Destrancou a porta do chalé com a única chave de latão que carregava e acenou para que eu fosse em frente.

— Vamos lá, antes que você morra de frio.

Morra de frio. O vento fazia com que parecesse mais frio, mas não podia estar menos do que doze graus; não era lá grandes coisas, mas ainda aceitável para maio na Escócia.

Eu não sabia o que fazer com esse Malcolm. Como agir. Era como tentar dançar sua música favorita e não conseguir pegar o ritmo. Sem saber ao certo o motivo de nossa visita, fiquei na área de jantar, olhando ao redor do chalé aconchegante em que eu só havia estado uma vez. Parecia um pouco maior sem a presença selvagem de Garoto. Malcolm o havia deixado na mansão para fazer companhia a Dudley durante o dia. Era vital que o laboratório de mistura permanecesse estéril, o que significava que os amiguinhos peludos não podiam ficar lá.

Enquanto ele fechava a porta sem fazer barulho, coloquei a garrafa de uísque sobre a mesa, onde um quebra-cabeça inacabado chamou minha atenção. Dei a volta na mesa para dar uma olhada melhor de frente. Era um quebra-cabeça avançado, devia ter cerca de duas mil peças. Pelo que ele já havia montado, pude ver que o resultado final seria composto por dezenas de tijolos, todos em tons variados da mesma cor.

— Isso é Lego? — perguntei, passando um dedo pelo canto superior acabado.

— Sim — respondeu.

Olhei para ele de soslaio, rápido o suficiente para perceber a cor forte em suas bochechas.

— É muito legal. Eu adorava montar quebra-cabeças no meu trailer enquanto revisava minhas falas, mas nada tão difícil.

Quando ele tirou o grosso suéter azul-escuro, ficou difícil decidir se eu queria ver aqueles bíceps se esticando sob a camiseta branca ou o rosto dele, que passou de corado a incerto, antes de se fixar no que eu chamaria de Careta Cautelosa. A Careta Cautelosa só entrava em ação quando ele não sabia o que dizer em seguida. Então, voltei a olhar para o quebra-cabeças e peguei uma peça verde-escura, procurando seu lugar. Eu sabia que ele estava me observando.

O que tinha começado como breves olhares agora se tornava uma espécie de jogo, nós dois nos observando quando o outro não estava olhando. A cada vez, nos aproximávamos um pouco mais da linha. Eu não sabia o que estava esperando do outro lado dela, se é que havia algo.

E estava desesperada para saber.

— Você se incomoda? — perguntei antes de colocar a peça no lugar.

Eu nunca brincaria com o quebra-cabeças de um homem sem pedir permissão.

— Pode tocar no que quiser.

Foi como se todo o ar tivesse sido sugado da sala. Eu o ouvi gaguejar. Minha mão congelou sobre o quebra-cabeças, a peça ainda presa entre os dedos. Se olhasse para ele agora, sabia que seu rosto estaria vermelho. En- tão, eu o poupei, limpei a garganta e encaixei a peça com os dedos úmidos.

Ele se manteve longe, colocando-se em movimento. Foi até o único armário alto da cozinha e pegou dois copos baixos.

— Você disse que fazia muito tempo que não tomava o uísque de Kier, então achei que ia querer provar agora.

Ah.

— Abrir a garrafa, você quer dizer? Seria uma pena beber tão cedo.

— Tão cedo? Princesa, faz quatro anos que ele está guardado. E vai ser só um golinho.

Falando assim, parecia certo. Entreguei a garrafa, tomando o cuidado de não deixar minha pele encostar na dele. Ele parecia estar fazendo o mesmo. A sala parecia uma panela de pressão, prestes a explodir.

— O que você achou do rótulo? — perguntei, guiando a conversa para um rumo mais seguro.

Ele olhou para baixo como se tivesse acabado de notar.

— *Aye...* é bonito. — Eu esperava uma reação um pouco mais dramática, mas deixei passar. Isso tudo era uma grande mudança para ele.

Ele abriu a garrafa com movimentos rápidos e seguros, despejando dois dedos de líquido âmbar em cada copo. Estendeu um para que eu pegasse e, dessa vez, nos encostamos, seus dedos grossos e calejados se dobrando sobre os meus sardentos enquanto ele encaixava o copo em minha mão.

— Não tenho gelo — disse ele.

— Não tem problema.

Aproximei o uísque do rosto e inspirei fundo. Doce, picante e um pouco amargo. Seus olhos eram como o roçar de pétalas na minha boca enquanto eu dava um gole.

— Segure na língua. — Ele instruiu, os músculos dos braços se contraindo onde se dobravam contra o peito. Fiz o que ele disse, deixando o líquido se acumular na minha boca. Um calor que não vinha do uísque percorreu meu corpo. Ele ainda não tinha bebido o dele. Estava esperando, observando minha reação. — Boa menina... agora pode engolir. — Sua voz era como água correndo sobre pedras enquanto os olhos percorriam meu pescoço, acompanhando o ardor da bebida.

Eu contive a tosse, meu corpo inteiro ardendo.

— Bem... é mais agradável do que eu me lembrava.

— Sim. — Ele limpou a garganta e deu um gole. — Acho que melhora com a idade.

Agarrei o copo com mais força, dizendo as palavras que estavam em minha mente desde que o vi abrir os barris.

— É tão estranho… beber algo que Kier ajudou a fazer. Isso me faz sentir mais próxima dele, como se uma parte de Kier ainda estivesse viva de alguma forma. Também me dá vontade de chorar que nem um bebê. Faz sentido? Você deve achar a mais pura bobagem.

— Não acho nem um pouco bobo. — Ele lambeu os lábios. — Kier teria ficado orgulhoso de você hoje.

A tensão diminuiu. Não costumava me sentir desconfortável com frequência, mas, naquele instante, eu estava por um fio. Meus pensamentos corriam rápido demais para que eu conseguisse captar sequer um deles. Sabia que Malcolm estava esperando que eu dissesse algo, mas não fazia ideia do que dizer a seguir. Que papel eu estava desempenhando. Dei um passo para trás, girando para encarar as prateleiras que eu estava desesperada para explorar na primeira vez. Agora, não eram nada mais do que uma distração.

— Você já leu tudo isso?

Devia haver mais de cem livros ali, todos de não ficção, pelo que pude perceber. Era como uma pequena biblioteca.

— Claro que sim. — Seu tom sugeria que era uma pergunta ridícula. Ele confirmou dizendo: — Por que eu compraria um livro e não o leria?

— Dá pra ver que você nunca ouviu falar de uma TBR, amigão. — Ele parecia satisfeito em me deixar folhear, então me aproximei mais, passando a ponta do dedo sobre uma lombada onde se lia *Sapiens: uma breve história da humanidade*, e me fixei em um livro chamado *Espaço*. — TBR é a lista de livros a serem lidos, *to be read* — acrescentei, puxando *Anatomia: uma ciência humana* da prateleira e folheando. — Descobri que comprar livros e ler livros são duas coisas completamente diferentes. — Eu me virei na direção dele, segurando o livro no alto. — Qual foi a coisa mais legal que você aprendeu com isso?

Ele respondeu na mesma hora:

— Somos cerca de um centímetro mais altos de manhã do que à noite. Durante o dia, a cartilagem macia entre nossas articulações e as vértebras de nossa coluna vertebral se comprimem, o que nos deixa menores.

Eu não sabia o que estava esperando… talvez algo mais profundo. A surpresa me fez rir e continuei folheando as páginas.

— Isso não é nada justo. Tem gente que precisa de toda a altura que conseguir.

Ele fez um som de *hmm* ao ouvir minha piada e voltei a vasculhar as prateleiras. Se Mal estava me permitindo bisbilhotar, pode ter certeza de que eu tiraria vantagem disso. Eu adorava bisbilhotar. Não no sentido de fofocas, mas de ouvir histórias de infância, ver álbuns de fotos empoeirados. Além dos livros e de uma foto dele e de Kier abraçados pelos ombros, Mal não tinha nada de pessoal por perto. Era como um Airbnb sem hóspedes.

— Desculpe — disse, dando alguns passos em direção aos DVDs.

— Por quê?

— Você fica tenso toda vez que toco em algo.

— Gosto das coisas arrumadas.

— Eu sei.

Fiz questão de usar apenas os olhos ao examinar sua coleção de filmes. O homem com certeza era bem eclético. Havia clássicos, títulos estrangeiros, ficção científica, filmes que foram lançados apenas como DVD e até algumas comédias românticas. Por alguma razão, Malcolm me parecia ser do tipo que gostava de filmes de guerra de três horas.

— Ainda não vi esse.

Apontei para *O sexto sentido,* só para preencher o silêncio. Depois, congelei em um filme intitulado *A serra azul.* Eu participei desse filme, meu primeiro longa-metragem. Não foi um papel importante. Se você piscasse, poderia nem me ver. *Será que ele sabia que eu estava nesse filme quando comprou?* Comecei a tirar o DVD da prateleira e, esquecendo que havia álcool em meu copo, dei um gole enorme. Malcolm pegou o filme antes que eu o tirasse completamente e o colocou de volta no lugar. Fiquei tão surpresa que engoli tudo o que tinha na boca.

Tudo dentro de mim parecia pegar fogo.

Puta merda.

Eu estremeci, me encolhendo, me arrependendo no mesmo instante. Tossi várias vezes até que Malcolm teve que me firmar, arrancando o copo da minha mão.

— A ideia é tomar aos golinhos.

— Um pouco tarde demais pra dizer isso — sibilei. — *Merda*, acho que foi parar nos meus pulmões.

— Você vai ficar bem.

Ele levou meu copo até a pia, acrescentou algumas gotas de água e voltou quando eu estava enxugando as lágrimas do rosto.

— Isso deve ajudar.

— Pensei que o uísque tinha que ser tomado puro.

Ele girou seu copo.

— Ele pode ser apreciado dessa forma, mas essa regra começou como uma estratégia para vender mais garrafas. Kier tinha uma ótima receita de coquetel que você pode experimentar se quiser algo um pouco mais doce.

Pode tocar no que quiser. Segure na língua. Boa menina... agora pode engolir. Se quiser algo um pouco mais doce. Ele só podia estar de brincadeira com a minha cara.

Engoli, fazendo o possível para ignorar minha barriga se revirando.

— Eu adoraria.

Ele deu de ombros.

— É só uma receita.

Talvez. Parecia mais uma oferta de paz. Decidi que era o ponto de partida perfeito para introduzir o assunto e disse:

— Na verdade, isso combina muito bem com uma coisa que eu queria falar.

Ele ergueu as sobrancelhas e se recostou na mesa. Supondo que esse seria o único incentivo que eu receberia, fui em frente.

— Dei uma passada na antiga sala de degustação outro dia...

— Não.

Dei risada, surpresa.

— Você nem me deixou terminar.

— Não precisa, a resposta é não. — Ele se endireitou como se a conversa tivesse acabado.

Não tinha acabado. Longe disso.

— Que resposta? Nem perguntei nada.

Ele me deu seu melhor olhar de reprovação.

— Você quer abrir aquele quarto e fazer um desfile de turistas pela minha casa, assim como quer nos postar em todos os seus sites idiotas. Não vou permitir que nos ridicularize.

Fiquei tão chocada que nem conseguia falar. Tudo o que consegui foi perguntar, num sussurro:

— Ridicularizar vocês?

Sites idiotas? Em que ano ele estava vivendo?

— Você acha que não sei o que você faz no seu trabalho normal? — O jeito que ele falou trabalho, fazendo aspas no ar, me faz querer arrancar seus dedos. — Não estamos vendendo cílios postiços ou fazendo orgias regadas a álcool... esse é um negócio sério.

Eu ri, mas o som era raivoso e distorcido. Era tudo o que eu podia fazer, precisava de algo para aliviar a pressão na minha cabeça ou explodiria e destruiria toda a ilha.

— Você está tirando uma com a minha cara, né? Kier construiu aquela sala de degustação sozinho, ele fazia eventos o tempo todo quando eu era menina.

Ele bateu o copo na mesa e a coisa toda tremeu.

— Sim, até que ele percebeu que aquilo quase não dava lucro.

— Nós precisamos divulgar o nome da marca, é fundamental. Não vamos conseguir vender sem isso.

— Nós *temos* uma base de clientes fiéis bem na nossa porta. As pessoas daqui conhecem Kier... Conheciam Kier — corrigiu ele depressa. — Elas o respeitavam.

Engoli com força, odiando as palavras que estava prestes a dizer.

— Uma base de clientes fiéis que está comprando cada vez menos do seu produto a cada mês, porque os turistas só querem beber bebidas de marcas famosas das quais já ouviram falar.

Ele franziu a boca e endireitou a postura. Se eu esperava que ele gritasse, errei. Em vez disso, me olhou bem nos olhos e disse:

— Estou fazendo o melhor que posso.

— Sei disso. — Levei as mãos ao peito. — Eu só quero ajudar, é tudo que estou tentando fazer.

— Não somos uma diversãozinha pra você passar o tempo por algumas semanas até encontrar algo melhor pra fazer — retrucou ele. — Não preciso do *seu* tipo de ajuda.

Os homens sempre me descartavam dessa mesma forma, como se eu fosse burra demais, superficial demais para fazer contribuições valorosas. Reduzindo-me a pouco mais do que um belo pedaço de carne. O fato de Malcolm repetir esse mesmo comportamento de merda me deixou furiosa. Engoli a fúria e ergui o queixo, mantendo a coragem.

— Eu discordo.

— E desde quando você virou especialista nisso? Achei que era atriz, não? Não preciso que venha até aqui me dizer como administrar meus negócios.

Essa conversa não vai dar em nada. Se continuássemos, só iríamos andar em círculos, insultando um ao outro, então escolhi me comportar como adulta. Eu o encarei e disse, da forma mais clara que pude:

— Eu escolhi falar com você por pura *cortesia,* pra te envolver no processo. Não se esqueça de que não preciso da sua permissão.

Ele quase sorriu e foi a expressão mais cortante que já vi nele.

— Você fica empolgada cada vez que consegue me lembrar disso?

Seus olhos eram nuvens de tempestade, olhando no fundo dos meus. Era tão enervante quanto eletrizante, talvez porque não acontecesse com frequência. Quando Malcolm olhava para você, *olhava* de verdade. Eu me senti exposta, como uma ferida aberta, mostrando cada insegurança que tanto tentava esconder do mundo.

Não respondi, pois era incapaz de responder. Eu estava com tanta raiva que queria quebrar alguma coisa. Então, antes de descontar no maldito quebra-cabeça de Lego, peguei a garrafa de uísque da mesa — ele estava muito enganado se achava que a deixaria ali — e saí correndo porta afora, quase trombando com um homem na porta.

Passei correndo, mal registrando a risada divertida de Callum. Talvez ele também estivesse rindo da ironia, porque a página que eu, burra, achei que Malcolm e eu tínhamos virado acabou se transformando em um precipício.

12
Mal

"MARDY BUM" – ARCTIC MONKEYS

— Bom… pelo jeito a coisa correu bem. — Callum sorriu, encostado na porta, a postura relaxada e a atenção voltada para April, que percorria furiosa o caminho para a casa do avô, pisando duro.

Ele assentiu levemente a cabeça conforme analisava o corpo dela, a expressão indo de humor para algo mais próximo da admiração.

Eu o empurrei com força.

— Cala a boca. O que você tá fazendo aqui?

Nós dois a observamos desaparecer pela abertura na sebe, e só então ele entrou, balançando a cabeça.

— Ah, nem vem com essa… Não é você quem faz as perguntas aqui. — Decidido a ignorá-lo, comecei a limpar os copos de uísque meio vazios. — Vai ficar em silêncio, é isso? Não tem nada pra me dizer? — Seu tom beirava a acusação.

— Do que é que você está falando?

Quando Callum estava em um estado de espírito como esse, era melhor deixá-lo dizer tudo o que queria. Esvaziei meu copo na pia. Apesar de ser uma pena desperdiçar um uísque tão bom, eu não estava nem um pouco a fim de beber. Ao segurar o copo da April na mão, notei o contorno discreto de seus lábios na borda e o pressionei com o polegar. Uma réplica perfeita. Por um momento, pensei que ela deixaria eu beijá-la. Teria sido quente e suave, como pegar no sono? Ou agradavelmente doloroso, como a picada de uma cobra?

— Acabei de interromper uma discussão entre você e April Sinclair. Está na cara que ela está morando na casa dos avós. — Callum contava nos dedos. — Então por que só estou sabendo disso agora?

Deixei o copo ainda cheio no balcão.

— Por que eu te contaria?

Ele apontou o dedo para o meu peito.

— Traidor.

— Até eu sei que a fofoca da volta dela está correndo solta pela vila, sr. Pilar da Comunidade.

Ele fez cara feia, apesar de não se equiparar à minha. Além disso, as linhas sorridentes ao redor de seus olhos o traíam.

— Eu ouvi a fofoca, mas não tinha acreditado.

— Bom… pode acreditar. E aproveite enquanto durar, duvido que ela vá ficar aqui por muito tempo. — Dizer isso fez com que algo em meu peito se apertasse, então alisei as pontas dos dedos com os polegares até a sensação diminuir.

— Porque você a assustou.

— Queria eu que isso fosse possível — retruquei, o sentimento parecendo um pouco menos verdadeiro do que nos dias anteriores.

— O que ela está fazendo aqui?

— Eu lá sei… — Ergui as mãos. Por que ele estava tão interessado? — Vistoriando as terras recém-adquiridas? E o que você tem a ver com isso, afinal? Quando se trata de fofocas, você é igual a uma tiazinha.

Ele riu, exibindo todos os dentes.

— Qualquer homem fica curioso quando uma mulher como aquela vem morar tão perto. — Algo agudo se instalou em minhas entranhas. — Então… — insistiu ele. — O que tá pegando?

Meu olhar se fixou no quebra-cabeças que passara incontáveis horas montando na noite anterior. A primeira coisa que senti quando ela o viu foi uma grande humilhação. A maioria dos homens solteiros na faixa dos 30 anos não passava as noites sozinhos com o cachorro nem montando quebra-cabeças. Eu sabia que Callum com certeza não fazia isso. E então, com aquele jeito tão alegre, ela virou o sentimento de cabeça para baixo e, de repente, vi nós dois juntos em um domingo preguiçoso. A lareira crepitando, April no meu colo, vestindo apenas uma das minhas camisetas, enquanto encaixávamos as peças do quebra-cabeças.

Nunca ia acontecer.

— Não tem nada pegando. Ela veio ver como fazer dinheiro com o que herdou e ficou tão entediada que está criando páginas para a destilaria nas redes sociais e ameaçando organizar eventos de degustação. — O "dá pra acreditar na cara de pau" estava fortemente implícito.

— Eu acho uma boa ideia.

Passei a mão no rosto. Eu estava começando a ficar com dor de cabeça.

— É claro que você acha.

— A exposição é vital para o sucesso de qualquer negócio.

Ergui a cabeça.

— Quanto tempo ficou escutando na porta? Ela disse quase a mesma coisa.

— Porque estamos certos.

Mesmo irritado com April, não gostei da maneira como Callum os estabeleceu como uma equipe.

— Odeio essa ostentação toda, me parece apelativo.

Com uma expressão que interpretei como "seu bobo, tão ingênuo", ele tirou o celular do bolso.

— Talvez, se você tivesse um celular de verdade, em vez daquele tijolo de merda que tenho certeza de que saiu de uma cápsula do tempo, já soubesse disso.

— É um iPhone.

— Que deve ter ao menos dez anos. — Ele passou o dedo na tela.

— Ele faz tudo o que preciso — retruquei.

— Aqui, dê uma olhada.

Ele me entregou o celular e a primeira conta que abriu foi a de uma destilaria de uísque na ilha de Islay. Fotos bem tiradas de barris de uísque e ingredientes brutos. Eram em preto e branco, de bom gosto, e não apenas mostravam o produto, mas também pareciam uma carta de amor à região.

Mais alguns cliques e tudo o que eu podia ver era April. Minha mão tremia ao segurar o aparelho.

— Essa é a conta dela?

Ele concordou.

— Dá uma olhada nos posts.

Eu não precisava de instruções.

— Você a segue?

— Sim. Eu e outras doze milhões de pessoas.

Doze milhões. Isso era o dobro da população da Escócia.

Havia tantas fotos que eu não sabia para onde olhar. Ela estava em cada uma delas, mas não como eu esperava. Imagens de Dudley e dela, rindo para a câmera. Em um evento beneficente, tão linda sorrindo e com o braço de um homem ao seu redor. Eu nem sequer olhei para ele.

Parei em um vídeo curto em que ela se maquiava, segurando o produto na frente da câmera para que eu pudesse vê-lo. Não parecia barato. April estava vendendo aquilo, é claro, mas parecia genuíno. Apertei o celular com força. Eu tinha feito parecer que ela estava se vendendo.

— Ela tem uma audiência. — Callum falava enquanto o vídeo rodava num looping. — Goste você ou não, quando ela fala, as pessoas ouvem. Você seria um idiota se não aceitasse o que ela tem a oferecer.

Não. Eu seria um idiota se não pedisse desculpas.

— E os eventos de degustação? — Expressei minha preocupação final.

Ele passou a mão pela mandíbula, fios grisalhos começando a brilhar em meio ao castanho-claro.

— Ainda acho uma excelente ideia. Você deveria combinar tudo com ela, definir alguns parâmetros para ser mais confortável.

Concordei.

— *Aye*, vou pensar a respeito.

Ficamos em silêncio. O nível de exposição que acompanhava uma presença on-line parecia assustador. Convidar pessoas para minha casa, o único lugar onde eu me sentia em paz? Era assustador demais.

Mas Callum estava certo. Se as ideias de April salvassem a destilaria, assim como os empregos de Jacob e Ewan, eu teria que correr o risco.

— Vamos conseguir liberar os paletes? — perguntou ele, por fim.

Certo. Eu tinha uma entrega a receber.

— Não precisa ajudar — respondi, repetindo a ladainha de sempre.

Ele me deu um tapinha no ombro e se dirigiu à porta.

— Ainda assim, olha eu aqui, reorganizando compromissos porque é isso que se faz pela família.

— Eu agradeço.

— Onde está o Garoto? — perguntou ele assim que a luz fraca do depósito aumentou ao nosso redor.

— Eu o deixei na casa do Kier... — falei devagar. Se quisesse meu cachorro de volta, precisaria enfrentá-la mais cedo ou mais tarde.

Ao ler minha expressão, Callum deu um risinho.

— Talvez mais tarde seja melhor, se não quiser que arranquem suas bolas.

O sol estava começando a se pôr, mas eu continuava de joelhos, esfregando o chão de cevada com vigor. Uma tarefa que costumava deixar para Ewan, porque era simples demais para dar errado, mas ali estava eu. Afundei a escova na água, bati contra o cimento com mais força do que o necessário e me concentrei apenas no raspar das cerdas.

Depois que Callum me ajudou a guardar os barris novos, nós dois estávamos suados e ofegantes. Callum tinha um sorriso satisfeito no rosto, aquele que sempre ostentava depois de uma tarde de trabalho árduo. Ele já tinha ido embora para casa, uma construção enorme que ficava do outro lado do vilarejo, para tomar banho e passar a noite usando o aplicativo de namoro, aumentando o número de matches. Pulei o jantar e comecei a consertar a porta do depósito antes de perceber que não tinha as dobradiças do tamanho correto, então decidi esfregar as janelas do chalé. Como isso não bastou, passei para o piso de cevada.

Era estranho não ter Garoto comigo, sentia que estava olhando o tempo todo para o canto em que ele costumava deitar. Em quatro anos, nunca fiquei tanto tempo sem ele, a não ser naquela noite no veterinário no verão passado, quando Garoto pegou uma infecção alimentar. Eu tinha certeza de que o malandrinho estava curtindo a vida, brincando com Dudley e se deliciando com os carinhos de April. Algo que parecia muito com saudade percorreu meu peito.

Eu precisava me recompor e pedir desculpas. Era a única coisa que cessaria essa sensação de instabilidade que me invadira. Era como tentar me equilibrar na proa de um navio. Eu sabia que a havia machucado antes. April, que era magnífica em deixar as pessoas verem exatamente o que ela permitia, tinha vacilado. Fora apenas um instante, uma mera fração de segundo, mas eu tinha visto por trás do vidro. Ela pareceu insegura e pequena pela primeira vez, e percebi que a havia colocado em um pedestal intocável. Eu era tão culpado quanto todas as outras pessoas que desumanizavam uma celebridade, acreditando que elas não sentiam as mesmas inseguranças que o resto de nós.

Esfreguei com mais força, sentindo os nós dos dedos começarem a rachar na madeira.

Eu sabia que não teria reagido com tanta intensidade se não tivesse ficado tão irritado com o fato de ela estar no meu espaço, vendo minha vidinha solitária. Não era uma desculpa — ou vai ver era. April estava mexendo em minhas coisas e fazendo perguntas que ninguém nunca havia feito. Eu estava desesperado para que ela continuasse, ao mesmo tempo que precisava que parasse. Minha mente entrou em colapso.

Eu respirava em conjunto com o movimento. Inspirar e esfregar. Expirar e esfregar.

Como você está se sentindo, rapaz? Ouvi a voz de Kier em minha cabeça. A pergunta que ele sempre fazia quando sabia que meus sentimentos eram demais para que eu suportasse.

Irritado, respondi em silêncio.

Por que está se sentindo assim?

Porque não consigo falar com uma mulher bonita sem agir como um idiota.

Como você pode lidar com isso de forma positiva?

Limpando até que eu tenha coragem de buscar meu cachorro e me desculpar.

Eu não precisava da voz de Kier para saber que era o oposto de positivo. Joguei a escova de volta no balde, observando as gotas de água se espalharem pelo cômodo. Só de pensar em pedir desculpas, sentia calor e coceira. Eu não era bom naquilo.

Suspirei e passei a mão molhada no rosto. Poderia ir até ela e admitir que tudo estava mudando depressa por aqui, e que essa mudança me perturbava. Poderia prometer que tentaria afrouxar um pouco as rédeas sem admitir as sensações intensas que ela provocava em mim. Eu poderia ser honesto sem ser transparente.

Voltei depressa para o chalé, peguei o caderno que mantinha ao lado da cama para registrar pensamentos intrusivos quando me mantinham acordado à noite e anotei tudo o que precisava dizer. Reli até que as palavras se solidificassem em meu cérebro. Quando passei pelas fileiras de prateleiras, peguei um DVD sem pensar, enfiando-o no bolso da jaqueta enquanto ia depressa para a porta.

As ondas quebravam à minha esquerda, mas eu me orientava com facilidade no escuro, as botas deslizando sobre as saliências da vegetação rasteira. Poderia percorrer esse caminho bêbado e com os olhos vendados, se necessário. Talvez fosse melhor instalar algumas luzes solares para que April não tropeçasse e se machucasse. Assim que passei pela cerca viva, vi o andar inferior da casa iluminado. Eu a segui como um marinheiro seguiria um farol em águas perigosas.

Estava me dirigindo para a entrada da cozinha nos fundos da casa quando a avistei, o pé apoiado na porta do anexo. Aquela bunda redonda e espetacular para cima, totalmente visível de onde eu estava, enquanto ela tentava levantar uma cesta de vime cheia de toras de madeira.

Isso me colocou em movimento. Cortei caminho pela margem, meus passos largos percorrendo a distância em segundos.

— O que você está fazendo? — perguntei antes de chegar ao lado dela. Ela se assustou, mas não parou.

— Vou acender a lareira, e é aqui que ficam as toras.

Eu sabia que era ali que as toras eram guardadas, eu mesmo havia cortado cada pedaço de madeira. Observei-a se debater por um momento, quase se dobrando ao meio ao tentar arrastar a cesta pela soleira da porta.

— Você colocou madeira demais na cesta — observei.

— Sim. Eu percebi — respondeu irritada, e senti um calorzinho divertido percorrer meu corpo.

Ela soltou a porta e eu a segurei, aproximando-me enquanto ela tirava as quatro primeiras toras da cesta, colocando-as de volta na pilha. Ainda grunhia com o peso, mas conseguiu tirá-la do chão.

— Você vai se machucar.

Ela se virou, uma fina camada de suor brilhando em sua testa, o cabelo em uma profusão de cachos.

— O quê? Você não vai se oferecer pra carregar pra mim?

Ah, sim, ela ainda estava brava, com toda a certeza. Como um gatinho irritado.

Tentei moldar minhas feições, parecendo um pouco arrependido, quando o que queria, na verdade, era rir. Tinha ido até ali temendo o que estava por vir, mas bastaram dois minutos perto dela para sentir a pressão em meu peito se desfazer.

— Por que eu faria isso se você é perfeitamente capaz de carregar tudo sozinha? — disse, quando, na verdade, estava louco para arrancar a cesta das mãos dela. Eu não sabia muito sobre as mulheres, mas o instinto me avisou que April odiava que a fizessem se sentir incapaz.

Ainda se esforçando com o peso, ela me olhou com desconfiança. Percebi que dei a resposta certa, mas que foi fácil demais. Ela queria discutir. Mantendo minha expressão o mais neutra possível, eu a encarei com firmeza. *Hoje não*, princesa. *Hoje eu vim corrigir as coisas.*

Após alguns instantes, ela passou por mim e eu a segui até a porta, meus olhos mais uma vez indo parar naquela bunda com o short macio e cinza que ela tinha colocado. Apesar de eu ser um filho da puta mandão e mal-humorado, isso não significava que eu era controlador e daria uma de macho alfa. Se ela queria carregar a cesta pesada, então que carregasse a droga da cesta.

Subindo os degraus à minha frente, ela ergueu um dos joelhos para equilibrar a carga, tentando alcançar a maçaneta da porta com uma mão. As toras batiam na borda da cesta, rolando precariamente. Talvez eu não fosse tão evoluído quanto pensava, porque decidi que aquele era o limite. Certo, novo plano, ela poderia fazer o que quisesse, mas isso não significava que iria assistir a ela se machucando por pura teimosia. Dei a volta nela e agarrei a maçaneta antes que ela a alcançasse.

— Pode fazer cara feia, princesa, eu aguento.

Ela só olhou para mim, os olhos cor de musgo percorrendo meus traços até chegar à cicatriz. Eu me contorci. Ela passou por mim como se eu não tivesse falado nada.

O que aquilo queria dizer? Será que queria que eu a seguisse? Por um breve segundo, pensei em ligar para Heather para pedir conselhos, mas desisti na mesma hora. Um homem adulto pedindo conselhos sobre mulheres para a irmã mais nova me levaria a um nível de desespero que eu ainda não sentia.

Dentro da cozinha, Garoto me cumprimentou com um uivo animado, mais parecendo um gato do que um cachorro, enquanto saía do sofá para se esfregar em minhas mãos. Dei uma boa coçada em seu queixo, parte de mim relaxando por tê-lo de volta ao meu lado.

Como toda boa dupla dinâmica, Dudley o seguiu, dançando ao redor dos meus pés como se eu não tivesse ignorado a presença dele por semanas. Recuando com determinação sobre as patas traseiras, sua única pata dianteira se projetou no ar. Admirei a tenacidade dele, único motivo por que me abaixei para dar uma coçadinha em seu peito. Quando ele lambeu as costas da minha mão, não o impedi, mas fiz uma careta para April, que descarregava toras de madeira na caixa de lenha ao lado da lareira.

— Eu não deixo Garoto subir nos móveis — comentei.

Ela riu.

— Ele pareceu bem à vontade para um cachorro que "não tem permissão" para subir nos móveis.

Claro que sim, o merdinha não escutava uma palavra do que eu dizia.

— Como qualquer animal que faz o que não deve — salientei, sem saber por que estava insistindo.

Ela continuou a descarregar as toras, os dedos finos empilhando-as em três alturas.

— Você deveria relaxar um pouco, Malcolm. Os animais se irritam com regras rígidas, sempre vão acabar desobedecendo.

Era a cara dela dizer isso. Kier costumava chamá-la de "pequena badernaira", sempre se esgueirando para sair da mansão à noite, bebendo quando não devia. Ela se opunha a qualquer regra que lhe fosse imposta.

— Algumas pessoas prosperam quando tem barreiras — resmunguei.

— Ou será que elas só se sentem confortáveis dentro dos limites? Sobreviver e prosperar não são a mesma coisa.

Não estávamos mais falando de animais. Que droga, não foi para aquilo que tinha ido até lá.

— Obrigado pela terapia gratuita. Vou recomendar que as dezenas de terapeutas fracassados com quem me consultei falem com você.

April nem estremeceu, fosse com o calor em minha voz ou com a admissão de que eu fazia — tinha feito — terapia. Não que eu sentisse vergonha da terapia em si, tinha mais vergonha do fato de não ter funcionado, mas não gostava que as pessoas soubessem da minha vida. Ninguém além da minha mãe sabia da terapia, e ela só sabia porque marcava todas as consultas para mim.

— Você está fazendo errado — declarei por fim, cansado daquele silêncio e de vê-la empilhar as toras daquela forma. — Nunca vai conseguir acender desse jeito.

— Eu dei um Google e parece...

— Você pesquisou no Google como acender uma lareira? — Balancei a cabeça, aproximando-me para me ajoelhar ao lado dela. — Kier não ensinou nada pra você?

— Ao que parece, não — retrucou ela, empurrando um tronco contra meu peito.

Ignorei a sensação daquele punho pequeno queimando minhas camadas de roupas e o fato de conseguir senti-lo em cada molécula do meu corpo. Minha sede por contato humano devia ser enorme para que algo tão pequeno pudesse fazer meu coração disparar.

Pressionei sua mão de volta.

— Você faz, eu ensino. — Ela pausou, analisando a oferta, e eu sabia que estava prestes a recusá-la. — Anda, princesa — provoquei, deixando as palavras ressoarem. — Quer mesmo vir correndo até mim a cada vez que sentir frio? Está na Escócia agora, ainda tem muitas noites frias pela frente.

Eu meio que adorei aquela ideia, April batendo na minha porta, implorando para que eu a ajudasse. Deixei o pensamento de lado para mais tarde e me concentrei no cenho franzido dela. Ela estava fazendo muitas caretas naquela noite.

— Eu não fui correndo até você.

— Teria vindo em cerca de trinta minutos, quando a maldita lareira não acendesse.

— Não, não teria.

Não, não teria, preferiria sofrer em silêncio. Pensar nisso não me agradou nem um pouco.

— Eu vou ensinar você. Sem discutir. — Voltei a me concentrar na lareira apagada. — Tire essa lenha daí. — Ela obedeceu sem argumentar. — Agora, o ideal é começar com um pouco de papel, acho que naquela caixa tem alguns jornais velhos. — Apontei com a cabeça para o bauzinho de madeira entre a lareira e o suporte da televisão. — Pegue alguns gravetos e os fósforos. Os pedaços menores de madeira queimam mais rápido.

Ela voltou com todos os itens em suas mãos cobertas de sardas, acomodando-se um pouco mais perto de mim do que antes. Nossas coxas se tocaram, sua pele nua quente contra a calça jeans que cobria a minha. Limpei a garganta.

— Certo… primeiro o jornal, não precisa de muito, só um pouco para o fogo pegar. Depois, coloque três ou quatro gravetos ao redor dele… um pouco espaçados… Perfeito. — Apontei com a cabeça. — Agora pode colocar duas toras de madeira de tamanho decente. Quanto mais secas, melhor.

Com a língua entre os lábios, April acomodou as toras e depois as deslocou, seguindo minhas instruções ao pé da letra. Quase disse que não precisava ficar perfeito, que as pessoas acendiam lareiras com muito menos, mas não quis estragar o momento para ela.

— Assim? — perguntou ela, incerta, e tive de limpar a garganta de novo.

— Sim… está perfeito. — *Perfeito. Perfeito. Perfeito. Melhor aprender uma palavra nova, colega.* Peguei a caixa com iniciadores de fogo, tirei um quadrado branco do pacote e o estendi para ela. — Já dava pra acender assim, mas é bem mais fácil usando um desses.

— Isso não é trapaça ou coisa parecida?

— Quem você estaria trapaceando?

Ela deu de ombros.

— Não sei... Todos os homens que saem mundo afora batendo no próprio peito.

Dei risada, o som mais parecido com uma rajada de ar.

— Por que dificultar as coisas?

Parecendo concordar, ela aceitou e seguiu minhas instruções, empurrando o iniciador para o centro da pilha. Em seguida, acendeu um fósforo e riu toda feliz quando o papel pegou fogo, seguido pelos gravetos. Fiquei olhando para ela, memorizando a pele que brilhava em um tom alaranjado como o pôr do sol e o cabelo em um tom escarlate queimado.

Clique.

Que merda.

— Eu fiz isso sozinha — disse ela, por fim.

— Sim, fez mesmo.

April se virou para mim, a expressão suave e calorosa, tão diferente de como me olhava cinco minutos antes.

— Obrigada.

Droga, ainda nem tinha me desculpado. Eu me afastei, levantando-me com dificuldade para me sentar na beirada do sofá. Os cães me cercaram no mesmo instante, mas pousei as mãos entre os joelhos abertos, olhando o mais próximo possível dos olhos dela. Cheguei até a pequena sarda no arco de seu lábio superior.

— Queria pedir desculpas pela forma que me comportei... mais cedo, quero dizer. Eu não sou... Bem, veja bem... — Eu me endireitei e engoli em seco, desejando muito ter tirado minhas anotações rabiscadas do bolso antes de fazer esse papelão todo. — Não sou bom nisso. — De repente, fiquei feliz por não estar olhando para ela, porque esse era um pedido de desculpas fraco, uma estrela, sem indicações.

— Não é bom em pedir desculpas?

Arregalei ainda mais os olhos, observando a camiseta confortável e grande que ela estava usando com o short. A April toda arrumadinha se fora, e essa agora era a April confortável. Aquela de domingo de manhã na cama. Esfreguei a barba.

— Não sou bom em nada disso.

Ela fez um som de "hmm" antes de dizer:

— Aceito.

— O quê?

— Seu pedido de desculpas, eu aceito.

— Assim, sem mais nem menos? — perguntei, incrédulo.

Ela deu de ombros.

— Você estava sendo sincero, não estava?

— Sim.

— Então eu aceito.

Será que era mesmo tão simples assim?

Como se tivesse ouvido a pergunta que me fiz em silêncio, ela riu.

— Mal, deixa eu te dar um conselho. As mulheres não são tão complicadas como os homens gostam de pensar. A gente não precisa que vocês pisem em ovos, tudo o que queremos é um pedido de desculpas sincero. Essa é sempre a parte que vocês não entendem.

Concordei, assimilando por completo o que ela disse.

— Seja lá o que você queira fazer nas redes sociais, tem a minha bênção. Não que você precise dela — acrescentei. — E quanto à degustação, siga em frente, desde que me deixe estabelecer alguns limites. Sei que as terras são suas, mas moro aqui há tanto tempo e eu… — Parei de falar, sem saber como expressar meus pensamentos ansiosos.

— O que você precisar — concordou ela no mesmo instante. — Vamos fazer algo pequeno, limitar os espaços que os convidados podem explorar. Você nem precisa comparecer se não quiser. — Assenti, agradecido, conseguindo respirar um pouco melhor. — Agora que já falamos disso — anunciou ela, toda alegre —, acho que você deveria tentar ser meu amigo de novo, começando pelo antigo clube do livro.

— Nós nunca participamos de um clube do livro.

— Claro que sim, eu dei minha cópia de *Crepúsculo* pra você um verão desses, lembra?

Como eu poderia me esquecer? Ela apareceu um dia carregando um livro preto com uma capa simples, duas mãos segurando uma maçã.

Era diferente dos livros que ela costumava ler, que tinham homens com pouca roupa arrancando os saiotes das mulheres.

Óbvio que ela me pegou olhando de relance, pois, assim que virou a última página, estendeu o livro para mim. Chocado, eu aceitei e li tudo de cabo a rabo em uma única noite. Mesmo aos 17 anos, a premissa pareceu ridícula. Uma adolescente namorando um vampiro de 100 anos viciado no cheiro do sangue dela? Mas sabia que algo ali tinha cativado April, porque no dia seguinte ela apareceu com a continuação. Depois, o terceiro e o quarto livro.

Li a série inteira naquele verão, na esperança de descobrir os segredos dela. Depois teve o retorno para a escola e as coisas voltaram ao normal. Quando o verão seguinte chegou, April estava um ano mais velha, aventureira e inquieta. Saía com os amigos em vez de ir para a destilaria. E o resto foi história. Até agora.

— Sou uma ótima amiga — insistiu ela, como se estivesse tentando me convencer.

— Eu não sou.

— Acho que Heather discordaria.

Estremeci.

— Será que a palavra da família conta?

— Eu não saberia dizer. — Ela deu um sorriso doce. — Mas diria que sim, ter o mesmo sangue não garante a presença de alguém na sua vida. Se a pessoa está lá, é porque quer estar.

Puta que pariu. A sensação era a de um aperto bem forte no coração. Que merda ela estava fazendo comigo? Jogando aquelas bombas emocionais das quais eu não estava preparado para me esquivar. Lágrimas brotaram de repente nos meus olhos e eu as afastei, levantando-me antes que começasse a chorar. Só então me lembrei do DVD que havia enfiado no bolso. Naquele instante parecia sem graça, mas eu o trouxe como uma espécie de bandeira branca.

Tirei-o da jaqueta e o coloquei no braço da cadeira.

— Trouxe para te emprestar — disse, já me levantando apressado. — Boa noite. Vamos embora, Garoto.

Não tinha como o nó em minha garganta passar despercebido. Nem parei para ver se Garoto estava vindo atrás de mim, só abri a porta da cozinha e desci os degraus. Diminuí o ritmo dos passos quando cheguei à cerca viva, uma espécie de limite, e voltei a respirar de novo. Garoto encostou o nariz molhado na minha mão e eu olhei para ele. Apenas seus olhos estavam visíveis à luz da lua, mas senti a batida constante de sua cauda em minha coxa. Sempre tão feliz em me ver.

— Passei uma vergonha muito grande lá? — perguntei a ele.

O silêncio dele foi resposta o bastante.

Eu tinha acabado de deslizar para baixo das cobertas, um grunhido doloroso escapando da minha boca. Então peguei o celular para desligá-lo, como fazia todas as noites, quando ele vibrou nas minhas mãos.

Número desconhecido: Então ele estava morto o tempo todo?

Mal: Quem é?

Número desconhecido: Bruce Willis, é claro. Dá pra acompanhar?

Bandeira branca. Eu a balancei, e ela aceitou a oferta de paz.

Mal: Como você conseguiu esse número?

Número desconhecido: É nisso que você quer focar agora?
Número desconhecido: Sinto que minha vida inteira foi uma mentira.
Número desconhecido: Como vivi tanto tempo sem ver um único spoiler?

Mal: Sério que você nunca tinha visto *O sexto sentido*?
Mal: "Eu vejo gente morta." É uma das citações de filmes mais conhecidas de todos os tempos.

Número desconhecido: Tudo bem, Crítico de Cinema, estive muito ocupada.

Fiz uma pausa, com os dedos pairando sobre a tela. Deveria parar por aqui. *É assim que os problemas começam*, sussurrou uma voz sensata.

Mal: Então você gostou?

Assim que mandei a mensagem, fechei a conversa e bloqueei a tela. Trocar algumas mensagens não nos tornava amigos.

Coloquei o celular de volta na mesa de cabeceira, mas não o desliguei.

13

Mal

"LIKE REAL PEOPLE DO" – HOZIER

April e eu estávamos nos tornando amigos. Aparentemente.

A única outra pessoa que eu havia chamado de amigo tinha 75 anos e falecera recentemente. Claro que eu não era um especialista, mas, ao reler a mensagem de texto na tela do meu celular, era isso mesmo que parecia.

> **Número desconhecido:** Você pode me mandar a receita do coquetel que recomendou?

Parei de passar o ancinho e encostei o instrumento na parede para olhar para April. Sentada em uma das cadeiras frágeis da minha sala de jantar, com o laptop equilibrado nas coxas, ela tomou um gole de café e voltou a digitar. A xícara que ela havia servido para mim estava esfriando depressa no parapeito. Ainda não tinha conseguido admitir para ela que odiava café.

April também tinha vindo trabalhar aqui no dia anterior, mas ficou em pé perto da janela, toda desajeitada, equilibrando o computador no tijolo com uma mão enquanto escrevia com a outra. Ainda estava trabalhando no site ou, ao menos, foi isso que me disse. Eu ainda estava ansioso demais para pedir detalhes. Mas não passou despercebido que, apesar de as condições serem longe de ideais, ela tinha escolhido trabalhar aqui, *perto de mim.* Prevendo que ela faria o mesmo hoje, cheguei mais cedo e trouxe uma cadeira comigo. Se ela insistia em trabalhar aqui, não fazia sentido ficar desconfortável, pensei comigo mesmo. *Faz parte de ser um bom colega de trabalho.*

Chegar mais cedo me permitiu ter mais tempo para pensar sem parar. Quando ela deu as caras, eu já estava cansado de tanto pensar em possíveis formas de cumprimentá-la. *Bom dia. Dormiu bem? Achei que cairia bem ter um lugar mais confortável pra trabalhar. Você sonhou comigo que nem sonhei com você?*

Bom... a última frase não, mas todas as outras três teriam sido aceitáveis. Não era como se eu fosse ganhar prêmios pelas minhas habilidades de conversação, mas eram boas o bastante. Só que, quando chegou a hora, eu não disse nenhuma dessas coisas. Quando ela me agradeceu pela cadeira, abaixei a cabeça e a ignorei, as orelhas ardendo tanto que não tinham como não me denunciar.

Pelo canto do olho, percebi que April estremeceu, esfregando os braços nus. Fazia frio pelas manhãs, mesmo durante o verão. *Idiota.* Fiz uma nota mental para no próximo dia trazer um cobertor.

Afastei o pensamento, concentrando-me na tela do celular.

Mal: Por que você está mandando mensagem se estamos no mesmo ambiente?

Número desconhecido: Porque você responde melhor quando falamos por mensagem.

Era verdade? Resisti à vontade de me virar para entender se ela estava falando sério ou se era brincadeira.

Número desconhecido: Coquetel?

Mal: Kier gostava dos clássicos. Uísque, cerveja de gengibre, limão.

Número desconhecido: Parece bem fácil.

Mal: Achei que você não gostasse de uísque.

Número desconhecido: E quando foi que eu disse isso?

Mal: Deu pra perceber no dia em que você quase morreu com um gole.

Número desconhecido: Engraçadinho.
Número desconhecido: Eu sei que você tentou me matar de propósito.

Mal: *Eu* tentei matar *você*? Sua memória é curta, princesa.

— Foi só uma vez! Deixa isso pra lá — gritou ela, e eu não consegui segurar a risada.

Número desconhecido: A receita não é pra mim. Estava pensando em publicar algumas receitas de coquetéis nas redes sociais, algo para as pessoas tentarem fazer em casa.

Comecei a escrever que conhecia algumas que ela poderia usar quando o celular tocou de novo.

Número desconhecido: E a gente também poderia oferecer pessoalmente, tipo uma aula para fazer coquetéis.
Número desconhecido: Seria algo pequeno, do jeito que combinamos...
Número desconhecido: E só se correr tudo bem durante a degustação... caso contrário, deixamos pra lá.

Percebi, pelo modo como as mensagens chegavam rápido demais, que ela estava nervosa de tocar nesse assunto comigo. Eu me senti um verdadeiro babaca. E ainda pior por saber que não poderia dar meu aval. Era uma ótima ideia. Uma ideia de fato excelente, mas...

Mal: Você não acha que seria melhor se concentrar em uma coisa de cada vez?

Número desconhecido: Você tem razão! Me desculpa, eu fico empolgada e coloco o carro na frente dos bois.

Mal: Fico feliz que esteja tão empolgada com esse lugar. Kier ficaria orgulhoso.

Três pontos apareceram na tela e depois desapareceram. Eu queria tanto me virar e ler sua expressão, mas ela estava certa quando falou das mensagens, eu me sentia mais confiante conversando dessa forma, então foi o que fiz.

Mal: Você decidiu quando vai ser a degustação?

Número desconhecido: Daqui a duas semanas, na sexta.

Número desconhecido: Estou fazendo o convite enquanto conversamos. A Heather me garantiu que poderia acessar o quadro de avisos on-line da vila para publicar lá.

Mal: E isso existe?

Número desconhecido: Parece que sim. E é mais difícil de entrar do que no Oscar.

Mal: Se eu puder fazer alguma coisa pra ajudar, me diga.

Número desconhecido: Bem...

Ela fez uma pausa.

Mal: O quê, princesa?

Número desconhecido: Eu estava pensando que a gente podia abrir um dos barris que estão maturando há 47 anos para vender na noite. Colocar um rótulo exclusivo e vender por um valor maior.

Número desconhecido: Seria uma ótima maneira de homenagear o trabalho de Kier.

Mal: Lucrando em cima dele?

Número desconhecido: Exato!

Aqueles barris eram especiais. Eu poderia simplesmente abrir um? Olhei para trás e vi que ela já estava olhando para mim, as feições delicadas demonstrando uma esperança silenciosa, preparada para a decepção. Ela mordeu o lábio e eu soube que tinha perdido a causa.

A destilaria e tudo o que havia ali pertenciam a April, nós dois sabíamos disso. No entanto, ela me procurou para propor essa ideia e eu sabia que, se dissesse que não, ela respeitaria essa decisão. Guardei o celular no bolso e voltei ao trabalho, sem querer ver a alegria em seu rosto enquanto eu resmungava:

— Cuido disso amanhã.

April, sendo April, soltou um gritinho agudo, tão agudo que os dois cachorros saltaram para prestar atenção. Ela me abraçou pela cintura, quase sem conseguir dar a volta no meu corpo todo, e foi minha vez de me assustar. Suas curvas suaves se moldaram nas minhas costas e tudo em que eu conseguia pensar era como eu devia estar suado. *Será que ela conseguia sentir? Eu estava cheirando mal?*

— Você é demais, ranzinza. — As palavras foram ditas nas minhas costas, e cada centímetro da minha pele se arrepiou. — Obrigada, obrigada... Não vou decepcionar nenhum de vocês.

Clique.

Sentado na minha poltrona favorita, com um livro esquecido no colo, olhei confuso para a foto na tela do celular. Era uma foto borrada de dois desenhos, ambos de bonecos de palito desenhados por uma mão apressada. No primeiro, eles estavam deitados de ponta-cabeça em um retângulo com linhas onduladas. No segundo, eles se abraçavam.

Eu esperei. Conhecendo April, ela sem dúvida tinha mais a dizer. Nem mesmo trinta segundos depois, o celular tocou e meu coração bateu mais forte. Nos últimos dias, comecei a associar o som com April. E meu coração reagia da mesma forma todas as vezes. Eu era como o cachorro de Pavlov, salivando ao som de um sino.

Princesa: Ele super caberia na porta.

Rolei a tela até chegar nos desenhos, estudando-os até a ficha cair. Joguei a cabeça para trás, o corpo tremendo de tanto rir. Minhas cordas vocais pareciam tensas, nada acostumadas com esse gesto, e Garoto levantou a cabeça de sua cesta, claramente confuso com o som estrangulado que vinha de mim.

Mal: Titanic?

Princesa: O que mais seria?
Princesa: Isso é um crime! Eu fui roubada, Mal. Me roubaram um final feliz!
Princesa: JACK CABIA NA MALDITA PORTA!!!!!

Ainda sorrindo, escrevi a resposta.

Mal: Você vai superar.

Princesa: Não, não vou, estou desolada.

Mal: É sério que você nunca viu esse filme?

Princesa: Só quando era criança.

Mal: E ficou chateada na época?

Princesa: Elsie costumava desligar antes do final. Agora eu sei por quê.

Eu ri ainda mais.

Mal: Caramba! Elsie não preparou você pra vida adulta.

Princesa: Agora estou me perguntando que outros filmes estou lembrando errado.

Mal: *Forrest Gump?*
Mal: *Ponte para Terabítia?*

Princesa: Aquele filme fofo sobre duas crianças que criam uma terra mágica?

Mal: NÃO ASSISTA!!!

Princesa: Por quê? Como ele termina?

Mal: Todos vivem felizes para sempre.

Princesa: MENTIROSO! Vou jogar no Google…

Esperei, sorrindo para a tela. Não demorou nem um minuto.

Princesa: NÃO! Hoje é o pior dia da minha vida.

Mal: Odeio trazer más notícias assim.

Princesa: Odeia nada, você está amando. Finalmente conseguiu se vingar por eu ter te sufocado com meu sutiã.
Princesa: Aliás, eu quero ele de volta!

Olhei para a gaveta da mesa de cabeceira, onde eu havia escondido a peça de roupa rendada. Ela teria que encontrá-la primeiro.

Estávamos nos aproximando de um terreno perigoso. Ela também deve ter sentido isso, porque meu celular ficou escuro na minha mão.

E então… *ping.*

Tum, tum, tum.

Princesa: E tudo bem com o final do Jack. E é bem capaz que ele empurrasse a Rose para o mar, em algum momento.

Mal: Explique, princesa.

Sério, parecia que, às vezes, ela falava outra língua.

Princesa: De onde você tá mandando mensagem, da caverna?

Princesa: É uma piada, porque o Leo só sai com mulheres de 20 e poucos anos. É horrível, mas infelizmente verdade.

Princesa: Você não se mantém atualizado das notícias, não?

Mal: Então vamos chamar fofocas de celebridades de notícias? Achei que você, mais do que ninguém, odiasse fofocas.

Três pontos apareceram e depois desapareceram.
Apareceram e depois desapareceram.
Apertei o celular com força, me dando conta, de repente, de como aquilo poderia soar. Talvez eu tivesse ido longe demais...

Princesa: Touché.

Porra. Respirei fundo, os dedos voando sobre a tela, desejando poder apagar o último comentário.

Mal: A verdadeira questão não é se os dois caberiam, mas se a porta continuaria boiando. Ele morreu porque não flutuaria.

Princesa: Bom, que merda.

Princesa: Pelo menos a Rose ficou com aquele diamante enorme.

Mal: A verdadeira moral da história, acho eu.

Princesa: HA!

Tum, tum, tum.

Princesa: Eu quase trabalhei com o Leo uma vez.

Mal: Continue…

Princesa: Faz uns seis anos, mas nossas agendas não batiam e acabaram encontrando outra pessoa para fazer o meu papel. No final, acho que o projeto acabou sendo arquivado.

Às vezes, era fácil esquecer o tamanho do mundo de April. O meu parava onde a última pedra desta ilha encontrava a água. Mas a April…? Ela podia ter tudo o que quisesse.

Meu coração bateu forte por um motivo diferente.

Eu me forcei a responder.

Mal: Parece que teria sido algo bem grande.

Princesa: Bem provável.

Princesa: E é óbvio que ele teria se apaixonado por mim. Eu poderia estar tomando coquetéis em uma praia em algum lugar agora, em vez de estar morrendo de frio na Escócia.

Mal: Você tem lenha suficiente para a lareira?

Princesa: Mais do que suficiente, meu senhor. Estava só provando um ponto.

Reli a mensagem uma dúzia de vezes, com o sangue cantando e outras partes de mim se agitando.

Era brincadeira. Só poderia ser brincadeira.

Mal: Pensei que ele só namorasse mulheres de 20 e poucos anos. Você estaria exatamente onde está agora, princesa.

Princesa: EU ODEIO VOCÊ!

E então, como se ela soubesse muito bem o efeito que tinha causado em mim…

Princesa: Boa noite, meu senhor.

Fiquei tentado a responder, a devolver o flerte. Eu *não* flertava. Então, coloquei o celular embaixo da almofada mais próxima e passei a mão pelo rosto. Depois de me acalmar o suficiente para me preparar para dormir, me levantei e encontrei Garoto me encarando.

— Tá olhando o quê?

Ele inclinou a cabeça e poderia jurar que sua expressão dizia "Se controla, cara".

Aquele cachorro sabia demais.

Fui para o meu banheiro minúsculo, tirando as roupas no caminho, e entrei direto no chuveiro. Ajustei a temperatura para um banho frio e me enfiei embaixo da água, pressionando as mãos no azulejo para não ficar tentado a baixar uma delas e tocar meu pau duro. Bater uma punheta seria muito parecido com ceder, e eu precisava concentrar toda a minha energia para superar o que estava sentindo. Não ajudava em nada o fato de que nossas trocas de mensagens ocorriam com uma frequência cada vez maior. Eu nunca começava as conversas, mas sempre me deixava levar. E, com o passar dos dias, elas adquiriram um tom mais sedutor. Da parte dela, porque, como já disse, eu não sabia flertar.

Na noite anterior, por mensagem, ela tinha me convidado para um jogo em que nós dois tínhamos que enviar, ao mesmo tempo, a última foto que tiramos em nossos celulares. Achei um pouco estranho, mas aceitei. No momento em que a de April carregou no meu celular lento, me dei conta do meu erro. Era uma foto dela e de Dudley na baía, os bigodes do cachorro molhados e cobertos de areia. Ela usava óculos escuros, os cachos ao vento enquanto abria um sorriso enorme para a câmera. A foto não era reveladora, cortando logo abaixo de seus ombros, mas mostrava o suficiente para que eu visse as asas de sua clavícula e a parte de cima do biquíni verde-esmeralda. O contraste daquela cor com a pele macia foi o bastante para me deixar tonto.

E, a seguir, o pânico se instalou em mim.

Ela tinha enviado uma selfie incrível. E eu tinha enviado… *Ah, Deus.* Eu tinha enviado uma foto meio borrada do *washback* de madeira, setenta e duas horas após o início do processo de fermentação.

Vinte e quatro horas depois, ainda ficava enjoado só de pensar nisso.

Decidi que não responderia se ela mandasse uma mensagem no dia seguinte.

Princesa: O que você tá fazendo?

Mal: Assistindo *Sintonia de amor*.

Princesa: JURA??
Princesa: Eu adoro esse filme.

Mal: Meio que adivinhei porque você exigiu que eu assistisse umas dez vezes esta semana.

Princesa: "Eu soube na primeira vez em que toquei nela. Era como estar de volta em casa... mas para uma casa que eu jamais imaginei conhecer."
Princesa: "Fui só pegar a mão dela para ajudá-la a sair do carro e soube... era como mágica."
Princesa: Estou chorando!

Mal: Você vai recitar a droga do filme inteiro?

Princesa: Talvez...

Mal: Eu vou parar de assistir.

Princesa: (fechando a boca com zíper)

Isso me arrancou um leve sorriso.

Estava irritado naquela noite, e descobri o porquê assim que Tom Hanks abriu a maldita boca. Aquela boca irritante e charmosa demais. Não era de se admirar que April tenha gostado tanto desse filme, era bem o que as mulheres queriam: romance e monólogos tão doces que fazem mal para os dentes. Um homem que era capaz de fazer uma mulher se apaixonar através de um programa de rádio.

Pela primeira vez naquela semana, terminei a conversa primeiro.

14

April

"WANT WANT" – MAGGIE ROGERS

— Você ainda não assinou o contrato? — A voz de Sydney era um grito agudo na linha.

Com acúmulo de suor embaixo dos braços, apertei o celular com mais força no ouvido, enquanto minha mão livre segurava o corpo atarracado de Dudley contra meu peito escorregadio. Atravessei o caminho íngreme até a baía com passos lentos. Até meus joelhos estavam suando. O frio da semana anterior havia se dissipado graças a uma onda de calor que soprava do sul da Europa e agora estava quente. *Muito quente.* Eu não queria ser tão previsivelmente britânica, mas talvez estivesse quente demais.

O suor se misturava com o cheiro do protetor solar que eu havia passado antes de sair de casa e eu me sentia a um milhão de quilômetros da pose de April Sinclair que estava acostumada a ter. Se fosse sincera comigo mesma, fazia semanas que já não me sentia como ela.

— Eu já falei que preciso de um tempo, Sid. Disse a mesma coisa para a Angela e ela entendeu — ofeguei, sacudindo a ponta da sandália para tirar as pedrinhas que haviam entrado na sola.

— Tempo pra quê?

— Não sei, para viver o luto pelo meu avô, talvez? — respondi com um tom irônico.

— Faz meses que ele morreu e vocês nem eram tão próximos. — Estremeci. Sydney tinha a mania de falar o que estava pensando sem refletir se as pessoas queriam ouvir. Eu costumava achar aquilo revigorante. — Desculpa — acrescentou no mesmo instante —, isso pegou muito mal. Não deveria ter dito dessa forma.

— Então o que você deveria ter dito?

Não tentei conter a raiva em minha voz. Fez quase um milhão de graus em meu quarto na noite passada e acho que devo ter dormido no máximo uma hora. Estava superirritada.

— Que seu avô não gostaria que você jogasse sua carreira fora por uma culpa mal direcionada.

Era isso que eu estava fazendo? Jogando minha carreira fora?

Minha carreira tinha sido despedaçada por alguém em quem eu achava que podia confiar e, durante anos, tentei resgatá-la dos escombros. Ficava irritada por pensarem que eu não me importava mais. Era possível que me importasse *demais*. Cada pedacinho de mim tinha sido consumido por me importar demais, e só agora eu estava começando a recuperar essas partes de mim.

Parei perto da margem e fiquei olhando para a água, depois me sentei em uma das pedras que se erguia do mato. A grama alta se separou sob o meu peso, as flores roxas e de caules longos dos cardos roçando meus braços nus. Fechei os olhos devido ao calor do sol, o amarelo em clarões através das pálpebras.

— Isso não é culpa... Pode ser que tenha sido no começo, mas estou feliz aqui, Syd. Sinto que consigo respirar pela primeira vez em anos.

Era engraçado, mesmo meses depois de me mudar para Londres, eu passeava pela Oxford Street ou pela Trafalgar Square e olhava maravilhada para as luzes da cidade, para as pessoas correndo em suas vidas agitadas. *Isso sim é vida*, eu pensava, *todo mundo tem um propósito, lugares para ir*. Agora eu sentia a mesma coisa aqui, como nunca senti quando era criança. Havia um tipo diferente de agitação, menos emocionante, porém mais... correta. Como um rio que convergia para me trazer aqui, naquele momento exato.

— Então... você nunca mais vai voltar pra casa?

— É claro que vou voltar pra casa, não posso ficar aqui pra sempre. — Pela primeira vez, a declaração foi menos pesada. — Angela disse que iria...

Um movimento na água chamou minha atenção, uma cabeça escura subindo em meio à ondulação e voltando a descer. Braços fortes e bronzeados cortavam a correnteza como uma faca na manteiga. E lá na praia estava Garoto, cochilando à sombra de uma pedra, ao lado de uma pilha de tecido escuro. Meus olhos se voltaram para Mal, com a água azul-celeste clara o bastante para que eu pudesse distinguir seu corpo forte. *Puta merda.*

— Ela disse que iria...? — perguntou Sydney do outro lado da linha. *Verdade.*

— Desculpe... — Pisquei os olhos. — A ligação está cortando. Angela disse que me enviaria todos os roteiros interessantes.

— Ela já enviou algum?

— Ainda não.

— Ela vai enviar, é uma agente fantástica.

— Eu sei, confio em você.

Como se estivessem presos por um fio invisível, meus olhos procuraram Mal de novo. Com uma velocidade impressionante, ele nadou até o amontoado de pedras, as ondas formando espumas e respingando com ferocidade, e fez a volta, nadando para o outro lado.

— Syd, olha, preciso desligar, mas amanhã eu ligo de novo, tá? Quero saber tudo sobre o filme.

Ela riu.

— Claro que quer, meu bem. Talvez minha nova tática seja tentar atrair você de volta com histórias deslumbrantes dos sets.

Eu também ri, pensando que talvez só isso funcionasse, porque era a única coisa da minha vida antiga que me fazia falta. A sensação de um novo roteiro e aquele friozinho na barriga de empolgação na mesa de leitura. As provas de figurino, as longas horas na cadeira de maquiagem. A inevitável festa de encerramento e a emoção de criar algo que fazia sentido para mim. *Daquilo* eu sentia falta.

Encerrei a ligação e me levantei, tirando a poeira da parte de baixo do meu vestido rosa curto. O declive era menos íngreme dali em diante, uma inclinação suave onde a terra seca dava lugar à areia e aos seixos planos, perfeitos para deslizar. Soltei Dudley no chão e ele deu um passo vacilante, ajustando seu peso irregular ao terreno. As ondas eram mais altas ali embaixo, mas Garoto o ouviu mesmo assim, levantando-se e trotando em nossa direção.

Eu me curvei, acariciando seu pelo úmido, me sentindo desajeitada de repente. Não tinha confiança o bastante para nadar muito longe, mas tinha colocado o biquíni por baixo do vestido, planejando um mergulho rápido para me refrescar. Com Mal ali, não sabia como proceder. Adentrei mais a praia, os pés afundando até que a areia macia cobrisse minha pele. Graças à curvatura das rochas, a brisa não soprava ali embaixo, e o ar estava úmido e pegajoso. O suor se acumulava na parte de trás do meu pescoço e entre meus seios.

Eu não sabia se Mal tinha percebido nossa chegada ou se só tinha terminado de nadar, mas de repente ele estava ali, saindo da água como Daniel Craig em *James Bond*. Eu sabia que estava encarando. Também sabia que estava boquiaberta.

Era um corpo como qualquer outro, músculos e pele, um pouco de pelo no peito e dois mamilos. Mas no Mal… Eu sempre soube que ele era grande. Ombros largos, bíceps que involuntariamente esticavam o tecido de todas as camisas que ele usava. Mas aquilo… bom, beirava o ridículo. A água escorria farta pelo peito, gotas brilhantes que ficavam presas nas pequenas fendas entre os músculos moldados não por horas a fio na academia, mas pelo trabalho físico e pesado. Ele nem ao menos estava de bermuda, só uma cueca boxer preta que grudava em *tudo*.

Eu não sabia se era porque ele estava sempre ruborizado ou com os ombros curvados, como se pedisse desculpas por ocupar espaço demais no mundo, mas, de todo modo, nunca o tinha visto daquela forma. E olha que eu o imaginava. *Com frequência.* Mas, na minha cabeça, ele estava mais para um fazendeiro sexy do que para um Adônis todo trincado.

Tive que desviar o olhar, *tive*, antes que eu implorasse para que ele me jogasse por cima do ombro. O meu quase gemido deve tê-lo avisado de que tinha plateia para seu show de striptease, porque ele olhou diretamente para mim, parecendo muito surpreso.

Eu me virei e saí correndo. Meus sapatos estavam escorregadios por causa da areia e, assim que dei com tudo em uma pedra enorme e plana, meus pés foram para o ar. Eu me estatelei no chão, batendo o cotovelo.

— Desculpa — gritei por cima do ombro —, não tive a intenção de... — A dor subiu pelo meu braço e eu o apertei contra o peito. Estava ofegante. Gaguejando. Eu nunca gaguejava. O calor devia ter derretido meu cérebro. — Quer dizer... eu deveria ter avisado que estava aqui.

Em um piscar de olhos, ele estava ao meu lado.

— Você está bem?

Eu não conseguia olhar para ele.

— Sim, tudo bem. — Sacudi meu braço e assobiei. — Ai, *merda*. Não...

Ele segurou meus ombros com as mãos quentes e me ergueu para que eu pudesse encará-lo, tomando meu antebraço em suas mãos calejadas. Baixei minha cabeça para não olhar para o peito dele de novo e notei que a pele estava vermelha e inflamada. O calor estava emanando dele em ondas. Eu podia sentir seu cheiro, suor, sal e maresia misturados com algo cítrico. Como se estivesse hipnotizada, eu me inclinei na direção dele, que me firmou no lugar de novo.

Não podia ficar tão perto assim. Eu me afastei, movendo meu braço timidamente para que ele pudesse ver.

— Está tudo bem.

Com essa ação, ele pareceu se dar conta de que estava quase nu. Suas bochechas e orelhas ficaram vermelhas e ele se atrapalhou com a pilha de roupas, forçando as pernas molhadas para dentro da calça jeans azul-escura e jogando a blusa xadrez verde na parte de cima, trocando os botões na hora de fechá-los. Por mais bonito que seu corpo fosse, foi o botão que ele deixou de fechar que me fez ter vontade de me jogar nele e beijar cada pedacinho de pele exposta.

Era óbvio que Mal não estava nem um pouco ciente da onda insana de feromônios em que eu estava me afogando, porque ele avaliou meu braço de novo com uma careta, sua cicatriz ficando totalmente branca.

— Parece que vai ficar roxo, é melhor colocar um pouco de gelo.

Eu precisava encerrar essa interação.

— Vou colocar.

Ele se aproximou um pouco mais e eu recuei um passo.

— Você veio nadar?

Olhei ansiosa para a água.

— Era o plano, mas acho que vou deixar pra lá.

— Posso esperar e volto com você, o movimento pode ser bom para o cotovelo.

Em outro momento, a ideia de tirar o vestido e entrar na água enquanto Mal observava poderia ter me deixado excitada. Mas no momento eu estava bem consciente da minha aparência desgrenhada. Meu cabelo em um coque todo bagunçado no topo da cabeça, o suor grudado nas têmporas e escorrendo pela nuca.

— Acho que vou voltar, está meio quente aqui para o Dudley.

O barulho animado dos pés de Dudley nas ondas rasas expôs minha mentira e me senti mal por interromper a brincadeira dos meninos.

É claro que Malcolm não expôs minha farsa, só enfiou os pés nas botas, pegou Dudley com uma mão e, com a outra, segurou meu cotovelo não machucado, deixando Garoto nos guiar de volta à grama. Eu não precisava que ele me segurasse, na verdade, isso — nós dois nos espremendo no caminho estreito — dificultava as coisas. Mas fiquei de boca fechada, aproveitando o calor emocionante de seu toque enquanto lutava para manter minha respiração estável à medida que a subida começava a cobrar o preço.

Minutos depois, quando ele tentou me seguir pela margem gramada até em casa, recusei com veemência.

— Precisamos cuidar disso. — Ele parecia irritado.

— Eu posso cuidar — insisti.

— Você sabe onde fica o gelo?

Dei uma risadinha.

— Tenho certeza de que posso descobrir. — Ele abriu a boca para argumentar de novo. — O que eu preciso mesmo é de um longo banho frio, então, a não ser que você queira me ajudar com isso, não preciso de você.

Sua boca congelou no meio de uma palavra, todo o corpo acompanhando o movimento. A brisa morna bagunçava seu cabelo úmido —

a única parte dele que se movia. Então Mal olhou para mim e o feitiço se quebrou.

— Acho que você consegue. — Só que o tom da voz dele não parecia tão desinteressado.

— Tem certeza? — perguntei enquanto ele se afastava. — E se eu não conseguir segurar a esponja?

Sua resposta resmungada se perdeu no vento, mas o dedo do meio que ele ergueu não.

Voltei para casa rindo sem parar.

Depois do banho, almocei no banco, ouvindo o mar e os gritos das gaivotas. Estava quente demais para comer qualquer outra coisa, então mordisquei bolachas e uvas vindas direto da geladeira. Na porta aberta, Dudley estava fritando sob o sol, deitado em uma toalha que eu havia molhado com água fria. Aquele cachorro era uma contradição que eu jamais entenderia.

Eu ainda estava me xingando por ter sido tão ridícula pela manhã quando ouvi o conhecido ganido das minhas raposinhas. Senti o alívio me inundar. Fazia alguns dias que eu não as via e, com o calor que fazia, estava preocupada com elas. Emma apareceu primeiro — a mancha de pelos brancos ao redor de um dos olhos facilitava a distinção —, seguida por Geri e Victoria. Mel B não estava muito atrás, e oscilando, bem no final do grupo, estava Mel C. Ela sempre teve o comportamento mais arisco comigo. Até mesmo quando eu oferecia comida, ela farejava minha mão estendida por um tempo antes de dar uma mordida contrariada.

Mas aquilo era mais do que nervosismo.

Eu me agachei quando elas se aproximaram, jogando as guloseimas até que só restasse Mel C.

— O que aconteceu, pequenina? — Ela estava com a pata branca manchada de sangue. Tinha sido atacada.

Peguei o celular e liguei para Heather sem pensar duas vezes.

— Ei — respondeu sem fôlego. — Está tudo bem?

— Sim, seu irmão é veterinário, certo? — perguntei, mordendo o lábio inferior, ainda olhando para o sangue que escorria do ferimento. A raposa devia estar sentindo muita dor.

— Callum? Sim, o consultório dele fica na rua principal, mas ele não abre aos sábados.

— Ele poderia fazer uma visita domiciliar? Eu posso pagar a mais.

Ela falou preocupada:

— Dudley está doente?

— Ele está bem. É… outra coisa.

Não tinha certeza de como ela reagiria caso eu dissesse que a visita era para minha raposa de estimação.

— Certo… Vou ligar para ele e ver se pode dar uma passada aí.

— Você é demais.

Mel C ainda permitia que eu acariciasse sua cabeça, toda enrolada perto do meu quadril, quando recebi uma mensagem.

Heather: ele disse que pode ir daqui uma hora, bjs

— Noite, moça. — O sotaque estrondoso de Callum Macabe era quase tão exagerado quanto o sorriso que exibia do pé da escada. Era um jeito obviamente treinado e, ainda assim, não pude negar sua eficácia quando, como resposta, ergui a mão e alisei meu cabelo para trás.

Ah, aposto que as mulheres devem ficar caidinhas por ele.

Pousei os dedos na madeira pesada da porta, os pés presos ao chão enquanto eu o analisava. Eu havia me esquecido de como os irmãos Macabe eram parecidos. Heather era tão pequenina, com os mesmos traços delicados da mãe. Não era nem um pouco parecida com os irmãos. Eles compartilhavam o mesmo porte atlético e ombros que poderiam bloquear o sol. Uma cabeleira farta que variava do loiro ao castanho em um instante, apesar de Callum começar a exibir algumas mechas grisalhas. Narizes finos e maçãs do rosto altas. A maior diferença estava nos olhos. Enquanto os de Mal eram de um azul gelado que me lembrava as turbulentas nuvens de tempestade em uma manhã de janeiro, os de

Callum eram do azul-celeste da água da baía. Seria muito fácil mergulhar direto neles. E ainda assim…

Eu pisquei. Dei um passo para trás para o convidar para dentro.

— Bom ver você de novo, Callum.

Rugas discretas surgiram ao redor de sua boca, o sinal de um homem que ria sem medo e com frequência.

— Digo o mesmo. Heather ligou e disse que você precisava de um veterinário.

— Obrigada por ter vindo mesmo eu chamando em cima da hora. — Encostei-me à porta enquanto ele passava.

— Não precisa agradecer. Eu estaria mentindo se dissesse que não esperava trombar com você. — Ele piscou para mim, ajustando o que parecia ser uma bolsa médica em seu ombro. — Estava começando a achar que o Mal tinha te trancado no chalé.

Ele disse aquilo em tom de brincadeira e, como aconteceu com cada uma que caiu no papo dele, deixei escapar um sorriso. Eu o escondi, virando de costas para Callum enquanto o conduzia à cozinha e à sala de estar.

Ele me seguiu.

— Heather disse que você foi meio evasiva na ligação. Tem um animal ferido de verdade ou você só estava ansiosa pra me rever?

Dei risada, olhando por cima do ombro.

— Ansiosa a ponto de fingir uma emergência médica?

Ele deu de ombros, sem se incomodar com minha incredulidade.

— Não seria a primeira vez.

Parei e me virei, com evidente descrença em meu tom.

— As mulheres fingem emergências só pra ver você?

O sorriso voltou a brilhar.

— O tempo todo.

Cruzei os braços, olhando-o sem acreditar. Só podia ser brincadeira.

— Que desculpas elas dão?

— As de sempre… cachorro mancando, problemas na barriga que na verdade são gases. Prefiro as mais emocionantes. Certa vez, vi um peixe dourado que se recusava a comer e até uma lebre selvagem que outra moça pegou no jardim.

Ergui a sobrancelha.

— E por que elas fariam isso?

Ele se inclinou para mais perto, como se estivesse compartilhando um segredo.

— Porque eu sou um bom partido.

Bufei e ele riu, divertindo-se com minha descrença.

— Espero que você tenha cobrado dela por te fazer perder tempo.

— Ela me pagou um jantar e ficamos quites.

— Você foi jantar com ela? — Ele piscou de novo e eu apontei para o olho dele. — Acho que você está com algum problema na vista, seria bom dar uma olhada nisso.

Ele se aproximou mais.

— E estou começando a achar que você me chamou aqui sob falsos pretextos.

Droga.

— Por aqui.

Ele ficou em silêncio enquanto me seguia pela cozinha, mas eu o senti olhando ao redor, como Heather fez quando veio para a ioga. A casa era uma parte importante da vida de Mal, mas de repente me ocorreu que seus irmãos talvez não tivessem tido acesso a ela. Quando chegamos à porta dos fundos, observei sua atenção passar de Dudley, ainda tomando banho de sol, para Mel C.

— Uma raposa?

— Sim.

Se eu achava que ele faria mais perguntas, estava errada. Ele se ajoelhou e começou a mexer em um dos compartimentos laterais da bolsa que carregava. Prendeu um estetoscópio no pescoço, o jeitinho brincalhão desaparecendo.

— O que há de errado com ele?

— Ela — corrigi e Callum me olhou com atenção. — É a pata dianteira direita, está toda ensanguentada e tem marcas de mordidas. Ela foi atacada.

Ele se aproximou devagar para não assustá-la. Mel C abriu os olhos escuros, observando-o com cautela. Ele estendeu a mão para ela cheirar

153

e, depois de uma pausa, ela se inclinou, cheirando todos os dedos estendidos antes de passar para a palma e o pulso.

— Boa garota — apontou ele, aproximando a outra mão para acariciar a cabecinha dela.

Tive que piscar para conter as lágrimas. Esse bebê arisco estava deixando que ele a tocasse, acariciasse. Seria tão fácil que essa confiança fosse traída caso caísse nas mãos erradas.

Mantendo imóvel a cabeça da raposa, ele tirou uma pequena caneta de luz da bolsa, piscando-a nos olhos e ouvidos dela.

— Quando você notou o ferimento pela primeira vez?

— Hoje à tarde. Eu a vi dois dias atrás e ela estava bem.

O estetoscópio veio a seguir, por baixo das patas estendidas até o peito dela, e observei seus lábios se moverem enquanto ele contava.

— Boa garota — disse ele de novo quando ela piscou para o metal frio. — Seus olhos estão claros e brilhantes, portanto, não precisamos nos preocupar com infecções. — Ele retirou o estetoscópio para passar a mão pelas costas dela, levantando a cauda com delicadeza para verificar o traseiro. Só então ele colocou um par de luvas de látex e examinou a pata ensanguentada. O sangue havia começado a secar, tornando marrom-ferrugem o pelo branco e grosso. Assim que ele a tocou, ela uivou e se afastou.

Eu me movi por instinto, ajoelhando-me tão perto que nossos cotovelos se tocaram. Fiz um carinho reconfortante na cabeça da raposa.

— Anda, Mel C, assim que isso acabar, você pode ganhar um petisco extra. — O olhar que ela me devolveu parecia dizer que teriam que ser no mínimo três. — Combinado — murmurei —, raposinha manipuladora.

— Mel C? — A voz de Callum interrompeu nossa batalha de egos.

— Sim, como as Spice Girls. São cinco raposas no total.

Seus lábios se contraíram.

— Superfã?

— Todos somos, não?

Ele pensou, depois disse:

— Verdade. — Levantando-se, ele tirou as luvas e as colocou em um bolso. — Você quer primeiro a boa ou a má notícia?

Senti um aperto no peito.

— A boa notícia.

— A pata vai ficar bem. Por precaução, vou deixar antibióticos com você para alguns dias, para evitar qualquer infecção.

Quase não conseguia respirar.

— E a ruim?

O sorriso voltou a aparecer. Tão parecido com o de Mal, mas ao mesmo tempo completamente diferente.

— Ele vai precisar mudar de nome.

Olhei para Mel C.

— Ele?

— Sim.

— Bem, droga. — Eu ri. — Você sempre será uma Spice Girl para mim, Mel.

A risada de Callum foi rouca.

Bebericando meu café com leite no degrau mais baixo da varanda, observei Mel C e seus amigos correrem em direção à linha da cerca viva, sorrindo sozinha ao ver como ele estava mais animado.

Callum havia conseguido aplicar o antibiótico ontem, antes que eu arrastasse aquele safado porta afora. Com jeitinho, é claro. Galanteador ou não, ele me fez um grande favor e não me cobrou um centavo, sem jantar em troca. Não que ele não tenha oferecido.

Os eventos daquela manhã eram muito mais divertidos. Mel C tinha analisado cada comida que ofereci com atenção, conseguindo cuspir a pequena pílula branca independentemente da gulodice em que eu a escondia. A manteiga de amendoim foi a vencedora e Dudley se escondeu embaixo da mesa da cozinha no momento em que o pote apareceu. Ele costumava vir acompanhado do corte de unhas.

Mel C tinha comido tudo, sua língua áspera lambendo meu dedo.

Eu estava terminando de beber o meu café quando Garoto apareceu correndo.

— Ei, bonitão. — Ele cheirou a mão que lhe estendi antes de fugir para a cozinha para procurar Dudley.

Seu dono apareceu momentos depois, o cabelo castanho-escuro ainda úmido do banho matinal e uma caixa de ovos debaixo do braço. Eu o olhei de cima a baixo, observando a calça jeans e a camiseta azul-marinho justa. Nenhum homem tinha o direito de ficar tão bem de jeans e camiseta, ainda mais um homem que eu sabia que não se esforçava muito para manter a aparência.

— Dia.

Ele parou a alguns metros de distância, sem conseguir ou sem se preocupar em esconder a maneira como me observava.

Juntei minhas pernas nuas e fiquei de pé. Conforme seus olhos me acompanharam, eles se fixaram em meu pijama. Um conjunto de short apertado em um rosa suave que terminava no topo das minhas coxas e um top de alças ligeiramente curto. Não era um pijama que seria curto e revelador em Londres, mas ali, no vilarejo de uma ilha adormecida, podia ser. A julgar pelo modo como o corpo inteiro de Mal pareceu travar, ele concordava. Sua expressão mudou em um instante, de calma para pânico, com algo que eu não conseguia entender direito, como se a situação tivesse evoluído para algo com que ele não estava preparado para lidar.

Dei uma olhada para baixo. *Merda.* Meus mamilos estavam dando bom dia para ele. Comecei a levantar os braços para cobri-los e depois parei. Estava um milhão de graus lá fora e eram apenas mamilos, não significavam nada entre amigos, certo? Afinal, eu tinha visto os dele ontem — *e não conseguia parar de pensar neles.* Ainda assim, o argumento era válido. Voltei para a casa, recusando-me a me cobrir e chamar mais atenção para meu corpo.

— Bom dia — respondi por fim, os dedos dos pés descalços pressionando o azulejo frio. Levantei minha caneca vazia. — Café?

— O quê? — Ele balançou a cabeça como um cachorro molhado. — Ah... sim.

Mal me seguiu a passos lentos e cuidadosos, como se estivesse pisando em gelo quebradiço. Enchi nossas canecas, só café preto para ele, como parecia preferir, e começamos a preparar nosso café da manhã, mantendo-nos em lados separados da bancada. Normalmente, o café da manhã era tranquilo, mas daquela vez estava diferente — uma tensão iminente saturava o ar já úmido. Senti que ele me olhava de soslaio enquanto eu cortava uma banana, e limpava a garganta quando parecia se preparar para dizer algo e depois desistia no último instante.

A diferença entre *isso* e a tarde de ontem com Callum de repente pareceu gritante. O pensamento foi acompanhado por uma onda de culpa. Eu tinha gostado da atenção de Callum, de seu flerte. Não significava nada, mas parecia que, de alguma forma, eu tinha traído Mal. O que era ridículo, já que não havia nada entre mim e Mal.

Eu me acomodei no bar com minha tigela de iogurte e frutas. Contente em esperar que Mal rompesse seu silêncio, minha atenção se desviou para os idiotas que rolavam no tapete. Às vezes, eu me preocupava com o Dudley junto de cães maiores no parque. Além de ser bem menor, as três patas também faziam com que ele não tivesse o melhor equilíbrio e não aguentasse o nível de agressividade de outros cães. Mas Garoto parecia saber exatamente quando se afastar. *Argh, seus coraçõezinhos vão se partir quando voltarmos para Londres.*

— Eu vi o carro do meu irmão aqui ontem à noite.

Despertei de meus pensamentos.

— O quê?

Ele estava olhando para a frigideira enquanto mexia os ovos, o pomo de adão subindo e descendo.

— Meu irmão. O carro dele estava aqui ontem à noite. — Não era bem uma pergunta.

Não pude deixar de provocá-lo, concordando com a cabeça enquanto minha boca estava cheia com um pedaço de banana.

— Uma orgia da madrugada, você deveria ter participado.

A colher de pau fez barulho e, Mal sendo Mal, parecia que uma de suas veias ia estourar.

— Você tá… — Ele engoliu em seco. — Tá zoando com a minha cara?

Eu me remexi no banquinho, cruzando as pernas, de modo que elas pousaram ao lado do quadril dele. Seus olhos as encontraram.

— Por que eu estaria zoando com você? *Nós, atores, fazemos esse tipo de coisa.*

— April. — Meu nome era como uma ordem que eu obedeci… com uma rapidez embaraçosa.

— Eita, tá bom. Era zoeira mesmo. Heather ligou para ele por mim para marcar uma visita domiciliar.

— Uma visita domiciliar?

Continuei com meu café da manhã, raspando o iogurte que sobrou na tigela.

— Sim, uma consulta veterinária para minha raposa.

— Uma consulta veterinária para sua raposa — repetiu ele.

Olhei em volta da sala como se estivesse procurando alguma coisa.

— É impressão minha ou você também está ouvindo um eco?

A expressão dele se fechou todinha.

— *April.*

— Meu nome duas vezes em uma manhã, que delícia — brinquei, dando um sorriso enorme enquanto dava a volta até a pia.

Ele se virou comigo, acompanhando meus movimentos.

— Pode parar de palhaçada, você sabe muito bem o que parece. O que Callum estava fazendo aqui, de verdade?

Mordi o lábio e virei de costas para ele enquanto lavava a tigela.

— Talvez seja melhor você perguntar para ele.

Ele respondeu na mesma hora.

— Eu já perguntei.

Bom, merda. Tentei imaginar isso, Malcolm ligando para Callum — indo até a casa dele —, exigindo saber por que esteve aqui. Agarrei com força a esponja cheia de detergente.

— Parece que você está com ciúme, ranzinza. — Lavei a tigela de novo só para que minhas mãos trêmulas tivessem o que fazer.

— Eu não… Não é por isso que eu… — Sua voz estava rouca. — Eu queria ter certeza de que estava tudo bem.

— E o que Callum respondeu?

Ele estava mais perto agora. Se eu desse um passo para trás, nos tocaríamos.

— Algo que eu não repetiria para uma dama.

Comecei a rir, mas a risada virou um gemido rouco quando o senti. Seu peito largo deslizando sutilmente em mim, o calor ardente sob o algodão fino, fazendo cócegas em meus ombros. Sua respiração agitava os fios de cabelo da minha nuca, o que, com sua altura, só seria possível se ele estivesse me olhando de cima para baixo. Minhas duas mãos afundaram na espuma, sem qualquer intenção de limpar. Fechei os olhos e joguei a cabeça para trás, pousando confortavelmente entre os músculos de seu peito. *Nós nos encaixamos. Nos encaixamos com perfeição.*

Ele gemeu. Não em voz alta, mas senti o estrondo em seu peito. Aquele som torturante ecoou em um ouvido, seu coração acelerado no outro. O meu batia ainda mais rápido e eu sentia que poderia explodir em meu peito se não encontrasse uma maneira de desacelerá-lo.

— *Princesa* — suplicou ele.

Levei um segundo para me lembrar de como falar, para ter certeza de que as próximas palavras de meus lábios não seriam uma ordem para que ele me fodesse contra o balcão da cozinha.

— Eu já disse… ele veio verificar minha raposa. Mel C.

O queixo dele deve ter baixado porque senti o raspar dos pelos da barba nos meus cachos. Era pouco além de um toque, mas, ainda assim, era mais, muito mais do que eu jamais sentira com qualquer outra pessoa. Fechei os olhos. Em vez de ofegar como eu precisava, parei de respirar de vez. A qualquer momento, ele perceberia o que estava fazendo e se afastaria.

— Desde quando você tem uma raposa?

Como ele parecia estar se divertindo quando eu…? Eu não conseguia nem pensar direito.

— Desde… desde…

— *Princesa.*

— *Porra.* — Como se tivesse um passe expresso para a minha vagina, o apelido que havia me irritado até a semana anterior umedeceu a pele entre as minhas coxas.

Mal deu risada como se soubesse o que estava fazendo comigo, a primeira risada verdadeira que ouvi dele. Era doce e fumegante como uísque.

— Que merda está acontecendo? — A voz que saiu da minha boca não pertencia mais a mim.

Senti seu queixo se mover de novo, mergulhando até que sua mandíbula tocasse minha orelha. Ele segurou o balcão de cada lado do meu corpo, me prendendo no lugar. Eu talvez tenha gemido, mas não saberia dizer.

— Você estava me contando da sua raposa — provocou ele.

Minha raposa. *Por que aquilo soava tão safado?*

— Certo… Mel C…

— Mel C. É esse o nome dela? — Sua voz ressoou contra minha pele e, por instinto, inclinei a cabeça. Eu não estava mais no controle da situação.

— O nome *dele.*

Seu nariz encontrou minha pele, arrastando-se da curva da minha mandíbula até a alça da blusa, deixando um rastro de arrepios. Ele inalou e foi sua vez de gemer.

— O que aconteceu com sua raposa, princesa?

— A patinha, ele foi mordido. — Minhas mãos deixaram a água para agarrar a pia, mal notando a água que pingava pela frente do meu corpo.

— Então você ligou para o meu irmão?

— Liguei pra *Heather.*

— Para ligar para o meu irmão? — O tom de comando estava de volta, e a resposta foi arrancada de mim.

— Sim.

Isso pareceu despertá-lo. Senti o mais breve roçar de quadris, o membro duro escondido sob a braguilha da calça jeans, depois ele recuou e eu arqueei as costas, seguindo-o até o último segundo. O ar fluía entre nós, ainda pegajoso e opressivo, mas menos devastador. Comecei a me virar, mas ele colocou uma mão em meu ombro.

— Preciso ir trabalhar — disse ele, sem maiores explicações.

Trabalho, o que era isso?

— Certo… é claro.

Segurei-me com mais força ao balcão. Era a única coisa que me mantinha de pé. Ele se retirou, chamando Garoto para acompanhá-lo.

— Princesa? — disse ele. Acho que respondi algo. — Pare de alimentar as raposas antes que uma delas acabe mordendo você.

15
Mal

"I WANNA BE YOURS" – ARCTIC MONKEYS

Princesa: Se incomoda se eu passar aí hoje para trocar o DVD?

A mensagem dela me encarava como havia feito nos últimos trinta minutos. Estava logo abaixo da outra mensagem não respondida do dia anterior.

Princesa: Vou dar uma passada no pet shop durante o almoço, a Jasmine separou alguns petiscos para o Dudley e as raposas. Quer alguma coisa para o Garoto?

Fazia dois dias, quarenta e oito horas inteiras, desde o incidente na cozinha.

Incidente é um termo covarde para denominar o fato de que fiquei morto de ciúme por April ter chamado um veterinário para ajudar um animal ferido, só porque esse veterinário era meu irmão simpático e despreocupado, que por acaso era bonito. Vou explicar isso mais uma vez para todas as partes envolvidas. Fiquei com ciúme porque ela chamou meu irmão, o *veterinário do vilarejo* — que essa parte fique bem sublinhada —, para ajudar um animal ferido. Parecia que eu havia enlouquecido. E não conseguia nem mesmo sentir ciúme discretamente. Estava tão óbvio que ela mesma disse em voz alta.

"Parece que você está com ciúme, *ranzinza*." Eu estremecia só de pensar naquilo.

E como se isso já não fosse vergonhoso o bastante, eu a pressionei contra o balcão e sarrei nela meu pau duro feito rocha. Nem mesmo a lembrança daquela bunda macia me acolhendo por cima das calças era o bastante para apagar a dor da humilhação. Era como se um ogro estivesse encoxando a Branca de Neve por cima das roupas.

E, mesmo assim, ela está te mandando mensagens, uma voz traidora sussurrou. *Ela correspondeu na cozinha.* Eu jamais teria chegado perto dela se ela não tivesse correspondido. A não ser que eu tivesse entendido errado os sinais. Interpretado mal seus gemidos ofegantes. Não era como se eu tivesse muita experiência em ler mulheres. *Merda.*

Minha mente se revirava, os pensamentos indo de um cenário impossível para o outro. A ansiedade se fazia presente em meu peito, apertada como vinhas sombrias. Com as mãos trêmulas, li a mensagem dela de novo. A única forma de contornar aquilo era agir normalmente, como se nada tivesse acontecido. E se ela me desse um tapa e exigisse um pedido de desculpas na próxima vez que estivéssemos frente a frente, bem, eu teria que reunir a coragem de gaguejar as desculpas e me mudar para a Nova Zelândia.

Que porra eu faria na Nova Zelândia? Será que eles tinham uísque? *É claro que sim. Foco.*

Mal: O que aconteceu com seus planos para esta noite?

Eu a ouvi falando ao celular com Juniper do lado de fora do depósito ontem de manhã, combinando de irem ao Sheep's Heid.

Nota zero em tentar ser menos assustador.

Um único tique azul apareceu, depois um segundo. Ela havia lido. Durante os trinta segundos seguintes, agarrei o celular como se fosse a última tábua de um navio que estava afundando. Três pontos apareceram e parei de respirar.

Princesa: O novo resgate de June não está se adaptando bem, ela não vai poder ir.

Não fazia ideia do que aquilo queria dizer. E nem queria saber.

Princesa: Estou pensando em assistir *O massacre da serra elétrica.*

Mal: Você disse que ficou assustada com *O sexto sentido.*

Princesa: Eu disse que era assustador.

Mal: Se você achou aquilo assustador, acho que não vai conseguir lidar com *O massacre da serra elétrica.*

Princesa: MAL!!!
Princesa: É só um filme, vai ficar tudo bem.

16

April

"CHERRY WINE" – HOZIER

Eu tinha cometido um grande erro.

Grande. Pra. Caralho.

A serra elétrica foi ligada de novo. Dei um pulo e cobri os olhos com um travesseiro, enquanto os gritos da pobre Pam ecoavam da tela para o quarto escuro. *As pessoas assistem isso para se divertir, de verdade?* Tentei bloquear a cena, respirando devagar até que ela acabasse. Pam gritou de novo, e foi a gota d'água. Cada pedacinho de feminismo fugiu do meu corpo enquanto eu mergulhava na cama e pegava meu celular para pedir reforço masculino.

April: Mal!!!

Minhas mãos tremiam.

April: Mal, me ajude.
April: SOS!!!

Poucos segundos se passaram antes que o aparelho tocasse.

— Você está bem? — Ele parecia sem fôlego.

— Não. — Minha voz era um chiado constrangedor. — Preciso de você.

— Estou a caminho, princesa. O que aconteceu?

— O filme! Foi um erro, você estava certo.

— O filme… — Ele se interrompeu e então sua voz ficou mais nítida. — *Meu Deus,* April, achei que você tinha se machucado! Desliga esse filme.

— Não consigo! — choraminguei, ciente de que parecia um bebê, mas assustada demais para me importar.

Cometi o erro de olhar para a tela de novo e Pam, a pobre, doce e ingênua Pam, estava sendo empalada por um gancho de pendurar carne.

— Por que não?

— Porque eu preciso ver o final… Será que tem um final feliz?

— Claro que não! O filme mostra uma família de canibais psicopatas.

— Eles são canibais? — Minha voz ficou impossivelmente mais alta.

— Desligue isso! — O comando foi ensurdecedor. Dudley levantou a cabecinha do monte de cobertores.

— Não posso. Vou ficar ainda mais assustada se não assistir até o final.

Ele bufou, e foi um alívio ouvir isso. Mal, frustrado comigo, parecia normal.

— Merda… tudo bem. Não se mexa. Logo estarei aí.

— Obrigada, Mal. Obrigada, obrigada, obrigada. — A linha ficou muda e eu fechei os olhos, preparando-me para esperar.

Não precisei esperar muito. Nem mesmo um minuto depois, ouvi os passos dele na escada, o rangido do terceiro degrau que pegava todo mundo desprevenido.

Seguindo o som da televisão, ou talvez apenas o instinto canino, o focinho de Garoto apareceu primeiro. Ele passou pela porta e se arrastou pelo chão, pulando na ponta da cama como se já tivesse feito aquilo milhares de vezes e acomodando-se ao lado de Dudley, que se virou de costas para ficar mais perto.

O dono dele, no entanto, parou no patamar, vindo pé ante pé até a porta que dava acesso ao meu quarto. Eu mal conseguia respirar. Parecia que não o via fazia dias. O trabalho no site e nas redes sociais me manteve ocupada, e eu também tinha começado a limpar a sala de degustação para o evento da semana seguinte. Então, enquanto Mal entrava devagar no quarto, eu o observei com prazer.

De repente, fiquei me perguntando se ele já tinha vindo aqui ao longo dos anos, se tinha curiosidade suficiente para bisbilhotar. Pela maneira como seus olhos percorriam o papel de parede e os pôsteres de filmes antigos, eu sabia que não era o caso. Sua atenção finalmente se desviou para a cama. Para mim.

— Você ficou assustada com o filme a ponto de ligar pra mim, mas mesmo assim não trancou a porta dos fundos.

Não era o que eu estava esperando.

— Eu me lembrei, mas estava com muito medo de ir até lá pra trancar.

— Caramba, April, tranque a merda da porta. — As palavras eram tão arrastadas quanto sua respiração. As bochechas coradas. O cabelo despenteado e ligeiramente úmido. Ele tinha corrido até aqui?

Sim. O instinto me deu a resposta que eu sabia que ele negaria com todas as forças. Deixei a informação se assentar com um sorriso secreto. Mal estava começando a se importar comigo. E resmungar sobre trancar a porta era a única maneira que ele conhecia de demonstrar isso.

— Eu vou — respondi, acomodando-me ainda mais debaixo das cobertas. — Obrigada por ter vindo. — Ele grunhiu, os olhos acompanhando as minhas mãos enquanto elas arrumavam os lençóis. — Você vai entrar no quarto? — perguntei.

— Não sei. — As palavras foram ásperas e, de repente, eu estava de volta à cozinha dois dias antes, o pau dele roçando em mim.

A lembrança foi interrompida de maneira criminosa por um grito agudo na televisão. Eu me encolhi, empurrando os travesseiros para cobrir meus olhos.

— Não, não, não… Qual o problema dessas pessoas? É só entrar no carro e ir embora! Por que elas sempre voltam?

Ele bufou de novo, mais perto dessa vez. Ouvi o som de suas botas sendo retiradas e, em seguida, a cama se inclinou drasticamente para um lado enquanto seu grande corpo se acomodava. Ele não me tocou, mas a pele do lado direito do meu corpo formigou e prendi a respiração quando os lençóis farfalharam.

— Achei que estava sendo dramática — disse ele.

Eu me encolhi ainda mais em meu escudo de almofada até que toda a luz do quarto se apagou.

— Nunca fiquei tão assustada em toda a minha vida.

— Então, só um pouco dramática?

— Por favor… — gemi. O som foi abafado. — Preciso que você não se divirta com isso. Consegue fazer isso?

— Acha que eu gosto de ver você assustada? — A cama se inclinou de novo e eu o senti se aproximar. Minha tentação temporária foi mais forte do que meu medo, pois virei um pouco o rosto para vê-lo. Acima das cobertas, Mal se reclinou nos travesseiros, parecendo confortável e satisfeito. Ele me encarou de volta, com os olhos cinzentos como nuvens de tempestade sob a luz fraca. — Não estou sendo presunçoso, prometo. Só estou me perguntando por que caralhos você ainda está assistindo.

— Eu já disse — sussurrei. — Preciso ver o final para saber que acabou.

— Tem uns cinco filmes depois desse.

Curvei todo o corpo e enterrei o rosto no travesseiro de novo.

— Por que você me disse isso? — Ele riu, a segunda vez que eu ouvia e a segunda que deixei de ver. — Eu te odeio.

— Eu? Eu tentei avisar!

— Pois avise melhor da próxima vez! Diga "April, se você assistir a esse filme, vai ficar com tanto medo que vai cagar nas calças"!

— Você se cagou?

— Não!

Sua próxima risada veio do fundo da garganta e eu ergui a cabeça, determinada a vê-la. Ele estava com uma das mãos no peito e a cabeça inclinada para trás, comprimindo o travesseiro enquanto sorria, com os olhos fechados. Um momento de pura liberação. Observá-lo parecia íntimo. Será que seria igualmente gostoso assistir a ele gozar?

Pensar naquilo foi o bastante para fazer meu corpo despertar. Apertei as coxas enquanto meus mamilos se encolhiam em botões pequenos, raspando contra minha blusa fina. Antes que eu pensasse muito sobre minha reação, os sons do filme se espalharam pela minha névoa de luxúria, algo duro batendo contra a carne com um ruído doentio. Recuei para trás de minha cobertura improvisada.

— O que está acontecendo agora?

— Você não quer saber.

— Quero, sim. O que estou imaginando deve ser muito pior.

— Então olhe para a tela.

— *Mal!* — Ele não entendia.

— Tudo bem, tudo bem... Jerry está sendo espancado até a morte com um martelo.

Inspirei forte pelo nariz.

— Por que alguém faria isso... Não. Uma pergunta melhor: Por que alguém se *divertiria* com isso?

— Péssima hora para dizer que esse filme é baseado em fatos reais?

Eu tremia. Eu estava literalmente tremendo.

— Nunca é uma boa hora para dizer isso a alguém. Nunca.

Ele riu de novo. Dessa vez, eu estava com medo demais para aproveitar. Rápido demais para que eu pudesse processar, o braço grosso dele se enrolou em minha cintura e me puxou para junto dele, sua fragrância limpa com um toque cítrico envolvendo todos os meus sentidos. Fiquei toda rígida, sem saber como agir nessa situação. Eu não queria que ele se sentisse desconfortável, não queria que achasse que, por estar aqui na minha cama, me devia algo mais do que um conforto amigável. Mal claramente tinha mais controle das faculdades mentais do que eu, porque sua mão se deslocou para meu ombro nu, exercendo uma leve pressão até que eu relaxasse na curva de seu braço. Seu peito oscilava rapidamente sob a minha bochecha, revelando que ele não estava tão indiferente quanto parecia. Abri os olhos para observar.

Para cima. Para baixo.

Para cima. Para baixo.

Para cima. Para baixo.

Com a mão livre, Mal procurou atrás de si até encontrar o cobertor grosso pendurado na cabeceira da cama e nos cobriu com ele.

— Melhor assim?

Sorri que nem boba por trás da almofada.

— Sim.

— Ótimo — resmungou ele, voltando a ser o Mal dos rosnados em um instante.

Mas eu jurei que, quando senti a mão alisar a parte de trás do meu cabelo, ela estava tremendo. Eu me aconcheguei mais.

Depois de um minuto de silêncio, perguntei:

— O que está acontecendo agora?

— Sally está sendo perseguida enquanto volta até o posto de gasolina.

— Por que ela está indo para lá?

Senti o som de desagrado que ele fez até os dedos dos meus pés.

— Porque todo mundo em filmes de terror é idiota.

— Mal?

— Sim?

— Estou irritando você?

Ele suspirou.

— Não.

— Tem certeza?

— Sim!

Sorri de novo, feliz por meu rosto estar escondido. Apesar das circunstâncias, eu estava gostando demais daquilo. A proximidade. O ronco irritado em seu peito. Era um bálsamo calmante para os meus nervos em frangalhos.

— Mal?

— *O quê?*

— Por que você tem esse filme?

Ele respirou fundo, prendendo o ar.

— Não sei.

— Você assiste uma vez por semana?

— Não.

— Você já matou? É provável que volte a matar alguém?

— Já chega… — Ele começou a se levantar e eu o segurei pela cintura, agarrando-me a ele.

— Me desculpe… Vou ficar quieta. Prometo. Por favor, fique.

Por um instante ele se retesou, antes de voltar a se encostar na cabeceira da cama. Dessa vez, não relaxou por completo. Parecia mais que fingia estar relaxado, uma imitação do que achava que seu corpo deveria estar fazendo. Mantive meu braço apertado em torno de sua cintura e minha bochecha deslizou para a superfície firme da barriga dele. Ele não falou nada. Nem eu.

Quando nos acomodamos para assistir ao restante do filme, ele apoiou a mão no meu ombro, e seus dedos faziam cócegas na minha pele, próximo ao meu pulso acelerado. Eu não mencionei aquilo. Nem ele.

Mais cedo do que eu gostaria, os créditos começaram a subir, mergulhando meu quarto na escuridão quase completa. Eu não tinha assistido a um único minuto da segunda metade do filme e, em algum momento — provavelmente irritado com o fato de meu corpo estar sempre se encolhendo contra o dele —, Mal baixou o volume da televisão e começou a sussurrar comentários aqui e ali. Suspeitei que ele estivesse deixando algumas das partes mais horríveis de fora de propósito e que, por vezes, estivesse inventando coisas, porque, pouco antes do final, ele disse:

— Leatherface morreu. Sally e Franklin escaparam.

Mas, se tinham cinco filmes depois desse, aquilo não poderia ser verdade.

Enquanto os créditos passavam pela tela, senti o momento exato em que ele se deu conta da pressão de nossos corpos. Naquele momento, eu estava quase no colo dele. A perna esquerda dele estava debaixo dos lençóis e a minha perna direita estava enrolada em volta dela, com os pés nus contra a panturrilha coberta pela calça jeans dele. O arrastar áspero das pontas de seus dedos em minha clavícula cessou e ele limpou a garganta. Malcolm estava indo embora. Procurei uma maneira de mantê-lo por mais algum tempo.

— Como era aqui quando eram só você e Kier? — A pergunta foi feita às pressas, uma pergunta que eu queria fazer, mas não tinha certeza de que ele responderia.

Mal hesitou.

— Você quer dizer... no final?

— Sim — sussurrei.

Ele não falou. O silêncio foi tão prolongado que temi que ele nunca mais falasse. Então:

— Era triste às vezes… na maior parte do tempo. Tranquilo em outros.

— Tranquilo? — Eu não conseguia imaginar como.

— Ele aceitou o destino desde o início… Nunca lutou contra ele quando descobriu que a quimioterapia não havia funcionado. Durante as últimas semanas de vida, comeu as comidas que gostava, assistiu a filmes que adorava… principalmente os seus. Os remédios que tomava eram bem fortes, então ele não sentiu muita dor.

Aquilo não me tranquilizou muito.

— E quando não era tranquilo?

— Era horrível. — Sua voz falhou.

E a dor… a dor que eu carregava em meu coração durante todos aqueles meses se estendeu até encher todo o meu peito. Senti como se não pudesse respirar. Eu o abracei com mais força.

— Sinto muito.

Ele apoiou o rosto no meu cabelo.

— Onde você estava, April? — Eu tinha feito minha pergunta e essa era a dele, a que ele tinha guardado durante todas aquelas semanas. — Você nunca voltou. Por quê?

Lágrimas surgiram nos meus olhos.

— Porque eu não sabia. — Achei que a verdade poderia me fazer sentir que tirei um peso dos ombros, mas soava mais como uma desculpa.

— Ele não contou para você? — Seu tom era uma mistura de surpresa e ceticismo.

— Não.

O coração dele disparou sob minha bochecha.

— Ele me disse que sim. Perguntei logo que descobrimos e Kier respondeu: "April disse que está muito ocupada".

Ah, Kier. Algo afiado se alojou em minha garganta.

— Eu juro que não…

— Eu sei. — Sua tranquilização foi instantânea. — Agora que parei para pensar, era a cara do Kier fazer esse tipo de merda. Porra. — Ele fechou os olhos com força. — As coisas que eu disse, sinto muito…

Ele não entendeu o que eu estava tentando dizer. Fiz força para me sentar, mas continuamos emaranhados. A palma da minha mão esquerda estava sobre o peito dele, logo acima do coração.

— Eu *deveria* saber. Liguei duas semanas antes de ele morrer e ele não me disse nada. Quando perguntei, Kier contou alguma mentira de um resfriado. Eu deveria ter insistido mais.

— Você não tinha como saber se ele não quisesse.

— Eu poderia ter visitado mais.

Mal não respondeu, porque não tinha como me tranquilizar. Eu deveria ter visitado mais e nós dois sabíamos disso.

Eu poderia contar ao Mal sobre o dinheiro, o motivo que me afastou de Kier, mas isso só serviria para magoá-lo. E, com a morte de Kier, toda a questão do jogo e da dívida não me irritava mais como antes. Quando pensava naquilo, tudo o que sentia era tristeza. Meu avô devia estar sufocando sob o peso de todas as suas preocupações, sem uma única pessoa a quem recorrer. Mais lágrimas se acumularam. Como se Mal as tivesse percebido, a luz na mesa de cabeceira se acendeu e ele se moveu. Metade de suas feições estavam pintadas por um brilho de lavanda do abajur, fazendo com que a linha da maçã do rosto ficasse definida, como uma faca acima da barba aparada. Recostado embaixo de mim, ele parecia confortável e amarrotado entre meus lençóis. Eu queria amarrar as mãos dele na estrutura de metal e mantê-lo ali para sempre. Se Mal estivesse em minha cama todas as noites, eu sabia que não acordaria com o mesmo vazio dolorido no peito. Ele mandaria cada pensamento solitário para longe, da mesma forma que manteve os monstros afastados esta noite.

Ele também me observava. Seus olhos percorriam minhas bochechas, minha boca e a inclinação do meu pescoço. O que ele via quando olhava para mim? April Sinclair, estrela de cinema fracassada? April Murphy, neta fracassada? As lágrimas caíram devagar, como as primeiras gotas de chuva antes de um aguaceiro. Um aviso para se abrigar. Fechei os olhos, sem querer testemunhar o momento em que ele desceria da minha cama e iria embora. Mal não lidava bem com emoções, ainda mais quando eram do tipo bagunçadas.

Por isso, fiquei tão surpresa quando ele tocou minha bochecha que quase recuei. Ele se ergueu sobre o cotovelo, com uma mão capaz de cobrir o lado esquerdo do meu rosto de tão grande. Os dedos gastos pelo trabalho afastaram os fios de cabelo da minha têmpora, enquanto seu polegar varria uma linha da minha bochecha até o canto do olho, capturando uma única lágrima. A textura de seus calos me fez tremer. Ele deve ter confundido isso com o início de um soluço, porque se aproximou ainda mais, dobrando o joelho em que minha perna estava enganchada, meio que me arrastando para seu colo. Ele era tão alto que, mesmo com aquela altura extra, seus lábios estavam na linha do meu cabelo. Senti as cócegas de suas próximas palavras por entre os fios enrolados.

— Se ele tivesse pedido para você estar aqui, você teria voltado?

— Claro que sim. — Eu nem precisava pensar.

Aquela mão deslizou para minha mandíbula, o polegar pousando no canto da minha boca enquanto ele inclinava minha cabeça para trás para que eu o olhasse. Seus olhos se fixaram nos meus e minha respiração seguinte não serviu para nada. Ele nunca tinha me olhado desse jeito antes. Com tanta intensidade, como se quisesse que eu soubesse que tinha toda a sua atenção.

— Não se culpe. Não coloque a escolha dele nos seus ombros. Por mais que a gente não consiga entender, Kier queria que fosse desse jeito.

Kier queria que fosse desse jeito.

— E se ele não me quisesse aqui porque não me queria na vida dele?

E se ele nunca me amou de verdade... como minha mãe não amou?

Mal pensou antes de responder.

Essa era uma das coisas que eu mais gostava nele. Ele não falava por falar, não dizia a primeira coisa que vinha à mente, como a maioria dos homens que eu conhecia. Se você lhe fazia uma pergunta, ele pensava bem, levava um tempo até responder direito. Você poderia não gostar da resposta que receberia, mas saberia que era sincera.

— Ele amava você — disse ele, por fim, acertando em cheio no alvo. — Tinha muito orgulho.

— É mesmo? Ele disse isso?

— Os dez episódios daquele programa de dança ruim que ele me obrigou a assistir falaram por si só.

Kier tinha assistido? *Mal* tinha assistido? Tentei imaginar os dois na sala de TV, com uísque na mão, enquanto se acomodavam para uma noite de sábado cheia de lantejoulas e dança de salão.

Eu sorri e ele voltou toda sua atenção para a minha boca, a garganta tentando engolir.

— Por que esse sorriso?

— Estou tentando imaginar vocês dançando com as músicas do programa.

— Eu não danço.

Não. Imaginei que não dançasse.

Ele olhou para a minha boca de novo, depois para os meus olhos. Era como observar uma mola sendo erguida, apertada e, antes de ser solta, contida para não sair pulando por aí. Antes que o salto fosse novamente impedido, levei a mão à bochecha dele. Mal ainda segurava meu queixo, nossas mãos se sobrepondo. A respiração dele falhou, o peito se expandindo e roçando no meu em uma carícia que me fez gemer. Fazia muito tempo que eu não tocava alguém dessa forma. Que alguém não me tocava assim.

— Mal — sussurrei, rezando para que aquela única sílaba pudesse transmitir tudo o que eu era incapaz de pedir.

Senti a mudança nele antes mesmo que ela acontecesse. Suas feições se transformaram em algo mais determinado. A tensão se transferiu de seus ombros e desceu pelos braços para me puxar para mais perto. Quase caí contra ele, os braços em volta do pescoço, os seios se moldando ao peito sólido enquanto minhas pernas se abriam para abraçá-lo. Uma de suas pernas permaneceu flexionada, com o pé coberto pela meia firmemente plantado no colchão. Dessa forma, eu estava sentada no V de seu colo e eu senti… senti tudo. O pau duro que ele não fez questão de disfarçar pressionava a costura entre minhas coxas. Mordi meu lábio com a sensação, os dentes firmes enquanto eu me esforçava para conter minha reação, meu instinto gritando para que eu não me apressasse, porque os olhos dele não estavam mais em mim, estavam fechados. Suas bochechas e orelhas estavam pintadas de vermelho fogo. Seu corpo inteiro tremia.

— Mal… — sussurrei. — Mal, tudo bem por você?

Seu aceno de cabeça foi brusco. Ele fechou os olhos com mais força.

Eu precisava sair dali, decidi. Comecei a recuar, mas ele me puxou, aproximando-se ainda mais. Toda a extensão de nossos corpos se alinhou e ele encostou a testa na minha; eu podia sentir nos meus lábios a respiração entrecortada.

— Não se mexa, princesa… Por favor, não se mexa.

— Não vou me mexer.

Deslizei os dedos pelo pescoço e pelos ombros dele, fazendo pequenos círculos. Quando ele abriu os olhos e me encarou, enfim entrei em ação.

Eu me aproximei até que nossas bocas estivessem a um suspiro de distância e parei, pronta para recuar ao menor sinal de que ele pudesse não querer aquilo.

Ele lambeu os lábios e eu eliminei a distância, surpreendendo-me com a suavidade que encontrei. Não pressionei, apenas fiquei ali, deixando--o decidir o que aconteceria em seguida. Seu gemido de resposta foi profundo e masculino, o corpo amolecendo sob o meu como chocolate derretendo em um fogão, quente, doce e delicioso. Foi o primeiro beijo mais suave de toda a minha vida. O único que fez meus olhos formigarem e meu nariz arder. Depois de um longo momento, eu me afastei até que nossas bocas estivessem só se tocando.

— Tudo bem fazer isso? — Pela minha voz, parecia que eu estava correndo.

A única resposta foi a boca dele colando novamente na minha, o ritmo mudando tão depressa que levei um momento para me recuperar. As mãos subiram pelas minhas costas, tremendo, apertando e acariciando, até se enroscarem no meu cabelo, ambos os punhos puxando minha cabeça para trás para receber sua investida.

Segui o exemplo dele, abrindo a boca avidamente ao primeiro toque das nossas línguas. Ele deslizou a dele para a minha boca em um movimento sensual. Fiquei de joelhos para sentir ainda mais dele.

Eu esperava hesitação. Esperava mais doçura. Ele veio com tudo e, de repente, eu estava dando o beijo mais *safado* de toda a minha vida. Era molhado e um pouco confuso. Dava para perceber que ele não tinha experiência, mas o que lhe faltava em habilidade era compensado com puro entusiasmo. Mal me beijava como se nossas vidas dependessem disso.

Ele me colocou de costas em um piscar de olhos. Com as mãos segurando minha cintura, me deitou até que eu estivesse esparramada na cama. Quando ele acomodou seu peso contra mim, eu não conseguia me lembrar se nossas bocas tinham de fato se separado.

Abri as pernas e o puxei para mais perto, desesperada para sentir seu peso. Ele respondeu sarrando em mim, devagar, me fazendo gemer em sua boca. E então ele disse meu nome.

— April. Princesa... Eu preciso... porra... Não consigo respirar quando estou perto de você.

Eu precisava jogar nossas roupas para longe. Precisava dele em mim, dentro de mim. Estava pronta para implorar por isso. Em um segundo, ele estava com a língua na minha boca, os dedos começando a mergulhar no meu short. No outro, ele estava de joelhos sobre mim. Só então ouvi o toque estridente do meu celular. Eu sentia como se estivesse me movendo na lama, tentando me lembrar se os últimos trinta segundos tinham acontecido. A visão de Mal ajoelhado entre minhas coxas indecentemente abertas confirmou que sim.

O celular parou de tocar e o quarto foi preenchido por nossas respirações arfantes. Nenhum de nós se mexeu. O olhar dele estava distante, me atravessando, e algo em meu peito se encolheu um pouco.

— Mal... — comecei a me desculpar, mas parei. Eu não queria me desculpar.

O som da minha voz pareceu libertá-lo, e ele se lançou da cama. Tropeçou em uma das botas jogadas no chão e quase caiu. Eu me levantei, com as mãos estendidas como se pudesse segurar o gigante trêmulo. Mas ele já estava se movendo, pegando as botas, sem sequer parar para calçá-las.

A cabeça de Garoto surgiu do pé da cama, onde os dois cachorros ainda estavam enrolados, como se não tivessem acabado de testemunhar esse acontecimento de fazer a terra tremer. Mal esticou a mão para ele ficar no lugar e Garoto voltou a se deitar no cobertor. Assisti a ele parar na porta, de costas para mim.

— É melhor... Eu tenho que ir. — Sua voz rouca ecoou no teto alto, então pude ouvir duas vezes enquanto ele me dava o fora.

É... já entendi. Não falei as palavras em voz alta; pela primeira vez em minha vida, fiquei atordoada e em silêncio.

— Vou deixar Garoto com você esta noite… Para cuidar de você, quero dizer — disse ele antes de fugir.

Não foi só o terceiro degrau — eu ouvi cada passo desenfreado dos pés na escada. Para alguém geralmente coordenado, ele bateu, xingou e tropeçou enquanto meus ouvidos o seguiram pela cozinha e pela porta dos fundos até que o silêncio se instalou.

Voltei a me deitar no travesseiro.

— Que porra foi essa? — O cheiro dele me invadiu e eu puxei o travesseiro de trás de mim, jogando-o do outro lado do quarto. Como se estivesse de acordo com seu dono, Garoto se virou de costas e peidou, devagar e tão alto que Dudley acordou com um sobressalto, depois enterrou o rosto sob a pata. — Que belos cães de guarda vocês são.

17

Mal

"US" – JAMES BAY

— A mãe vai ligar pra você — resmungou Callum, a pá cortando o monte de turfa úmida para depositá-la na fornalha.

Ele tinha vindo cedo. A luz da manhã ainda estava enevoada quando levantei da cama, com os olhos turvos, para cumprimentá-lo. Se ficou surpreso ao me encontrar indisposto, não demonstrou, declarando apenas que não tinha compromissos hoje e que queria trabalhar. Eu não acreditei nele. Era um dos poucos veterinários em toda a ilha que não se especializava em gado, então estava sempre ocupado. Passei pelo consultório em várias ocasiões e o telefone tocava sem parar. Mas de cavalo dado não se olha os dentes e a distração poderia me ajudar, então guardei minhas suspeitas para mim mesmo.

Trabalhamos depressa e em silêncio; Callum estava familiarizado com os métodos. Ele trabalhava com o úmido enquanto eu trabalhava com o seco, colocando ambos na fornalha ao mesmo tempo. Esse processo servia para aromatizar e então secar o grão armazenado na sala acima de nós, dando ao uísque seu sabor defumado único.

Mesmo trabalhando com eficiência, uma parte de mim ainda ansiava pela presença solar de April. Na única vez que ela ajudara na secagem, fez perguntas aleatórias o tempo todo.

"O que aconteceria se eu ficasse trancada lá dentro com os grãos?"

"Você morreria, princesa", respondi, incrédulo.

Era bastante óbvio. Em seu ponto mais quente, a sala de secagem atingia cerca de oito graus Celsius.

"Sim. Mas como?"

Ela estava genuinamente curiosa, talvez por saber do meu interesse em anatomia. Então, respondi da melhor forma possível. Ela apenas sorriu e disse: "Que legal".

Tão esquisita. Não poderia haver nada daquilo agora.

Eu me esforcei mais quando pensei nisso, suando ao quebrar os pedaços já pequenos de turfa seca em partes ainda menores. O calor do fogo rugia, apenas alimentando o emaranhado de emoções que me percorria toda vez que eu me lembrava do que havia acontecido na noite passada. O que eu tinha feito.

April tinha começado, mais ou menos. Foi mais como um início mútuo... mas com certeza fui eu quem continuou. Fui o primeiro a começar o contato, puxando-a contra mim na cama porque eu estava desesperado para tocá-la de alguma forma. E, ao vê-la tão assustada, foi bom poder reconfortá-la. *Tão certo, porra.*

Então *ela* começou a *me* beijar.

Eu ainda não conseguia compreender aquilo, mesmo tendo dissecado a situação de todos os ângulos, repetindo o momento tantas vezes que poderia reconstituir todo o encontro apenas de memória. O único raciocínio que consegui encontrar foi: ela estava chateada com Kier e queria conforto. E eu tinha acabado com tudo, atacando-a como um homem moribundo na seca.

Eu *estava* na seca, uma seca sexual, se preferir. Meu período de seca estava tão longo que se tornou meu clima natural, em vez de um verão prolongado. No entanto, eu tinha me acostumado. As mulheres já haviam se aproximado de mim no passado, Jasmine, por exemplo, fazia apenas alguns meses. Eu disse não. A falta de sexo não era o problema aqui. *April* era o problema. Desejá-la além da razão era a questão. E agora eu tinha provado que não podia mais confiar em mim mesmo sozinho com ela.

Não fui à casa pela manhã. Não fui buscar Garoto. Ele tinha voltado fazia uma hora e eu sabia que April o tinha incentivado. Callum me perguntou a respeito enquanto se curvava para lhe dar um tapinha, e eu respondi com sinceridade, dizendo que ele havia ficado com April na noite anterior, muito confuso para sequer pensar em mentir. Por sorte, eu tinha bom senso suficiente para não mencionar que tinha me esfregado na atriz mundialmente famosa que morava lá, e que já estava gozando nas calças quando me afastei. Só eu saberia dessa vergonha.

— Não conseguiu ficar longe, é? — Por um momento, achei que Callum estava falando comigo, mas depois ele deu um tapinha nas bochechas de Garoto e continuou: — Não posso dizer que o culpo.

Um rosnado subiu pela minha garganta como fogo de um dragão e eu o abafei. É claro que ele estava interessado em April. Até meu cachorro estava apaixonado por ela. Será que Garoto ficou atraído pela enorme quantidade de guloseimas com manteiga de amendoim que ela guardava nos bolsos ou por aqueles olhos verdes? De qualquer forma, tínhamos gostos perigosamente semelhantes.

Senti a atenção de Callum e fiz uma pausa, enxugando o suor da testa.

— Como eu disse, a mãe vai ligar pra você hoje. — Ele pegou a garrafa de água de metal e deu um longo gole. Ofereceu-a para mim e eu aceitei.

— Por quê?

Limpei a boca com as costas da mão, sentindo o gosto de turfa nos lábios.

— Por que você acha? — Ele não me deu a chance de responder. — Almoço no sábado, faz mais de um mês que você não vai.

Por um bom motivo, eu não disse.

— Tenho estado ocupado — murmurei.

— Ocupado demais para mostrar para nossa mãe que não está morto. Quando foi a última vez que ligou para ela? — Eu estremeci. Amava demais minha mãe, mas, com ela, sempre vinha meu pai. — Não estou tentando fazer com que se sinta culpado — acrescentou ele, lendo minha expressão daquele jeito que eu odiava.

— Ah, é?

Quando foi que me tornei tão transparente? A resposta estava sentada a cem metros de distância, restaurando com carinho a sala de degustação antes do evento da semana seguinte.

— Só estou falando a verdade. — Ele largou a pá de novo e se virou para mim, penteando o cabelo molhado de suor para trás. — É só vir almoçar e você vai ficar livre por ao menos mais um mês.

Eu odiava quando ele dava a entender que passar tempo com minha família era uma tarefa árdua, apesar de ser a verdade. Pelo menos às vezes parecia isso. Eu queria dizer que não era pessoal e que, depois de uma hora com *qualquer* grupo grande de pessoas, eu sentia como se precisasse dormir por uma semana. Mas não sabia como, então respondi apenas:

— Tudo bem.

Ele assentiu uma vez.

— Ótimo. Seria bom ligar pra mãe antes, ela vai gostar.

Meu Deus. Tirei o celular do bolso e o exibi antes de chamar o número dela. Ele deu um discreto sorriso de aprovação e acenou com a cabeça para a porta. Ela atendeu no terceiro toque.

— É o meu garotinho arisco?

A culpa me atingiu em cheio.

— Oi, mãe. Desculpe…

— Nada disso. — Ela nunca me fazia pedir desculpas por minhas peculiaridades. — Callum contou pra você do almoço de sábado.

Me contou, como se eu não soubesse que ele acontecia toda semana. Ela estava me dando um desconto que eu não merecia.

— *Aye*. — Minha garganta se contraiu. — Estarei lá.

— Bom, isso é bom, Mal. Seu pai e eu estamos ansiosos para ver você.

Seu pai e eu. Fiquei olhando para as chamas, ouvindo o crepitar enquanto ela me contava tudo sobre a nova encomenda de arte em que estava trabalhando. Eu mal ouvi uma palavra. Sabendo que eu odiava falar ao telefone, minha mãe logo encerrou a conversa, com a promessa de que nos falaríamos dali a alguns dias. Assim que desliguei a ligação, ouvi o murmúrio de vozes vindo do lado de fora.

Ewan só começaria a trabalhar mais tarde, então elas só poderiam pertencer a duas pessoas. Qualquer ideia que tinha de evitar April se perdeu e eu me joguei no ar abafado antes que pudesse pensar no que estava fazendo. Eu nem sabia como entrar na conversa.

Juntos, meu irmão e April riam de forma conspiratória. Havia aquele sorriso de flerte na boca dele enquanto observava a cabeça dela inclinada para trás, revelando o comprimento de seu pescoço majestoso.

Fui até eles, passos firmes, com o cascalho voando sob minhas botas.

— O que está fazendo aqui fora?

— Só vim fazer uma pausa — explicou ela, enquanto Callum continuava a conversa que estavam tendo.

— Claro que posso, moça. Não é incômodo nenhum.

— Claro que você pode o quê? — Eu sabia que estava sendo um idiota arrogante, mas não conseguia parar.

April respondeu.

— Seu irmão se ofereceu gentilmente para instalar algumas prateleiras na sala de degustação para mim.

— Prateleiras?

Ela não havia mencionado nenhuma prateleira.

— Encomendei algumas na semana passada para guardar as garrafas atrás do bar, acabaram de ser entregues.

A mão de Callum encontrou meu ombro, apertando-o com força.

— E eu disse que ficaria feliz em ajudar, contanto que meu irmão não se incomode em emprestar as ferramentas dele. — Ele deu uma piscadela para April e ela riu, revirando os olhos.

Foi essa pequena reação — quase inconsciente — que concretizou tudo para mim. Eu nunca deveria tê-la beijado. Que chances eu teria contra meu irmão que estava obviamente muito interessado? Então, assenti, as palavras seguintes parecendo cinzas em minha boca.

— É claro… Você deveria ajudá-la, com certeza.

April usava óculos escuros, mas eu sentia seu olhar como uma marca, mais quente do que a fornalha em que eu havia passado os últimos trinta minutos trabalhando.

— Talvez você possa me ensinar — disse ela para Callum, por fim. — Eu gostaria de aprender a fazer isso sozinha.

A noite em que eu a ensinei a acender a lareira passou pela minha mente, seguida por todos os momentos que passamos juntos na destilaria. O que mais eu poderia lhe ensinar se ela me permitisse? Quando se tratava de April, eu tinha um forte desejo de mimar e cuidar como nunca havia feito antes, ao mesmo tempo que queria insistir e ver o quanto ela aguentava.

— Pode deixar, moça, me dê trinta minutos para terminar aqui.

Ela abriu aquele sorrisinho hollywoodiano e nós dois a vimos se afastar.

— Vocês dois ainda não estão se dando bem — comentou Callum quando ela sumiu de vista.

Forcei minha expressão à neutralidade.

— Está tudo bem. Não passamos tempo suficiente juntos para que isso importe.

Ele coçou a mandíbula, me observando com atenção.

— Então você não está interessado nela?

A confirmação de que *ele* estava me atingiu como um punho de ferro na barriga.

— Não.

Ele sorriu e foi tão fácil, tão encantador. Eu nunca tinha odiado tanto aquilo.

— Então não se importa se eu tentar? Não é sempre que temos uma mulher como essa na ilha. — Seu punho bateu em meu bíceps e eu olhei para o local atingido. — Cara, ela estava tão gostosa naquele filme… Como se chamava? Você sabe, o filme do apocalipse em que ela busca vingança contra toda aquela cidade de homens que assassinaram a irmã… — Ele estalou os dedos.

— *A única garota na cidade* — respondi.

— Sim, esse mesmo! Ela botou pra foder.

Cal não parecia estar ciente da tensão que se instalava em meu corpo. Não saíamos na porrada desde que eu tinha 10 anos e o peguei roubando meus gibis, mas, naquele momento, eu queria esmagá-lo no chão. Por mais que Callum fosse um pegador, sempre foi respeitoso. Será que era o status de celebridade da April que o fazia pensar que poderia dizer o que quisesse?

Eu me ajeitei em minha altura máxima. Com os punhos cerrados.

— Cala a boca, cara. Ela ainda é neta do Kier.

Um jeitinho bem merda de encerrar a conversa. Bem machista ligar o respeito a ela pelo respeito a Kier, mas eu não sabia como fazê-lo calar a boca sem que fizesse mais perguntas.

Então, quando a sobrancelha dele se ergueu de forma questionadora, fiz o que qualquer adulto faria, mostrei o dedo do meio e caí fora.

— Não arrume dessa forma, meu bem. Você sabe que seu pai gosta dos talheres do lado esquerdo.

Minhas mãos se detiveram sobre a mesa antes de reorganizá-la até que todos os talheres estivessem do lado esquerdo. Tinham se passado apenas trinta minutos desde que eu chegara na casa de campo antiga dos meus pais, no lado oposto de Kinleith, e já estava ansioso para ir embora. Ainda nem tinha visto meu pai.

Depois que a mesa estava posta, comecei a colocar no vaso as tulipas que comprei no caminho, como um pedido de desculpas, acrescentando água a ele. Callum estava no jardim dos fundos limpando as folhas da calha porque nosso pai não podia mais subir a escada, então estávamos apenas eu e minha mãe. Fechei a torneira e levei o vaso para a mesa. Coloquei as hastes no centro, ao lado da salada grega fresca e do pão fatiado.

— Onde está o pai, afinal?

— Na estufa. Ele tem passado muito mais tempo lá desde que se aposentou. — Ele já estava aposentado do consultório médico havia quase seis anos, mas minha mãe ainda falava como se tivesse acontecido na semana passada. — Isso o deixa um pouco mais calmo, acho que por causa do ar fresco — acrescentou, animada, o cabelo impecavelmente penteado balançando enquanto me seguia pela mesa.

Sempre tentando construir uma ponte entre nós, pensei. Se isso não aconteceu nos primeiros trinta e dois anos da minha vida, não consigo imaginar que fosse acontecer agora.

Ela foi à cozinha pequena mas bem-organizada e retornou com uma jarra de limonada, outro prato e um conjunto extra de talheres. Deslocando os outros para baixo, ela os colocou na ponta da mesa.

— Por que está colocando mais um lugar? — perguntei, contando de novo para me certificar de que não havia me esquecido de ninguém.

Minha mãe e meu pai, cada um numa ponta. Callum e eu à esquerda. Heather, Ava e Emily à direita.

— Ah, ela não contou? Heather vai trazer uma amiga. Você deve se lembrar da neta de Kier, ela se mudou para ser cantora.

— Atriz. — Meu coração acelerou. — April é atriz, mãe.

— É essa mesma. — Ela sorriu e os cantos de seus olhos ficaram levemente enrugados, o único sinal de seus 65 anos. — Sempre foi uma garota adorável.

Antes mesmo que eu pudesse processar a informação de que April se juntaria a nós, um carro buzinou do lado de fora e as gêmeas entraram correndo segundos depois, abraçando minha mãe antes de envolverem seus braços miúdos em minhas pernas. Estavam naquela fase de usar tudo combinando. Tranças iguais, vestidos de verão cor-de-rosa combinando e até o mesmo buraco onde os dois dentes da frente haviam caído na semana anterior.

Elas pulavam na ponta dos pés.

— Tio Mal, tio Mal… recebemos a visita da fada dos dentes!

— Receberam, *aye*? — Eu me agachei. — E qual é o preço de um dente hoje em dia?

— Um milhão de libras! — gritou Ava, abrindo a pequena bolsa presa ao pulso e segurando-a para que eu visse o interior, com dezenas de moedas de cobre balançando no fundo.

Devo ter murmurado algo para minha sobrinha, não tenho certeza, porque ela saiu correndo e, de repente, meus olhos se fixaram em April. Linda como um quadro pitoresco, segurando um buquê de flores brancas na altura do peito. Ela usava um vestido curto de verão amarelo-limão que abraçava as curvas perfeitas, o cabelo meio preso para trás, o rosto sem maquiagem e radiante. Mamãe correu para cumprimentá-la e eu não ouvi uma palavra sequer da conversa. Eu sabia que a tarde se tornaria um borrão a partir dali.

Callum entrou pela porta lateral em seguida, beijando cada recém--chegado no rosto. Quando chegou em April, apertou a cintura dela, demorando-se mais do que o estritamente educado. Analisei toda a interação entre eles. Estávamos sentados à mesa quando meu pai entrou, mas quase não notei porque April se sentou bem na minha frente, deixando--me hipnotizado pela maneira como sua boca se fechava em torno de um broto de brócolis. O modo como o pescoço ondulava quando ela tomava a limonada. Eu estava sendo óbvio demais, mal falava uma palavra com alguém. Não tirava os olhos dela.

Foi só quando April olhou diretamente para mim que percebi que alguém havia dito meu nome. Meu pai.

— Você também é surdo agora, Malcolm?

April estremeceu, ficando branca como um lençol. Ela parecia confusa.

Limpei a garganta e me forcei a olhar para o homem na ponta da mesa. Ele não era tão grande quanto os filhos, embora sua presença ainda fosse a maior naquela casa. Talvez fosse o velho sargento do exército que havia nele.

— Não, pai. Desculpe, eu não ouvi — respondi ao mesmo tempo que Callum disse o nome dele com um aviso.

— Eu perguntei se você já conseguiu um emprego decente.

— Jim... — O tom de minha mãe era triste, mas não foi suficiente para intervir. Minha mente se embaralhou, o peito ficou apertado e, embaixo da mesa, meus dedos se torceram.

— Talvez se Kier te desse um dia de folga de vez em quando, você poderia começar a explorar outras opções. — Meu pai continuou falando como se não tivesse sido interrompido, sem tirar os olhos do prato. Senti April se tensionar ao mesmo tempo que eu. — Estamos sempre precisando de ajuda na cirurgia. Não seria o salário de um médico, mas é um trabalho respeitável. Vou falar bem de você no trabalho na segunda.

— Trabalho? — interrompeu Heather, parecendo perplexa enquanto se servia de outro copo de limonada. — Você não trabalha no consultório há anos.

— Ele está falando do voluntariado — cortou minha mãe de repente, sorrindo com alegria. — Ele ajuda no centro de acolhimento uma vez por mês.

— E o Kier... — Callum deu uma olhada em April. — Você sabe sobre Kier, papai.

Meu pai bateu os talheres na mesa. Todos olharam para ele. Até mesmo a conversa abafada das gêmeas foi interrompida.

— Não me venha com conversa fiada na minha própria mesa, *garoto*.

— Meu pai falou com Callum em um tom que eu não o ouvia usar havia anos. Seus olhos estavam vidrados, como se estivesse olhando através do meu irmão.

Callum murmurou algo e começou a responder, mas foi a voz doce de April que cortou a tensão.

— Esse quadro é tão bonito, Iris. — Ela acenou com a cabeça para a enorme tela pendurada às minhas costas. — É um dos seus?

Minha mãe se envaideceu e, antes que alguém pudesse impedi-la, respondeu:

— Sim, querida, é a minha vulva.

April engasgou com a limonada, os olhos lacrimejando. Heather e Callum riram e eu quase mergulhei na mesa para fazer a manobra de Heimlich nela.

— Me desculpe. — April deu uma risadinha, enxugando as lágrimas. — Não estava esperando essa resposta.

— O que é uma bulva? — perguntou Emily do outro lado da mesa. Callum riu de novo.

— Você sabe o que é uma vulva — minha mãe começou a explicar. Quando meu pai lançou um olhar de advertência, ela balançou a mão para ignorá-lo. — O corpo feminino é uma coisa mágica, é importante que seja apreciado.

Callum aplaudiu, erguendo seu copo.

— É isso aí.

— Iris — alertou meu pai de novo.

Meus pais eram tão diferentes que me perguntei, pela milionésima vez, como uma hippie amante da liberdade que visitou Skye em uma residência artística havia se casado com um ex-soldado mal-humorado que se tornou clínico geral.

Minha mãe apontou por cima do ombro.

— Essa vagina trouxe quatro filhos ao mundo.

— É verdade. — April deu uma risadinha de novo.

Foi tão adorável que a corda em volta do meu peito se afrouxou um pouco. Quando eu a imaginava fazendo aquilo só para mim, ela se afrouxava um pouco mais.

Minha mãe mexeu o macarrão.

— April, você tem um corpo lindo. Eu adoraria pintar você.

Foi minha vez de engasgar. Meu joelho bateu na mesa com tanta força que todos os pratos sacudiram. April ficou vermelha, tão linda, e parecia de fato estar considerando a possibilidade. *Puta merda.*

— Posso pensar a respeito? — disse ela, por fim.

— Claro que sim. — Minha mãe colocou mais macarrão na boca, tão natural como se estivesse marcando uma limpeza dentária.

Eu estava suando. Heather praguejou, tentando tirar as ervilhas do nariz de Emily. Callum escondeu o sorriso atrás do copo e meu pai... nem sequer ergueu os olhos do prato.

18

April

"LOVE LIKE THIS" – KODALINE

— Você vai mesmo deixar minha mãe pintar você?

Dei risada, levando a limonada azeda aos lábios de novo.

— É claro que não.

Eu defendia que mulheres se sentissem livres com seus corpos e já tinha ficado pelada em frente às câmeras mais vezes do que poderia contar, mas algumas intimidades eu não conseguia compartilhar. Passei um dedo na borda suada do meu copo, capturando as gotas de condensação. Heather e eu estávamos sentadas sob um guarda-sol no jardim da casa dos pais dela, com arbustos de lavanda perfumados às nossas costas. Parei por uns instantes para apreciar o zumbido das abelhas entre os caules em meio a longas explosões de gritos de alegria enquanto as gêmeas se molhavam com pistolas de água.

Foi Callum que começou a brincadeira, e eu fiz o possível para não ficar espiando por trás dos óculos enquanto a camiseta branca ficava encharcada, marcando os contornos impressionantes de seu peito. Quer dizer, *pode ser* que eu tenha olhado um pouco, por pura e inocente curiosidade. Quem diria que um veterinário de vila precisava estar em tão boa forma? Ele era bonito de se ver, mas não me fazia sentir nenhum calor no peito.

Mesmo na sombra, o dia estava sufocante, mas eu gostava daquele zumbido inebriante. Dessa forma, eu poderia culpar a onda de calor persistente pela tensão crescente em meu corpo e não pela forma como Mal me observava a todo momento desde que eu atravessara a porta de entrada, como um falcão sexy e irritado. O que eu não conseguia entender era por quê. No início, tinha me convencido de que era coisa da minha cabeça. Não teria outra maneira de explicar por que ele estava me evitando desde O Beijo. Por que havia me ignorado tão veementemente na manhã em que Callum colocou as novas prateleiras na sala de degustação. Eu não conseguia entender aquilo. Mesmo antes, durante o almoço, vi Heather e Iris trocarem sorrisos de cumplicidade e soube que elas também tinham reparado.

Eu não deveria ter vindo. Mas também não conseguia ir embora. Eu me sentira sozinha durante a semana sem Mal e Garoto, e só de pensar em voltar sozinha para casa naquela noite, sem nada além do celular e das redes sociais como companhia, algo dentro de mim se revirava com força.

Esticando-me sobre a toalha macia, alonguei minhas pernas até os dedos dos pés descalços tocarem a grama.

— Quer ir tomar umas no pub hoje à noite? — perguntei a Heather. Era o que eu faria se estivesse em Londres. Aceitar um convite para qualquer evento que me chamassem, beber e dançar até que o buraco em meu peito se fechasse temporariamente.

— Bem que eu queria, mas peguei um turno extra. As meninas vão dormir aqui hoje. — Eu odiava o fato de minha amiga estar se esforçando para conseguir qualquer turno que pudesse. Tinha que haver algo melhor para ela, algo com horário fixo e um bom salário que não a deixasse longe das filhas. — Mas você devia ir mesmo assim. Convida a June, talvez eu consiga tomar um drinque com vocês se estiver tranquilo.

— Boa ideia. — Peguei minha bolsa quando uma sombra pairou sobre mim.

— O que é uma boa ideia? — As botas de Mal podiam estar tocando os dedos dos meus pés, mas era com a irmã que ele estava falando.

Heather protegeu os olhos do sol, sorrindo para ele.

— April vai ao pub hoje à noite.

Ele mudou de expressão tão de repente que não consegui lê-lo. Aquilo me deixava maluca.

— Pode ficar um tanto cheio de sábado à noite.

Heather riu.

— Estamos falando do Sheep's Heid, não de um clube de striptease.

— Skye tem um clube de striptease? — perguntei, fingindo interesse.

Mal nem sequer olhou para mim e, em vez disso, optou por um comentário pontual dirigido a mim.

— A ilha está lotada de turistas neste instante. — Turistas que podiam me reconhecer, foi o que ele quis dizer.

Não gostei da ideia, mas, naquele momento, estava com tanta pena de mim mesma que não me importei.

— Que bom que adoro conhecer gente nova, então — retruquei.

Se eu achava que o sol estava quente, não era nada comparado ao olhar fulminante de Mal. *Que bom*. Uma vibração se formou em meu peito, a mesma que eu sentia quando ficava diante de uma câmera. Olhei diretamente para ele enquanto tirava o celular da bolsa e abria o contato de June.

— Vou combinar com ela às nove da noite — disse a Heather.

Todos nós sabíamos que eu estava falando com o Mal. Ele não disse uma palavra sequer para me impedir quando enviei a mensagem e recebi um joinha imediato em confirmação.

— Perfeito. — Heather fez sinal de que ia levantar, colocando as sandálias nos pés. — Tenho que ir, preciso tomar um banho antes do meu turno. Vejo você mais tarde.

Ela se levantou e beijou a bochecha do irmão. Eu poderia jurar que ela sussurrou "seja bonzinho" antes de se despedir das meninas.

E então ficamos só eu e ele.

Eu meio que esperava que ele falasse mais do pub, que tentasse me convencer de não ir, mas Mal só olhou para mim, deitada na toalha, com aquele jeito intenso que passei a atribuir a ele. Normalmente, eu gostava de estar do lado oposto daquele olhar, para poder dizer algo sarcástico ou safado que o fizesse corar. Mas eu sabia o que ele estava esperando.

— Sobre a outra noite…

— Não — cortou ele, estendendo a mão trêmula como se pudesse me afastar.

Mas eu precisava falar, precisava de uma resposta para as preocupações que estavam rondando minha mente como um ralo entupido desde o segundo em que ele cambaleou para fora da minha cama.

Fiquei de joelhos, um movimento acidental que fez parecer que eu estava implorando. Suas narinas se dilataram e eu sabia que ele também tinha percebido a conexão.

— Me desculpe se eu fui longe demais... Se fiz algo que deixou você desconfortável.

Ele arregalou os olhos, parecendo horrorizado por um instante, antes de voltar a se acalmar. Às vezes, eu me assustava com a habilidade desse homem em esconder as emoções.

— Você não fez *nada* que eu não quisesse — disse. Ele tinha deixado bem claro *que me queria.* — Mas, mesmo assim, não deveria ter acontecido.

Eu estava prestes a exigir que ele me dissesse o motivo, pois não entendia qual era o problema de dois adultos se divertirem um com o outro se ambos consentiam, quando Ava se aproximou. Ela mergulhou na toalha, estendendo as mãos e os pés como uma estrela do mar, as gotas de água encharcando a mim e ao tio dela.

— Estou tão cansada — murmurou como uma idosa de 80 anos. Estava com as bochechas vermelho-cereja de tanto correr.

Rindo, eu me deitei ao lado dela, nossos ombros encostados.

— Acho que isso significa que está na hora de tomar mais sorvete.

Seus olhinhos castanhos se abriram e foram direto para Malcolm, a verdadeira figura de autoridade ali.

— Sorvete? Posso, tio Mal?

Ele deu um sorriso discreto.

— A vovó só tem sorvete de menta com chocolate, e você odeia sorvete de menta com chocolate.

As mãos dela se crisparam.

— Não, não odeio não!

Ele bateu um longo dedo na própria boca.

— Eu me lembro de você dizer que todas as meninas odeiam sorvete de menta e que o tio Mal deveria comer tudo.

— Não! — berrou ela de novo, mas deu uma risadinha quando ele colocou seu corpinho molhado sobre o ombro.

Em um piscar de olhos, Emily também apareceu, ensopada, os cachos escuros grudados nas bochechas. Balançando nas pontas dos pés, ela gritou:

— Sorvete, sorvete!

Algo na parte de baixo da minha barriga ficou mais apertado enquanto eu os observava. Eu nunca tinha visto esse lado despreocupado de Mal. Ele estava rindo, a expressão tão aberta. Não havia hesitação, nenhuma engrenagem girando em sua mente enquanto ele decidia o que dizer. Um milhão de quilômetros distante do homem intenso e inseguro que o pai havia intimidado na mesa de jantar.

Eu não sabia como qualquer um deles conseguia suportar aquilo.

Jim Macabe sempre foi grosso. Quando menina, eu ficava um pouco nervosa perto dele e preferia brincar na casa dos meus avós ou na pousada, com os pais de June. Ao ver Mal praticamente definhar com as palavras duras do pai, eu tive vontade de gritar com Jim. Percebi que Callum sentia o mesmo, e não sabia como ele se continha.

Emily girou no lugar, fazendo sua saia balançar enquanto estendia as mãos para Mal olhar.

— Olha minhas unhas, tio Mal. April pintou para mim.

Colocando Ava no chão, ele olhou para as mãozinhas dela.

— Ficaram lindas, mas achei que azul fosse sua cor favorita.

Ela mostrou as pontas rosa brilhantes de novo.

— Era, mas agora eu quero parecer uma princesa, como a April.

Princesa. A palavra tinha um peso que nenhuma das crianças conseguia entender. Mal estremeceu, as mãos se cerrando até ficarem brancas como ossos. Concentrando-se nas meninas, ele apontou para a casa com a cabeça.

— Se vocês se apressarem, a vovó vai servir sorvete pras duas.

Esperei até que elas estivessem fora de vista antes de voltar a falar, bem baixinho, como se ele fosse uma corça assustada:

— O que aconteceu na outra noite teve significado para mim. Se eu te quero e você me quer, não entendo qual é o problema.

— April. — Meu nome era um rosnado. Tão carregado de rejeição que me transportou de volta às nossas primeiras interações. — Você precisa deixar isso de lado. Eu não posso... Não quero você... — Seu corpo inteiro estava tenso. O suor lhe cobria a testa. — Não quero mais. — *Não quero mais.* Eu estremeci involuntariamente, recuando na toalha. Mal se retorceu e o ar saiu de sua boca em um assobio. — Isso saiu errado. O que estou tentando dizer é...

Eu não me importava com o que ele estava *tentando* dizer. Eu sabia o que ele estava fazendo. Entrando em pânico e me atacando. Traçando uma linha na areia e se colocando firmemente do outro lado dela. Não era um comportamento novo para ele, mas dessa vez eu estava cansada.

Eu me levantei e fiquei diante dele, até que meu queixo erguido tocasse seu peito.

— Eu já sou bem grandinha, Malcolm, não preciso desse cuidado todo para me rejeitar. Se tudo o que você queria era dar uns amassos, devia ter falado antes.

— April...

Recusando-me a deixar que ele visse o quanto suas palavras tinham me machucado, dei a volta nele e fui em direção à casa. Estava com um sorriso enorme enquanto me despedia, aceitando os abraços grudentos de sorvete das meninas e prometendo dar uma resposta sobre a pintura para Iris. Quando Callum me ofereceu uma carona para casa, talvez eu tenha aceitado com entusiasmo demais. Eu disse a mim mesma para não olhar para ele, mas, quando peguei minha bolsa e segui Callum porta afora, o olhar pesaroso de Mal foi a última coisa que vi.

— Você é ainda mais gostosa pessoalmente, como é que pode? — disse o estadunidense ao meu lado.

Uma mecha de cabelo loiro caía sobre a testa dele, encobrindo os olhos brilhantes e um pouco avermelhados. Ele apoiou um braço na mesa do pequeno sofá do Sheep's Heid, apertando-me contra o encosto até que comecei a me sentir um pouco claustrofóbica.

O pub tinha o estilo escocês mais tradicional, todo de madeira escura e estofamento em uma cor de tartã desbotado. O teto era baixo e forrado com vigas grossas, o que fazia com que muitos dos clientes mais altos abaixassem a cabeça toda vez que se levantavam, correndo o risco de bater em um dos abajures de vidro caso contrário.

Com a chegada da noite, a temperatura caiu um pouco. Isso não impediu que todo mundo fosse para o pub se refrescar com uma cerveja gelada. Heather estava tão ocupada que eu mal tinha visto sua pequena cabeça se esgueirando por trás da multidão que cercava o bar, tanta gente que formava quatro fileiras. As pessoas se espalhavam pela área externa e pelas docas, e minha cabeça zumbia enquanto as conversas ficavam mais altas e animadas a cada bebida consumida. Acho que teria sido melhor sentar do lado de fora.

Ou talvez eu devesse ter recusado quando me ofereceram um quinto drinque. Eu já havia atingido meu limite habitual de três bebidas quando os dois turistas estadunidenses se aproximaram de mim e de Juniper. Assim que olhei para o sósia do Capitão América, percebi que ele tinha me reconhecido. Seus olhos azuis estavam arregalados e ele andava um pouco trôpego. Quando abriu a boca e ouvi seu lindo sotaque sulista, não me importei mais. Não ia levar a lugar nenhum, mas, se ele quisesse passar a noite flertando com uma ex-estrela de cinema para ter uma boa história para contar aos amigos quando seu ano sabático chegasse ao fim, eu ficaria feliz com a atenção.

Mais cedo, na fila do banheiro, cometi o erro de dar uma olhada nas minhas redes sociais depois de ver que tinha sido marcada em uma foto. Era uma foto minha e de June saindo do Brown's na semana anterior. Eu usava short curto e uma regata branca, com óculos escuros cobrindo a metade de cima do meu rosto. O lado bom é que tiveram a decência de desfocar o rosto de Juniper.

Se a curiosidade me levou a clicar na foto, foi por puro masoquismo que resolvi ler os comentários.

meucachorroémelhorqueoseu: tá grávida, certeza.

smith169: Ela é tão péssima atriz, não suporto ela.

ned6simpson: Pelo menos os peitos dela tão maiores agora. Aposto que ia me deixar gozar neles, essa puta safada.

sósuamãe: pq não desiste logo essa ridícula.

Também havia alguns comentários legais, mas meus olhos só procuravam os negativos. Cliquei no perfil de **ned6simpson**, nada surpresa ao ver as fotos da esposa e dos filhos me encarando de volta. A bio dele dizia: Família, Deus, Futebol; nessa ordem. Parte de mim ficou tentada a enviar uma captura de tela do comentário para a pobre esposa, mas saí do aplicativo antes que pudesse atender esse pequeno impulso cruel.

Isso, somado ao meu encontro infernal com Mal naquela tarde, me deixou desnorteada e constrangida. Uma combinação perigosa. Os elogios sussurrados do Capitão América me acalmaram por um tempo, mas eu estava começando a me sentir bêbada e triste. Também estava desejando um sotaque áspero em vez do sotaque sulista, o que talvez quisesse dizer que precisava beber ainda mais.

Acomodando-me mais perto dele, peguei a caneca de Guinness de suas mãos e a levei à boca. Ele deu uma risadinha enquanto me assistia.

— Gosto de mulheres que sabem beber — comentou e, pelo seu tom, era óbvio que estava interessado.

Tentei me agarrar a esse sentimento, devolvendo o copo à mão dele, sem recuar quando ele se aproximou.

— É mesmo? Do que mais você gosta em uma mulher?

O sorriso dele se intensificou, a língua se movendo para umedecer a boca. Percebi, de longe, um "puta merda" ofegante do amigo dele e June xingando baixinho. Acho que os dois não estavam se dando bem e eu devia ser uma péssima amiga por não verificar o que estava acontecendo.

Não dei atenção a eles, levando minha mão ao pulso do rapaz para brincar com os braceletes de couro. Ele segurou minha bochecha, enrolando um cacho em seu dedo.

— Cabelo ruivo.

— Sorte a minha. O que mais?

Eu me inclinei para mais perto. A essa altura, eu estava quase no colo dele, deixando sua mão livre explorar minha coxa, os dedos brincando com a barra do curto vestido que eu ainda estava usando.

Ele passou o polegar de leve no meu lábio inferior.

— Uma boca de boqueteira que nem essa… Você vai me deixar foder essa boca hoje, April?

June xingou mais alto e eu tive a vaga noção de que ela estava se levantando. Mas não foi a voz dela que me fez desviar o olhar.

— Acho que já chega. — Algo bateu com força na mesa. — *Aye*, estou falando com você. Coloque essas mãos onde eu possa ver, caralho. — Um sotaque áspero. Mal. Parecia mais irritado do que eu jamais o tinha visto.

Wyatt — eu tinha certeza de que o nome dele era Wyatt. Ou seria Brody? — se levantou, sacudindo a mesa. A cerveja Guinness se espalhou pela superfície, pingando em meu sapato. A testosterona estalou entre os homens como um fio elétrico. Ele foi na direção do Mal.

— Eu não faria isso. Não vai acabar bem para você — advertiu Mal, com um brilho escuro nos olhos.

— Steve. Não vale a pena, cara — disse o amigo dele, pegando-o pelo ombro e segurando-o.

— Steve! — gritei, estalando os dedos em sua direção. — *Steve,* que nem o Capitão América. — Todos se voltaram para mim, menos Steve.

June só balançou a cabeça.

— Deus, me tire daqui.

Steve, talvez finalmente notando a diferença de altura entre ele e o escocês furioso, me deu um último olhar de desejo e gemeu. Procurou em seu bolso, tirou um cartão quadrado e o colocou na mesa. Eu não sabia que as pessoas ainda usavam cartões de visita.

— Ainda fico aqui mais uma semana. Me liga.

Ele tinha coragem, eu precisava admitir, porque Mal olhou para aquele cartão como se Steve tivesse colocado o pau para fora. Olhando feio para Mal uma última vez, os dois homens saíram de vista.

— Até que enfim. — June se levantou do sofá, empurrando Mal para o lado. — Sai da frente, estou quase mijando nas calças. Encontro vocês lá fora.

A multidão se separou facilmente para ela, porque todas as cabeças já estavam viradas em nossa direção. Eu mal os notei, pois estava muito ocupada olhando para o gigante carrancudo. Ele bateu com o punho na mesa, fazendo o cartão de visita cair no chão. Quando ele me cercava desse jeito, eu ficava sem fôlego, mas nem um pouco claustrofóbica. Ainda estava brava com ele, mas não conseguia trazer esse sentimento à tona naquele instante.

— Hora de ir para casa, princesa — sussurrou.

Sua voz me envolveu como um cobertor quente enquanto ele estendia a mão. Mais tarde, eu culparia o álcool, porque não hesitei em aceitar.

19
Mal

"LOVE SONG" – LANA DEL REY

June apareceu assim que encostei April na porta do Mini Cooper. Bem a tempo também, porque eu estava começando a me sentir esquisito, acompanhando uma mulher bêbada de noite na rua enquanto ela cantava uma música da Whitney Houston sem ter a capacidade pulmonar necessária.

Ainda que eu estivesse suportando grande parte de seu peso, a cabeça dela balançava contra minha mão. Estava bêbada demais. Como aquilo tinha acontecido?

— Não sei o que aconteceu. — June respondeu à minha pergunta silenciosa, com os olhos brilhantes por causa do álcool, mas alerta. — Ela parecia bem quando chegamos aqui… quieta, mas bem. Então, ela leu algo no celular e, de repente, começou uma missão de fazer todas as escolhas erradas.

Todas essas *escolhas erradas* surgiram em minha mente, despertando o desejo contido de caçar Steve e dar um soco em seu rosto. Eu ainda tremia todo por causa do encontro.

O escroto sabia muito bem o que estava fazendo.

— June! — gritou April, cambaleando em direção à amiga e apertando as bochechas dela. — Você é tão linda. Queria ser parecida com você.

Ela só conseguiu ficar em pé sozinha por dois segundos. Meus braços envolveram sua cintura antes que ela pudesse tropeçar, colocando o peso dela de volta em meu peito para mantê-la estável.

June riu, mas o som não foi tão divertido assim.

— Pelo menos ela é uma bêbada feliz.

— *Aye*, ao menos isso — concordei, inclinando minha cabeça para a bolsinha pendurada no corpo de April. — Eu dirijo, você pega as chaves dela. — Mexer na bolsa de uma mulher definitivamente parecia uma daquelas linhas que *não se deve cruzar*. Juniper as pegou e abriu a porta do lado do passageiro em segundos, ajudando-me a colocar April no banco da frente. — Você acha que ela vai vomitar? — perguntei em voz alta, preocupado, recuando para deixar que June colocasse o cinto nela.

Ela se afastou, dando de ombros.

— Pelo menos o carro é dela.

Não era bem com isso que eu estava preocupado, mas dei uma risadinha porque parecia ser a resposta correta. Quando deslizei para trás do volante, meus joelhos foram imediatamente comprimidos contra o painel e percebi que, talvez, essa fosse a primeira vez que eu trocava mais do que duas palavras com Juniper Ross. Um tanto estranho, visto que ela fora noiva do meu irmão. Mais estranho ainda quando fui capaz de dirigir até a pequena pousada da família dela sem nenhuma orientação. Vida numa vila, fazer o quê.

Foi só quando ela começou a soltar o cinto de segurança no banco de trás que pensei que talvez ela quisesse ir para casa com April. Interrompi sua saída, limpando a garganta.

— Eu posso... posso te levar para casa com a gente, se você se sentir mais confortável. — Uma sobrancelha, escura como a asa de um corvo, se ergueu. *Merda.* — O que eu queria dizer era que ela está segura comigo, June. Eu nunca...

Ela segurou meu braço e o apertou. Sempre achei a Juniper intimidadora. Ela podia ser perspicaz de uma forma que muitas mulheres não se permitiam ser. Não fingia ser alguém que não era para parecer mais agradável. Eu a admirava e, ao mesmo tempo, não tinha a menor ideia de como agir perto dela. Sabia que ela não era fã da minha família, o que levou Callum a apelidá-la de "harpia" alguns anos atrás. Ela não parecia tão ruim e era óbvio que se importava com April e Heather.

— Eu sei que ela está. Se fosse qualquer outro homem, eu nem pensaria nisso. Mas você é o bom irmão Macabe, Mal. — Inclinando-se para a frente, ela deu um beijo estalado na bochecha de April, que estava dormindo. — Cuide da nossa garota.

Fiquei parado até que a luz do corredor da pousada se acendesse e, em seguida, virei a rua.

Nossa garota. Eu era tão óbvio assim? *Sim*. Eu praticamente a havia reivindicado esta noite. Quase dei um soco em um cara na frente da vila toda. E eu teria socado. Eu queria ter socado. Queria provar minha devoção com os nós dos dedos ensanguentados. Eu não tinha certeza do que isso fazia de mim. Pela primeira vez, não me importei em analisar mais fundo. Quando virei à esquerda na Castle Street, deixei meu olhar vagar pelas feições suaves de April, que piscavam sob as luzes intermitentes da rua.

— Por que está me encarando? — Assustei-me com a voz dela. Seus olhos ainda estavam fechados.

— Não estou encarando — menti.

Parecia que eu tinha passado metade da minha vida tentando não olhar para ela e, desde aquele beijo, não conseguia parar. Um único momento de fraqueza e eu estava enredado. Ela era o oposto da Medusa: em vez de me transformar em pedra, olhar para ela me despertava, fazia com que eu me sentisse inquieto e, ao mesmo tempo, tão sereno.

— Por que você estava no pub?

— Eu… uhm… Bem, você sabe… — Decidi que era melhor não mentir. — Eu queria ter certeza de que você estava bem. Não planejava interferir até… Bem, você ouviu o que ele disse.

— Quer dizer, a parte em que ele disse que queria foder minha boca? — *Meu Deus*. Segurei o volante com força enquanto gaguejava, tentando encontrar as palavras. — Você já parou pra pensar que eu posso ter gostado do que ele dizia?

— Não! — gritei, com algo viscoso se infiltrando em minhas veias. — Não pensei…

— Você estava com ciúme? — April não me deu tempo para responder. — Você não tem o direito de ficar com ciúme. — A voz dela ainda estava um pouco arrastada. Uma parte de mim esperava que ela não se lembrasse de nada disso pela manhã, porque eu não conseguia conter o que viria a seguir.

— Você tem razão. Isso não muda o fato de eu estar com tanto ciúme que quase senti o gosto, princesa.

A maneira como ela tinha me olhado no jardim dos meus pais, a esperança sumindo de sua expressão, doía até aquele momento, como se um arame farpado raspasse no meu peito. Eu não estava pensando quando as palavras saíram da minha boca, só queria que a conversa acabasse. Que ela parasse de olhar para mim como se eu valesse alguma coisa. Assim que ela fugiu, quis enfiar as palavras de volta na garganta.

Ela ficou em silêncio por tanto tempo que pensei que tivesse voltado a dormir.

— Você é confuso — disse, cansada.

Eu ri. Uma única e forte explosão de ar.

— Bem-vinda ao meu cérebro.

O carro mal havia parado quando ela soltou o cinto de segurança e desceu do veículo. Seus passos estavam mais seguros agora, mas eu ainda corri para encontrá-la, pronto para segurá-la caso tropeçasse no cascalho irregular ao contornar a parte externa da casa. Ela passou direto pela porta da cozinha e eu soube na mesma hora para onde ela estava indo.

— É melhor você entrar, não é seguro ficar aqui fora no escuro.

Ela me ignorou e subiu a pequena colina. Seus pés escorregavam na grama molhada de orvalho e eu a fiz parar antes que chegasse mais perto da queda íngreme. Não dava para ver a água lá embaixo, mas ela marcava sua presença, batendo contra as rochas em um ruído reconfortante. April deve ter decidido que qualquer lugar seria bom, porque afundou no chão, deitando-se de costas, o cabelo e a saia do vestido se acumulando ao seu redor na terra coberta de musgo, exatamente como no jardim dos meus pais, antes de eu estragar tudo.

Com a cabeça inclinada para trás, ela protegeu os olhos como se estivesse encarando a luz do sol.

— Este era o nosso lugar, você se lembra? — *Claro que sim.* — Eu costumava vir aqui todos os dias na esperança de ver você. Era a melhor parte do meu dia.

Sua confissão me chocou o suficiente para que eu me ajoelhasse ao lado dela. Não era assim que eu lembrava. Eu me lembrava do pânico que sentia toda vez que tentava falar com April. Minha preocupação de que talvez ela tivesse pena de mim, que me visse como nada mais do que o irmão mais velho e sem amigos de Heather.

— É tão bonito aqui — disse ela, com a admiração em sua voz vazando para o silêncio. Recostei-me para apreciar a vista, como ela, colocando as mãos atrás da cabeça. As estrelas pairavam tão baixas que formavam um cobertor brilhante, entrelaçado com cem pontos de luz e tons de azul da meia-noite, com manchas do mais profundo roxo. De vez em quando, era possível ver a aurora boreal dali, mas já tínhamos passado da estação adequada. — Eu tinha me esquecido de como é poder ver as estrelas com tanta clareza. Acho que acabei parando de olhar para cima. — Ela parecia tão desolada que meu coração se partiu ao meio.

Antes que eu pudesse responder, ela esfregou os braços nus, afastando o frio repentino que soprava da água. Tirei o meu moletom, ficando apenas com uma camiseta branca. Não ousei tocá-la, então coloquei o moletom sobre a parte superior de seu corpo, memorizando como ela ficava envolta em minhas roupas. Ela era mais bonita do que qualquer estrela no céu.

Clique.

— A gente devia colocar um banco aqui fora — disse ela. — Elsie adorava observar as estrelas, ficava deitada aqui por horas, apontando as constelações ou inventando nomes para as que não conhecia. Todo verão, Kier prometia que construiria um banco para ela.

Eu estava morrendo de vontade de abraçá-la.

— Se você quer um banco, vai ter um banco, princesa.

Ela inclinou a cabeça para o lado e ficamos nos encarando. O que havia em seu rosto, a curva de seu lábio inferior, que me deixava obcecado? Será que as outras pessoas não tinham boca? Eu não conseguia lembrar.

Foi só quando vi o rastro de uma lágrima solitária em sua têmpora que percebi que ela estava chorando, a segunda vez que chorava na minha presença, e eu sabia que dessa vez era parcialmente culpado. Diminuí a distância, limpando a lágrima com o polegar.

— O que aconteceu? Foi aquele cara no bar? Ele... — Ela balançou a cabeça, ainda chorando. — Pare de chorar — exigi, com uma voz mais dura agora, como se pudesse secar seus canais lacrimais. — Por favor, pare...

— Fiz uma plástica no nariz quando tinha 20 anos — sussurrou ela baixinho, como se fosse uma confissão vergonhosa, e isso me chocou tanto que fiquei em silêncio. De todas as coisas do mundo, eu não esperava que April dissesse aquilo. — Eu tinha 20 anos e meu empresário me convenceu de que era necessário se eu quisesse ser considerada para papéis de destaque. — Ela levantou a mão trêmula para passar um dedo pelo comprimento do nariz fino, das sobrancelhas até a ponta fina arrebitada. — O que eu mais odeio é o fato de ele estar certo. Talento não quer dizer nada se você não tiver a aparência *certa*.

Meu ódio era como uma hidra, com várias cabeças crescendo. Uma para mim, uma para o agente, uma para Steve e uma para qualquer outra pessoa que tivesse deixado aquela mancha de vergonha nos olhos dela. Eu a segurei pelas bochechas até ficarmos de frente um para o outro, implorando para que April ouvisse minhas palavras.

— É o seu corpo, princesa, você pode fazer o que quiser com ele. Que se dane o que os outros pensam.

— Eu não gosto dele... eu o *odeio*. Não me pareço mais com minha avó.

— Sim, você se parece. Você tem os olhos verdes dela. — Passei o polegar por baixo de um deles, captando mais lágrimas. — Tem o mesmo cabelo brilhante dela que não desbotou nem com a idade. O sorriso dela. — April fungou, a ponta do nariz ficando rosa. — Por favor, princesa, grite comigo, me odeie pela forma como agi esta tarde, pela forma como julguei você, mas, por favor, pare de chorar... Não consigo aguentar. — Sem pensar, eu me abaixei para pressionar meu nariz no dela. — Você é deslumbrante. Com esse nariz... seu antigo nariz, o nariz do Pinóquio... você ainda me deixaria sem fôlego.

As estrelas se refletiam em seus olhos lacrimejantes, fazendo-a parecer etérea e de outro mundo.

— Eu não culpo você. Sei o que as pessoas veem quando olham para mim.

— O que as pessoas veem?

— Um fracasso que só serve para uma coisa. — Eu queria discutir, mas precisava ouvir o que ela tinha a dizer. — Superficial. Sem graça. Uma vadia burra com peitos pequenos e um rosto bonito.

— Você não é superficial, nem sem graça, nem burra — rosnei.

— Ah, sim? Uma pessoa inteligente assinaria um contrato com um homem que faria da sua carreira refém quando ela se recusasse a dormir com ele?

— *O quê?* — As palavras dela foram como um trovão. Eu me apoiei nos cotovelos para me levantar, quase atordoado demais para falar. Mas precisava ter certeza do que ela estava me confessando. Não sabia dizer se ela estava me contando porque queria. Quando ajeitei o cabelo dela atrás da orelha, minhas mãos estavam trêmulas. — April… o que você está dizendo… Isso é um crime. — Não foi o nervosismo que me fez gaguejar, mas a fúria.

— Eu sei. — Sua voz estava tão baixa. Então, em um piscar de olhos, ela mudou. A angústia se dissipou de suas feições até se transformar em… *outra coisa*. Eu não conseguia identificar a emoção exata, mas sabia que não era real. Ela mordeu o lábio, aproximando-se um pouco mais. — Sabe qual é a melhor parte de ser uma atriz? — Seu dedo encontrou o centro do meu peito. — Posso ser quem você quiser. — Ela descia o dedo cada vez mais, roçando na minha barriga, e eu sabia que precisava impedi-la. Mas saber disso não me fazia deixar de estremecer sob seu toque. — Quem você quer que eu seja, Mal? Posso ser divertida e sensual, doce e tímida, o que você quiser.

Ela começou a desenhar círculos, aproximando-se cada vez mais da fivela do meu cinto, mas tudo o que eu podia ver eram as lágrimas que ainda secavam em seu rosto.

Segurei a mão dela.

— Eu só quero que você seja você.

Ela balançou a cabeça, o cabelo deslizando na minha pele.

— E se eu não souber quem é essa?

Então, ela se apoiou em meu braço, adormecida, como se aquela confissão final tivesse tirado tudo dela. Peguei a parte de trás de sua cabeça com a palma da mão, minha mente acelerada enquanto tentava processar tudo o que ela tinha acabado de me contar.

Engoli a bile e meu estômago se revirou, sentindo-me tão desorientado que precisei de duas tentativas para puxá-la para os meus braços. Meu corpo inteiro balançava de forma instável, mas ainda assim caminhei até a casa, abraçando-a de maneira protetora. Talvez, se eu a abraçasse com força suficiente, pudesse apagar qualquer coisa ruim que tivesse acontecido com ela, impedir que qualquer coisa ruim voltasse a acontecer.

Eu mal me lembrava de como percorri o andar de baixo e subi as escadas. Ou de como a coloquei na cama desarrumada ao lado de Garoto e Dudley. Quando comecei a aconchegá-la, April se remexeu de novo, acordada o suficiente para ir ao pequeno banheiro ao lado do quarto e vestir as roupas que peguei no armário. Um pijama de lá era muito grosso para a noite de verão, mas eu não conseguia suportar a ideia de ela passar frio.

Ela riu sozinha enquanto escovava os dentes, abrindo e fechando a boca para me mostrar como o zumbido de sua escova de dentes elétrica soava como a banda T. Rex. *Será que ela se lembra do que me disse lá fora?* Ela removeu a maquiagem pela metade, deixando manchas escuras sob os olhos. Seguindo-a até o banheiro, pedi que se sentasse na tampa fechada do vaso sanitário enquanto eu pegava uma flanela úmida, limpando o restante até que sua pele ficasse rosada e um pouco inchada. Depois, soltei as presilhas decoradas da parte de trás do cabelo dela, usando um pente que encontrei na penteadeira para desembaraçar os nós. Senti que ela estava me observando, com um sorrisinho divertido nos lábios. Assim que deixei o pente de lado, April se aproximou para ficar no espaço entre meus braços, a testa a um fio de distância da minha boca. Eu sabia o que ela queria, mas me afastei, não querendo aceitar nem mesmo esse mínimo gesto sem ter a certeza de que ela estava em seu perfeito juízo.

Finalmente consegui colocá-la na cama, aconchegando os lençóis até embaixo de seu queixo, mas ainda assim suas palavras sussurradas enchiam o quarto.

— Estou com muito frio, Mal.

— Vou pegar outro cobertor... — Comecei a me retirar, mas ela segurou minha camiseta com as mãos pequenas, falando como se nem tivesse me ouvido.

— Quero que alguém me aqueça... Quero... Quero ser importante para alguém. — A voz dela falhou. — Quero que alguém me mande uma mensagem todos os dias e pergunte o que eu quero para o jantar, para que eu possa responder "não faço ideia". Quero que alguém se pergunte onde estou... Quero que alguém me *veja*.

Eu a magoei. Conseguia ver isso agora. A frieza com que falei, as acusações que fiz. Eu tinha sido um canalha com ela desde o momento em que ela voltou. Na casa dos meus pais, no trabalho... dando sinais contraditórios em um esforço para me proteger. Sem me dar conta de que ela também precisava ser protegida.

Fiquei impressionado com o fato de eu ter o poder de machucá-la. Durante todas essas semanas, eu via a mim mesmo como um pontinho em seu radar. Uma única estrela em um céu sem fim. Um clarão no para-brisa que você coloca óculos escuros para bloquear. Sendo que, para mim... ela estava se tornando o sol inteiro.

Quando sua respiração ficou estável, eu me permiti ajeitar o cabelo dela para trás, sussurrando nas sombras.

— Eu me perguntei onde você estava durante toda a minha vida, princesa.

Depois, recostei-me à cabeceira da cama na metade vazia. Não queria que ela estivesse sozinha caso acordasse.

Foi aí que notei a cópia de *Crepúsculo* em sua mesa de cabeceira, a capa tão dobrada e surrada que eu tive certeza de que era a mesma que ela havia me emprestado todos aqueles anos antes. Ela deve ter encontrado em algum momento. Peguei o livro e virei a capa, o coração parando ao ver a folha de rosto. Meu nome rabiscado várias vezes em uma letra cursiva de adolescente, pontilhada com pequenos corações cor-de-rosa. Passei o polegar sobre aquelas anotações minúsculas, como se pudesse puxar a tinta diretamente para minhas veias. Olhei para o rosto dela de novo e tomei uma decisão.

Que se dane. Eu ia tentar.

20

April

"SIMPLY THE BEST" – BILLIANNE

Ao olhar para o meu reflexo no espelho do banheiro, era fácil me convencer de que não tinha feito nada de constrangedor na noite anterior. Minha pele estava pálida e amarelada, mas sem maquiagem. Se consegui lavar o rosto e me deitar, não podia ter estado *tão* bêbada assim.

Acordei sozinha, o que era bom, com Dudley aconchegado em meu braço. Do jeitinho que deveria ser.

O que me aguardava na cozinha revelou como eu estava errada.

Mal, com um pano de prato pendurado em um dos ombros, erguendo os olhos da panela no fogão e me dando o que talvez fosse o sorriso mais doce que já existiu. Uma única covinha surgiu em sua bochecha. O cabelo loiro escuro e úmido caía sobre sua testa. Uma combinação letal que me deixou atordoada e em silêncio quando ele colocou uma xícara de café fumegante no balcão do café da manhã, seguida de um prato de bolinhos de chocolate.

— Acordou na hora certa. — Ele sorriu de novo e pareceu fixar o olhar no meu com um propósito que eu não entendi. Então, como se tivesse se esquecido de uma parte importante do que quer que fosse, foi num rompante para o balcão, quase derrubando um dos bancos enquanto puxava o outro. — Por favor, sente aqui.

Eu fiquei sem saber o que fazer. Mal não sorria daquele jeito — não para mim. Continuei parada na porta, sem me atrever a dar um passo em qualquer direção, para não acordar do sonho em que tinha ido parar. Eu sabia que Mal estava agindo de forma estranha porque o sorriso dele vacilou, todo atrapalhado enquanto servia o café, empurrando-o na minha direção com uma mão pesada que o fez respingar.

— Droga! — Ele tirou o pano de prato do ombro, limpando o que derramou, as bochechas ficando vermelhas. — Usei o xarope de baunilha que você gosta… Espero ter feito direito.

Essas palavras me colocaram em movimento. Deslizei para o banco, observando a variedade de alimentos enquanto tomava o café doce demais. Um pequeno vaso de margaridas estava ao lado de uma tigela de frutas picadas — meu café da manhã habitual — e o prato de bolinhos de chocolate.

— Jess disse que são seus favoritos — explicou ele.

Quando olhei para cima, ele ainda exibia aquele sorriso doce, que começava a vacilar nos cantos.

A lembrança me atingiu como uma onda. O estadunidense — *Steve* — me enchendo de álcool. Eu flertando com ele até que Mal interveio. Quase não consegui conter a vontade de enterrar o rosto nas mãos. Eu era uma mulher de 30 anos, como me meti naquela confusão?

Então entendi o que era aquele café da manhã… um pedido de desculpas por ter me aborrecido na casa dos pais. *Não quero a piedade dele.* Comecei a descer do banco, levantando meu café em sinal de agradecimento.

— Obrigada por isso…

— Você ainda não comeu.

— Na verdade, não estou com fome — menti, a autopreservação me colocando no modo de fuga.

Não era uma boa ideia passar mais tempo com Mal. Ele se sentia atraído por mim, me queria de um jeito físico, mas não *me* queria. Não de verdade.

Por um segundo, poderia jurar que ele parecia magoado, mas seu tom permaneceu indiferente.

— Não se preocupe, vou colocar na geladeira para o caso de ficar com fome mais tarde.

Ele começou a arrumar a comida com aquele seu jeito metódico, desligando a boca do fogão em que estava a frigideira com ovos, colocando meus bolinhos favoritos, que continham uma gota de chocolate derretido no meio, de volta na caixa branca da padaria. Meu estômago roncou e eu me sobressaltei, pegando o último bolinho do prato antes que ele pudesse guardar.

— Talvez eu esteja com um pouco de fome — anunciei, partindo a parte de cima e colocando-a na boca.

— É justo. — Ele escondeu um sorriso por trás de um copo de suco de laranja que tomava enquanto nos observávamos de lados separados da bancada.

— Você não está tomando café — foi a única coisa que pensei em dizer.

— Não... — Ele estremeceu, e seus ombros se curvaram. — Na verdade, acho que deveria falar a verdade... Eu detesto café.

A verdade me atingiu em cheio.

— Por que mentir? Por que deixar que eu trouxesse café para você todas as manhãs?

Ele esfregou a palma da mão na mandíbula eriçada, um gesto que eu já o tinha visto fazer quando estava ansioso.

— Eu não diria que foi uma mentira, na verdade. Foi mais um mal-entendido que saiu do controle.

— Você poderia ter me corrigido a qualquer instante.

— Poderia — concordou ele bruscamente, engolindo em seco —, mas estava ocupado demais me embebedando em qualquer parte sua que você estivesse disposta a oferecer. Mesmo que fosse apenas nossos dedos roçando ao redor da garrafa térmica que você me entregava todas as manhãs.

Essa era umas das frases que eu nunca, jamais poderia prever que sairiam da boca dele. Coloquei a caneca no balcão, me permitindo olhar de verdade para Mal. Ainda parecia nervoso, mas eu não tinha notado a energia esperançosa que ele emanava. O burburinho que precedia algo espetacular.

— Você foi um babaca comigo ontem, Mal. Por quê? — perguntei. Ele não hesitou.

— Porque estava tentando fingir que não sinto nada por você. Porque foi mais fácil atacar do que admitir que estou muito na sua, como qualquer outra pessoa no planeta. — Seus ombros se erguiam mais a cada palavra que dizia, mas a voz não vacilou nem uma vez. Eu podia sentir meu coração batendo no fundo da garganta, um ritmo acelerado que lembrava beber um vinho doce demais. — Eu sinto muito. Ontem, no jardim, você estava dizendo tudo o que eu sempre sonhei em ouvir de você, e isso me abalou. Foi como se eu estivesse fora de mim e não conseguisse respirar. Eu precisava acabar com aquilo. Então você fugiu e eu me odiei. Não é uma boa desculpa — acrescentou —, mas espero que me permita te compensar.

Compensar. Deixei minha mente absorver a palavra.

— Como você pretende fazer isso?

Ele começou a dar a volta na bancada, ainda segurando a caixa da padaria, e parou a meio passo de distância. Ele era tão imponente quando estávamos perto desse jeito, um gigante gentil que tinha o poder de me ferir apenas com suas palavras.

— Como você quiser… como você permitir. Eu faço qualquer coisa, princesa, basta dizer.

Ah.

— Você está falando de transar?

Ele tossiu com tanta força que parecia que estava sufocando.

— *Meu Deus,* April… não! Quer dizer… Sim, é isso que eu quero, é tudo em que consigo pensar na metade do tempo, mas…

— E a outra metade?

Seus olhos cinzentos percorreram meu rosto com uma suavidade com a qual eu não estava acostumada.

— Suas mensagens. Você me fazer rir de um jeito que ninguém mais consegue. A maneira que você trata Dudley e Garoto como se fossem seus filhos de verdade. As cinco sardas que se aglomeram na sua clavícula. — Sua voz estava baixa, e ele se aproximou mais, apontando com a cabeça para o ponto coberto entre meu pescoço e meu ombro. Sentia meu corpo queimar através da camiseta grossa do pijama. — O fato de você alimentar um bando de raposas selvagens e ainda não ter contraído uma doença letal. O sorriso que você só exibe quando vê o sol nascer sobre a água. Aquele maldito biquíni verde que preciso ver com meus próprios olhos. Até mesmo aquela camisola ridícula. — Aqueles olhos se fecharam e, quando se abriram de novo, estavam ardendo. Minha boca secou. — Então, sim, princesa, eu quero seu corpo, mas isso é apenas uma fração do que eu quero de você.

Senti várias coisas naquele momento. Surpresa e euforia. Alívio e desejo. Um calor fervente dentro de mim enquanto suas palavras se assentavam. E ainda assim, ainda assim, ainda assim… Cada palavra que saía da boca dele era perfeita, mas minha mágoa do dia anterior solidificou o fato de que aquilo tinha ido além de dois adultos curtindo a presença um do outro. Agora, meu desejo duelava com um medo pronunciado. Cerrei as mãos, o tempo se esticando enquanto ele aguardava minha resposta.

— Mal… — disse o nome dele como uma expiração. Ele se endireitou, preparando-se para a rejeição, e eu olhei para o pescoço dele para não ter que ver. — Será que posso ter um pouco de tempo para pensar?

Uma parte de mim se revoltou por dentro, com os punhos batendo contra o peito como um adolescente angustiado, gritando: *Não, não, não*.

Sua garganta se agitava com força.

— Claro… Claro, leve o tempo que precisar. — Assenti com a cabeça e continuei sem olhar para ele, que se aproximava de mim. Sua cabeça desceu até quase tocar minha orelha, o sorriso torto bem em frente ao meu rosto. — Só para você saber — sussurrou —, não considero o *tempo* e o *espaço* mutuamente exclusivos, então espere me ver por aí.

E então o maldito foi embora com meus bolinhos.

21

Mal

"OH CAROLINE" – THE 1975

Eu me considerava um homem de poucas emoções. Ansiedade, é óbvio. Irritação era rara, geralmente direcionada ao meu pai. Fome era uma emoção? Pois parecia. O que *nunca* acontecia era me sentir frustrado com facilidade, sobretudo quando se tratava de mulheres. Por culpa minha, acho eu, porque nunca tinha me visto em uma situação em que uma mulher tivesse um motivo para me evitar e, se tivesse, eu com certeza não tinha notado.

Por acaso, aquela *era* uma reviravolta justa, visto que eu vinha evitando April havia semanas. Agora que eu queria passar cada segundo em sua presença solar, ela estava me evitando.

Será que ela achara minha atitude tão irritante assim? Era provável que não.

O trabalho era minha única distração. Jacob e eu tínhamos feito algumas horas extras para ter produto suficiente pronto para a degustação. Ele estava animado para abrir os barris de xerez de 47 anos, relembrando o dia exato em que foram lacrados, enquanto eu jurava que podia sentir Kier respirando em meu pescoço a cada gota que eu despejava.

Mas aquilo não foi suficiente para afastar April de meus pensamentos. Eu não estava apenas frustrado, estava impaciente. Ela sumia durante o café da manhã e evitava a destilaria. No dia anterior, eu a procurei quando ela estava saindo da sala de degustação, mas April se escondeu atrás de uma cerca no momento em que eu disse seu nome. Ela se fingiu de desentendida, dizendo que havia deixado cair um brinco. Quando me ofereci para ajudá-la a encontrar o brinco, ela disse que talvez não estivesse usando brincos e saiu correndo.

Eu não sabia o que fazer. Deixá-la em paz ou continuar tentando? Se Callum não estivesse interessado nela, eu poderia ter cedido e pedido conselhos para ele — mas ele estava, e eu não pedi.

Foi assim que as coisas chegaram a esse ponto.

Alisei a gravata de novo, ajeitando-a no pescoço. Verifiquei minha aparência de novo no pequeno espelho do banheiro, alisando a sarja pesada do kilt roxo, verde e cinza que eu quase nunca usava.

— Como estou? — perguntei a Garoto. Ele se acomodou em sua cesta ao lado da lareira apagada, com o queixo apoiado na borda de vime. Ele olhou para cima e inclinou a cabeça. — Tão ruim assim?

Sua bufada parecia dizer: "Está recebendo conselhos de moda de um cachorro, me diga você".

— Justo. — Minhas mãos úmidas empurraram um tufo de cabelo que não se acomodava no lugar. *Melhor acabar logo com isso*, me convenci. O rosto de April me veio à mente, o quanto ela estava trabalhando duro, o quanto essa noite era importante para ela. Virei-me para a porta com um pouco mais de determinação. — Não me espere acordado.

— Você veio. — O tom de April era de tanta incredulidade que a afirmação soava como uma acusação.

Ela estava enclausurada no pequeno bar com Heather, colocando vários copos de uísque em bandejas. A pequena sala de degustação, que por mais de uma década fora apenas um depósito de lixo, estava incrível. Uma banda estava preparando os instrumentos ao lado da porta. Guirlandas feitas com samambaias, incrustadas com urze e cardos de um roxo profundo, pendiam das vigas. Havia mesas redondas nos cantos do espaço quadrado, adornadas com toalhas de linho branco e velas grossas. Uma longa mesa de refeições, que eu sabia que Juniper tinha ajudado a arrumar, já estava posta, estendida na parede do fundo. Brie e pão artesanal ao lado de pretzels salgados e chocolate amargo. Uvas e figos, bolachas e geleias. Tudo projetado para combinar com nosso uísque.

Mas não foi isso que me deixou sem fôlego.

April se inclinou sobre o balcão, mexendo as mãos sem parar enquanto arrumava as coisas e… ela estava deslumbrante. O vestido que terminava na altura da panturrilha era azul-claro, dando à sua pele um brilho perolado. A saia farta balançava em sua cintura como um sino. O corpete formava um coração, revelando a parte de cima dos seios macios. Pequenas tiras delicadas se amarravam em laços tentadores que eu estava desesperado para puxar. Meus pés me levaram para mais perto, como se estivessem separados do meu corpo.

— *Princesa…* — Se havia um final para a frase, não cheguei a dizer.

Ela se virou para mim com mais atenção, jogando um longo cacho solto por sobre o ombro. A parte de cima do cabelo estava arrumada para longe do rosto, com presilhas douradas. Ela tinha pérolas delicadas nas orelhas.

— Você está aqui — afirmou de novo.

Foi quando percebi que ela me observava da mesma forma que eu a observei, começando pelo meu kilt e subindo devagar pelo meu corpo. Quando seus olhos encontraram os meus, um leve rubor se espalhou por seu peito. Era sutil, mas o suficiente para me dar esperança.

— É claro que vim. Você achou que eu perderia isso?

Ela foi impedida de responder por Ewan entrando no recinto, vestido de forma elegante com calças escuras e uma camisa branca, o cabelo ruivo penteado para trás. Ele, junto de Heather, serviria os drinques esta noite.

— Oi, April — cumprimentou o rapaz, acenando para ela. — Onde você quer que eu fique? Estou pronto para trabalhar.

— Você é uma mão na roda, Ewan. — April correu até ele, com os saltos batendo, as saias acentuando o balanço dos quadris. Alguém limpou a garganta por cima do meu ombro, mas continuei com os olhos fixos em April.

— *Oi, Heather,* que bom ver você também. Muito obrigada por passar sua noite de sexta salvando minha destilaria, você é tão bondosa — disse minha irmã com sarcasmo.

— Você está sendo paga para estar aqui — respondi por cima do ombro, ainda observando April enquanto ela conduzia Ewan pela sala, pedindo para ele começar a encher as jarras de água.

Um maço de guardanapos bateu na lateral da minha cabeça e eu enfim olhei para minha irmã, com um sorriso brincalhão.

— Posso ajudar com alguma coisa? — Ela me olhou de cima a baixo, olhando para mim com surpresa. — O quê?

— Nada. — Ela deu de ombros e colocou pacotes de gelo em um refrigerador metálico antes de abrir uma garrafa de uísque, colocando dois dedos em cada copo. Estava vestida da mesma forma que Ewan, com as madeixas loiras curtas presas para trás e uma gravata preta fina bem justa no pescoço. — Você anda diferente, é só isso. — Ela olhou por cima do meu ombro e eu sabia que estava apontando April como o motivo.

— Só estou tentando dar um apoio.

— Eu me pergunto por quê.

A timidez voltou a se instalar. Eu poderia estar pronto para conquistar April, mas ainda não me sentia pronto para discutir meus sentimentos com ninguém além dela. Eu me endireitei, cruzando os braços.

— Você precisa da minha ajuda ou não?

— Acho que tenho tudo sob controle.

— Então estarei ali.

Roubando um dos copos de uísque que Heather havia acabado de servir, apontei com a cabeça para o canto mais escuro e me afastei.

22

April

"FEEL ME" – AERIS ROVES

— Outra garrafa de 47? — perguntou Heather, com os olhos um pouco arregalados, enquanto pegava outra das misturas envelhecidas extremamente caras da prateleira atrás dela. — Esta é a quinta garrafa que vende em uma hora.

— Eu sei! — Apoiei os braços no balcão, fazendo uma dancinha animada com os pés. — Não faço ideia do que está acontecendo.

Quando pedi ao Mal para abrir um dos barris antigos, eu sabia que corria um risco. O resultado estava sendo muito melhor do que eu poderia imaginar. Passei as costas da mão na testa. Era uma noite quente e, mesmo que as enormes portas duplas estivessem abertas para captar a mais leve brisa que vinha da água, ainda estava sufocante ali dentro.

Heather riu sobre o ritmo enérgico da banda folclórica, ajeitando o cabelo molhado de suor atrás da orelha. Ela colocou a garrafa de uísque em uma das caixas de madeira de aparência cara, ideia dela e uma compra de última hora, e me entregou por cima do balcão.

— O que está acontecendo é que você é a melhor vendedora que já vi na vida. O velho Murray não poderia ter colocado o dinheiro dele em sua mão mais rápido se tivesse tentado.

— Ele é um doce — argumentei, sorvendo o copo de água que ela me entregou. Eu não havia parado de falar nem por um minuto. Quase metade da vila tinha comparecido, todos ansiosos para me cumprimentar e me parabenizar pelo evento e dizer o quanto Kier ficaria orgulhoso. Muitos pediram fotos comigo e eu dei alguns autógrafos; parecia estranho, mas eu concordei com prazer. Eu sorriria para mil fotos se isso ajudasse a colocar o Uísque Kinleith no mapa.

— Doce? — Ela riu ainda mais alto, colocando copos novos em uma bandeja e adicionando alguns cubos de gelo. — Estamos falando do mesmo Gordon Murray, certo? O velho não tirou os olhos de seu peito nenhuma vez.

Dei um gritinho e cobri meus peitos com as mãos.

— Não diga isso, ainda tenho que voltar lá.

Não que houvesse muito para ver. O vestido azul-bebê não era tão decotado, afinal de contas, era um evento para toda a família. Eu também estava bem-vestida demais para a ocasião. A maioria dos homens optou por se vestir com as cores do clã — roxo, marrom e verde com um toque de cinza —, precisando de poucas desculpas para voltar às raízes. As mulheres, no entanto, estavam com roupas bem mais casuais, vestidos de verão esvoaçantes. O meu era formal, parecendo ao mesmo tempo meigo e caro, com pequenos detalhes florais costurados na saia comprida. Um truque que aprendi no início da carreira: era sempre uma vantagem ter todos os olhos da sala voltados para você. E eu queria todos os olhares voltados para mim naquela noite. A moda tinha uma forma muito única de atrair a atenção das pessoas.

— Antes você do que eu — disse ela, entregando a bandeja a Ewan, que saiu com um sorriso entusiasmado. — Tenho certeza de que, se precisar de ajuda, um dos meus irmãos ficará mais do que feliz em ajudar. — A alfinetada veio com bastante humor e dentes brilhantes, como se ela tivesse espiado meu cérebro.

Meus dedos se agitaram no tule macio da saia enquanto eu lutava para não desviar o olhar.

Estava surpresa por Mal ter aparecido. Ele ainda estava ali, sentado no canto, parecendo tão inacessível como sempre. Poucas pessoas haviam falado com ele, a não ser os irmãos e a mãe, que apareceu brevemente para mostrar seu apoio. Ele teve uma conversa curta e aparentemente amigável com Jasmine, a bela dona do pet shop com quem almocei na semana passada, e voltou a bebericar uísque em um copo que parecia nunca estar vazio.

Durante toda a noite, tentei ignorá-lo e me concentrar no evento, mas, como se estivéssemos presos por um cordão inquebrável, minha atenção sempre voltava para aquele canto. Mesmo com a carranca que ele ostentava, estava lindo de kilt e paletó. Eu queria enfiar minhas mãos por baixo do paletó até chegar no peito dele e enfiar meu nariz em seu pescoço. A tentação só aumentou quando percebi como *ele* me olhava, com um desejo tão intenso que fez meu corpete ficar muito apertado e minhas mãos tremerem. Então, como uma covarde, fingi não notá-lo. Foi uma atitude infantil, mas a súbita mudança de comportamento me deixava nervosa.

Eu pedi um tempo, e Mal estava me dando esse tempo. Ele não me pressionou para receber uma resposta nem tocou em nossa conversa na cozinha, quase uma semana antes. Seria mesquinho de minha parte arrastar aquilo por mais tempo por despeito. Ele havia se desculpado pelas palavras duras, e agora eu tinha que aceitar ou traçar um limite na areia e superar esses sentimentos. A segunda opção não parecia ser uma escolha; minha atração não havia diminuído — nós nos desejávamos. Isso não sumiria de repente.

Heather também tinha feito uma brincadeira a respeito de Callum, mas, para além da única dança para a qual ele me arrastou no momento em que chegou, já havia me abandonado fazia muito tempo para rodar pela sala com seu jeito faceiro. Ele me dava alguns beijos na bochecha aqui e ali, e eu me desviava de brincadeira. Nós dois sabíamos que não aconteceria nada além daquilo. A química entre nós era abaixo de zero. Nem mesmo uma faísca. Mas ele havia dançado com Jessica Brown três vezes, então talvez estivesse interessado nela. Olhando por cima do ombro, vi Callum ao lado da mesa de comida, tirando um punhado de uvas do cacho e colocando-as na boca. Ele disse algo para Juniper que o fez sorrir, e ela fez uma careta e mostrou o dedo do meio. *Estranho*. Na verdade, o sorriso de Callum só aumentou com a reação dela. Ele se aproximou e ela recuou, esbarrando no homem atrás dela. Aparentemente, seu rancor se estendia a todos os homens da família Macabe.

Eu me afastei de meus pensamentos e tentei me lembrar do que Heather havia dito. *Certo, os irmãos dela.*

— Não sei do que você está falando — respondi, por fim.

— Ah, para com isso. — Ela bufou e eu mostrei a língua enquanto me afastava.

— Eu já te agradeci? — perguntei para Juniper acima do volume da música, interrompendo as voltas que dava no salão para devorar o prato de comida que ela havia escondido para mim atrás do bar.

Ela e a mãe tinham se encarregado do serviço de bufê, cobrando-me apenas o custo dos ingredientes.

Juniper estava linda e sofisticada em um vestido preto e justo em estilo meio gótico, que ela gostava desde a adolescência. Ela balançou a mão, ignorando o que eu dizia, as unhas pretas brilhando.

— Uma centena de vezes.

— Bom, vou agradecer outra centena. Eu não teria conseguido fazer tudo isso sem você. Você e a Heather salvaram minha vida nas últimas semanas, e parece que sua mãe está se divertindo. — Apontei com a cabeça para Fiona, uma réplica exata de como eu imaginava que June seria em trinta anos, rindo com um grupo de mulheres que reconheci do vilarejo.

June parecia tensa, mas sua expressão se suavizou quando pousou na mãe.

— Acho que tirá-la da pousada por algumas horas é um bom lembrete de que a vida é mais do que aqueles sete quartos.

— Acho que ela deveria fazer uma daquelas viagens de férias para solteirões — brinquei —, poderia conhecer alguém lá.

— Não é má ideia. Quem sabe eu vou com ela também.

Eu sorri.

— Anda na seca?

Ela olhou para a multidão.

— Coisa do tipo.

— Você deveria tentar sites de encontro on-line.

— Em uma ilha? — June riu alto e, do outro lado da sala, vi Callum olhar em nossa direção. — Não, obrigada. Da última vez, ele me pareou com meu primo Brody.

Isso me fez lembrar.

— Ei — coloquei um palito de pão entre os dentes, mordendo-o devagar —, o que foi que o Callum Macabe disse pra você agora há pouco?

Ela balançou a mão para que eu esquecesse o assunto, mas vi a tensão se espalhar por seu corpo esbelto.

— Nada que valha a pena repetir.

— Ah é? Não achei que fosse nada. Você pareceu bem irritada.

Ela deu de ombros, mas continuou rígida na mesma posição.

— Só estava sendo o cafajeste de sempre. Sinto que sou a única pessoa que consegue ver além de toda aquela pompa e arrogância. Alastair era igualzinho.

É claro que ele a fazia pensar em Alastair. De todos os irmãos Macabe, Alastair talvez fosse o que eu menos conhecia. June sempre teve uma queda por ele quando era criança e eu me lembrava de que ele era bonito e estudioso, e que seus sorrisos atraentes surgiam com facilidade. Ele era muito parecido com Callum nesse sentido, até mesmo na aparência, agora que parava para pensar. Os dois eram fortes e bonitos de uma forma mais *clássica* do que Mal. Nem de longe tão rústicos. Eu não conseguia imaginar nenhum deles virando um barril de uísque de cinquenta quilos sozinho.

A próxima música começou, com um ritmo mais lento, a banda já se encaminhando para o fim do show. Abaixei minha voz quando comecei a dizer para June:

— Ei, se você quiser... — Um movimento periférico me fez parar no meio da frase, todo o oxigênio sendo sugado da sala. Ao menos todo o *meu* oxigênio, porque eu parecia ser a única pessoa que notara Mal atravessando a pista de dança, com determinação gravada em suas feições. Eu me permiti olhar para ele e ele me olhou de volta, vindo direto para mim.

June também deve ter notado, porque ela parou de repente, com uma uva na boca.

— Eu estava me perguntando quanto tempo ele ia demorar.

Não tive tempo para pensar no que aquilo queria dizer. Ele se aproximou, os olhos percorrendo desde as pontas dos meu cabelo até os pés. Eu sabia que estava fazendo o mesmo. Ele havia tirado o paletó e a camisa branca marcava uma linha impressionante em seu peito. As mangas da camisa estavam enroladas até os cotovelos e eu estudei a tensão dos músculos e as veias grossas. Qual era o charme dos antebraços, que os tornava o epítome do olhar feminino? Alguém que ainda tivesse metade de um neurônio teria que responder, porque Mal ia me convidar para dançar. Eu mal podia acreditar, mas a prova estava clara como o dia quando ele limpou a garganta e começou a estender a mão.

Parecia tão certo que não pude deixar de estender a mão. Eu não tinha escolha, só a noção de que minha mão pertencia à dele. Não era o destino, mas algo mais inexplicável — inevitável, como as leis da gravidade. Mas a mão que encontrei era mais suave, errada de alguma forma. Os olhos para os quais olhava eram azul-claros em vez de cinza-tempestade. Callum sorriu para mim.

— Hora de mais uma dança, moça.

Então, ele me arrastou para a pista de dança. Meu corpo se fechou em protesto, procurando por Mal por cima do ombro, bem a tempo de ver sua cabeça desaparecer pela porta lateral.

23
Mal

"LOVE ME HARDER" – ARIANA GRANDE

Eu estava bebendo sozinho no escuro e de pau duro, uma combinação patética. Quase não sentia o gosto do líquido em minha língua, mas abri a boca para dar um grande gole. Nunca me permiti exagerar no consumo de uísque, odiando o ponto em que não conseguia mais sentir os sabores intrincados e ele se tornava apenas mais uma bebida. Como engolir cerveja barata em uma festa de fraternidade.

Mas, naquele momento, eu precisava parar de pensar.

Precisava parar de pensar na April com aquele vestido azul que a fazia parecer a princesa que eu sempre a acusei de ser. Tão perfeita. Eu sabia que ela não tinha colocado aquele vestido para me torturar, mas aquilo em nada alterava o resultado final. Eu mal havia tirado os olhos dela a noite toda, e não fui o único.

Engoli o restante da bebida, afundando-me no barril que pretendia reivindicar pelo resto da noite. Minha intenção era voltar para o chalé, mas, em vez disso, fui parar no depósito, um canto escuro e fresco, perfeito para afogar as mágoas. Nem mesmo o gemido alto da porta sendo aberta foi suficiente para me fazer parar de chafurdar. Deveria ser o Ewan recolhendo mais engradados de uísque porque April estava vendendo garrafas mais rápido do que eu conseguia acompanhar.

Lembrei a mim mesmo de nunca mais duvidar dela. Era tudo o que eu estava fazendo nas últimas semanas, mesmo quando me tornei seu amigo. Eu era um babaca. Não era de se admirar que ela não quisesse nada comigo. Para que ela sequer precisava de mim aqui?

Servi-me de outro drinque com as mãos trêmulas. Eu estava entrando em uma espiral, deixando que velhas dúvidas se instalassem. Quando o primeiro barulho de salto alto chegou aos meus ouvidos, eu *sabia* que era ela.

Do meu canto escondido, observei April fechar a porta atrás de si e adentrar mais na tulha, o cabelo brilhando entre os barris. Ela parou no final da fileira em que eu estava, pegando uma garrafa na pilha de engradados. Mais do de 47 anos. Ao se erguer, ela se assustou, levando a mão ao peito.

— Merda… Mal! Que susto, puta merda.

Eu não confiava em mim mesmo para falar, então tomei um gole da minha bebida e a observei se aproximar, colocando a garrafa na prateleira mais próxima. Ela mordia o lábio rosado.

— Está tudo bem, Malcolm?

Malcolm. Era a esse ponto que havíamos chegado?

— Por que não estaria? Tenho um bom uísque… e parece que você acabou de vender outra garrafa muito cara.

Ela se animou.

— Eu sei, dá para acreditar? Já foram dez hoje.

Eu podia acreditar, mas não disse nada e ficamos em silêncio. Ao contrário de todos os outros silêncios entre nós, esse me pareceu estranho. Eu estava acostumado a me sentir deslocado. Estava acostumado a me sentir culpado quando surgiam momentos desconfortáveis. Mas nunca com ela; ela sempre tinha uma piada ou um gracejo que me fazia sentir menos um idiota desajeitado. Menos como se eu não estivesse sempre procurando a coisa certa a dizer ou a maneira certa de agir e não encontrasse nada.

— Por que está se escondendo aqui? — A voz dela oscilou, e eu sabia que se arrependera de ter perguntado.

Ela sabia o motivo. Eu estivera a um passo de convidá-la para dançar. Todos naquela sala sabiam disso, menos o meu irmão, ao que parece. Fui colocado no meu lugar depressa.

Eu não dançava. Não que fosse uma regra, mas era devido ao fato de suspeitar que não era muito bom nisso. Mas queria dançar com ela. Após observá-la a noite toda, fiquei obcecado com a ideia de segurá-la tão perto na frente de todos. Foram necessários dois drinques bem servidos e uma conversa estimulante com Heather para ganhar confiança para pedir. Será que ela teria dito sim se meu irmão não a tivesse levado embora? A pergunta estava me deixando louco.

— Meu irmão é um bom dançarino. — A afirmação saiu de meus lábios antes que eu pudesse impedi-la.

Ela não demonstrou nenhuma reação.

— Sim, ele com certeza é… empolgado. — *Empolgado.* Por que parecia haver um insulto ali em algum lugar? — Você não respondeu à minha pergunta. Por que está se escondendo?

Levantei meu copo para ela.

— Não estou me escondendo, estou bebendo.

Não era uma oferta, mas ela tirou o copo da minha mão e o levou à boca, tomando um pequeno gole e lambendo o excesso com a língua.

— Kier também gostava de beber sozinho, quando minha avó o deixava maluco. — Ela deu mais um passo discreto, agora perto o bastante para que eu pudesse sentir o cheiro de seu perfume, algo leve e floral. — Alguém está te deixando maluco, Mal?

Meu Deus. Senti arrepios no corpo todo. Talvez fosse o zumbido suave em minhas veias me deixando corajoso, talvez fosse ela. Tirei o copo de seus dedos com uma mão e envolvi sua cintura com a outra, puxando-a para mim. Ela se aproximou com facilidade, ficando no meio das minhas pernas, a saia volumosa se espalhando no meu colo como espuma do mar. Eu mal conseguia vê-la na escuridão, o que me deu ainda mais coragem.

— Quando a gente se beijou no seu quarto… Eu disse que aquilo não deveria ter acontecido. O que eu queria dizer, o que deveria ter dito, é que você mexe comigo de uma forma que me assusta. Foi por isso que fugi.

Sentado no barril, eu estava apenas alguns centímetros mais alto, então senti o seu hálito quente em meu pescoço. Incapaz de distinguir totalmente suas feições, abaixei minha boca até a dela devagar. Cada partícula minúscula do meu corpo gritava para que eu fosse mais rápido, que a conquistasse mais rápido antes que ela mudasse de ideia, mas deixei minha intenção transparecer. Dessa vez, não haveria espaço para entender as coisas errado. E, então, ela me beijou.

Pressionamos nossas bocas e nós dois suspiramos, com força, mas tranquilos. A boca dela era tão macia quanto eu me lembrava, e arrastei meus lábios nos dela, de um lado para o outro. Eu sabia que a barba devia arranhar, fato que ambos parecíamos apreciar, porque April me puxou para mais perto. Aprofundando o beijo, ela puxava e sorvia meus lábios, a língua se movimentando e lambendo a minha. Minhas mãos se juntaram na parte de trás de seu vestido, segurando o tecido, mas me segurei, deixando-a comandar o show. Não seria como da última vez, quando me comportei como um idiota depravado. Beijando-a com tanta força, tanta intensidade, que não tinha como ela ter gostado. Comecei a desacelerar o beijo, para estabelecer um ritmo constante. Tentando manter a calma. Mas suas unhas se cravaram em meu braço e ela se afastou o suficiente para dizer:

— Por favor, não comece a ser educado agora.

Segurei o rosto dela.

— Estou tentando ir com calma.

— E se eu quiser que você vá com tudo?

Porra. Não tinha como aquilo ser real... não tinha. O tesão me atingiu com tanta força que quase me cegou. Então era eu quem estava sendo devorado. A força do beijo me deixou atordoado. Se não fosse pelo barril embaixo de mim, eu teria caído de costas quando ela jogou seu peso em mim. Ela segurava meu rosto, as unhas curtas se arrastando pela minha barba e pelos fios de cabelo em minhas têmporas. Eu gemi, esmagando-a e levantando-a contra meu peito, sentindo o corpete roçar na minha camisa. Vasculhei freneticamente as camadas de sua saia com a mão esquerda, até encontrar sua coxa lisa e colocá-la em volta do meu quadril.

Então, estávamos nos virando — eu estava me virando —, pressionando-a para trás e sobre o barril. Ela curvou as costas e eu me arqueei sobre ela, a única maneira de manter nossos lábios conectados. Estávamos meio selvagens, enroscados um no outro enquanto eu a levantava e a sentava no barril. O vestido enrolou-se em seu corpo, bonito demais para um ato desesperado como esse em um armazém escuro e sujo de terra. Pensar nisso só aumentou meu desejo. Eu queria sujá-lo, queria rasgos no corpete e manchas na bainha. Queria fazer minha princesa descer ao meu nível.

Ela se entregou, apoiando-se nos cotovelos e abrindo as pernas para mim. *Para mim*. Jogou a cabeça para trás, abrindo mais a boca para minha língua. Segurei o rosto dela para diminuir nossa velocidade, saboreando a sensação de tê-la nas mãos. Ela tinha sabor de tudo o que havia de mais gostoso: uísque, sol e manhã de Natal. Era um beijo que embaçava a visão, o calor pegajoso penetrando nas grossas paredes de pedra, levando-nos mais alto.

Ela estava com as mãos no meu kilt, puxando o tecido por cima da própria saia. Ao primeiro toque de seu dedo em minha coxa, gemi, fechando os olhos e encostando a testa no ombro dela.

— Calma, calma, calma…

Sua respiração estava irregular.

— Algum problema?

— Não, não, nunca. Eu só… preciso tocar em você primeiro. Não consigo pensar em mais nada.

Doía ter que interrompê-la. Só de pensar naquela mão pequena segurando meu pau, sentia que meus vasos sanguíneos iam explodir. Tirei as mãos dela de sob o kilt e as pressionei nas laterais do barril, afastando-as o bastante para chamar a atenção dela e pedir que as mantivesse ali. Ela mordeu o lábio, mas assentiu.

Comecei pelo seu queixo, aquele queixinho lindo que me cativava desde os 14 anos de idade. Eu o beijei, lambi. Ela aproximou a boca da minha, mas eu já estava me movendo, passando pelo pescoço, provando com a língua o que eu só tinha cheirado. Gemi de novo, o único som que era capaz de fazer quando minha boca encontrou a curva dos seios dela. Mergulhei meu nariz entre eles, no coração de seu corpete, sentindo o perfume ali também.

— Você colocou esse vestido para me torturar, April?

Não precisei olhar para cima para saber que ela concordou com a cabeça. Lambi a curva de um dos seios, do centro até o pequeno e atormentador laço pendurado em seu ombro, deixando um rastro molhado para trás. Dei uma mordida no outro, mantendo-a imóvel enquanto ela se sacudia e estremecia.

— Muito forte?

— Não.

Que bom. Fiz de novo, lambendo, mordendo, puxando seu corpete para baixo com meus dentes, mas sem deixá-la exposta. Não aqui. Não quando qualquer um poderia entrar e vê-la. Desci os beijos por seu corpo, as contas do vestido raspando e enroscando na minha barba, aquela dorzinha me mantendo são. Quando fiquei de joelhos, as palavras que ela me disse no carro explodiram em minha mente. *Você já parou pra pensar que eu posso ter gostado do que ele dizia?*

Eu a segurei pelo tornozelo, soltando o sapato de seus dedos, e dei um beijo ali.

— Vai deixar eu te foder com a minha boca hoje? — As palavras saíram de mim, irrefreáveis, mas, quando ela gemeu, pressionei meu sorriso em sua pele com tanta força que esperava ter deixado uma marca. — Anda, princesa, não vai segurar o jogo agora. Preciso ouvir de você.

Ela se contorceu no barril.

— *Babaca.*

Eu ri, tentando me lembrar se já havia me divertido tanto fazendo aquilo. Era sempre uma mistura de nervosismo e pânico, ofuscados pelo desejo.

— Já é um começo. — Dei um beijo mais alto, passando a língua em sua panturrilha macia. — Mais.

Eu precisava ouvir aquela vozinha me dizendo o que fazer, exatamente como ela fazia em meus sonhos.

Ela riu, ofegante.

— Eu te odeio.

Mas então levou as mãos até a saia, tentando puxá-la mais para cima. Eu as afastei.

— *Mais*, April — insisti, mergulhando minha cabeça por baixo de suas saias para beijar a parte interna de seu joelho.

— Quando um homem está no meio das minhas pernas, prefiro que vá direto ao ponto. — Sua voz estava clara, mas só o suficiente para que eu pudesse ouvir.

Ela apertou as pernas ao redor da minha cabeça, como se quisesse enfatizar seu argumento. Eu queria nos ver como ela estava vendo. Eu, de joelhos na terra, selvagem, com a cabeça balançando sob um lindo tule. Uma imagem erótica que eu precisava que ficasse imortalizada em sua mente.

— Princesa, quer minha boca em você? Me diga agora.

— Sim. — Senti-a se deitar ainda mais e, da minha posição, pude ver o comprimento de seu cabelo quase tocando o chão do outro lado do barril. *Porra.* — Sim… é isso que eu quero.

— Boa garota — murmurei as palavras em sua pele e subi mais, o centro dela me chamando como um farol. Rocei meu nariz no tecido de renda, a língua o seguindo, passando pela dobra entre a coxa e a calcinha. *Caralho.* Ela estava começando a escorrer pela perna. Eu lambi a lubrificação, meio selvagem, enquanto ela tremia. — Quadris para cima, princesa.

Enrolei os dedos na calcinha dela e puxei assim que ela me obedeceu, tirando-a e soltando o segundo sapato. Saí de baixo de sua saia, com os olhos fixos nos dela enquanto guardava a linda renda branca no bolso do meu paletó. Suas narinas estavam dilatadas e ela mordeu o lábio.

— Uma coleção e tanto que você está criando — disse ela. Eu sabia que sua linda pele estaria corada.

Eu não tinha como devolver a piada. Voltei para baixo de suas saias, sem demora dessa vez, enquanto a lambia devagar… Se havia um paraíso, era esse. Eu poderia morrer feliz ali, de joelhos entre as pernas da April. Uma pequena amostra foi tudo o que consegui antes de ouvir — vozes abafadas, um timbre baixo quase idêntico ao meu, e o ranger da porta do depósito. Uma parte sombria e cruel de mim queria continuar, deixá-lo ver. April estava entregue a mim, teria me deixado continuar.

Eu me levantei, colocando as saias de volta no lugar.

— Mal — ofegou ela, a decepção ecoando em seu tom.

Digo o mesmo, princesa.

Pressionei meu dedo na boca dela, apontando para a porta com a cabeça. Ela arregalou os olhos enquanto ouvia. Não parecia em pânico... chocada, talvez. Uma voz em minha cabeça me avisou que aquela não era uma boa maneira de ser pego. Comecei a tirá-la do barril antes de lembrar que ela estava sem sapatos. Em vez disso, erguendo-a, pressionei-a contra meu peito enquanto a carregava pelas baias até a parede mais distante. Sentia sua respiração quente em meu pescoço, agarrada a mim, todos os dez dedos pressionando meu ombro e as coxas circundando minha cintura.

Não havia janelas naquele espaço, nenhuma luz. Ela estremeceu com a temperatura mais fria e eu a abracei com mais força, sem conseguir interromper o beijo que dei em sua boca. Eu deveria ter colocado meu casaco nela. Quando ela retribuiu o beijo com uma força surpreendente, a esperança floresceu em mim. Nós tínhamos sido interrompidos e ela ainda *me queria*. Não tinha caído na real. Chegamos ao fundo da sala e eu a pressionei contra a parede, encostando meu rosto no dela. Estávamos respirando tão alto que quase não consegui entender as palavras do meu irmão.

— Tem certeza de que April veio por aqui?

— Sim, ela veio buscar outra garrafa de 47.

Heather. *Inferno,* era um verdadeiro caso de família.

— *Mal...* — A súplica quase silenciosa de April eclipsou todo o resto.

Ela se contorcia em meus braços, me apertando com as pernas e buscando o meu quadril. Eu sabia do que ela precisava.

— Você pode fazer silêncio? — sussurrei com a voz rouca.

Puta merda. O que eu estava dizendo?

Ela mordeu o lábio, concordando com a cabeça freneticamente. Eu ia fazer aquilo. Ia rolar. Cobri a boca dela com a mão e seu gemido de resposta foi forte, jogando a cabeça para trás, contra a parede. Enfiei a mão por baixo das saias dela até encontrar seu centro. Ela estava quente, nua, encharcada. Acariciei-a uma vez com um único dedo e ela se derreteu em meus braços, as unhas cravadas em meus ombros. Acariciei-a de novo, mais devagar, parando para fazer um círculo em seu clitóris. Seus olhos se arregalaram, a boca se abrindo ao redor da minha palma, os dentes afundando na pele em uma mordida forte que quase fez meus joelhos falharem.

— É isso aí... Pode me morder. Quero que você deixe uma marca — provoquei, ofegante, empurrando um dedo e depois dois, estabelecendo um ritmo constante. — Porra, meu bem, você é perfeita. Sente os meus dedos deslizando em você? O próximo vai ser meu pau todinho em você. — Estávamos olhando nos olhos, as testas quase se tocando.

Bastaram mais alguns movimentos para que ela se apertasse em meus dedos. Era ela quem estava prestes a gozar, mas era eu quem estava fora de mim. Falando. Dizendo coisas que normalmente não diria. Eu nem sabia se estava fazendo barulho... não me importava. Ela rebolava, tentando me receber mais. Eu estocava, o comprimento duro como pedra sob meu kilt batendo em sua coxa. Ouvi o passo pesado de Callum em uma baia próxima a nós. Será que eu estava fazendo barulho de propósito? Minha mão tinha deslizado da boca dela? Não fazia ideia.

Precisando sentir o gosto dela de novo, mergulhei a boca na curva de seu pescoço, lambendo até que ela inclinasse a cabeça para trás. Ela gozou sem fazer barulho, mas com abandono, tão gostosa conforme se contorcia em meus braços. Eu gozei na cueca segundos depois, com um gemido baixo, o pau ainda pressionado contra ela. Depois ficamos nos olhando, os peitos subindo e descendo. A troca inteira não deve ter durado mais de um minuto, mas eu me senti totalmente transformado.

— Aqui está. — A voz aguda de Heather atravessou a névoa, seguida pelo barulho de caixas se movendo. — Talvez ela tenha ido até a casa para ver como estava o Dudley. Acha que eu deveria procurá-la?

Eu me virei o bastante para olhar para os dois. Heather segurava algumas garrafas em seus braços, de frente para a porta. Mas Callum... ele estava olhando para o chão — para os sapatos de April. Ele ergueu a cabeça, olhando diretamente para mim. Não *para mim*, pois o canto em que nos enfiei estava muito escuro. Mesmo assim, eu me aproximei mais de April, meu braço livre a envolvendo em uma tentativa de cobri-la o máximo possível.

— Tenho certeza de que ela vai voltar — disse Callum, conduzindo Heather pelo corredor e saindo porta afora.

Ela se fechou com um estalo e eu tirei a mão da boca de April, mas a mantive encostada na parede. Nenhum de nós disse uma palavra. Estava escuro demais para ver sua expressão, então, quando ela encostou de leve em meu peito, eu a coloquei no chão. Seus pés descalços encontraram a terra suja e eu estava prestes a levantá-la de novo quando April cambaleou para trás, com uma expressão horrorizada.

— Princesa — murmurei, estendendo a mão para ela. Mas ela já estava correndo em direção ao barril, pegando os sapatos.

— Desculpe… Eu não deveria ter… Me desculpe por ter obrigado você a fazer isso com os dois aqui.

Ela estava falando sério?

— Você não me *obrigou* a fazer nada. Eu estava de acordo com cada segundo daquilo. — Abri a boca para admitir que me senti mais vivo naqueles cinco minutos do que em toda a minha vida, mas engoli as palavras antes que pudesse assustá-la.

Ela concordou com a cabeça e percebi que queria dizer mais alguma coisa, mas seu olhar se voltou para a direção da festa.

— É melhor eu voltar. Não acredito que fiquei tanto tempo fora, esta noite é muito importante.

Isso é importante.

— A gente precisa conversar a respeito disso.

Ela estava chateada porque Callum poderia ter nos visto? Ou pelo modo como falei com ela?

— Vamos conversar, eu quero. Me desculpe por pedir isso… mas podemos conversar mais tarde?

Ela se virou para a porta, ajeitando a saia e os cachos emaranhados, agarrando a garrafa de 47 no último instante.

Eu a segui.

— Mais tarde quando? — perguntei.

— Depois que a degustação terminar. — Ela ficou na ponta do pé e deu um beijo apressado no canto da minha boca.

O beijo aliviou um pouco meu pânico, mas o tom de preocupação era forte demais para ser ignorado.

— Venha até o chalé… se quiser.

— Pode ser que fique tarde.

— Não tem problema.

De qualquer forma, eu não estaria dormindo.

Então ela atravessou a porta, o cabelo como chamas sendo a última parte dela a desaparecer de vista.

24

April

"GEORGIA" – VANCE JOY

Quando voltei para a sala de degustação, vi Heather acenando por cima das cabeças, me chamando. Coloquei um sorriso no rosto, segurando a garrafa de 47 no alto como uma tentativa de explicação, enquanto seguia em sua direção. A sala de degustação estava muito mais vazia do que quando saí, a banda havia terminado sua apresentação e estava guardando preguiçosamente os instrumentos enquanto aproveitava o que sobrara da comida.

— Desculpe… — comecei a dizer, depois notei Callum ao lado dela, com o que eu só poderia descrever como o mais zombeteiro dos sorrisos no rosto.

Eu o havia abandonado assim que acabamos de dançar para ir atrás de Mal, sem pensar que ele poderia me seguir. Não tinha como Callum ter nos visto. Ou será que tinha?

— Aí está você, eu estava começando a pensar que tinha recebido uma oferta melhor — disse ele suavemente quando me aproximei e estendeu a mão para mim, com a palma para cima.

Fiquei olhando para ela. Não tinha certeza do que ele estava oferecendo, mas sabia que não poderia aceitar.

— Tem alguma coisa grudada na parte de trás do seu vestido — avisou Heather, com uma confusão genuína surgindo entre suas sobrancelhas.

— *Ah.* — Eu me assustei, girando as saias. Não era uma coisa qualquer, mas manchas pretas de graxa em toda a parte de trás do fino tecido. *Merda.* — Devo ter esbarrado em alguma coisa no depósito. — Minha voz estava aguda enquanto eu me esforçava para limpar as manchas.

— Alguma coisa suja, com toda certeza — concordou Callum. Meus dedos congelaram. Ele sabia. O maldito sabia, com toda certeza. Pisei no pé dele a caminho do bar. Ele riu e me seguiu, com Heather logo atrás. — Também faz um tempinho que não vejo o Mal.

— *Hmm?* — Eu me fiz de confusa. Se ele não ia dizer logo de cara, eu também não iria. — Ah, acho que ele foi embora, isso não é bem a praia dele.

Eu queria estar lá com ele, mas precisava terminar a noite. Eu era a anfitriã, não poderia simplesmente desaparecer e esperar que ninguém notasse, além disso, eu estava falando sério quando disse que aquela noite era muito importante.

Colocando o 47 em uma caixa com o selo da Destilaria Kinleith estampado, passei-o para Heather, que desapareceu para entregá-lo ao cliente. Callum e eu a observamos em silêncio, mas eu batucava o pé de forma impaciente no chão. Seria muito rude começar a conduzir as pessoas para fora? Callum começou a recolher os copos vazios e empilhá-los em uma bandeja e eu não aguentei mais.

— Por favor, não limpe.

Uma sobrancelha se ergueu e ele parou.

— Por que eu não ajudaria?

Porque suspeito que você tenha sentimentos por alguém que não pode ter, mas, caso eu esteja errada...

— Não quero te iludir. — Falei a última parte em voz alta.

Antes que eu pudesse piscar, ele colocou um joelho no chão, levando a mão ao peito. Em um segundo de puro pânico, avancei para ajudá-lo, mas ele jogou a cabeça para trás quando começou, mais gritando do que cantando:

— *Shot through the heart, and you're to blame, you give love a bad name!**

---

* Tradução: "Um tiro no coração, e você é a culpada, você faz com que o amor tenha uma má reputação". Trecho de música da banda Bon Jovi. [N.E.]

Eu sabia que as poucas pessoas que restavam nos observavam com curiosidade, mas ri mesmo assim.

— Foi mal — disse, oferecendo-lhe a mão.

Com muito alívio, percebi que o pedido de desculpas não era necessário, pois ele não tinha interesse em mim, o que significava...

Callum se levantou, mais alto do que eu, enquanto depositava um beijo estalado em minha bochecha e dizia:

— Só pra você saber, o Mal não canta tão bem quanto eu.

Ele deu uma piscadela e voltou para a limpeza.

Talvez tivesse sido melhor mandar uma mensagem antes, pensei, cruzando os braços enquanto estava na varanda do Mal. Embora já passasse da uma da manhã, uma luz suave emanava da pequena janela da escotilha junto ao zumbido baixo da televisão. Ele estava acordado, com toda certeza. Dudley choramingou impaciente aos meus pés.

— Não me olhe assim — disse a ele. — Eu só... preciso de um segundo. — Ele bateu a única pata dianteira. Fuzilando o meu cachorro com os olhos, bati de leve na porta. Ele não respondeu. — Deve estar ocupado... talvez seja melhor voltar outra hora. — Eu poderia jurar que o ganido seguinte de Dudley foi cheio de julgamento.

Engoli em seco e encarei a porta como se fosse um inimigo. Tinha vivido a experiência mais excitante de toda a minha vida no depósito, e gozei como nunca antes. Mas parte de mim temia que Mal se arrependesse. *Ele não pareceu arrependido,* sussurrou uma voz. Com isso em mente, decidi resolver o problema com minhas próprias mãos e tentei girar a maçaneta — claro que estava aberta — e entrei. Independentemente do que viesse a seguir, precisávamos discutir o assunto como adultos para...

Parei na soleira da porta como se tivesse batido de frente com uma parede. Meu cérebro precisou de alguns segundos para acompanhar o que meus olhos estavam vendo. Meu rosto — muito maior do que qualquer pessoa deveria ser forçada a ver o próprio rosto — estava na televisão de tela grande. *Um estranho nos portões.* Reconheci o filme no mesmo instante pela imagem de mim mais jovem, vestida apenas com uma camisola branca transparente, o cabelo solto em volta dos ombros.

Minha personagem, Lyra, descia sorrateiramente a escada dos empregados da grande casa de campo em que trabalhava como governanta da jovem pupila do visconde. Ao contrário de mim agora, Lyra entrou no escritório do visconde com determinação, os ombros leves e curvados para trás. Lorde Devon não ergueu o olhar, mas sua mão parou sobre a correspondência, segurando a caneta com mais força.

— Srta. Stewart, já está tarde.

— Está mesmo. — A voz dela, *minha voz*, concordou, um pouco rouca.

O lorde se endireitou na cadeira, com uma postura imponente, quando enfim olhou para ela.

— Você não deveria estar aqui. — Devon disse as palavras, mas era a voz de Mal que eu ouvia em minha mente.

— Porque você não me quer aqui?

Lyra se aproximou e Devon se levantou depressa, indo para trás da cadeira e agarrando o encosto, como se a barreira pudesse conter a maré que se aproximava entre eles. A maré estava revolta desde que ele a encontrara na floresta semanas antes, encharcada, ferida e sem lembranças. Lyra se aproximou da escrivaninha e passou a mão sobre os vários potes de tinta e papel, acariciando a caneta que ele acabara de segurar. A respiração de lorde Devon se agitou, assim como a de Malcolm. Minha atenção se voltou para ele esparramado no sofá, vendo-o *me* observar na tela.

Fortalecida pela visão, eu me aproximei. Ele ainda não havia me notado. Dudley entendeu meu leve movimento como um convite e passou por minhas pernas, suas patinhas curtas batendo na madeira enquanto corria direto para a cama de Garoto. Mal se levantou, virando a cabeça no mesmo movimento de Lorde Devon. Estava com os olhos arregalados de pânico, indo de mim para a tela e depois de volta para mim.

— April... Eu não estava... Eu não... — Ele se atrapalhou com o controle remoto no sofá, conseguindo apenas aumentar o volume até que minha voz ofegante fosse tudo o que podia ser ouvido na sala. — *Porra!*

— Suas mãos estavam trêmulas, com as bochechas brilhando no mais profundo escarlate. — Quando vi a sala de degustação toda trancada, achei que você não viria. E então o filme começou do nada na televisão... Eu não estava assistindo a você, *juro.*

Suas palavras me fizeram murchar de decepção. Mas seu claro constrangimento só podia significar uma coisa... ele *sabia* o que viria a seguir. Mal já havia assistido a esse filme antes. Esperei me sentir envergonhada, assim como os medos habituais que surgiam quando estranhos observavam e analisavam meu corpo, mas nada aconteceu. Na verdade, teve o efeito oposto. Eu gostava da ideia de Mal me assistindo. Me admirando. Cheguei mais perto, observando seus dedos grandes demais mexerem nos botões do controle.

— Você não estava me assistindo?

— *Claro que não...* Eu estava passando pelos canais. O filme já tinha começado.

Como se estivéssemos em transe, nós dois observamos Lyra se aproximar. O casal estava discutindo agora. Devon ordenou que ela voltasse para a cama e deu a volta na escrivaninha para manter distância, furioso em sua inflexão de que não a queria.

O controle remoto caiu no chão. A parte de trás se soltou e as pilhas foram parar embaixo do sofá. Malcolm correu atrás delas, ficando de joelhos e tentando alcançá-las.

— Espere — insisti, dando a volta no sofá para ficar no tapete.

— Me desculpe. — Ele não parou sua busca frenética. — Não só por isso, mas por antes também. Eu nunca deveria ter ido tão longe ou ter falado com você daquele jeito.

— De que jeito você falou comigo?

Ele ficou tenso, recusando-se a olhar para mim.

— Você sabe muito bem como falei com você, e não foi nada apropriado.

Achei que foi muito apropriado.

— E se eu não quiser que você se desculpe? — Eu não sei se foram minhas palavras ou o arranhar em minha garganta, mas ele parou no lugar, apoiando-se nos calcanhares.

— Você não quer?

— Não.

— Você... — Ele lambeu os lábios secos. — Você gostou?

— Sim.

Percebi quando ele engoliu em seco. Também percebi que Mal estava ficando cada vez mais vermelho, a cor se espalhava pelas orelhas e descia pelo pescoço, fazendo-o brilhar sob a luz fraca.

— Então por que você saiu correndo?

— Pelos motivos que expliquei, eu precisava que esta noite fosse um sucesso. Mas também... — Fiz uma pausa, buscando coragem. Eu nunca tinha ficado nervosa por causa de um homem antes, e não tinha a menor intenção de começar a ficar. — Achei que *você* talvez pudesse se arrepender e, dadas as circunstâncias anteriores, fugir parecia mais seguro no momento.

Ele se virou em minha direção, ainda de joelhos.

— Eu jamais me arrependeria. — Ele balançou a cabeça. — Estou desesperado por você, April, ainda não se deu conta?

Esse homem. Essa dicotomia de sensualidade e timidez. Eu o desejava tanto.

— Estou começando a me dar conta — respondi. — Que tal assim... E se, em vez de questionar as ações um do outro o tempo todo, a gente tentar se dar o benefício da dúvida?

Ele olhou para mim. *Fixamente.* Como se eu usasse seda em vez de algodão. Como se eu fosse a coisa mais linda que ele já tinha visto.

— Acho que posso concordar com isso.

Quase não ouvi as palavras por causa do meu coração acelerado.

A televisão chamou minha atenção, e observei minhas mãos empurrando Devon de volta para sua imponente cadeira de escritório. Ele se deixou cair com facilidade. *Quis cair.* Sem parar para pensar, segurei o braço de Mal, puxando-o até que ele se erguesse. Apesar de seu tamanho, ele era maleável ao meu toque, permitindo que eu o conduzisse até a poltrona e o empurrasse para baixo da mesma forma que eu havia feito no filme. Ele aterrissou com um baque suave, os olhos cinzentos subindo pelo meu corpo e se fixando em meu rosto. Ficamos olhando um para o outro, um milhão de palavras ditas em um simples olhar. Estiquei a mão, passando o polegar pela maçã do rosto dele e descendo pelo comprimento de sua barba aparada. Ele engoliu em seco com o toque, se mexendo na cadeira até que suas coxas se abrissem sob o kilt que ainda usava. Cerrou os punhos.

— Deixe as mãos onde eu possa vê-las — Lyra e eu dissemos ao mesmo tempo.

Os olhos de Mal brilharam, com compreensão e algo mais lá no fundo. Na tela, Lorde Devon xingou baixinho, mas meus olhos estavam voltados apenas para Mal enquanto eu aguardava sua decisão. Quando ele moveu as mãos, os dedos apoiados nos braços da cadeira, eu soube que era a deixa para continuar.

Lyra e eu fomos para o centro de nossas respectivas salas. Eu estava um pouco atrasada, mas me recuperei rápido quando ela começou o longo processo de desabotoar a dúzia de pequenos botões de sua camisola. Tirei minha camiseta primeiro, segurando com firmeza o algodão gasto… assistindo Mal me assistir. E ele estava *assistindo*. Parecia faminto. O tecido caiu em uma pilha aos meus pés e ele ajustou sua posição, tentando olhar nos meus olhos e falhando. Seus dedos faziam sulcos profundos na poltrona e uma protuberância notável se destacava sob o verde-musgo de seu kilt.

— É assim que você me imaginou? — perguntamos em uníssono.

Pressionei o cós do short com os polegares, deixando-o cair também. Eu não estava com nada por baixo. Tinha ido ali com aquele exato propósito.

— Sim — responderam os dois homens, com o mesmo barítono cru em suas vozes.

Eu sabia que Mal não estava representando um papel. Seus olhos passavam dos meus seios para o lugar entre minhas pernas com uma expressão ligeiramente atordoada, como se fosse a primeira vez que visse uma mulher se despir para ele. Eu não sabia dizer se Mal tinha processado a cena que ainda se desenrolava na televisão. Deixei meus dedos roçarem minhas coxas, depois os deslizei para cima, sobre a curvatura dos meus quadris e minha barriga macia. Virei devagar para que ele pudesse me ver de todos os ângulos. Foi só quando ele gemeu que me aproximei mais, com ele acompanhando cada movimento dos meus quadris.

— Eu também pensei em você, milorde — sussurrei junto de Lyra, parando tão perto que pude sentir o roçar dos pelos de sua perna em minhas canelas. — Na calada da noite, quando apenas o demônio escuta.

Eu estava molhada, tão molhada que tinha certeza de que Mal conseguia ver, porque sua língua se projetou entre os lábios. Girei e me abaixei em seu colo, abrindo as pernas para que ficasse uma de cada lado das dele, meu corpo nu sobre o dele, muito maior e ainda todo vestido.

— *Meu Deus...* Porra, princesa.

Todo o seu corpo se sacudiu, as mãos se soltando dos braços como se quisessem me tocar, mas depois voltaram para os braços da cadeira antes de fazer contato.

Recostei a cabeça em seu ombro, inclinando-me para que ele pudesse ver toda a extensão do meu corpo. Ele acompanhou o movimento, inalando meu cabelo, contornando minha orelha com os lábios e depois pressionando a curva do meu pescoço.

— Eu sei que é errado — disse uma fração de segundo depois de Lyra. — Todos os dias, espero me ver livre dessa tortura, mas quando o sol se põe... — interrompi, mordendo o lábio enquanto acariciava meus seios, pegando meu mamilo num movimento ininterrupto. Comecei a mexer os quadris e o senti, quente e duro como granito contra a parte inferior das minhas costas.

— No que... no que você pensa? — perguntou ele, ofegante.

— Nas suas mãos. — Peguei uma delas quando saímos do roteiro. Segurando-a com a minha, permiti que apenas a ponta de seu dedo contornasse minha clavícula, o simples toque o suficiente para me fazer estremecer. Em seguida, passei o dedo dele pelo centro do meu peito até cobrir meu seio, sua mão ardendo sob a minha. — Primeiro, você me toca aqui.

O palavrão que ele soltou foi mais violento que seu toque. Ele me apertou com cuidado, como se eu fosse uma pedra preciosa, o polegar áspero rolando sobre o mamilo, enquanto seus quadris ondulavam contra minha bunda. Eu estava encharcada, pingando no kilt dele. O fato de estar nua e sob controle enquanto ele estava todo vestido tornava tudo ainda mais erótico.

— Onde vou tocar você a seguir, princesa? Sei que isso não termina aqui. — O tom inebriante de sua voz fez com que eu me contorcesse, arqueando as costas de forma impossível enquanto eu continuava nossa jornada pelo meu corpo. Nossos dedos roçaram a parte interna da minha coxa, deslizando pela umidade que cobria minha pele. — Sim — sibilou ele, passando o dedo por ela, espalhando-a ainda mais pela minha coxa e depois de volta às minhas dobras. — Quem te deixou molhada, eu ou Devon?

Apoiei a cabeça em seu ombro e gemi:

— Você, Mal... só você.

Com as mãos ainda unidas, nossos dedos indicadores mergulharam juntos, um dele e um meu, deslizando com facilidade até a primeira falange. Levei um momento para me acostumar com a deliciosa plenitude; seus dedos eram tão grandes que eu nem conseguia imaginar o tamanho do pau dele. Ele gemeu com o primeiro toque, os quadris se mexendo com mais força enquanto seu outro braço envolvia minha cintura, segurando-me com força enquanto eu começava a cavalgar nossos dedos.

— Olha só pra você — gemeu ele, inclinando a cabeça sobre meu ombro para observar. Olhei para baixo, vendo nossos dedos desaparecerem dentro de mim. — Olha como você é perfeita. Como a gente se encaixa bem. — Ele me puxou ainda mais para si. — Sente o quanto você me deixa duro? É só você, princesa. Só você, sempre você.

Meu Deus.

Meus movimentos se intensificaram, os quadris se encaixando até que não houvesse um ritmo perceptível. Ele sussurrou palavras safadas em meu ouvido, mordiscando e lambendo o lóbulo até que eu estivesse fora de controle. Até que eu estivesse gritando, ofegante e trêmula, enquanto o orgasmo breve mas poderoso me atingia em cheio. Sua camisa estava grudada na minha pele, nosso suor deixando os corpos escorregadios.

Eu ainda estava gozando quando ele me levantou, erguendo uma das minhas pernas até que eu me sentasse de frente em seu colo, com as coxas apoiadas em seus quadris. A televisão estava esquecida havia muito tempo quando Devon e Lyra começaram a devorar um ao outro com tanta fome quanto nós. Mal prendeu meu cabelo em seu punho, puxando minha cabeça para trás e lambendo meu pescoço enquanto eu continuava a cavalgá-lo, me esfregando contra sua ereção coberta. Minhas mãos rasgaram sua camisa, lutando para tirá-la. As dele se juntaram a mim, selvagens em suas intenções, enquanto ele puxava, os botões se soltavam e caíam no chão como pedrinhas. Uma vez que seu peito estava nu, minhas mãos vagaram, beijando sua boca enquanto eu acariciava seus mamilos até que ele xingou, passando a mão pelo cabelo castanho-claro enquanto ele levantava meus quadris e arrastava seu kilt para cima, lutando para se libertar.

Quando o pau dele roçou pela primeira vez na minha entrada, eu gemi.

— Camisinha? — perguntei em sua boca aberta.

Ele congelou, segurando meus quadris como se eu pudesse flutuar para longe.

— Eu não tenho camisinha. *Porra*. Não tenho… não faço nada há anos.

Anos? O homem era glorioso. Como isso sequer era possível?

— Estou tomando anticoncepcional — respondi no mesmo instante. Sua expressão se abrandou.

— Estou limpo. As vezes que transei… nunca foram sem camisinha.

Ele não perguntou nada em troca, confiando plenamente em mim. De toda forma, concordei:

— Eu também.

Aquelas palavras eram permissão e mergulhamos um no outro de novo, nossas bocas em uma batalha nada graciosa de dentes e língua. Ele tirou o kilt do caminho enquanto eu me ajoelhava e, com sua orientação, afundava devagar.

— Ah, caralho! — Ele recuou. — Calma, meu bem… Por favor, espere.

Meu gigante jogou a cabeça para trás, com os olhos fechados enquanto seus polegares passavam para a frente e para trás sobre meus mamilos, tentando recuperar o controle de si mesmo. O problema é que eu não queria o controle dele. Eu o queria desesperado e grunhindo. Queria que ele se perdesse em mim.

Mantendo meus quadris o mais imóveis possível, lambi o comprimento de seu pescoço e mordi o lóbulo de sua orelha.

— Já está pronto, milorde?

Ele riu, parecia um animal morrendo.

— Mil vidas não teriam me preparado para você. — Concordando com suas doces palavras, rebolei em um círculo mínimo. Seu gemido foi ensurdecedor, mas ele permitiu. Meu próximo movimento foi mais intenso, deslizando até a cabeça para voltar a me sentar com força.

— *Tão bom* — suspirei, pressionando as palavras em sua pele.

Mãos ásperas subiram pela minha coluna e por baixo dos braços, segurando meus seios, tocando meus mamilos à medida que eu acelerava os movimentos. Ele deixou que eu estabelecesse o ritmo, tocando e observando enquanto eu o cavalgava. *April.* Meu nome era uma oração, saindo de seus lábios como água correndo sobre as pedras.

— Isso, meu bem… Assim mesmo, assim mesmo. — Seus quadris se erguiam da almofada em um movimento sensual que me deixou atordoada. — É assim que você vai finalmente me matar?

— Talvez. — Meu sorriso era perverso.

— Que bom. Pode sentar até meu coração explodir.

E foi o que fiz. Com a cabeça inclinada e as coxas ardendo, não parei. Lembrando-me de sua súplica cheia de luxúria no depósito, tirei suas mãos dos meus seios, levando uma com o polegar aos meus lábios e afundando-o entre os dentes, enquanto apertava a outra sobre meu clitóris. Mordi enquanto chegava ao orgasmo, com os olhos fixos nos dele, aproveitando cada sensação. Ele me observava com olhos vidrados e dentes cerrados, gemendo enquanto segurava o próprio orgasmo, como se estivesse desesperado para memorizar o meu. Quando comecei a me acalmar, mordi-o de novo, dessa vez a parte carnuda de sua palma. Ele explodiu, esmagando-me em seu peito enquanto se derramava em mim repetidas vezes. *April, April, April.* Ele gemeu, os olhos finalmente se fecharam, a felicidade iluminando todo o seu rosto.

Meu nome soou como uma ode. Parecia uma promessa.

25
Mal

"LAVENDER HAZE" – TAYLOR SWIFT

O que raios tinha acabado de acontecer?

Um minuto antes, estava mal-humorado, sozinho em meu chalé, mudando os canais na televisão sem pensar, tentando esquecer o quanto eu tinha sido idiota antes. Procurando por qualquer coisa que me impedisse de ir até o casarão e agir como um idiota de novo. Então, o rosto dela apareceu na TV como uma provocação cruel. O filme que eu conhecia de cor. O filme que eu tinha dirigido até Inverness para assistir no dia de seu lançamento, anos antes.

Eu disse a mim mesmo que não era certo assisti-lo agora com ela tão perto, mas, mesmo assim, me acomodei no sofá e aumentei o volume até parecer que ela estava na sala comigo. E então ela estava, como se eu fosse o próprio Pigmaleão, criando a mulher perfeita com argila e água.

Minha humilhação foi tão grande que pensei que poderia morrer, mas de alguma forma — *de alguma forma* — April transformou o momento mais vergonhoso de toda minha vida em um momento que serviria de comparação para toda e qualquer felicidade futura. Eu sabia, com absoluta certeza, que a única imagem que eu levaria para o meu leito de morte seria a de April, contorcendo-se em meu colo como se fosse a coisa mais erótica que já tivesse acontecido com *ela,* enquanto eu mal conseguia formular um pensamento coerente.

Mesmo com o cheiro almiscarado de sexo e o doce perfume do cabelo dela preenchendo o ar, ou com as curvas suaves contra meu peito, eu não estava totalmente convencido de que aquilo de fato *tinha acabado de acontecer.* Ela começou a se mexer, afastando sua pele molhada de suor da minha. Resisti ao impulso visceral de abraçá-la com mais força.

Os olhos verdes subiram pelo meu peito, até o rosto. Ela estava com as bochechas levemente coradas e, pela primeira vez, não me senti constrangido com o calor em meu rosto.

— Você quer que eu vá embora? — perguntou, rouca, depois de um tempo.

Nunca.

Ao longo das semanas, eu havia deixado bastante claro o quanto desejava privacidade, mas minha necessidade dela era ainda mais forte. Parecia *certo* tê-la por aqui.

— Não.

Balancei a cabeça, deixando meus dedos mergulharem na curva de sua cintura e na pele sedosa da parte inferior da barriga. Eu a tinha visto nas telas inúmeras vezes, sabia que ela tinha um corpo lindo. Vê-la em carne e osso, podendo acariciar e dar prazer com minhas próprias mãos, quase me assoberbou. Ela era tão deslumbrante, eu não sabia que era possível que uma pessoa fosse tão perfeita.

Subi os dedos, acariciando as pontas dos seios que estava distraído demais para admirar por completo antes. Segurei os dois na palma das mãos e ela se recostou em minhas coxas, inclinando a cabeça até que seu cabelo cor de fogo fizesse cócegas em minha pele.

— Que bom. — Ela cantarolou de prazer. — Acho que partiria o coração de Dudley se a gente fosse embora agora. — Em sincronia, nos viramos para ver nossos cães enrolados na cesta ao lado da lareira apagada. *Tão fofinhos.* — Acho que eles devem se gostar mais do que nós dois.

— Não acredito que seja possível. — Ela olhou para mim, o rubor em suas bochechas ainda mais intenso. Eu queria lambê-lo. Queria me ajoelhar aos pés dela. E eu o faria. Mas primeiro… — Vem comigo.

Fiquei de pé e a levantei devagar. April deu gritinhos de alegria, agarrando-se aos meus ombros enquanto eu a levava alguns passos até a cama e a colocava no centro. No mesmo instante, ela se apoiou nos cotovelos, nada envergonhada por estar nua, e me observou com uma curiosidade divertida enquanto eu recolhia as roupas espalhadas. Suponho que a maioria das pessoas não seria tímida se fosse parecida com ela.

Subindo no colchão com o joelho, segurei a camiseta no ar, esperando que ela enfiasse a cabeça. April obedeceu com facilidade, mas não ofereceu ajuda enquanto eu passava seus braços pelas mangas. Eu odiava cobri-la, mas estava um pouco frio e eu não conseguia me concentrar quando ela estava sem roupas. Não haveria mais nenhum pensamento em minha mente.

Depois de vesti-la, puxei os lençóis para trás e consegui grunhir.

— Pra dentro.

Com certeza não foi meu momento mais charmoso, mas estava começando a perder o controle das minhas cordas vocais só de pensar em tê-la na minha cama a noite toda. Precisaria de cada pequena quantidade de disciplina para manter minhas mãos quietas, mas eu conseguiria. Eu a deixaria dormir sem ser perturbada nem que para isso tivesse que amarrar minhas mãos na cabeceira da cama.

Afundando sob meus lençóis, ela riu e puxou o canto do lençol para o rosto.

— Tem cheiro de limpeza.

Franzi a testa.

— O que você estava esperando?

— Um único travesseiro e lençóis amarrotados. — Ela se acomodou no travesseiro do lado que eu costumava dormir. Eu já estava antecipando que ficaria com o cheiro dela. — Eu deveria saber que você não é como a maioria dos homens.

Isso me pareceu um elogio. Forcei-me a não analisar aquelas palavras de todos os ângulos enquanto atravessava o cômodo para apagar a luz e desligar a televisão. Depois, duvidando de mim mesmo, acendi uma lareira pequena o bastante para queimar por uma ou duas horas, o suficiente para aquecê-la. Quando voltei para a cama, April já estava sem camiseta de novo, apoiada na cabeceira da cama. Com os lençóis enrolados na cintura e exibindo apenas um sorriso inocente que não combinava com o brilho diabólico em seus olhos, ela disse:

— Te observar me deixou excitada. — Lentamente, ela se levantou para remover os grampos que prendiam grande parte do cabelo. Minha cabeça estava leve, e a risada que deixou meus lábios ásperos foi rouca.

— Fiquei surpresa por você não ter me feito acender.

Se eu achava que ia deixá-la dormir em paz, essa ideia foi pelo ralo. Eu revirei a coberta para liberar o pé dela, dando um beijo no arco.

— Nada de aulas hoje, quero cuidar de você.

Fiquei hipnotizado ao ver os mamilos dela se endurecendo de novo no ar fresco da noite. Ela jogou a cabeça para trás, apoiando-se na cabeceira da cama, os dedos pequenos alisando a barriga pálida. Eu sabia que não era o que alguém descreveria como um homem eloquente, mas, com April, eu conseguia dizer a coisa certa sem nem mesmo tentar. Isso me dava vontade de dizer tudo o que se passava em minha mente. Subi na cama e desafivelei meu kilt com dedos experientes, meus pensamentos voltando ao momento que fora interrompido no depósito.

— Você quer que eu cuide de você, princesa?

— Sim.

Puxei os lençóis e ela ergueu os quadris.

— Abra as pernas o máximo que puder dessa vez. Não vou ser interrompido de novo. — Ela obedeceu no mesmo instante, um gemido discreto preso na garganta.

A antecipação fez meu sangue pulsar e eu me deitei de bruços, senti uma dor deliciosamente doce quando meu pau se comprimiu entre meu corpo e o colchão. Olhei nos olhos dela por cima das curvas de seu corpo, dei um beijo suave e molhado em cada uma de suas coxas, adorando os tremores em suas pernas quando ela as colocou em meus ombros. Os dedos de seus pés roçaram pelo comprimento de minhas costas em uma tentativa de me arrastar para mais perto.

— Paciência — murmurei a palavra em sua pele.

— Já faz *semanas*, Mal, eu tenho sido muito paciente.

Eu ri, deixando a sensação ofegante tocar seu centro úmido. Ela se sacudiu, xingando sem parar. Eu só havia feito *aquilo* uma vez na vida e estava ansioso demais para fazer outra coisa além de torcer para que minha parceira se divertisse. Mas eu não ficava nervoso com April, e saber que ela estava tão atormentada quanto eu durante todas aquelas semanas me fortaleceu o suficiente para que, quando enfim pressionei minha língua nela, continuasse olhando em seus olhos, deixando que seu gemido se espalhasse por mim.

Afastei-me o suficiente para sussurrar:

— Quero comprar flores pra você e te levar para um encontro, você gostaria disso?

Eu a lambi de novo, por mais tempo dessa vez, dando uma leve volta em seu clitóris.

Sua resposta foi um *sim* choroso.

— E quero fazer café da manhã pra você. Gosta de panquecas, princesa?

Agora eu lambia sua abertura, afundando minha língua entre suas dobras até senti-la me apertar. *Porra.* Rocei os quadris na cama por reflexo, concordando com a reação dela.

— Sim, *sim*!

Ela me puxou para mais perto com suas coxas fortes e a segurei pela cintura, levantando-a para minha boca.

— Boa garota, *porra,* você é gostosa demais.

Lambuzei meus lábios, me deliciando com o sabor almiscarado e feminino dela. Ela enfiou as mãos no meu cabelo, puxando até causar arrepios no meu couro cabeludo.

— Mal! Mal, por favor, não pare.

— Depois do café da manhã, quero preparar um banho de banheira pra você. Não vou caber, mas posso me espremer. Você quer? — Ela não respondeu, então me afastei para mordiscar sua coxa macia. Ela gemeu meu nome e rebolou os quadris, buscando minha boca. — Responda à pergunta, April.

— Sim! Sim, é isso que eu quero. Isso é tudo o que eu quero!

Eu não tinha certeza se ela sabia com o que estava concordando, mas gemi mesmo assim.

— Quero segurar sua mão — confessei. Seus gemidos aumentaram e eu estava tão perdido quanto ela, empurrando-me contra a cama, sem pensar, enquanto as palavras saíam de mim. — Quero que me ensine a dançar, pode fazer isso?

— Sim, qualquer coisa!

Mergulhei de novo como um homem possuído, mordendo, lambendo e beijando até que ela estivesse quase gozando. Pouco antes de ela chegar lá, eu me deitei de costas, puxando-a comigo para que suas coxas ficassem uma de cada lado das minhas orelhas. Uma fantasia que eu tinha havia anos e que enfim se tornaria realidade. Ela protestou, agarrando-se à cabeceira da cama para se endireitar.

— Na minha cara, princesa.

As centenas de vezes que eu imaginara o cenário passaram por minha mente como um livro erótico. Eu tinha sonhado com isso, gozando na minha mão antes de estar totalmente acordado.

Aqueles olhos impressionantes se arregalaram quando ela entendeu.

— Eu... eu nunca...

— Que bom. Eu também não.

Ela mordeu o lábio e eu sabia que estava pensando a respeito. Estava tão molhada que cobria as coxas e a metade inferior do meu rosto. Eu precisava de mais.

— *Agora*, April.

— E se você não conseguir respirar?

Eu sorri.

— Eu vou conseguir respirar.

— Mas e se você *não* conseguir?

Eu a segurei pela coxa, as pontas dos dedos apertando a magnífica curva de sua bunda.

— Vou apertar duas vezes. — Demonstrei, sabendo que a precaução era desnecessária, precisando senti-la em minha boca depressa.

Ela ainda hesitava.

— E se você morrer na mesma hora?

Dessa vez, não consegui conter a risada. Ainda a segurando, ergui a cabeça e dei-lhe uma lambida longa e escorregadia, gemendo quando me afastei.

— Princesa, se a última coisa que eu provar neste mundo for essa bocetinha linda, vou morrer feliz.

— Deus.

Ela jogou a cabeça para trás e se abaixou no mesmo instante.

Absorvi seu peso delicioso com as mãos, olhando em seus olhos enquanto a separava e sugava o clitóris. Seus quadris se moveram em pequenas investidas tentadoras, seu desejo escorrendo em riachos pelo meu queixo e garganta. Absorvi o máximo que pude, bebendo-a, viciado em seu sabor.

— Estou tão perto.

Eu sabia que ela estava, podia sentir aquilo em cada linha tensa de seu corpo. Continuei fazendo exatamente o mesmo movimento, tocando seu clitóris com a ponta da língua, com medo de que, se eu mudasse, ela perderia o ritmo. Meus quadris estocavam contra o nada, o esperma se acumulando na ponta e escorrendo pelo meu comprimento. Eu estava desesperado para abaixar uma mão e me masturbar, mas me contive, pois precisava estar dentro dela quando gozasse.

Quando ela chegou ao orgasmo, sua boca se abriu em um grito silencioso e seu corpo inteiro se arqueou. Ela esticou as mãos para trás para agarrar minhas coxas, com as unhas cravadas nos músculos. Continuei mordiscando, lambendo, até que ela se inclinou para a frente e implorou para eu parar.

— *Puta merda.* — Ela repetiu o xingamento várias vezes. — Que porra foi essa?

Se eu tivesse uma resposta, não teria sido capaz de dizê-la. Seu desejo podia ter sido saciado, mas o meu era um vulcão prestes a explodir.

Com minhas mãos ásperas, eu a arrastei pelo meu corpo, beijando-a com a mesma ferocidade com que havia lambido sua boceta.

— Preciso foder você, posso? — Em vez de responder, ela me puxou de volta para a cama, tentando se virar de costas. Eu a impedi, dizendo:

— Preciso que fique por cima de novo. — Ela não me questionou, só segurou meu pau latejante entre as pernas, esfregando-o entre suas dobras em um movimento que nos fez xingar, provocando-me repetidas vezes antes de enfiar a cabeça e depois repetir tudo de novo. — Agora — ordenei, quase vesgo pelo prazer tão doloroso.

Ela balançou a cabeça e continuou a provocação.

— Já brincou de "só a pontinha", Mal? — Minha cabeça trêmula se agitou contra os lençóis. — Que bom. Você me torturou, agora é a minha vez.

Ela me tirou de dentro dela, apertando meu comprimento contra seu centro quente, e se inclinou para trás até que só a cabeça estivesse entrando e saindo. Olhei para o local onde nos uníamos, hipnotizado pela visão.

— Chega — implorei por fim. Ela continuou e eu a segurei pelas costelas, puxando seu rosto até o meu para um beijo selvagem. — Se você não me foder agora mesmo, vou gozar em cima desses peitos lindos.

Sua risada foi cortante como a lâmina de uma faca.

— Isso não é a ameaça que você acha que é.

Qualquer resposta que eu pudesse ter dado se perdeu quando ela se afundou em mim, apertando meu pau como uma luva.

— *Meu bem...* isso é tão bom.

Eu ofegava as palavras repetidas vezes, meus quadris se erguendo para alcançar os dela. O suor se acumulava em meu peito, nosso desejo compartilhado escorria para o meu colo, fazendo com que cada investida ecoasse de forma obscena. Isso me fez chegar ainda mais perto, até os sons da nossa transa me excitavam. Quando ela colocou a mão para trás para acariciar minhas bolas, meus olhos quase saíram da órbita. E quando enfim gozamos juntos, seus gemidos eram suaves e femininos, enquanto os meus eram como uivos de um lobo. Recusei-me a desviar o olhar de seu rosto uma única vez, guardando cada segundo em minha memória.

Quando voltei para debaixo das cobertas, foi automático esticar a mão para alcançá-la. Ela respondeu com o mesmo entusiasmo, aconchegando--se sob meu braço e pressionando seu corpo macio no meu. *Controle-se*, adverti meu corpo ao sentir aquelas curvas. Eu poderia transar com ela para sempre, e isso não era um exagero. Só os gemidos ofegantes dela já seriam sustento suficiente para sobreviver por semanas. Ao mesmo tempo, eu odiava a ideia de que April poderia pensar que isso era tudo o que eu queria dela, então afastei todos os pensamentos do meu pau, dolorido e um pouco duro — apesar de achar que ela conseguia senti-lo em sua coxa —, e depositei um beijo em sua testa suada.

— Então… — Ela passou a mão pelo meu peito, roçando no meu mamilo e nos pelos até o outro mamilo. — Você adora falar sacanagem, Mal. — Foi como se alguém tivesse acendido um fósforo dentro de mim. Minha pele ardia e eu queria mergulhar debaixo dos lençóis. Na hora pareceu tão certo, mas agora… *e se eu tiver exagerado?* Devo ter começado a me retrair, porque ela envolveu a perna na minha cintura. — Não é pra você ficar envergonhado. Eu gostei. — Ela se aproximou mais, com a mão afundando de forma perigosa, perto do membro duro escondido pelo lençol fino. — Eu gostei *muito.* Foi só um pouco… inesperado.

Eu a segurei pela coxa e deitei de lado, para que nossos olhares ficassem na mesma altura. Estávamos dividindo o mesmo travesseiro, seus cachos emaranhados espalhados pelo linho branco, uma imagem tirada diretamente de minhas fantasias. *Clique.* Outra lembrança para o cofre.

— Foi inesperado para mim também, foi a primeira vez que fiquei assim — admiti com certa hesitação.

— Sério? — Sua expressão, com o rosto franzido, dizia que ela não acreditava em mim.

— Sim. Posso contar minhas experiências sexuais em uma mão, e isso… isso foi diferente de todas as vezes anteriores. — A confissão parecia uma troca de poder.

Ela arregalou os olhos.

— Em uma mão? Contando o polegar?

— De tudo que acabei de falar, é nisso que você resolveu se concentrar?

Ela deu uma risada maliciosa e eu a beijei, precisando senti-la em minha boca.

— Eu só fiquei surpresa — disse ela quando me afastei. — Você é muito bom nisso… Tão bom que chega a ser injusto, na verdade.

Clique.

— Eu leio muito.

— *Hmm*, que sorte a minha. Os nerds sempre sabem fazer melhor. — Ela se recostou no meu peito, a mão mergulhando por baixo das cobertas até segurar meu pau em seu aperto sedoso. Meu gemido foi alto e grosso, a cabeça afundada no travesseiro. — Então, de quantas vezes estamos falando, para ser mais precisa? — Ela ergueu a outra mão, com todos os dedos bem abertos.

Eu sabia o que ela estava perguntando, então balancei a cabeça em resposta. Ela me acariciou uma vez, devagar, e minha boca se abriu com a sensação. Em seguida, ela abaixou o polegar e eu balancei a cabeça de novo. Outra carícia e ela baixou o indicador. Dessa vez, assenti.

Três. Três mulheres, contando com ela.

Ela continuou a me acariciar devagarinho.

— Como isso é possível?

— Não deveria... — Eu mal conseguia falar com ela massageando a ponta com o polegar. — Não é de se surpreender que um cara quase enclausurado que trabalha destilando uísque não... costume ver muita ação.

— Na verdade, surpreende sim. Skye está repleta de turistas jovens e gostosas que dariam tudo para trocar de lugar comigo.

Percebi a sinceridade de suas palavras e não pude deixar de pensar como a visão que ela tinha de mim era diferente da minha. Quando ela olhava para mim, eu me sentia capaz, confiável. Quando ela me tocava, eu me sentia desejado. As mulheres já haviam me desejado no passado e o comentário sobre as turistas não estava tão longe de ser verdade. Callum brincava, dizendo que tinha mais ação em uma temporada de verão movimentada em Skye do que em todos os anos em que morou em Edimburgo.

— Pode ser que isso faça de mim uma egoísta — acrescentou ela, aumentando a velocidade com que me masturbava. — Mas fico feliz que o número seja tão pequeno.

O número não importa, pode ser zero ou cem, só existe você agora. De alguma forma, eu me impedi de dizer isso, arrastando-a de volta para o meu corpo com uma rapidez que a fez rir.

Ela pousou as mãos em meu peito.

— Por cima de novo? — Ela parecia surpresa.

— Sim. — Cerrei os dentes, já me preparando. — Pode ser?

Ela respondeu puxando minha voraz boca até seu peito.

Por fim, dormimos, exaustos.

April ocupava dois terços da cama e se enrolou nos meus lençóis como um casulo, o que por mim tudo bem, porque eu acordava o tempo todo para arrastá-la para mais perto.

Foi a melhor noite de sono da minha vida.

26

April

"DELILAH" – AERIS ROVES

Minha vagina está quebrada. Foi a primeira coisa que pensei quando acordei.

O peso do cãozinho aos meus pés me pareceu familiar, mas todo o resto, o cheiro masculino grudado nos lençóis, o travesseiro um pouco macio demais, a queimação entre as pernas, trouxe de volta cada momento delicioso da noite anterior. Abri os olhos. O chalé do Mal estava tão quieto que eu sabia que estava sozinha. O relógio na parede marcava o tempo, Dudley e Garoto respirando em um ritmo suave. *Por que ele não me acordou?* Então me lembrei de nossa promessa de dar um ao outro o benefício da dúvida.

Antes que eu pudesse me preocupar ainda mais, ouvi um leve farfalhar de papel no travesseiro ao meu lado. Havia um bilhete sobre uma de suas camisas xadrez dobradas. Sentei-me, acariciando o pelo macio de Garoto enquanto lia os rabiscos de Mal.

Se você acordar antes de eu voltar, vá para a cozinha.
Beijo.

O beijo no final estava um pouco borrado, como se ele tivesse escrito sem pensar e tentado apagar. Eu sabia que meu sorriso beirava o desvairo quando puxei a camiseta sobre meu corpo nu e corri para a cozinha como se fosse a manhã de Natal. Três panquecas cozidas esperavam em um prato ao lado de outro bilhete que dizia:

Me esquente.

Um saco de café moído e várias tigelas estavam espalhadas sobre o balcão, cobertas com papel-alumínio. Quando abri cada uma delas, encontrei frutas picadas, nozes e um pequeno recipiente de xarope de bordo. *A que horas ele se levantou para preparar tudo aquilo?* Eu nem estava com fome, mas esquentei bem as panquecas, com lágrimas nos olhos, e depois comi cada pedaço ao lado de um vaso de margaridas que eu tinha certeza de que não estava lá na noite anterior.

Quando levei meu prato para a pia, outro bilhete me aguardava, equilibrado em cima das torneiras de cobre. *Banheiro.* Lágrimas verdadeiras se formaram quando vi as velas apagadas que ladeavam a banheira, junto com um frasco de sais de banho. Removi a tampa e senti o cheiro. Lavanda misturada com algo doce. Mal não me parecia ser do tipo que gosta de lavanda.

Entre. Pelo menos trinta minutos, dizia o bilhete no fundo vazio da banheira de pezinho. Eu ri, ouvindo a ordem entrecortada em minha mente. Na noite anterior, mesmo quando era doce e carinhoso e perdia todo o controle, havia um ar de autoridade no tom de Mal. Fiquei arrepiada só de pensar naquilo. Mal era sexy demais quando era fofinho, não tinha como negar. Mas o Mal *mandão?* Estava desesperada para brincar com esse lado também.

Mergulhei na água quente com um gemido, deixando os sais curativos acalmarem meus músculos tensos. Ele não estava ali e, mesmo assim, ainda encontrava uma maneira de cuidar de mim. Já tinha tido relacionamentos longos em que nunca encontrei um conforto desse tipo no meu parceiro. Encostei a cabeça na borda da banheira e me deixei imaginar, pela primeira vez, como seria pertencer a Malcolm Macabe, de verdade. Como seria se ele fosse meu. Todos os dias seriam assim, porque, se Mal tivesse o coração de outra pessoa, ele o trataria como tratava tudo o que era importante para ele: com atenção, propósito e a mais pura determinação. Não haveria meio-termo.

Por um breve instante, mergulhada em sua banheira, no chalé que continha os poucos bens que ele prezava, imaginei que aquela mulher poderia ser eu.

Por fim, encontrei Mal na destilaria, curvado sobre o lavador, lendo números em um pequeno mostrador. Estava abafado devido ao fermento aquecido, e seu cabelo havia grudado nas têmporas.

— Como está ficando? — perguntei. Ele se assustou, batendo a cabeça com força na tampa de madeira do lavador. — *Merda*. Me desculpa. Achei que você tivesse me ouvido.

Corri para o lado dele. Em vez de se dirigir a mim, ele se agachou, cumprimentando Garoto e depois Dudley, que lambeu as mãos dele com entusiasmo. Quando enfim aqueles olhos como nuvens de tempestade olharam para mim, eu o vi corar.

— Bom dia — tentei de novo.

Ainda agachado aos meus pés, ele limpou a garganta, os olhos percorrendo o pouco que eu vestia, ainda a camisa xadrez dele e um par de meias confortáveis que roubei da gaveta de sua cama. Em minha busca, também descobri a localização do sutiã que ele mantinha como refém e a calcinha rendada que ele havia tirado de mim na noite anterior. Eu as devolvi ao esconderijo com muita alegria.

— Dia. — Sua voz era uma carícia áspera.

Passei o polegar sobre a parte eriçada e macia acima do lábio dele.

— Espero que tenha deixado essa camiseta para mim, porque não tenho a mínima intenção de devolver.

Ele me segurou pela panturrilha, subindo a mão pela minha perna até chegar atrás do meu joelho.

— Eu gostei. Ela fica muito melhor em mim do que em você. — Senti minhas sobrancelhas se arquearem. — Quer dizer... — Ele balançou a cabeça atordoado. — Fica muito melhor em *você* do que em mim.

Não pude deixar de rir, o nervosismo dele me deixando à vontade. Segurando sua nuca com as duas mãos, eu o incentivei a ficar de joelhos. Dessa forma, sua mandíbula alcançou meus seios e eu vi o momento exato em que ambos percebemos. Suas bochechas ainda estavam em chamas, mas ele lambeu os lábios.

— Eu estava pensando — minha voz tremeu um pouco com algo que *não* era nervosismo, imagina — que poderia fazer um jantar pra você hoje à noite, para agradecer pelo café da manhã.

— Você não precisa me agradecer pelo café da manhã.

Apertei a cabeça dele com mais força, e disse em um tom exasperado:

— Estou tentando convidar você para um encontro, Mal!

Ele se deu conta, arregalando os olhos.

— Ah... *sim!* — Seu aceno de cabeça foi uma imitação perfeita de um boneco cabeçudo. — Sim, eu adoraria.

— Que bom. — Eu ri de novo, algo que estava fazendo com frequência, e o abracei pelos ombros para beijá-lo. Era para ser um beijo rápido. Em vez disso, o beijo se transformou rapidamente em uma espiral até que ele se sentou sobre os calcanhares e eu fiquei em seu colo, me esfregando na frente de sua calça. Ele subiu a mão pela camisa, rosnando em minha boca ao perceber que eu estava nua por baixo dela, antes de segurar minha bunda e me puxar com força contra si. Tudo aquilo era obsceno e ridículo, considerando que havíamos feito sexo três vezes havia apenas algumas horas e minha vagina parecia ter passado por um ralador de queijo. Mas eu estava muito molhada e gemendo. E, se ele quisesse me foder ali mesmo, no chão de cimento, eu estaria de acordo, com certeza.

— Mal?

Nós dois reconhecemos a voz e comecei a me afastar no mesmo instante. Mas Mal... ele me beijou com mais intensidade, dobrando meu corpo para trás até que eu me arqueasse sobre seu colo. Estava fazendo aquilo de propósito, querendo que Callum nos visse. A ideia deveria ter me irritado, mas só me excitou ainda mais. Meu gemido encheu sua boca, as unhas cravadas em seu pescoço. Ele se afastou apenas o suficiente para dizer, a voz rouca:

— Estou entregue a você, será que você já se deu conta?

— Irmão, você... opa...

Com os olhos fixos em mim o tempo todo, Mal me deu outro beijo lento de boca aberta, depois se levantou, erguendo-me com ele. Eu queria gritar que Callum fosse embora para que Mal pudesse terminar o que estava dizendo. *Entregue a mim? Isso queria dizer...*

— Bom dia — disse Callum. E, quando o olhei de relance, vi que estava com os braços cruzados, com um sorriso afetado dirigido ao irmão. — Se bem que parece que o dia de alguns está bem melhor. — Dei uma risadinha e os olhos brilhantes de Callum pousaram em mim, enquanto ele fazia um muxoxo. — April, você está toda despenteada... com certeza não estava assim quando te deixei.

O rosnado de Mal foi tão cruel que Garoto soltou um gemido baixo. Então ele me colocou atrás dele, bloqueando minhas pernas nuas da visão de Callum. A camiseta emprestada me cobria do pulso até o meio da coxa, oferecendo muito mais cobertura do que as roupas que eu costumava usar. Mas não parecia ser o momento certo para ressaltar o fato.

Callum levantou as mãos em sinal de apaziguamento, recuando antes que Mal pudesse dizer uma palavra.

— Só vim buscar minhas caixas de som, volto mais tarde. Já entendi que cheguei num momento... *agitado.* — Ele riu da própria piada e eu tive de morder o lábio para não rir também.

— Muito engraçado... Cai fora — rosnou Mal em resposta.

— Já fui. — Quando a porta se fechou atrás dele, um silêncio estranho se instalou.

Mal se virou para mim, segurando minhas mãos e esfregando os polegares sobre os nós dos dedos.

— Você ainda quer que eu vá ao jantar?

A pergunta me surpreendeu.

— *Claro que sim.*

Ele pareceu aliviado, e o polegar foi para a gola da minha camisa, se arrastando pela linha de botões.

— Posso levar alguma coisa?

— Só você.

Ele pareceu confuso de novo e hesitou, pronto para dizer mais, mas no último momento me puxou contra si para depositar um beijo doce em meu rosto. Senti meu coração apertado, assustado com a profundidade dos meus sentimentos por ele. Se Mal fosse qualquer outra pessoa, eu diria que minha visão estava distorcida por causa de todo o sexo, mas sabia que era mais do que isso. Esse homem estava com a língua dentro de mim havia menos de dez horas, e tive que me conter para não arrancar minhas roupas e me esparramar na estação de trabalho dele como uma oferenda. Ninguém *nunca* tinha me deixado tão excitada antes.

Fiquei na ponta dos pés e dei um beijo no queixo eriçado dele e depois na orelha, sussurrando:

— E para a sobremesa… eu estava pensando em colocar uma camisola minúscula de seda. Tenho uma em mente, é perfeita.

Ele engoliu em seco, os dedos cravados na minha cintura.

— Não quero você em seda. Coloque um daqueles pijaminhas, você sabe quais. Não consigo parar de pensar neles.

Esse homem.

— Acho que posso fazer isso — respondi e, antes que pudesse ceder à vontade de beijá-lo de novo, me afastei, peguei Dudley no colo e saí, forçando-me a não olhar para trás.

Eu tinha acabado de colocar duas taças de vinho na mesa de jantar quando o rosto de Heather surgiu na porta da cozinha, com um sorriso brilhante junto de um aceno através do vidro.

— Está um calor dos diabos lá fora. — Ela atravessou a porta assim que a abri, indo direto para a geladeira antes de registrar o molho do macarrão cozinhando lentamente no fogão. — Ah, vim numa hora inconveniente?

— Não, de jeito nenhum.

Deixando a geladeira para lá, ela foi até a mesa de jantar que quase não era usada, passando o dedo sobre os vários talheres dispostos sobre a toalha de mesa favorita da minha avó, ainda dura por causa do amido. Talvez eu tivesse exagerado um pouco.

— O que é tudo isso?

Eu me remexi, as mãos apertadas atrás das costas.

— Eu, hm, eu tenho um encontro. Ao menos acho que é um encontro.

Ela franziu a testa, analisando de novo a comida sendo preparada.

— Com o Callum?

— Não. — Pela primeira vez, considerei o fato de que minha amiga poderia ter problemas com isso. No início, ela tinha me empurrado para o Mal, mas a piada que fez sobre o Callum na degustação pode tê-la feito pensar que eu estava jogando um irmão contra o outro. — É o Malcolm.

— Malcolm? Meu *irmão* Malcolm?

— Sim. — Meu tom não poderia ser mais hesitante.

— Isso! — Heather bateu palmas rápido, o que me fez pular de susto. — Eu sabia! Eu sabia, caramba!

— Sabia o quê?

— Você e o Mal! Você sempre teve uma queda por ele, era tão óbvio. Meu irmão pode ser mais difícil de ler, mas eu adivinhei logo… O jeito que ele olha pra você quando acha que ninguém está vendo!

Minhas mãos pararam no arranjo de flores de peônia rosa.

— Como ele olha para mim?

— Como se… você fosse uma *revelação*. — Engoli em seco. — Como se fosse um quebra-cabeças que ele não tem ideia de como resolver, mas quer tentar mesmo assim.

Eu não sabia o que dizer.

— Não sou tão complicada assim — sussurrei por fim, levando o vaso para a mesa.

— Não — concordou ela com um sorriso triste. — Mas para Mal você é. Meu irmão é o melhor homem que conheço. Não conte para o Callum nem para o Alastair, mas essa é a verdade. Mal é inteligente, gentil e leal. Ele dá sem receber. Tem um coração enorme, mas, para além da família e do Kier, nunca o entregou para ninguém porque, no fundo, acho que tem medo de não ser aceito, como se não merecesse ser feliz. — A voz de Heather embargou, e ela enxugou as lágrimas do rosto. Fui até ela, querendo chorar também porque tudo o que ela disse era verdade. Eu a abracei e ela retribuiu o abraço. — O que estou tentando dizer é… Por favor, não o machuque.

— Eu nunca o machucaria. *Jamais.* — Balancei a cabeça com veemência. — Sei que você suspeitava que eu tivesse algum interesse no Callum, mas não tinha nada ali. Nem da minha parte nem da dele.

Ela se afastou, acenando com a mão.

— Ah, eu sei disso. Callum não se sente nem um pouco atraído por você.

— Hm… *ai?*

Eu sabia que havia dito primeiro, mas o fato de Heather ter confirmado de forma tão direta ainda feriu um pouco meu orgulho.

— Não foi isso que eu quis dizer! A gente estava conspirando há semanas pra fazer você e o Mal ficarem juntos.

— Como é? — Olhei boquiaberta para ela. Eu havia adivinhado que, naquela manhã, Callum estava tentando deixar Mal com ciúme de propósito, mas Heather também? — Está falando sério?

— Sim, estou. Agora… — Ela bateu palmas como um sargento. — Tudo precisa estar perfeito. É isso que você vai vestir?

Nós duas olhamos para o short largo e a regata que eu estava usando.

— Qual o problema com isso?

— Mal não vai se importar, mas está um pouco desleixado.

Eu ri. *Onde diabo minha amiga gentil tinha ido parar?*

— Amiga, por favor, não vire casamenteira, isso está subindo pra sua cabeça.

— Pode me chamar de Cilla Black. — Em seguida, ela começou uma interpretação horrível de "Surprise, Surprise".

— Você está pensando em *Blind Date* — comentei.

Ela me lançou um olhar fulminante.

— Não temos tempo a perder. Vai se trocar e eu cuido dessa confusão aqui.

— Sim, senhor capitão.

— Ele prefere branco ou tinto?

Segurei as duas garrafas de vinho que havia comprado na loja do vilarejo. A seleção era bem limitada.

Heather acenou com a cabeça para o tinto.

— É a única bebida alcoólica que ele toma além do uísque.

Guardei essa informação.

— Você acha que eu deveria ter pegado um pouco de uísque no bar? — Mordi o lábio, imaginando se teria tempo de ir até lá.

Ela me lançou um sorriso implicante por cima do molho que havia terminado.

— Você está nervosa.

— Não estou nervosa. — Suspirei, agarrando-me à parte de trás do banco do café da manhã. — *Certo,* estou nervosa sim. Nunca namorei de verdade. Conheci todos os meus ex-namorados por causa do trabalho e o relacionamento meio que começou. E o Mal… é…

Especial. Eu não podia dizer em voz alta.

Ela sorriu de novo e pegou o vinho da minha mão, serviu uma boa taça e a empurrou de volta para mim. Engoli metade dela, mal sentindo o gosto, e depois ajeitei a barra da saia. Estava uma noite quente, então vesti uma saia de seda verde-jade na altura da panturrilha que marcava os meus quadris e uma regata branca com gola alta e alças largas que deixavam o umbigo à mostra. Era uma roupa de verão e divertida, mas não muito sexy.

A noite anterior fora tão surreal que eu queria repeti-la, mas também queria que Mal se sentisse confortável, apesar de como havíamos começado. As palavras de Heather surgiram em minha mente de novo.

Como ele olha para mim?

Como se… você fosse uma revelação.

Isso me fez querer me enrolar no peito dele como um gato e nunca mais sair. Era uma loucura ter pensamentos como aquele depois de apenas uma noite juntos.

Deve ser por causa dos cinco orgasmos, sem contar o que aconteceu no depósito. Minha mente afastou o pensamento no mesmo instante. Não eram os orgasmos — era Mal. Eu adorava o fato de ele ter me ensinado a fazer as coisas por mim mesma, em vez de assumir o controle e fazer por mim, porque sabia que eu era capaz. A maneira como ele me olhava e via tudo, até mesmo as partes que eu me esforçava tanto para esconder. Até passei a gostar da forma como ele resmungava quando eu dizia algo ridículo. *Merda.*

— O macarrão só precisa de mais alguns minutos. — A voz de Heather me tirou do meu torpor.

— Obrigada, você salvou minha vida.

Dei a volta na bancada para assumir o controle, mas a campainha tocou. A porta da frente. Nós duas nos olhamos.

— Não pode ser o Mal, ele teria usado a dos fundos — ressaltou ela.

Certo.

— Volto em um segundo.

Cortei o corredor até o saguão, ajeitando o comprimento do meu cabelo atrás das orelhas. Quem quer que fosse, esperava poder me livrar depressa. Levei um segundo para abrir a fechadura, rígida devido ao desuso, e, quando enfim a puxei de volta, congelei. Mal. Ele tinha aparado a barba até ficar com uma fina camada, o cabelo escovado e penteado para longe do rosto. Amassando os caules das flores que trazia ao segurá-las com força.

Ele percebeu minha surpresa e deu um passo para trás.

— Cheguei cedo.

Tive que tirar minha língua do céu da boca.

— Não precisava bater na porta.

— Eu não queria ir entrando… — Ele se interrompeu, os olhos se arrastando pelo meu corpo e subindo de novo. Sua respiração saiu como uma nuvem de fumaça. — Você está tão bonita — comentou, amassando ainda mais as flores.

— Você também.

Ele estava mesmo. Usava uma camisa branca perfeitamente passada, aberta no colarinho e enfiada em uma calça preta que mostrava sua cintura fina. Se o meu elogio foi registrado, ele não deu sinal. Empurrei a porta e ele demorou um pouco para se mover, seguindo-me até a cozinha sem dizer uma palavra, Garoto o seguindo como sempre.

Mal congelou na porta quando viu a irmã.

— Não se preocupe comigo, irmão, eu já estava de saída.

— Heather ficou de olho na comida para que eu pudesse me trocar — expliquei.

Ele não falou nada, mas vi suas bochechas ficarem rosadas quando seus olhos encontraram os dela. Virei-me para Heather, mas ela tinha tomado o cuidado de não demonstrar nada em sua expressão. Quando tossi, ela levantou as mãos.

— Certo, certo. Vou cair fora.

Apertei a mão dela quando ela passou.

— Obrigada pela ajuda.

— Sempre às ordens. — Colocando a bolsa sobre o ombro, ela se afastou. — Divirtam-se, crianças, deixei algumas camisinhas no balcão…

— Tchau, Heather! — Malcolm foi mais rápido do que eu, o rosto prestes a explodir quando a porta se fechou.

— Desculpa…

— Desculpa, isso foi…

Falamos um por cima do outro e depois ficamos em silêncio.

Inclinei a cabeça para trás, olhando para seu belo rosto.

— Desculpa por isso, o plano era me livrar dela antes de você chegar. Prometo que não disse uma palavra sobre a noite passada.

— Eu… não me incomodaria se você dissesse.

— *Ah.*

Ele não se importava que soubessem sobre nós. Saber disso fez algo palpitar em meu peito.

— Desculpa pelos meus irmãos terem o hábito irritante de aparecer no momento errado. Não somos tão próximos assim, eu juro.

Eu ri.

— Na verdade, gosto de como vocês são próximos, sempre quis ter um irmão quando era criança. — O cronômetro do forno tocou e eu dei a volta na bancada correndo, para desligar antes que a comida queimasse. — Desculpe… só um segundo. Fiz macarrão, espero que não tenha problema. Sei que é meio que uma opção segura, mas me esqueci de perguntar do que você gostava.

— Está perfeito.

Fiz uma pausa no que estava fazendo para olhar para ele e nós dois sorrimos. Era tão fofo que chegava a ser doentio, mas como me sentia feliz nem me importei.

Apontei para a mesa com a cabeça, colocando o macarrão nos pratos.

— Pode sentar, por favor. Abri uma garrafa de vinho tinto, mas tenho água ou suco, se preferir.

Ele olhou primeiro para a mesa, vendo o vaso de peônias que eu havia colocado antes, e depois para a própria mão, parecendo se lembrar das flores meio murchas que segurava. Seus ombros caíram e ele se virou de volta para mim.

— Me desculpe por fazer essa confusão.

Deixei o jantar de lado, fui até ele e tirei as flores de suas mãos antes que ele pudesse amassá-las ainda mais. Eram as mesmas margaridas brancas do chalé naquela manhã. Pelo corte das hastes, percebi que tinham sido colhidas à mão.

— Elas são lindas — comentei.

Certa vez, um ex-namorado me enviou uma parede de rosas cor-de-rosa, uma parede inteira de um metro e oitenta. Na verdade, foi o *assistente* que as enviou para mim. Matt ligou no dia seguinte para me informar o quanto aquilo tinha sido caro. Eu sempre preferiria receber essas margaridas amassadas a uma parede de rosas.

— Prometi que iria com calma esta noite — foi o único aviso que dei antes de ficar na ponta dos pés e encostar minha boca na dele.

Ele me segurou pelos ombros como se aquele fosse o único propósito de suas mãos no mundo, e então seus lábios se abriram sob os meus. O beijo perfeito do primeiro encontro. Começou doce, sem língua. E então sua mão envolveu meu pescoço, o polegar puxando meu queixo para cima, e o beijo se aprofundou. *Ah*, como se aprofundou. Ele bebia dos meus lábios como se tivessem se passado semanas, não horas, apoiando-me na bancada e me levantando quando o cronômetro tocou de novo. Eu ri, recuando. Ele parecia bêbado.

— Acho que teria sido melhor ir num restaurante — brinquei.

— Talvez. — Ele me soltou por tempo suficiente para colocar as flores em uma jarra. Terminei de servir o macarrão, acrescentando o molho de tomate, enquanto ele servia o vinho, parando sobre minha taça e esperando que eu assentisse com a cabeça antes de completá-la. — O cheiro está incrível — comentou quando coloquei o prato diante dele.

— Elsie me ensinou a cozinhar. Isso ajudou a mantê-la por perto quando me mudei, ainda mais depois que ela morreu.

Ele assentiu, girando o macarrão no garfo.

— Eu me lembro. Ela sempre fazia bolo de chocolate com cereja aos sábados e levava para a destilaria. O melhor dia da semana.

— Eu tinha me esquecido disso! Vou ter que procurar nos antigos livros de receitas, tenho certeza de que está em algum lugar.

Ele gemeu ao comer, o que eu presumi ter sido por causa da ideia do bolo da minha avó e não do macarrão.

— Não conte para Jess. Elsie fez esse bolo uma vez, num bazar de Páscoa. O pessoal gostou tanto que Jess passou uma semana sem falar com todo mundo que comprou.

Balancei a cabeça, rindo com a boca cheia.

— Como eu pude me esquecer da rivalidade delas?

Ele sorriu, apoiando o garfo para pegar o vinho.

— Não faço ideia, era lendária. Em todas as feiras de Natal, elas tentavam fazer um bolo melhor que a outra, e o nascimento do menino Jesus era praticamente esquecido diante do concurso de bolos da vila. A loja da esquina costumava encomendar mais chocolate só para aquelas duas.

Meu sorriso era enorme.

— Senti falta disso. Londres pode ser tão agitada às vezes que faz você esquecer as pequenas coisas.

Seus olhos encontraram os meus e depois desviaram.

— Você gosta de Londres?

Dei de ombros.

— Grande parte do tempo. Gosto do fato de poder receber um pote de sorvete de chocolate com brownie na minha porta às três da manhã e ouvir vinte idiomas diferentes em uma única viagem de metrô. — Mexi minha comida, sentindo a atenção dele em mim. — Não gosto do fato de não poder ver as estrelas da minha janela ou ouvir o mar enquanto durmo. Não gosto do fato de conhecer tão pouco as pessoas que chamo de amigos. — Senti um aperto na garganta ao pensar como aquilo era verdadeiro. Eu havia falado poucas vezes com Sydney nas semanas em que estivera ali. Será que mais alguém havia notado minha ausência? Eu não tinha me dado conta do quanto estava sozinha até ir para a ilha. — E você? Nunca quis ir para outro lugar?

Ele nem sequer pensou a respeito.

— Nunca.

— Sinto inveja disso. Se eu pudesse desejar alguma coisa, seria me sentir satisfeita. — Eu sabia que estava revelando demais, mas não conseguia parar. — Sempre tenho essa vozinha na minha cabeça sussurrando que preciso fazer mais, alcançar mais, e, se eu conseguir, então terei sido bem-sucedida.

Ele mastigou devagar e engoliu.

— Você não acha que é bem-sucedida?

— Em alguns dias sim, em outros não. — Tive uma fração de segundo para decidir o quanto eu queria ser sincera. No fim das contas, decidi que queria contar toda a verdade. — Às vezes parece que estou sempre fazendo um papel, uma atriz que nunca ouve a palavra *corta*. Então, continuo tentando dizer e fazer a coisa certa, e a cena continua rolando. — Ele ficou tão quieto que estremeci. — Não estou fazendo nenhum sentido…

— Está sim. — Ele continuou quieto, a boca ligeiramente entreaberta, como se estivesse me vendo pela primeira vez. — Acho que todo mundo tem aquela voz que diz que não é suficiente. Algumas pessoas a ouvem mais alto do que outras. *Você* é um sucesso, seja lá o que isso signifique. — Ele esticou a mão por cima da mesa para pegar a minha. — Kier assistia àquele show de dança toda semana com lágrimas nos olhos. Não tinha um único instante em que ele não sentisse orgulho de você. — Quando Mal parou de falar, sua voz estava grossa.

Eu me lembrei de como ele ficou nervoso quando se aproximou de mim na degustação de uísque. Da cabeça dele no meio das minhas coxas, resmungando que queria que eu o ensinasse a dançar.

Peguei meu copo, girando o conteúdo.

— Você achou que eu era superficial — afirmei.

Ele suspirou.

— Não achei. *Achei* que você estava usando isso como uma desculpa para não voltar para casa. Agora que sei que Kier nem ao menos tinha contado que estava doente, entendi melhor.

As palavras dele foram como um soco na minha barriga, tornando o gosto da comida mais amargo. Eu precisava contar a verdade da dívida de Kier e da destilaria. Então, pensei na única foto que ele tinha na prateleira do chalé. Os dois na destilaria, o braço de Kier em volta do ombro dele. Eu não poderia fazer aquilo, não poderia manchar o que eles tinham. Não quando os negócios estavam, enfim, começando a decolar. Eu tinha dado uma olhada nos números da noite passada e eles eram promissores. Se eu conseguisse nos tirar dessa confusão, Mal nunca precisaria saber.

Quando nossos pratos estavam vazios, ele se levantou para tirar a mesa.

— Você é meu convidado, lembra — reclamei, levantando-me também.

— Fique sentada, princesa. — Ele completou minha bebida, fazendo carinho na minha nuca enquanto passava por mim. — Você cozinhou, eu limpo.

Recostada em minha cadeira, tomei um gole de vinho, apreciando a visão dele na cozinha, arregaçando as mangas da camisa até os cotovelos. Os músculos dos antebraços se flexionando e se soltando enquanto ele enxaguava os pratos e os colocava no escorredor. Ele era o homem mais gostoso que eu já havia visto, não havia dúvida. Minha barriga se contraiu, a promessa que eu havia feito naquela manhã de ir com calma se infiltrando em minha mente. Mas não fazia nem uma hora que ele tinha me encostado na bancada da cozinha e roçado sua ereção em mim, então essa promessa já tinha se tornado irrelevante. Minhas pernas tremeram quando me levantei.

— Acho que vou me trocar e colocar algo mais confortável antes da sobremesa.

Ele me olhou de novo, como se estivesse triste por ver a saia ir embora.

— Mais vinho?

— Só um pouco, por favor. — Eu já tinha tomado duas taças.

Subi correndo as escadas, tirando o pijama da gaveta de cima com as duas mãos, aquele que ele pediu e que lavei para a ocasião. Escovei o cabelo e apliquei um pouco de perfume. Em seguida, desci correndo, a excitação percorrendo meu corpo.

Ele estava de costas para mim, curvado sobre a geladeira, guardando as sobras. Deve ter ouvido meus passos porque perguntou:

— O que você tinha em mente para a sobremesa?

— Eu — respondi com uma voz que não era a minha. Todo o corpo dele travou, como se eu tivesse apertado o botão de pausa em toda a sala, seguido do de velocidade dobrada, porque ele girou tão rápido que os potes bateram na porta da geladeira. Ele me comeu com os olhos. *Puta merda.* — Era isso que você queria?

Ele assentiu, sacudindo-se de seu estupor e dizendo, com a voz entrecortada:

— Vem cá.

Eu me movi, obediente. Quando me aproximei o bastante, ele passou o dedo indicador trêmulo por baixo da alça larga, mal roçando minha pele até chegar ao pequeno aglomerado de sardas.

— Como você pode ser de verdade? Passei o dia inteiro me convencendo de que a noite passada foi algum tipo de experiência extracorporal causada pela tensão.

— Você está tenso?

— Sim… Não. — Ele se aproximou mais, as pontas dos sapatos roçando nos meus pés descalços. — Nunca me senti tão à vontade em toda a minha vida e, ao mesmo tempo, seria bom pedir para um médico verificar minha pressão arterial.

Minha risada foi de puro deleite.

— Acho que um dos monitores antigos de Kier ainda está por aí, se você quiser fazer uma leitura. Não quero que me abandone assim, meu velho.

Ele ignorou minha provocação, abaixando a cabeça para passar o nariz pela base do meu pescoço. Eu estava começando a revirar os olhos de prazer quando o detive, uma mão em seu peito. Ele me soltou no mesmo instante.

— Eu estava pensando em algo que você disse ontem à noite.

— Ontem à noite? — Sua mandíbula se contraiu. — Se eu disse alguma coisa… Se fui longe demais…

— Você não foi. — Enrosquei meus braços nos dele, unindo nossos corpos. — Quero que ultrapasse cada um dos meus limites, Mal, só para ver até onde eles vão. — Suas mãos se apertaram contra meus quadris. — Mas primeiro… — Eu me afastei e peguei meu celular no balcão da cozinha, já conectado ao alto-falante, e apertei o play na música lenta que eu havia escolhido só para isso. — Você disse que queria dançar comigo.

Demorei um pouco para voltar para ele, permitindo que decidisse como seria a partir dali. Ele acompanhou cada passo meu, hipnotizado pelo balanço dos meus quadris enquanto eu entrava no ritmo da batida sensual. Ele recuou um pouco.

— Eu nunca dancei antes... Não sei dançar.

— Sim, você sabe. — Estendi minhas mãos e ele as segurou como se fossem um bote salva-vidas. — Não há regras na hora de dançar, é só fazer o que parece certo.

Ele deixou que eu o arrastasse para o tapete diante da lareira, com a expressão de um homem pronto para andar na prancha. Eu queria rir e chorar ao mesmo tempo. Como ninguém havia implorado antes para dançar com esse homem maravilhoso?

Ele se manteve imóvel enquanto eu começava a balançar. Com as mãos apertadas nas minhas, eu as movia no ritmo dos meus quadris, devagar e com firmeza, até que ele começou a se soltar, observando meu corpo, extasiado com cada movimento. A música ganhou velocidade, uma voz masculina cantando nos alto-falantes sobre seu amor, Delilah, e Mal começou a se mover comigo. Ele sacudia, todo esquisito, se movendo de um pé para o outro. Isso era surpreendente, considerando como seus quadris se moveram com suavidade contra os meus ontem. Esse homem *sabia* se mover. Dei um sorriso largo enquanto ele contava baixinho, tão nervoso que tropeçava nos próprios pés. A expressão tensa. As sobrancelhas eram dois riscos intensos na testa. Para outros, ele poderia parecer irritado. Eu agora sabia reconhecer que essa era a expressão dele quando sentia algo com muita intensidade.

O refrão voltou a tocar e eu girei no círculo de seus braços, ficando de costas para ele e pressionando minha bunda em seu corpo. Uma mão foi parar na minha cintura, me agarrando com força, enquanto a outra apertava minha barriga. Seus lábios foram para o meu pescoço e eu os senti se curvarem em um sorriso discreto. A música terminou e recomeçou. Continuamos dançando, com nossos corpos pressionados com tanta força que não havia um pedaço de minha pele em que eu não pudesse senti-lo. Na terceira vez que a música tocou, olhei para ele por cima do ombro. Nós dois respirávamos pesado e com certeza tinha algo bem duro pressionado em minha lombar.

— Pode me explicar de novo por que você disse que não sabe dançar?

Minha pergunta ficou sem resposta, pois ele estava muito ocupado me girando e me apoiando contra a mesa de jantar. Levantando-me sobre a superfície, ele pegou minha taça de vinho esquecida e a levou aos meus lábios para que eu tomasse antes de dar um longo gole. O vermelho ainda manchava seus lábios quando sua boca desceu até meu peito, sugando meu mamilo pontudo através do tecido. Arfei, me apoiando nos cotovelos.

— Posso? — sussurrou ele. Acho que eu disse sim. Se não, a forma como minhas pernas se apertaram em volta do corpo dele foi resposta suficiente. Seus lábios se moveram para meu outro seio, deixando uma mancha vermelha. — Quer saber o que eu fiz naquela noite? O dia em que cheguei em casa e vi você com esse shortinho? O dia em que quase fodi você no balcão da cozinha?

Gemi. Eu sabia o que eu tinha feito naquela noite.

— *Sim.*

Ele puxou minha blusa com os dentes.

— Bati uma enquanto segurava aquele pedaço de renda que você chama de sutiã com a outra mão.

— Por favor, Mal — gemi, mas ele continuou com suas lambidas preguiçosas, demorando-se em cada mamilo tempo o bastante para me fazer perder a cabeça e depois mudando para o outro. Eu nem sabia pelo que estava implorando. Qualquer coisa. *Mais.* — Eu preciso de você, Mal.

Minha súplica deve ter despertado algo nele porque, em um piscar de olhos, ele me jogou por cima do ombro, dando-me uma visão perfeita daquela bunda firme enquanto meu cabelo pendia, longo e solto, em suas costas. Caminhando em direção às escadas, ele me segurou com a mão na minha bunda, apertando e acariciando enquanto avançava.

— Mais rápido, Mal.

— *Meu Deus*, mulher.

Ele subiu as escadas dois degraus de cada vez, fazendo um tumulto tão grande enquanto me equilibrava no ombro que os cães correram atrás de nós. Ele cruzou a soleira do meu quarto, fechou a porta com um chute e me deixou de pé, minhas costas batendo contra a parede.

Não tive tempo de me sentir atordoada, porque seus lábios estavam de volta nos meus, o mundo manchado nas bordas enquanto ele me segurava com firmeza.

— Tudo bem assim? — Ele se afastou por tempo o bastante para perguntar.

— Sim.

Ele olhou para mim como se eu fosse frágil, um tesouro, mas não me tocou dessa forma. Ele me beijou com mais força, apertando qualquer lugar que suas mãos pudessem alcançar. Seus dedos agarraram meu short, puxando a bainha sobre as curvas dos meus quadris até que eu temi que pudesse rasgar. Eu choraminguei, agarrada a ele, sentindo um desejo quente no ventre. Na cozinha, eu havia pedido que ultrapassasse meus limites, e ele me ouviu. Quando disse que estava tudo bem, ele acreditou em mim sem questionar, confiando que eu conhecia minha própria mente.

Seu comprimento grosso pressionou minha barriga.

— Está vendo como estou duro, princesa? Estou assim desde que você voltou à minha vida com esse short minúsculo que você tanto gosta.

Minha risada era ofegante.

— Estou começando a achar que *você* adora meu short.

— Claro que gosto. — O aperto de suas mãos se tornou possessivo. — Deviam ser escritos sonetos falando da sua bunda nesse short.

Um gritinho discreto escapou de mim.

— Preciso de você, Mal.

Ele nos levou até a cama, me virando e empurrando até que eu apoiasse os cotovelos no colchão, de quatro. Fiquei naquela posição sem questionar e ele apalpou minha bunda de novo, apertando e erguendo ela enquanto o fazia.

— Mãos espalmadas. Fique assim.

Eu obedeci, tão excitada que mal conseguia respirar. Então, ele puxou meu short para baixo, deixando-o cair em meus tornozelos. O luar entrava pela janela e eu sabia que ele podia ver tudo. Normalmente, eu me sentiria vulnerável em tal posição, mas me arqueei ainda mais e ele gemeu em agradecimento. Mal passou a mão pela minha coluna, o dedo descendo pela minha bunda e depois pela dobra abaixo das nádegas até, por fim, chegar entre as minhas pernas. Ele fez uma leve carícia no meu clitóris e depois tirou a mão, me deixando ali, gemendo, perseguindo aquela sensação com os quadris. Em seguida, ele puxou minha blusa para cima, deixando o tecido alto o bastante para que meus seios ficassem livres.

— Sim?

— Sim.

Suas coxas cobertas de tecido roçaram em mim e eu empurrei para trás, desesperada por qualquer sensação.

Ele apertou meus quadris.

— Trinta e três dias.

— O quê?

— Faz trinta e três dias que você voltou a esta ilha. Trinta e três dias que passei imaginando você curvada num barril de uísque, com esse short minúsculo nos tornozelos. Você gostou de me atormentar? — Quando não respondi rápido o suficiente, ele roçou o corpo no meu. — Responda.

— *Sim* — ofeguei. — Sim, eu gostei.

Ele deu um grunhido de satisfação e sua mão mergulhou entre minhas pernas de novo, me acariciando com um dedo.

— Acha que eu deveria atormentar você em troca?

Apoiei a cabeça no colchão, abafando meus gemidos.

— *Sim, sim, sim* — repeti sem parar. Era a única palavra existente no meu vocabulário.

— Me diga se for demais. — Ele não esperou por mais confirmações, mantendo-me curvada sobre a cama e abaixando-se.

O primeiro toque em meu tornozelo me surpreendeu. A parte de mim que já havia estado com muitos amantes egoístas esperava que Mal fosse direto ao ponto. Mas, quando ele disse que planejava me atormentar, estava falando sério. Ele subiu pela minha perna primeiro com a língua e as pontas dos dedos ásperos. Não passou da panturrilha antes de repetir o processo na outra perna. Foi só quando me fez gritar e me contorcer que ele subiu mais. Não havia um centímetro da minha pele que seus dedos não tocassem. Meus dedos, a dobra do cotovelo, a parte sensível da pele atrás da minha orelha. Ele lambeu a base da minha coluna e prendeu a carne macia do meu quadril entre os dentes. Ele me tocou até minhas pernas tremerem e meus joelhos enfraquecerem. Quando os joelhos enfim cederam, ele me segurou pela cintura e ficou de pé, segurando-me com uma mão enquanto abria o zíper de sua braguilha com a outra.

— Agora, Mal. — Talvez eu estivesse chorando. — O mais forte que você puder.

Senti a cabeça do pau dele roçar na minha entrada, só a pontinha fazendo pressão, me provocando como eu o havia provocado na noite anterior. Ele aprendia muito rápido.

— Minha princesa quer ser fodida com força?

Puta merda.

Puta merda.

Confirmei com a cabeça freneticamente contra os lençóis. E então ele estava dentro de mim, estocando com tanta força que não tive tempo de me preparar. Ele continuou me fodendo enquanto eu tentava me segurar, arrancando as cobertas da cama e empurrando para trás, tomando com a mesma força que ele dava.

— Você adora falar, meu bem, então vamos ouvir — rosnou ele, e eu gemi mais alto, ofegando o nome dele sem parar. Implorando que me fodesse com força, que me fizesse *dele*.

— Estou tão perto, Mal. Tão p-perto.

— Que bom. Pare de se mexer. Quando você gozar, quero que seja mérito meu. — Ele demonstrou o que disse agarrando minha cintura com tanta força que eu não conseguiria me mexer nem se quisesse. — É isso, *porra,* meu bem… assim.

Meu bem.

Eu amava quando ele me chamava de princesa, mas *adorava* quando ele me chamava de meu bem, porque eu só era "meu bem" quando ele estava dentro de mim.

Ele estocou cada vez mais rápido, nossa pele se chocando com força. Presa por sua mão, a pressão aumentava ainda mais, chegando ao limite que meu corpo exigia, mas não queria. Eu precisava que aquilo durasse para sempre.

— Abre mais as pernas — grunhiu ele. — Quero ver bem enquanto te fodo.

— *Jesus…* Mal!

Assim que obedeci, seus dedos estavam lá. Bastaram dois toques suaves em meu clitóris e eu me entreguei. Foi mais do que gozar, eu *me desfiz*. Gritando e estremecendo. As costas arqueadas. Os joelhos dobrados. O gemido de Mal ao gozar foi rouco e tão másculo. Seu corpo inteiro se sacudiu, os braços envolvendo minha cintura e erguendo o meu corpo todo, até a ponta dos pés, e rente ao seu peito enquanto ele me penetrava sem parar, tentando prolongar nosso prazer o máximo possível.

— Puta merda, o que acabou de acontecer?

Dei meia risada. Parecendo incapaz de falar, ele me abraçou com mais força, com o nariz enterrado bem fundo em meus cachos emaranhados. O que pareceu uma vida inteira depois, ele se afastou e nos virou, sentando-se na cama para puxar meu corpo para seu colo. A calça dele estava em volta dos tornozelos, a camisa ainda abotoada. Dedilhei o colarinho, sorrindo preguiçosa.

Ele tocou minha bochecha, inclinando minha cabeça para trás para me olhar nos olhos.

— Exagerei?

— Não poderia ter sido mais perfeito — assegurei a ele, e um sorriso dividiu seu rosto ao meio.

Em seguida, Mal me beijou com doçura, a mão apoiada na minha boca.

— April, eu quero namorar você. — As palavras vieram com tanta pressa que demorou um momento para que eu as registrasse. Ele engoliu em seco, se mexendo embaixo de mim, exposto e vulnerável. — O que eu quero dizer é que… eu gostaria de continuar passando tempo com você, enquanto estiver aqui. O máximo que você permitir.

Toquei um dos botões da camisa dele com o polegar, logo abaixo da pele dourada de sua garganta.

— Você quer ser meu namorado?

Uma ruga surgiu entre as sobrancelhas dele. Parecia que estava tentando traduzir um idioma que nunca tinha ouvido antes. E então, tão devagar que alguém menos atento a todos os movimentos dele poderia deixar passar, Mal assentiu. Eu me senti mais tímida do que nunca quando respondi.

— Eu adoraria isso.

27

Mal

"PERFECT PLACES" – LORDE

Esperando encontrar April enrolada e aconchegada sob os lençóis, percorri o quarto com o olhar várias vezes antes de vê-la. Estava com as mãos e os joelhos sobre uma pilha de livros, sem o pijama minúsculo que sujamos e com uma camiseta longa estampada, nada além disso. Curvada do jeito que ela estava, eu tinha uma excelente visão do *nada além disso.*

Coloquei o copo de água e o sorvete que havia tirado do freezer na mesa ao lado.

— O que está fazendo?

— Respondendo esta questão de uma vez por todas.

Ela alinhou vários outros livros no chão até que compusessem um formato alongado e deu um passo atrás para observar seu trabalho. Eu nunca tinha visto tantas mulheres com poucas roupas e peitos fartos me encarando daquela forma.

Quando ela pisou no contorno dos livros e se deitou de costas, estendendo a mão para mim, eu ri baixinho, por fim entendendo.

— Essa é a porta do *Titanic*?

— Sim.

Ela sorriu, atrevida, e seus dedos se curvaram, me chamando. Fui até ela. *Claro que fui.* Deitado no chão do quarto de infância de April, deixei que ela me colocasse na posição que quisesse. Sua cabeça junto aos meus pés. Cara a cara. A frente do meu corpo nas costas do dela. Era ridículo e eu reclamava a cada mudança, nervoso em revelar exatamente o quanto isso me deixava feliz. Eu me sentia como o Grinch, meu coração dobrando e depois triplicando de tamanho até que meu peito não tivesse espaço para nada além disso — *além dela.*

Clique.

Quando ela subiu em cima de mim, arrastando suas lindas mãos pelo meu peito, não aguentei mais.

— Seu sorvete vai derreter — avisei.

Ela pensou por meio segundo, depois se levantou com um "foda-se o Jack" e começou a comer o sorvete de chocolate no mesmo instante. Ergui as cobertas da cama, levando-a para dentro até que ela se acomo-dasse no centro, com Garoto e Dudley a seus pés.

Clique.

Eu sabia o que estava fazendo. Guardando todos aqueles pequenos momentos com ela como conchas coletadas na praia. Um álbum de April para minha mente folhear quando ela fosse embora, prova de que eu tinha sido feliz, mesmo que por pouco tempo. Meu coração batia tão forte que tinha vontade de erguer a mão e fazer com que ele se acalmasse. Em vez disso, fui até sua pequena televisão, vendo que filme estava no aparelho de DVD. *Harry e Sally: Feitos um para o outro.*

— Eu adoro esse filme — murmurou ao redor da colher.

— Nunca vi — comentei, virando-me para trás.

— Blasfêmia!

Apesar de sua indignação, April se aconchegou quando sentei ao lado dela, envolvendo-a com um braço da mesma forma que fiz da última vez que estive em sua cama. O filme começou e comemos em silêncio, ela levando a colher à minha boca uma vez a cada duas colheradas que dava. Não assisti a um único minuto do filme porque não conseguia parar de olhar para ela. *É essa a sensação de ser feliz?*, eu me perguntei. De estar animado e confortável. Estimado e seguro. Se não era *assim,* então eu não saberia dizer como era.

Depois de um breve momento, ela olhou para mim também. Então, por fim, depois de deixar o sorvete de lado, ela perguntou:

— Você falou com seu irmão hoje?

Fiz uma pausa. *Por que ela perguntaria do Callum?* Depois de tudo o que aconteceu nos últimos dias, eu sabia que era a mim que ela queria, mas aquilo não me impediu de sentir uma pontada de medo.

— Não desde hoje de manhã... Era pra eu ter falado?

Ela sorriu, mostrando todos os dentinhos quadrados.

— Só queria saber se ele confessou.

— O quê?

Seus dedos subiram pelo meu peito.

— Que tentou juntar a gente. Ao que parece, ele e a Heather estavam tentando juntar a gente há semanas.

O quê? Balancei a cabeça. Aquilo não podia estar certo. Voltei a analisar cada uma de nossas interações com novos olhos.

— Como que eu não percebi?

— Eu também não, mas, quando voltei ao evento de degustação na noite passada, ele basicamente admitiu que viu nós dois no depósito. E a Heather confirmou o plano deles.

Eu virei o corpo a fim de ficar de frente para ela na cama.

— Por que fariam isso? Por que não só falar comigo?

Ela sorriu, seus lindos olhos verdes brilhando de alegria.

— Você se conhece, certo? Era bem capaz de me odiar ainda mais.

Eu me encolhi. Era isso que ela pensava? Acariciando sua bochecha, ajeitei um cacho atrás de sua orelha.

— Desculpa por ter feito você se sentir assim. Cada uma das coisas horríveis que eu disse eram reflexo do meu medo, da minha insegurança. — Olhei no fundo dos olhos dela para que não interpretasse errado minhas palavras. — Eu *nunca* odiei você. No começo eu tentei e cheguei até a acreditar que conseguiria. Não deu certo. Se eu ia gostar de ter outras pessoas interferindo no que eu sentia? Acho que não. Mas isso não teria me afastado... *Não seria possível.* — Acariciei o lóbulo de sua orelha com meu polegar. — Quando você enfim conseguiu abrir o caminho até meu coração, não deixou de estar lá um dia sequer… Toda vez que eu te via, você se enfiava mais e mais lá. Você era inevitável, princesa. Reprimir meus sentimentos era como tentar conter a maré.

Ela pareceu se iluminar por dentro e, quando dei por mim, já estava no meu colo, suas mãos pequenas segurando as minhas.

— Acho que esses ombros grandes teriam dado conta do recado.

Rindo, levei a mão dela à minha boca, mordiscando a ponta de seu dedo indicador.

— De agora em diante, toda vez que você for espertinha, vai perder um dedo.

Ela arfou um pouco quando mordi.

— Você não faria isso. Está apegado demais a esses dedos.

Suas palavras provocaram uma onda de calor em meu pescoço e ela murmurou ao perceber, apoiando a testa na minha.

— Por favor, nunca pare de fazer isso. — Minha confusão deve ter ficado evidente, porque ela continuou: — De ficar vermelho… Mesmo depois de todas as coisas obscenas que já fizemos. — *Ah.* Por instinto, abaixei o queixo, mas ela segurou minha mandíbula antes que eu me retraísse, me fazendo olhar de frente para ela. — Você é lindo.

— *Você* é linda — respondi, acariciando o cabelo dela para trás. — Tão linda que às vezes é difícil olhar para você.

Ela rebolou no meu colo. Eu correspondi ao movimento.

— Quero que olhe para mim. Não quero seus olhos em nenhum outro lugar.

Nossos corpos roçavam num ritmo constante e sensual. Não tinha como evitar. Precisava tocá-la sempre que estávamos juntos. Quando eu a tocava, nunca era suficiente. Precisei de todas as minhas forças para ficar imóvel.

— Não… não quero que pense que isso é tudo o que eu quero de você.

— Eu sei. — Sua expressão se suavizou e ela me beijou, passando a língua no meu lábio superior e traçando a cicatriz que cortava minha barba. Ela se afastou e sussurrou: — Posso perguntar o que aconteceu? — Seu rosto estava tão aberto que eu sabia que poderia recusar e ela não ficaria ressentida.

— Sim. — Engoli com dificuldade. — Nunca foi um segredo.

Um dedo hesitante substituiu a língua, acariciando a carne elevada com uma reverência que me fez morder a parte interna da bochecha.

— Você sempre parece tão consciente da cicatriz… não deveria. Eu falei sério quando disse que você é lindo. Cada parte de você.

Peguei a mão dela, dando um beijo na palma e a segurando entre nós, contente em contar cada sarda em seus nós dos dedos enquanto dizia a verdade.

— Não é a cicatriz que eu odeio, ela faz parte de mim tanto quanto meus olhos ou a cor do meu cabelo. É… é o que ela representa, acho.

— O que ela representa?

Dei de ombros, de repente sem saber como explicar.

— Todas as formas em que fui diferente na infância. Minha fenda palatina era do tipo mais grave, o que significa que o tecido até a parte de trás da minha boca não se juntou enquanto eu estava no útero. Por causa disso, precisei de muitas cirurgias ainda criança, ao longo de anos, além de fazer fonoaudiologia. Você sabe que meu pai é médico, um médico incrível, mas também da velha guarda.

Eu a senti enrijecer um pouco.

— Em que sentido?

— Ele se esforçou ao máximo para me "consertar", encontrando os melhores cirurgiões do continente, os melhores fonoaudiólogos, mesmo quando isso significava pagar um plano particular. Mas, depois que as cirurgias terminaram, ele não sabia lidar com os aspectos psicológicos que se desenvolveram com a doença. Eu estava sempre fora da escola, sempre me recuperando em casa em vez de brincar ao ar livre com meus irmãos. Quando *estava* na escola, ficava ansioso, preocupado em parecer e soar diferente. Nas poucas vezes em que o procurei, ele basicamente me disse para virar homem, então parei de pedir ajuda e agora… não sei como conviver com as pessoas. Ou fico ansioso e digo a coisa errada…

— Parei quando meu peito começou a ficar apertado.

April já estava balançando a cabeça, pressionando seu peito no meu para que eu não pudesse escapar.

— Suas palavras são perfeitas.

— Para *você*. Apesar de eu não fazer ideia de como isso é possível. Sinto que tudo o que eu digo está errado.

— Porque eu conheço seu coração. — Sua mão voou para o meu peito, como se ela pudesse curar o órgão machucado só com carícias. — Todos em Kinleith conhecem. Por que acha que o evento de degustação foi um sucesso? As pessoas não foram lá por mim ou pelo legado de Kier. Era por *você*, Mal. As pessoas se preocupam com você e querem ajudar.

Não pode ser. Aquela voz em minha cabeça tentou ignorar as palavras dela, mas depois parei, cansado daquele velho comportamento. Claro, eu era reservado, mas era um membro ativo da comunidade. A destilaria gerava empregos locais. Eu ajudava meus vizinhos sempre que podia. Eu ajudava quando Kier precisava. Eu tinha meus irmãos e April.

— Acho que me acostumei a duvidar das motivações de todos… até mesmo das suas — comentei, um pouco culpado. — Quando você chegou, eu usei todas as desculpas em que pude pensar para tentar explicar a conexão entre nós. Você estava triste por causa do Kier, ou tinha pena de mim. — Eu me encolhi. — Parei de esperar qualquer coisa das pessoas para não me magoar.

— Você pode ter expectativas comigo. Eu quero que tenha. — Suas palavras eram ferozes, ditas diretamente nos meus lábios. — Quando você ficar ansioso, o que posso fazer? Como posso ajudar?

Ela não pode ser real, o pensamento surgiu de novo. Dessa vez, eu o empurrei para os recônditos mais distantes de minha mente. Tranquei-o atrás de uma porta de ferro. Porque ela *era* real, mais real do que qualquer coisa que eu já havia conhecido.

— Isso, princesa — disse, a voz rouca, afundando minhas mãos por baixo da camiseta para sentir a pele dela, sentindo sua coluna. — Preciso que faça isso, que seja quem você é. Sempre. Sempre. — E então não houve mais conversa.

28
April

"BELTER" – GERRY CINNAMON

— Segure a cabeceira da cama. — A voz de Mal era uma carícia perversa em meu pescoço.

A manhã de domingo começou depressa demais e tínhamos dormido pouco, mas isso não nos impediu de nos agarrarmos assim que amanheceu. Lençóis amarrotados nos joelhos e mãos agarrando o metal, eu o senti...

Uma batida na porta nos fez parar.

— Não — lamentei.

Mal ofegou ao mesmo tempo:

— É só ignorar que eles vão embora. — Seus lábios pressionaram com força a base do meu pescoço, deixando um rastro molhado ao longo da minha espinha que me fez me enrolar como um gato. As batidas ficaram mais altas. Um celular tocou em algum lugar da casa. — Pelo amor de Deus! — gritou Mal, irritado. Ele apertou minha cintura e se levantou da cama, vestindo a cueca e a calça da noite anterior. — Fique onde está. Vou me livrar de quem for. — Em seguida, ele se curvou, dando uma mordida rápida e forte na minha bunda.

Permaneci exatamente onde ele me deixou até que ouvi vozes murmurando na cozinha. Alguém riu, um tom baixo e masculino. Não era

Mal. Com a curiosidade aguçada, vesti a calcinha e a camiseta descartada e desci as escadas. Assim que entrei na cozinha, vi o topo da cabeça de Callum do outro lado da vidraça, com Mal segurando o batente da porta para impedi-lo de entrar.

— O que está acontecendo? — perguntei, e os dois se viraram para me olhar.

O olhar de Mal era pura brasa enquanto ele olhava do meu cabelo até minhas pernas nuas.

Callum sorriu de forma jovial da soleira da porta.

— Ah, a senhora da casa.

— Callum. — Acenei com a cabeça, depois olhei para o Mal. — Não vai deixar ele entrar?

— Não — grunhiu ele, antes de ser interrompido por Callum.

— Não dá tempo. Vim dar uma olhada no Mel C e ver se poderia roubar o Mal por algumas horas…

Mal me deu uma olhada.

— Você ainda está alimentando as malditas raposas?

— Claro que estou.

Fui até o armário onde guardava as guloseimas para os cães e as raposas que eu já podia ouvir se manifestarem lá fora.

Então, de volta ao irmão, ele lançou:

— E eu já disse *pra você* que não.

— Ah, anda! A gente precisa de você, já estamos com um homem a menos e vamos jogar contra o Portree, que venceu no mês passado. Você não se importa?

Mal cruzou os braços sobre o belo peito.

— Na verdade, não.

Dei uma olhada entre os dois.

— Do que vocês estão falando?

— Nada…

— Shinty — explicou Callum. — Jogamos no verão todos os domingos de manhã e meu irmão se recusa a entrar no time, apesar de ser o melhor jogador da ilha.

Mal ficou vermelho, a mandíbula trêmula enquanto olhava para o azulejo. Eu não queria pressioná-lo, mas, ao mesmo tempo, talvez ele só precisasse de um pouco de incentivo.

— Eu não sabia que você jogava.
— Não jogo... não de verdade.
— Parece divertido — exclamei.

Mal olhou para mim, e Callum bateu palmas.

— *Sim*! Está vendo...? Eu sabia que gostava de você.

Eu me coloquei ao lado de Mal, entrelaçando meus dedos nos dele até que olhasse para mim.

— Não estou dizendo para você jogar se não quiser. Mas a manhã vai ser tão gostosa, talvez fosse legal a gente assistir?

Implorei em silêncio para que Callum não abrisse a boca. A escolha era de Mal. Ele deve ter percebido porque ficou calado, deixando o irmão pensar em minhas palavras.

Por fim, Mal apertou minha mão.

— Talvez seja divertido jogar.

Eu sorri de volta para ele.

— Vai alimentar as raposas, eu vou me trocar.

— Pode me lembrar das regras de novo? — perguntei para Heather, baixando meus óculos escuros enquanto olhava para o amplo espaço verde com vista para a água azul-celeste. Dois grupos de doze homens estavam em um gramado que parecia muito com um campo de hóquei de grama, distribuindo camisetas.

Heather riu, tomando um café. Ainda eram nove horas da manhã e ela havia conseguido convencer as gêmeas de descer a tempo de ver os tios jogarem, ainda que elas estivessem mais interessadas em fazer colares com as margaridas.

— Tem certeza de que é escocesa?

— Me perdoe por ter tido outros interesses quando era adolescente.

No entanto, ao ver o Mal atravessar o campo e aceitar uma camisa azul-marinho do Callum, eu me perguntei por que eu tinha passado qualquer tempo fazendo outra coisa. Quando ele tirou a camiseta, posso jurar que quase choraminguei. Meus olhos não eram os únicos voltados para ele. Conferindo o perímetro do campo, notei que Jasmine e várias outras mulheres o observavam. Mal também notou, mudando de um pé para o outro enquanto trocava de camiseta e jogava a faixa do time sobre a cabeça o mais rápido possível. Eu queria montar uma tenda ao redor dele, proteger meu gigante gentil da atenção indesejada.

Heather não pareceu notar a força com que eu apertava meu café conforme ela explicava as regras.

— O jogo tem dois tempos de quarenta e cinco minutos, como o futebol. O objetivo é marcar mais gols do que o outro time, colocando a bola na rede com seu *caman*...

— *Caman*?

— O bastão que eles estão segurando. — Parecia um taco de hóquei com uma curva mais acentuada. — Os jogadores podem se atacar usando o *caman* ou o corpo, desde que seja ombro a ombro.

Olhei para ela e depois para o campo, todos os homens se espalhando para se hidratar antes de começar.

— Parece um jogo um tanto bruto.

Ela assentiu com a cabeça.

— E às vezes é mesmo. Mas faz algum tempo que não ouço falar de alguém quebrando um osso.

Arregalei os olhos. Ossos quebrados?

Antes que eu pudesse fazer mais perguntas, notei o Mal vindo em nossa direção. Tirei minha garrafa de água metálica da bolsa e a estendi para ele. Ele a pegou, agradecendo antes de dar um longo gole.

— Você passou protetor solar? — perguntou ele, devolvendo a garrafa. — Está muito quente hoje.

Heather fez *ooooownnn*, com uma cara presunçosa. Nós dois a ignoramos.

— Sim, ranzinza. E tenho mais na bolsa, se precisar — assegurei. Não queria que ele se preocupasse comigo e não prestasse atenção no campo. Antes que pudesse desaparecer de novo, eu o segurei pelo braço. — Por favor, tenha cuidado.

Por um momento, pensei que ele poderia me beijar ali mesmo, na frente de todos, mas o apito soou e ele voltou para o campo, enquanto eu ficava ali pensando por que diabo convenci Mal de participar.

— Foi falta! — gritei, jogando as mãos para o alto. — Com certeza foi falta, não?

O rosto de Heather estava sério.

— *Aye*, foi falta, com certeza… Acorda, juiz! — Ela gritou junto comigo.

Aos oitenta minutos, o jogo estava empatado e um jogador de Portree tinha acabado de usar o *caman* dele para derrubar o de Mal, em um movimento ilegal que eu tinha aprendido que se chamava *hacking*.

O homem mais velho e careca que fazia o papel de árbitro apitou, indicando a penalidade. Os jogadores do Portree ergueram os braços.

— O que isso significa?

— Eles deram um pênalti para o Mal.

— Isso é bom?

Ela concordou.

— Isso é bom.

Fiquei impressionada com a velocidade do jogo, o campo era grande e os homens corriam sem parar de um lado para o outro, o ritmo da partida mudando a cada instante. E, em meio a toda agitação, eu admirava Mal acima de tudo. Eu não tinha base para comparação, mas Callum não estava exagerando quando disse que ele era bom. Mal era surpreendentemente rápido para alguém daquele tamanho, interceptando jogadas que os homens mais baixos não conseguiam. E, levando em conta que o esporte girava em torno do contato físico, ele era cuidadoso. Enquanto outros jogadores faziam investidas com tudo, na esperança de fazer o adversário tropeçar ou se machucar, Mal fazia o contrário, evitando o contato sempre que podia, sendo sempre o primeiro a ajudar o outro a se levantar. Isso parecia enfurecer ainda mais os adversários e colocava um alvo em suas costas.

Os jogadores de Kinleith trocaram algumas palavras abafadas, depois Callum, encharcado de suor, olhou para Mal. Mal concordou em resposta, segurando a *caman* com mais força ao se aproximar da marca do pênalti.

— Mal vai bater o pênalti — disse Heather.

Meu coração batia forte enquanto eu o observava. Sujo e encharcado de suor, ele nunca esteve tão bonito.

— Vai, Mal! — gritei a plenos pulmões e todos ao longo da linha lateral se juntaram a mim, gritando e berrando o nome dele.

Alguns jogadores me espiaram de relance, incluindo o homem que o havia derrubado. Eu já havia sentido seu olhar em mim diversas vezes durante o jogo e o ignorei.

Mal não hesitou e arremessou assim que o juiz apitou. O goleiro mergulhou, tentando bloquear com as mãos, mas não teve chance. A bola voou, forte e segura para o fundo do gol, e todos nós gritamos, com as mãos no ar. Os olhos de Mal encontraram os meus, exaustos e calorosos em sua intensidade. Não pude deixar de piscar de volta para que ele soubesse exatamente o que ia receber quando chegasse em casa.

— Ele é impressionante, né? — Uma voz veio da minha esquerda e eu me virei para sorrir para Jasmine. Quase não conseguimos conversar durante a degustação. Abri a boca para agradecê-la por ter vindo, mas ela falou primeiro. — Agora me arrependo de não ter conseguido um segundo encontro. — O agradecimento morreu na ponta da minha língua. *Segundo encontro? Com o Mal?* Olhei para o campo de novo. Eles já tinham voltado a jogar, os bastões voando com fervor enquanto os minutos finais do jogo passavam. — Talvez ele mude de ideia — acrescentou ela com uma risada discreta, parecendo não perceber meu silêncio atônito.

Não havia maldade naquelas palavras, mas, ainda assim, uma queimação me percorreu. *Mal tinha saído com ela e não me contou?*

Fui poupada de uma resposta quando uma briga estourou no gramado. Mal e o homem que havia cometido a falta estavam frente a frente, só que, dessa vez, parecia que Mal tinha causado a confusão. Ele segurava o homem pela nuca, rosnando em seu rosto enquanto os outros jogadores se esforçavam para separá-los. Mal se livrou do aperto deles, pegando a *caman* e indo para o outro lado do campo.

— O que está acontecendo? — perguntei a Heather.

— Não faço ideia, ele disse alguma coisa para o Mal que fez ele perder a cabeça. — Ela mordia o lábio inferior. — Meu irmão não costuma agir assim.

Os minutos restantes foram de pura tensão, Kinleith marcou o gol final, embora os aplausos fossem menos entusiasmados. O apito de encerramento soou e os jogadores saíram do campo. Mal veio direto para mim, sem sequer parar para comemorar com seus colegas de equipe ou falar com os irmãos, com o corpo todo tenso.

— Pronta pra cair fora?

Concordei, sem saber o que dizer. Eu podia sentir os olhos de Jasmine sobre nós e não sabia o que pensar a respeito, mas acenei para ela e para Heather antes de ele segurar minha mão, arrastando-me para seu Land Rover sem olhar para trás.

Ele ficou quieto durante todo o caminho para casa. Não era o silêncio habitual. Era mais intenso. Cheio de energia, embora tivesse passado os últimos noventa minutos correndo de um lado para o outro. Destranquei a porta da cozinha com as mãos trêmulas, deixando as chaves caírem quando senti a pressão dele na parte inferior das minhas costas. Ele as pegou, abrindo a porta e segurando-a bem aberta para mim.

Os cães latiram, saltando do sofá e correndo até nós. Nós dois nos curvamos para cumprimentá-los, mas nenhum de nós disse uma palavra. Eu sabia que algo estava prestes a começar, mas não tinha certeza do quê. Será que ele estava com raiva de mim? Será que tinha deixado as coisas óbvias demais durante o jogo? Ele disse que queria namorar comigo, mas não tínhamos conversado para entender se ele se sentia confortável em expressar isso publicamente e eu... meu trabalho estava aos olhos do público. Eu queria perguntar da briga. Queria perguntar de Jasmine. Eu não sabia como.

Sem saber o que fazer, dei a volta na bancada, minhas mãos tremendo ao ligar a chaleira elétrica para fazer chá. *Fazer chá era sempre a resposta.* Antes mesmo que eu pudesse tirar as canecas do armário, Mal me agarrou pela cintura, levantando meu corpo como se eu não pesasse mais do que um saco de cevada e me colocando na bancada. Soltei um gemido de prazer e ele encostou seu rosto suado em meu pescoço, depois se afastou com a mesma rapidez.

— *Desculpe…* É melhor eu tomar banho.

— Não. Gosto de você assim. — Eu o alcancei, apertando minhas pernas em volta de sua cintura. — O que aquele cara disse pra você? — Ele não olhou para mim, o polegar brincando com o laço que prendia meu vestido. — Alguma coisa sobre mim? — adivinhei. O aperto de sua mandíbula confirmou. — Ele falou dos meus peitos ou da minha bunda? Ou coisas que ele gostaria de fazer com meus peitos e minha bunda?

Seus olhos eram poças de aço líquido. Sua voz era afiada como navalha.

— Ele sugeriu coisas que não tinha o direito de sugerir.

— Mal… você está com ciúme?

Tentei fazer uma piada, mas a ideia era ridícula. Esse homem tinha cada parte de mim na palma da mão.

— Não estou com ciúme… Estou *puto da vida* — ralhou ele, puxando o laço em minha cintura. Meu vestido se abriu sobre meus ombros nus, revelando a pressa com que eu havia me vestido. — Eu deveria ter cortado a língua dele fora.

Eu estava ofegante e ele ainda não tinha me tocado.

— Você poderia, mas aí não estaria aqui comigo. — Lambi meus lábios secos. — É nojento, mas estou acostumada. Aquele cara é um baita zé-ninguém que foi para casa sem nada além de um chuveiro e a mão direita. Quem saiu ganhando de verdade nessa história?

— Você não deveria ter que se acostumar com isso.

Ele separou o tecido que cobria meu peito. Soltei os braços, deixando que o vestido se acumulasse na minha cintura. Os olhos dele se arregalaram, fixando-se em meus seios nus, mas Mal não me tocou. Em vez disso, suas mãos mergulharam por baixo da minha saia, parando na faixa da minha calcinha e encontrando meus olhos. Levantei os quadris e ele a desceu pelas minhas pernas, colocando o tecido rosa rendado no bolso de trás da calça.

— Safado — sorri.

Ele sorriu de volta, puxando uma das banquetas e sentando-se. Levantando meu pé direito, ele tirou a sandália e a colocou em cima de sua coxa. Uma e depois a outra, abrindo-me até que meu centro estivesse apenas parcialmente escondido pela saia do vestido.

Seus olhos encontraram os meus, com uma pergunta silenciosa. *Posso?* Assenti.

Ele desceu, beijando a parte interna de meus joelhos, um beijo que senti descer até os dedos dos pés. Quando pensei que ele estava prestes a ir mais longe e me fazer ganhar a manhã, ele se acomodou na cadeira.

— Eu já falei que você é linda? — perguntou.

— Hoje não.

— Muito insensível da minha parte. — Ele segurou minha panturrilha, roçando com o polegar. Eu ofeguei. — Você é tão linda. — Ele se inclinou de novo, beijando minha barriga nua e depois apoiando a testa em minha pele. — Quando vi você pela primeira vez naquela noite lá na sala… fiquei sem fôlego.

— Eu também fiquei sem fôlego quando vi você.

Pela primeira vez, acho que ele acreditou, pois se recostou em sua cadeira, ansioso. Levei trinta segundos para perceber o que ele queria. As pontas de suas orelhas ficaram vermelhas e eu sabia que ele estava nervoso demais para pedir.

— Você quer me assistir? — perguntei, minhas mãos percorrendo minhas coxas. — Assim?

— Sim. — A única sílaba era gutural.

Com um grande frio na barriga, me deitei de costas na bancada, arrumando a saia no colo para que ele pudesse ver quando eu mergulhasse os dedos entre as coxas. Nossos gemidos vieram em conjunto.

— Você fica tão bonita assim, princesa.

Abri os olhos e vi que seu olhar não estava entre minhas pernas ou na saliência de meus seios, mas em meu rosto.

Com qualquer outra pessoa, isso pareceria estranho, errado. Mas, com ele, eu queria entregar uma parte de mim que ninguém mais teria. Uma parte que viveria e respiraria para sempre neste momento. Eu ofeguei, dizendo:

— Eu também quero ver você.

Ele nem hesitou em se livrar da bermuda, gemendo meu nome enquanto dava prazer a si mesmo. Levou apenas alguns minutos para nos desfazermos, nossos olhares se encontrando e se emaranhando em um nó impossível que eu nunca quis desatar.

Mal estava deitado na cama, ainda vestindo apenas uma toalha de banho, quando entrei no quarto. Enrolada no meu roupão e tirando a umidade dos meus cachos com uma toalha de microfibra, eu lançava pequenos olhares evidentes, imaginando se algum dia me cansaria daquela visão. Eu achava que não.

Depois dos… *acontecimentos*… na cozinha, Mal estava ansioso para tomarmos banho juntos. Eu rejeitei a ideia porque, para ser sincera, fiquei preocupada com nossa segurança. Se tivéssemos entrado juntos naquele chuveiro minúsculo, era bem capaz de nos afogarmos. Eu também precisava de um pouco de espaço para pensar sobre a situação de Jasmine — não que parecesse uma *situação*, mas tinha o potencial de se tornar uma. Não era ciúme; eu sabia que Mal queria a mim e somente a mim. Tá… talvez eu estivesse com um pouco de ciúme. Jasmine era deslumbrante e cheia das curvas, com pernas tão compridas que a pessoa precisaria não ter os dois olhos para não notá-la. Minha preocupação vinha do fato de ele não ter me contado, e eu detestava ser pega de surpresa.

Pendurei a toalha de cabelo na ponta da cama e enrolei meus dedos na estrutura de metal.

— Posso fazer uma pergunta?

Seus olhos quentes já estavam em mim, observando minha silhueta pingar como se estivesse me memorizando.

— Claro que sim.

Tentei controlar minha expressão.

— Jasmine — comecei.

Uma ruga apareceu entre suas sobrancelhas escuras.

— O que tem ela?

— Você saiu com ela. Por que não me contou?

A mão dele congelou no meio do movimento, o cabelo úmido meio penteado para trás.

— Quem te contou isso?

Não era bem a resposta que eu estava esperando.

— Ela contou.

Mal se levantou. Abriu e fechou a boca uma vez.

— Mas… nem foi um encontro de verdade. Por que eu contaria?

Minha expressão sugeria que ele não podia ser tão inocente.

— Porque eu converso com ela no pet shop o tempo todo. Jasmine veio almoçar comigo e com a June na semana passada. — Balancei a mão para ele. — Se eu tivesse saído com outro homem, você não gostaria de saber?

A voz ficou fraca e sua expressão se apagou.

— Na verdade, não.

— Vocês transaram?

— Não! — Ele estava de pé. — Vem cá.

Em um piscar de olhos, ele me pegou pela cintura, erguendo-me em um movimento suave até que estivesse de volta à cama, comigo esparramada em seu colo. Meu roupão abriu até o umbigo, mas nenhum de nós sequer piscou.

— Isso não é falar — ressaltei.

— É sim, estou chegando lá. — Ele passou os dedos pelo meu cabelo molhado. — Preciso que você me toque… Eu penso melhor quando me toca.

Eu gemi, erguendo minha cabeça daquele peito musculoso.

— Fala sério! Como posso ficar irritada quando você diz esse tipo de coisa?

Ele não riu como eu esperava. Em vez disso, disse:

— Não tenho muita experiência, princesa. Vou precisar que você me explique o que está sentindo.

Eu suspirei.

— Tudo bem. Fiquei preocupada por você não ter me contado.

— Não deixei de contar porque queria *manter segredo*. Não falei nada porque isso nem passou pela minha cabeça como algo que precisasse ser discutido. Não era um encontro, não para mim, pelo menos. Meu carro quebrou no vilarejo e ela me ofereceu uma carona para casa. Quando ela me deixou no chalé, eu a convidei para tomar um drinque e agradecer. Para ser educado. Não esperava que ela fosse tentar alguma coisa.

— Ela tentou dormir com você! O que ela disse?

Ele riu, com os cantos dos olhos franzidos.

— Não me lembro dos detalhes sórdidos. Ela disse que queria dormir comigo e eu disse não.

— Você deve ter ficado tentado — zombei, cruzando os braços.

— Sim. — Quando abri a boca, ele estremeceu e cobriu meus lábios com a mão. — Me deixa terminar de falar… Há uma diferença cósmica entre ser tentado pelo sexo para matar uma vontade e o que estamos vivendo. Eu literalmente não consigo ficar longe de você, April, nem mesmo dormindo eu consigo ficar longe. Você dominou todos os meus pensamentos por semanas.

Aquilo não me soava bem. Afastei a mão dele.

— Você não consegue ou não quer?

— As duas coisas, *caramba*, as duas coisas. Sempre foram as duas coisas. — Ele me abraçou com mais força, seu aperto ao mesmo tempo adorador e ganancioso. — Você é a única pessoa que me faz querer sair da zona de conforto. Por você, eu quero fugir dela.

Eu abracei o pescoço dele.

— Isso não… soa horrível.

— Não soa horrível? — Seus dedos mergulharam na pele sensível das minhas costelas e eu me contorci toda. — Acho que minhas habilidades orais estão melhorando. É melhor testar.

Ele me deitou de costas, soltando o nó que mantinha o roupão fechado. Eu me recostei no colchão quando ele usou os ombros para abrir minhas pernas, um gemido já subindo por sua garganta quando Mal me encarou. Ele lambeu os lábios.

— Tão linda.

Engoli em antecipação, mas o detive. Era importante que eu falasse isso.

— A gente tem que ser sincero um com o outro — disse, sabendo que isso significava que eu precisava falar a verdade sobre Kier.

Ele percorreu meu corpo com o olhar, parando por um momento antes de dizer:

— Combinado, princesa. O que você precisar, é seu.

— Fiquei sabendo da briga ontem de manhã. — June sorriu por trás de sua xícara de café.

— Que briga?

Estávamos sentadas em uma pequena mesa no canto do Brown's. O vilarejo estava movimentado, turistas com mochilas e botas de caminhada apareciam para comer um lanche de última hora.

— Mal e David McLeary.

Ah. Aceitei um bule de chá da Jess com um sorriso. Ela não tinha um único fio de cabelo fora do lugar, apesar da fila de clientes que ultrapassava em muito a porta.

— Obrigada, Jess.

— Não tem problema, menina. — Ela torceu as mãos no avental. — Também ouvi falar da briga, aquele McLeary nunca serviu pra nada, mesmo quando era pequeno. Foi bom que o Malcolm tenha defendido você e deixado claro as intenções dele.

— Não acho que foi isso que ele fez — protestei, e as duas me encararam.

— Ah, para. — June bufou. — Já vi Malcolm Macabe ignorar pessoas que *deviam* dinheiro para ele em vez de partir para o confronto. Ele já defendeu você duas vezes, é quase um pedido de casamento.

Suas palavras provocaram a imagem não solicitada de Mal de joelhos, com um anel na mão. Uma imagem que eu gostei demais.

Depois do jogo, passamos o restante do dia e da noite na cama, parando apenas para um jantar rápido e para passear com os cachorros inquietos pela praia. Ele havia dito que queria namorar comigo, mas não tínhamos discutido o que aquilo significava. Até lá, eu manteria minha boca fechada.

— Acho que ele estava apenas sendo gentil.

Enfiei metade do bolo de chá com manteiga na boca, esperando uma mudança de assunto. Ela veio na forma do sino acima da porta tocando de novo, um grupo de clientes saindo para que outros entrassem. Jess correu de volta para o balcão com um *olá* todo alegre, e eu aproveitei a chance.

— E você? — perguntei para June.

— O que tem eu? — Uma sobrancelha preta e perfeita se arqueou.

— Você foi embora cedo da degustação na outra noite. — *Muito cedo,* na verdade.

— Eu não estava me sentindo bem.

— Então não teve nada a ver com o que Callum disse que deixou você carrancuda.

Uma careta parecida surgiu em seu rosto.

— Não, eu não fui embora por causa do maldito Callum Macabe! Ele me irrita, é só isso. Está sempre *por perto,* fazendo comentários maldosos e me provocando. Ele e Alastair são tão parecidos que é como se ele estivesse rindo de mim, me fazendo lembrar que eu não era boa o bastante para o precioso irmão dele.

Mantive minha voz suave:

— Não acho que é isso que ele está fazendo.

Callum podia ser cheio de conversa e paquerador, mas nunca me pareceu cruel.

— É o que parece. — Ela cerrou o punho sobre o tampo da mesa. — Não quero ter *nada* a ver com ele.

Eu estava prestes a sugerir que, se ela sentia aquilo com tanta intensidade, talvez fosse melhor avisar Callum, mas a porta voltou a se abrir e June assobiou. Eu me virei, surpresa ao encontrar Mal parado na entrada, com seu olhar tímido percorrendo as mesas até me ver. Um sorriso discreto curvou seus lábios quando seu olhar encontrou o meu. Eu quase não conseguia respirar.

Em vez de se aproximar como eu esperava, ele foi direto para o balcão. Jess lhe entregou um sanduíche embrulhado e uma garrafa de suco e eu soltei o fôlego devagar, sentindo a decepção subir pela minha espinha. *Eu estava certa em manter a boca fechada, ele ainda não está pronto para mais nada.*

Voltei a me virar para June, mantendo minha expressão o mais neutra possível, como se um simples almoço para viagem não tivesse causado uma reação enorme.

Uma sombra pairou sobre a mesa.

— Posso me sentar aqui, princesa? — As palavras de Mal me inundaram. As sobrancelhas de June se ergueram e ela repetiu o apelido em silêncio.

Ele estava nervoso. As bochechas coradas, o peso mudando de um pé para o outro.

— Claro... com certeza — disse, com a voz vacilando.

Parecia que eu estava no ensino médio de novo. Senti que todos os olhares da sala estavam voltados para nós quando ele se sentou ao meu lado, com o braço envolvendo o encosto da minha cadeira até que seus dedos encostassem no meu ombro. June deve ter percebido a tensão dele, porque o cumprimentou depressa e depois começou a descrever a reforma do banheiro que estava fazendo na casa de hóspedes (sem a permissão da mãe). Mal ficou inquieto o tempo todo, com os dedos batendo no meu ombro enquanto tomava o suco de laranja em silêncio. Coloquei a mão em sua coxa e isso pareceu ajudar, a tensão diminuindo aos poucos.

Assim que terminamos nossos drinques, nos despedimos de June na rua principal. Ela deu uma piscadela para Mal antes de se afastar, então era seguro dizer que *esse* irmão Macabe tinha a aprovação dela, pelo menos.

— Você parou no estacionamento? — perguntou Mal quando ficamos sozinhos. Assenti e ele segurou minha mão. — Eu vou com você.

Alguns moradores pararam para nos cumprimentar ao longo do caminho, olhando para nossas mãos unidas e sussurrando enquanto se afastavam depressa.

Levantei nossas mãos.

— A vila inteira estará fofocando sobre nós antes de o sol se pôr.

Ele me puxou ainda mais para perto, passando o braço em volta dos meus ombros enquanto mordiscava o lóbulo da minha orelha.

— Que bom.

Minha risada foi deliciosa, mas logo ficou sóbria.

— Logo não vão ser só os moradores locais — avisei, precisando que ele estivesse ciente de todos os fatos.

Seria questão de tempo até que fotos nossas se espalhassem na Internet e histórias falsas fossem publicadas no jornal. Era assim que as coisas aconteciam.

Ele assentiu, com o olhar inabalável.

— Eu sei, eu entendo.

Eu não tinha certeza de que Mal entendia, mas não podia estragar o momento, então eu disse:

— Jantar hoje à noite?

— Com certeza. É minha vez de cozinhar.

— Hmm. — Eu me virei para ele de forma brincalhona, mordendo o lábio enquanto recuava contra o carro, arrastando lentamente minhas mãos pelo peito dele: — Jantar e depois um banho, acho.

— *Meu Deus*. — Ele depositou um beijo quente em minha boca, moldando minhas costas contra o metal. — Vai embora, princesa. Vejo você em casa.

Em *casa*. A palavra me envolveu como um cobertor quente.

— Vejo você em casa — repeti.

29

Mal

"DAYLIGHT" – TAYLOR SWIFT

— Está todo mundo comentando do seu showzinho na cafeteria. — Foram as primeiras palavras que saíram da boca da minha irmã quando ela desceu do carro.

Ajoelhado, não desviei o olhar da dobradiça da porta do depósito de lixo que eu estava substituindo.

— Não foi show — retruquei.

Não foi. *Porra,* talvez tenha sido. Quando entrei no Brown's, estava prestes a fazer o que sempre faço: pegar minha comida e sair correndo antes de fazer contato visual com alguém. Então, ouvi a risada de April e quis me sentar ao lado dela, queria que as pessoas soubessem que *eu* estava com ela, por mais que fosse temporariamente. Depois, a pressionei contra a porta do carro dela e a beijei até que estivéssemos prontos para escalar um ao outro. Era uma verdadeira merda de macho alfa.

— *Eu sei disso.* Mas as pessoas estão falando como se vocês tivessem trepado em cima dos sanduíches.

Joguei minha chave de fenda na terra seca.

— *Maldita* vila. Talvez se gastassem mais tempo com as próprias vidas, não seriam tão infelizes a ponto de ter que viver de fofoca.

Heather apoiou o quadril na porta, com as chaves ainda balançando entre os dedos.

— Concordo, mas fico feliz por ficar livre dessas línguas afiadas por algumas semanas.

Franzi a testa. Não sabia que Heather tinha sido alvo de fofocas. Não acontecia muita coisa por estas bandas e, embora as pequenas comunidades pudessem ser um sistema de apoio insubstituível, também viviam de acordo com valores tradicionais. *Claro* que qualquer pessoa que não se enquadrasse nesses valores seria motivo de conversa.

— Me desculpe — pedi.

— Por quê?

— Por não ter sido um irmão melhor.

Seus lábios se entreabriram e, pela primeira vez na vida, minha irmãzinha não sabia o que dizer. Ela me abraçou pelo pescoço e eu me levantei, puxando-a para mim até ficar com o queixo apoiado na cabeça dela.

— Você é um irmão maravilhoso, sabe disso, certo? A única coisa que eu quero é que você se permita ser feliz.

— Estou chegando lá — prometi, com a garganta apertada ao pensar na ruiva que tinha virado meu mundo de cabeça para baixo em apenas algumas semanas. — Não quero que April ouça qualquer besteira que estejam espalhando.

Heather se afastou e bateu no meu ombro.

— Ela já é bem grandinha, penso até que April vai achar divertido.

Talvez. *Espero que sim.*

E quando ela for embora? O que você fará então?, me incomodou uma voz interna. O pensamento não me ocorreu só naquele momento, ele era um espinho constante ao meu lado desde a primeira vez que meus batimentos aceleraram na presença de April. Eu não tinha planos para além do que estávamos vivendo. Queria mais, disso eu tinha certeza. Sabia que, se fosse egoísta o bastante — *burro o bastante* — para sonhar com aquilo, eu iria querer ficar com ela pelo resto da minha vida. Mas não podia me permitir. Ela tinha até concordado em me namorar por enquanto, mas eu não tinha ilusões de que ficaria com ela no final. O que mais eu poderia esperar? Que April ficasse em uma ilha da qual já havia lutado com unhas e dentes para escapar? Que ficasse sentada em meu chalé todas as noites assistindo a filmes e montando quebra-cabeças porque eu estava ansioso demais para ir ao pub local? Eu mal tinha conseguido almoçar no Brown's sem suar.

— O que você está fazendo aqui, afinal? — perguntei, desviando o assunto de April.

Ela apontou por cima do ombro para o prédio principal.

— Vim ajudar a April com a degustação.

Eu havia me esquecido disso. Depois do sucesso de sua noite do uísque, April tinha aberto algumas reservas pelo site, e elas se esgotaram em poucas horas. Eu tinha lambido sua linda boceta no chuveiro para parabenizá-la.

— Você vem para o almoço hoje? Parece que a mãe quer contar alguma coisa pra todos nós.

Nunca me senti tão aliviado por ter uma escapatória.

— Não posso. Temos planos, talvez na próxima semana.

— Desde quando você tem uma vida social melhor do que a minha?

Desde que tenho transado com April duas vezes por dia nas últimas duas semanas.

Eu não tinha muito com o que comparar, mas sabia que aquilo não era nada comum. Eu não conseguia me satisfazer. Era como se estivéssemos recuperando o tempo perdido. *Ou tentando encaixar uma vida inteira de sexo em poucas semanas.* Meu estômago se revirou e eu interrompi o pensamento.

— Tenho de continuar trabalhando — disse, mais bruscamente do que pretendia.

Heather, sendo Heather, sabia a exata hora em que deveria se afastar e, então, após afagar meu cabelo, desapareceu na esquina.

— Heather nos convidou para almoçar. — No final da tarde, a cabeça de April apareceu na porta da sala de malte.

Eu sorri, colocando um engradado de garrafas vazias no chão no momento em que a vi.

— Como foi a degustação?

Ela se aproximou, envolvendo minha cintura com os braços.

— Ah, sabe como é. *Muito bem.* — Ela beijou meu queixo. Minhas mãos foram para as curvas de sua cintura como se tivessem sido feitas para aquele lugarzinho. — Eles não sabiam nada sobre uísque, mas tinham muitas dúvidas. Ainda bem que Heather estava comigo, porque eu não conseguiria responder a algumas sozinha.

— É incrível ver o quanto você aprendeu em apenas algumas semanas.

Assim como a quantidade de pesquisas que ela fazia, mas, quando se tratava de uísque, nunca se parava de aprender.

— *Hmm.* Ajuda o fato de eu ter um professor supergostoso. — Isso lhe rendeu uma mordida no pescoço. — Eu estava pensando que, se os grupos de degustação continuarem a acontecer, a gente poderia pensar em contratar a Heather.

— De forma permanente?

Ela assentiu com a cabeça.

— Talvez não agora, mas em algum momento. Daria para oferecer um bom salário e horários fixos, nada de ficar pegando qualquer turno possível.

Aquela mulher era boa demais para ser verdade. Eu devorei sua boca com intensidade e desejo. Quando me afastei, perguntei:

— Você acha que podemos pagar?

— No futuro, tomara que sim. Podemos esperar alguns meses para ver como as coisas vão se desenrolar, mas bastante gente tem demonstrado interesse.

Alguns meses. Tive que controlar meu coração à força antes que ele começasse a disparar e a beijei de novo.

— Adoro essa ideia.

— Que bom. Você não respondeu sobre o almoço com sua família. — Seu nariz se franziu e eu sabia que era pela perspectiva de ver meu pai. — Não precisamos ir…

— Eu já disse à Heather que não — comentei. — Temos outros planos.

— Esses planos incluem eu sentada na sua cara? Porque estou bem disposta a fazer isso acontecer.

Minha risada foi tão colossal que todo o meu corpo se agitou com ela.

— Princesa, ter essas coxas deliciosas ao redor de minhas orelhas está sempre nos planos.
— O que vamos fazer?
— É uma surpresa. — Ela conseguiu parecer empolgada e emburrada ao mesmo tempo. — Você consegue estar pronta em trinta minutos?
— Como posso me arrumar se não sei o que vamos fazer?
— Use algo quente e sapatos confortáveis.
Uma sobrancelha perfeita se arqueou.
— Você é cheio dos mistérios, sr. Macabe.

— Ainda falta muito? — ofegou April, apoiando as mãos nos joelhos.
Garoto se aproveitou da situação para lamber os dedos dela.
Parei alguns passos à frente, tirando o cantil de água de uma presilha no cinto.
— Falta pouco.
— Você disse isso *horas* atrás.
Estendi o cantil para ela.
— Faz só uma hora que estamos caminhando.
Durante o trajeto, eu me preocupei que essa fosse uma péssima ideia para um encontro. April estava dizendo desde que voltou que queria escalar o Old Man of Storr, uma grande formação rochosa que fazia parte do Trotternish Ridge, na extremidade norte da ilha. Considerando como ela estava se saindo, fiquei feliz por tê-la impedido de escalar sozinha. Seu entusiasmo quando chegamos ao estacionamento, tão sincero, aliviou parte do meu nervosismo. A animação foi diminuindo à medida que subíamos, e não pude deixar de achar tudo aquilo hilário. April era um espetáculo à parte quando se sentia um peixe fora d'água. Ficava tão ranzinza e fofa que me deixava maluco. Parávamos com frequência e ela já tinha bebido a maior parte de nosso suprimento de água, mas não me importava quanto tempo levasse, April chegaria ao topo, mesmo que eu tivesse que carregá-la até lá.
Cerca de quinhentos metros antes, tínhamos saído da trilha turística e optamos por uma rota tranquila, sem nenhuma outra pessoa à vista. Valeria a pena quando chegássemos ao topo para ter uma vista desobs-

truída das ilhas Raasay e Rona, mas isso significava dizer adeus às escadas de pedra que facilitavam consideravelmente a subida. Ela se endireitou, aceitando a água que ofereci e tomando vários goles.

— Não quero saber em tempo — resmungou, claramente insatisfeita com a minha resposta. — Quero saber em passos. Quantos mais eu tenho que dar?

Caramba. Eu queria beijá-la quando ela ficava assim, mas achava que ela não iria gostar disso naquele instante.

Olhei para a trilha de novo, calculando.

— Dois mil, talvez?

— Dois *mil?* — Ela gemeu e seu cabelo se agitou como fogo líquido enquanto abaixava a cabeça entre os ombros, os cachos finos grudados no pescoço e nas têmporas. — Eu não deveria ter perguntado.

— Quer que eu carregue você?

— Como? Você já está carregando o equipamento e o Dudley.

Coloquei o sling de Dudley no meu quadril, dando um tapinha no pequeno espaço ao redor da minha cintura onde ela poderia se encaixar.

— Bem aqui, princesa. Não vou deixar você cair.

Ela considerou a ideia por meio segundo e depois balançou a cabeça de forma maníaca.

— Não, não vai rolar. Vamos acabar logo com isso.

Ela avançou a passos largos e eu ri de novo, com o peito mais leve do que nunca, enquanto admirava aquela bunda linda durante toda a subida.

— Você estava certo. Muito obrigada por me trazer aqui.

Éramos as únicas pessoas por quilômetros, mas mesmo assim ela sussurrou no pequeno recinto de nossa barraca. O sol tinha começado a baixar quando chegamos ao topo e ela ficou maravilhada com a vista enquanto eu fazia um jantar rápido em um fogareiro, seguido de marshmallows malfeitos. April ria sem parar enquanto o chocolate e o marshmallow escorriam das camadas e desciam por seu pulso, levando-me a comer mais chocolate de seus dedos do que o dos biscoitos. Conversamos sobre tudo. Filmes favoritos. Pessoas que lembrávamos da infância. Livros que ambos havíamos lido. Romances que eu não tinha lido, mas que de repente estava desesperado para ler. As coisas que ela mais gostava em atuar — e esse tópico trouxe um brilho melancólico em seus olhos que me revirou por dentro. A única coisa sobre a qual não conversamos foi o futuro.

Aconchegados em nossos sacos de dormir, com os cães em um sono profundo aos nossos pés, deixamos a entrada da barraca aberta. Quando o crepúsculo começou a colorir o céu em tons de rosa e roxo, observavamos o sol desaparecer atrás da formação rochosa, trazendo consigo o velho com o qual se dizia que a montanha parecia. Eu nunca tinha conseguido visualizar antes, pois achava que o pico parecia mais uma cauda de pássaro do que um homem. Mas, com o dedo sardento de April traçando o contorno no ar, eu o vi.

— É como olhar para um gigante antigo em seu trono — sussurrou ela. — Observando o mundo mudar ao redor dele e sem nunca ser capaz de estender a mão e tocá-lo. É triste.

Como eu era, pensei. *Como eu era antes de você, princesa.*

Foi nesse momento que me permiti admitir que estava apaixonado por ela. É claro que eu a amava, uma parte de mim a amava desde os meus 14 anos. Eu não podia contar a ela, mas guardava aquela brasa perfeita no fundo do peito, ao lado daquela parte sombria de mim mesmo que perdeu anos acreditando que nunca teria a chance de amar alguém.

Ela mal conseguiu aguentar uma hora antes de deslizar pelo meu saco de dormir e, quando fizemos amor, foi entre gemidos e risadas abafadas. Seu corpo era macio e dolorosamente quente sob o meu. Estava tão apertado dentro do saco de dormir que só consegui abaixar a calça até os quadris, incapaz de colocar uma mão entre nós para tocá-la de todas as formas que eu queria. Não nos beijamos, estávamos ocupados demais olhando um para o outro no crepúsculo nebuloso. O vento agitava a barraca à medida que nossos gemidos aumentavam, cada vez mais intensos e rápidos com o passar dos minutos, nós dois desesperados para prolongar a conexão o máximo possível. Foi mais intenso do que qualquer coisa que eu já havia experimentado em minha vida e, quando gozei, uma lágrima rolou pelo meu rosto e caiu no chão, como um sacrifício à terra para que eu pudesse, de alguma forma, ficar com ela.

Como seres humanos, exigimos um começo e um fim para dar sentido ao mundo ao nosso redor. Mas para *aquilo* haveria um depois, e não um fim. Meu amor por ela era tão ilimitado quanto a montanha em que estávamos. Quando ela me deixasse, meu amor permaneceria, ardendo tão forte quanto agora.

Meu último pensamento antes de pegar no sono — o cabelo de April ainda fazia cócegas no meu nariz — foi um antigo poema de Burns que recitamos na escola:

Até que os mares sequem, minha querida,
E as rochas com o sol se derreterem;
Eu ainda te amarei, minha querida,
Enquanto as areias da vida correrem.

30
April

"SWEET NOTHING" – TAYLOR SWIFT

Acordei com o sol.

Ele nascia tão cedo durante os longos meses de verão que deviam ter se passado algumas poucas horas desde que caímos no sono, felizes e saciados, sussurrando segredos para lá e para cá até não conseguirmos mais sussurrar. Algo havia mudado durante nossa curta estadia em Storr; parecia que estávamos isolados em nossa própria ilha havia semanas.

Mal me abraçava contra o peito, a respiração suave agitando os fios de cabelo na minha têmpora, Garoto e Dudley roncando aos nossos pés, e eu pensei: *É isso.* Aquele sentimento inatingível que eu persegui durante metade da minha vida. Eu poderia viver aquele momento por mais mil anos sem nunca me cansar.

Mantive minha respiração lenta e uniforme para não o perturbar, mas logo Mal começou a se mexer, a boca indo direto para o topo da minha cabeça e depositando um beijo reverente. Podia ser imaginação minha, mas tive a impressão de que ele me abraçou um pouco mais forte.

Após longos momentos de silêncio, inclinei a cabeça para trás em direção à boca dele, pronta para mergulhar em seu beijo, quando ele se afastou para perguntar:

— Chá?

— Mais cinco minutos — sussurrei.

Seus lábios encontraram meu nariz gelado, minhas bochechas, minhas pálpebras.

— Quantos minutos quiser, princesa.

— Talvez dez, então — respondi com naturalidade, mas as palavras que eu estava guardando dentro de mim há dias ameaçavam escapar.

Eu te amo. O sentimento era tão grande que eu tinha medo de que saísse sem cuidado, como leite derramado em um balcão. Eu não queria pressioná-lo, ainda mais quando não sabia o que viria a seguir. No fim das contas, minha vida estava em Londres — tinha que estar. Estar apaixonada não mudava isso.

Durante toda a descida da montanha e a viagem de carro para casa, eu era a mais quieta. Mal caminhou firmemente ao meu lado, relembrando os tempos em que acampava ali com os irmãos, erguendo-me sobre as pedras e indicando o nome das plantas. O novo nível de tranquilidade que ele sentia ao meu redor tornava as palavras muito mais difíceis de conter.

Será que ele também me amava? Parecia que sim.

Havia alguma maneira de eu ficar ali para sempre?

Eu *queria* ficar ali para sempre?

As perguntas giravam em espiral dentro de mim. Eu odiava me sentir tão insegura. *Odiava* deixar as coisas por dizer. O "eu te amo" parecia uma bomba-relógio em meu peito — a qualquer momento, eu explodiria e gritaria aquelas palavras na cara dele.

Como se o próprio universo tivesse se cansado da minha enrolação e decidido acelerar minha escolha, encontramos o carteiro esperando do lado de fora da casa, acenando para nós enquanto o Land Rover do Mal deslizava com facilidade na estrada de terra. Clyde, o robusto e alegre homem de 40 e poucos anos, me mostrou seu habitual sorriso de flerte, dizendo que tinha uma carta que precisava da minha assinatura. Mal praticamente arrancou o pesado envelope das mãos do pobre homem.

Um *roteiro*. Reconheci o peso assim que Mal o colocou em minhas mãos. A única correspondência *física* que recebi desde que chegara ali. Isso, por si só, já deveria significar alguma coisa. Angela tinha enviado alguns outros por e-mail, mas nada que despertasse meu interesse.

Com o coração na garganta, corri para a cozinha e abri o envelope. Parei para ler a mensagem escrita à mão em uma nota adesiva rosa. *Hora de voltar para as câmeras?* Então, vi o nome da diretora e quase desmaiei. *Ainsley Clarke.*

Uma diretora que já havia ganhado o Oscar três vezes. *Ela só fazia um filme a cada cinco ou seis anos.*

Folheei as páginas com os dedos dormentes, encontrando outra anotação na primeira página. *Eles querem você para o papel principal. Ainda não está fechado, você precisa fazer um teste. Mas é a primeira opção deles.* A primeira opção foi sublinhada três vezes.

— O que é isso? — perguntou Mal, abrindo as botas.

Eu mal conseguia falar.

— É um… é um roteiro. De uma agência que quer me contratar.

Sua expressão se fechou de uma forma que eu não conseguia entender, mas ele se aproximou, lendo por cima do meu ombro, com a atenção voltada diretamente para o bilhete.

— Isso pode ser um golpe — disse ele. — Como você sabe que, depois de assinar o contrato, vai mesmo fazer o tal teste?

Aquele velho medo, a preocupação de que eu não poderia confiar em ninguém no setor a não ser em mim mesma, aumentou e veio abaixo como uma onda gigante.

— Minha amiga Sydney assinou contrato com eles e diz que são muito bons.

— A amiga que quase nunca liga?

Suas palavras não foram cruéis, mas, mesmo assim, eu estremeci. Ele tinha razão, a minha amizade com a Sydney era um pouco superficial e ela podia ser egoísta às vezes. Isso não a tornava uma pessoa ruim, mas era a verdade.

— Você acha que eu não deveria fazer?

Tudo dentro de mim se revirou enquanto esperava pela resposta de Mal, sem saber o que eu queria que ele respondesse.

Ele deu um suspiro trêmulo e, quando pensei que ia dizer "Não, não faça isso, princesa, fique aqui comigo", ele respondeu:

— Não é isso que estou dizendo. Só quero que tome cuidado, analise todas as possibilidades, coloque uma cláusula em seu contrato que diga que ele pode ser quebrado quando você quiser.

Congelei no lugar, olhando para ele. Era como se ele soubesse. Como se, de alguma forma, entendesse cada erro tolo que me levara a esse momento. Esperei que ele dissesse mais alguma coisa, mas apenas me encarou com firmeza.

Diminuí o espaço entre nós, deixando o roteiro cair no chão, envolvendo meu corpo ao dele.

— Você tem razão. — As palavras foram abafadas pelo moletom macio. — Não vou decidir nada agora.

Eu te amo.

Eu te amo.

Eu te amo.

A declaração pulsou e depois afundou na minha barriga, ainda tão verdadeira quanto uma hora antes, só que agora eu não tinha certeza do que queria.

31

Mal

"ROOTS" – GRACE DAVIES

— Como andam os eventos de degustação? — perguntou minha mãe, sua atenção passando de mim para April.

April olhou para mim enquanto colocava salada no prato, para entender se eu queria que ela respondesse. Concordei de forma discreta, afinal, os eventos tinham sido ideia dela.

April e Heather se alternaram para contar uma série de histórias divertidas sobre as degustações que haviam realizado nas últimas semanas. Heather fez as gêmeas rirem ao imitar um grupo de jovens rapazes quando se deram conta de que a celebridade que era crush deles seria sua guia durante aquela tarde.

— Hm… eu… hm — ela esfregou uma mão trêmula na sobrancelha, exagerando no movimento — eu costumava ter um pôster seu na parede… Aquele de biquíni branco.

Eu não gostei dessa história.

April ficou toda vermelha enquanto Callum gargalhava ao meu lado.

— Que estranho, eu tenho esse mesmo pôster em casa.

Enfiei o rosto dele na colher com purê de batatas que ele segurava e as meninas riram ainda mais.

Fazia duas semanas desde nossa noite em Storr. Duas semanas desde a melhor noite da minha vida. Duas semanas de felicidade misturada com preocupação. Nesse período, entramos em uma rotina, com o café da manhã na colina (eu até começara a alimentar as malditas raposas) e o jantar dividido entre a casa dela e minha cabana. Dias de trabalho árduo e noites cheias de diversão, sem passar um único dia separados. E, durante todo esse tempo, fiquei obcecado pelo roteiro. Eu o havia lido de cabo a rabo. Duas vezes. Era *bom*. Tão bom que, se ela conseguisse o papel, eu mesmo a colocaria na droga da balsa e amarraria meu coração ao lado dela.

April me garantiu que as coisas andavam a passos de tartaruga na indústria cinematográfica depois que ela telefonou para a agente, que concordou com as exigências de April sem tentar persuadi-la. April até me pediu para ouvir a reunião, pois valorizava minha opinião e confiava que eu defenderia os interesses dela. E foi o que eu fiz. Se meu amor por essa mulher me ensinou alguma coisa, foi o quanto eu me esforçaria para mantê-la feliz. Mas isso não impediu que aquela voz insistente sussurrasse que talvez eu pudesse ser egoísta, só dessa vez.

Após a conversa telefônica, ela enviou algumas gravações para um teste inicial e estava esperando uma resposta sobre uma possível audição. Eu não conseguia pensar em mais nada.

— Parece que está indo bem, então? — Minha mãe sorriu e April retribuiu o sorriso de forma um tanto tímida, tirando-me de minhas reflexões.

— Tão bem quanto poderia estar a essa altura, ainda temos que ver como será o inverno, que costuma ser mais parado.

— Ah? — Minha mãe pareceu surpresa e, sem querer, tocou no assunto que ninguém queria mencionar. — Está pensando em ficar na ilha até lá?

Fiz uma pausa com o garfo cheio de comida na boca. Senti April tensa onde seu cotovelo roçava o meu. Ela estava tentando encontrar uma resposta.

— Bem…

— E quanto a você, Malcolm? O que está fazendo enquanto as mulheres trabalham duro?

A voz do meu pai cortou a atmosfera como uma briga em uma festa de aniversário de criança. Os talheres se chocaram contra os pratos. April apoiou a mão na minha coxa por baixo da mesa.

A mesma tensão de sempre subiu pelo meu pescoço, uma pequena picada entre as omoplatas, mas não desviei o olhar do meu prato.

— O mesmo de sempre, pai — respondi, colocando mais salada em meu garfo.

Meu pai inclinou seu copo para April.

— Você transformou aquele lugar, Elsie. Você sempre teve ambição, Kier a admirava por isso.

— *April* — corrigi de forma mordaz.

A insinuação de que eu não tinha ambição não me machucou tanto quanto antes. Eu sabia que o trabalho era importante para mim e para a comunidade. Para April. O fato de meu pai não conseguir enxergar o valor disso não mudava nada.

Coloquei mais comida na boca, contente em ignorá-lo. April não tinha tal intenção.

— A nova garrafa de 47, da qual vendemos vinte em uma única noite, foi criação do Mal. — Sua voz era dura como aço enquanto encarava o homem que eu havia amado e odiado por toda a minha vida.

— Princesa — murmurei em voz baixa. — Você não precisa…

Ela olhou de volta para mim, com os olhos brilhando de mágoa. *Magoados por mim.*

— *Alguém* precisa. — Ela olhou para meu pai de novo, que comia na ponta da mesa como se nada tivesse acontecido, e pousou o copo na mesa com um baque. — Quem você acha que cuidou da destilaria enquanto Kier estava doente? Na verdade… quem você acha que estava administrando aquele lugar enquanto Kier pirava? Investindo o próprio dinheiro sem receber um salário de verdade? Quem você acha que fazia os reparos, gerenciava a equipe e fazia a contabilidade? Quem você acha que impediu que a casa caísse aos pedaços na cabeça de Kier?

Eu me virei bruscamente para ela, o coração apertado de uma forma deliciosa em meu peito. Senti o olhar de todos na sala, mas não consegui desviar de April. Eu estava prestes a arrastar a boca dela na minha quando um estrondo nos fez estremecer.

— Jim — minha mãe gritou, levantando-se e indo até meu pai na ponta da mesa.

O copo dele estava quebrado a seus pés, o vinho vermelho parecia sangue derramado no ladrilho de pedra. Ele estava piscando sem parar, abrindo e fechando as mãos ao lado do corpo.

— O que eles estão fazendo aqui? — murmurou ele. — Ainda é quarta-feira, vocês não deveriam estar aqui. — Sua voz soou tão pequena de repente, nada parecida com a do homem que me criou.

Todos nós olhamos um para o outro, as gêmeas rindo enquanto Ava corrigia:

— É sábado, vovô.

Só encontrei uma compreensão sombria no rosto dos meus irmãos.

Meu pai balançou a cabeça com fúria enquanto minha mãe fazia o possível para acalmá-lo.

— Está tudo bem, Jim, talvez seja melhor você se deitar.

Ele olhou para minha irmã.

— O que você fez com seu cabelo, Iris?

Ela empalideceu.

— Sou eu, papai... Heather.

Meu pai fez um som horrível de vômito e levei um momento para perceber que ele estava chorando. Todos nós ficamos parados no mesmo lugar, atônitos. Eu nunca tinha ouvido meu pai chorar antes. Callum foi o primeiro a reagir, a expressão séria pela primeira vez, enquanto colocava o braço de nosso pai sobre seu ombro e o conduzia pelo corredor até o quarto.

— Por que você não me contou? — rosnei assim que Callum apareceu.

Eu havia me retirado no mesmo instante para meu antigo esconderijo, longe das vistas de quem estivesse na casa, atrás da estufa do meu pai. Quase não senti o vento frio que soprava em minhas roupas e cabelo. April tentou me seguir quando o caos na cozinha diminuiu, mas eu estava prestes a explodir e não podia tê-la por perto.

Meu irmão congelou no caminho de pedra, com as mãos enfiadas nos bolsos.

— A gente queria, mas não sabia como.

— É só vir e falar: "Ei, Malcolm, nosso pai tem Alzheimer". — Eu me levantei. — Há quanto tempo você sabe?

— Há seis meses. Heather descobriu há algumas semanas. Mamãe guardou segredo o máximo que conseguiu, mas ele precisa de cada vez mais ajuda.

— Seis meses! — Apontei um dedo acusador no peito dele. — Você contou para Alastair?

Callum ficou tenso.

— Sim… Ele disse que vai voltar para casa assim que puder. — Cal parecia não acreditar, mas eu não estava preocupado com Alastair naquele instante.

— Seis meses é tempo mais do que suficiente para descobrir uma maneira de me contar.

— Você nunca está por perto, a gente achou que, talvez, não fosse se importar… — Ele estava se encolhendo antes mesmo de as palavras saírem de sua boca. Ergueu uma mão para apaziguar. — Não foi isso que eu quis dizer, o que queria dizer é… Vocês dois têm um relacionamento complicado, nem sempre é fácil de lidar.

Eu bufei com a descrição.

— É a isso que se resumem trinta anos de mágoa? *Complicado?* Não é justo, e você sabe disso.

— Acha que ele só pegou pesado com você na infância? — Ele ergueu as mãos. — Você acha que é o único que tem medo de vir visitar todo fim de semana? Só que eu sou o filho mais velho, então não tenho como escapar.

Eu não sabia o que pensar, como processar tudo, então me agarrei à única coisa que parecia certa. Minha raiva cega. Aproximei-me, rosnando em seu rosto. Foi a primeira vez que percebi que era mais alto que meu irmão mais velho.

— Sinto muito por não ser o filho perfeito que você é, Callum. Sinto muito que tudo em minha vida não aconteça do jeitinho que eu quero!

A risada de Callum foi tão amarga que me fez recuar.

— Você acha que tudo acontece fácil pra mim? Que eu consigo tudo o que quero? Você não sabe nada de quem… — Ele se interrompeu, fechando os olhos. —... *o que* eu quero. — Eu nunca tinha visto meu irmão daquele jeito, não sabia o que dizer. Ele não me deu a chance de tentar. A postura de combate se esvaiu e ele se aproximou, me segurando pelo ombro. — Desculpa por não termos contado antes. A gente deveria ter contado. Mas não finja que estamos falando só do papai agora. Não sei o que mais está acontecendo com você... mas posso adivinhar a causa. — Ele olhou para trás, para a casa. Eu podia ver o cabelo de April pela janela, sorrindo durante um jogo de tabuleiro para manter as gêmeas distraídas. — Se você quer que ela fique, tem que falar para ela. Você precisa lutar por alguma coisa, Mal.

Alzheimer. A palavra havia perdido todo o significado, girando em minha mente sem parar.
Alzheimer.
Alzheimer.
Um distúrbio neurológico progressivo que causava o encolhimento do cérebro e a morte das células. No caminho para casa, eu havia pesquisado a definição no Google, já sabendo muito bem o que o diagnóstico significava. Foi só quando senti as mãos de April puxando meu casaco que percebi que estávamos no chalé. O espaço estava frio e escuro, o ar um pouco pesado pela falta de uso. Deixei que ela me empurrasse para a poltrona e observei atordoado enquanto April acendia o fogo na grelha, com mãos seguras e capazes. Ela se virou para mim minutos depois, subindo em meu colo e sussurrando contra minha pele:
— É ridículo pedir desculpa?
Fechei os olhos e a apertei contra mim.
— Não quando você é sincera.
— Desculpa se causei tudo aquilo...
— Você não causou nada. Ele sempre foi um canalha odioso, com ou sem Alzheimer. Você não fez nada de errado.
Ela me defendeu, foi o que ela fez. Eu nunca havia percebido o quanto precisava de alguém me defendendo antes.

Ficamos sentados por alguns momentos em silêncio, com o crepitar das toras de madeira como trilha sonora para meus pensamentos crescentes. Fazia quantas semanas que minha mãe estava tentando nos reunir? Quantas vezes eu havia evitado todas as tentativas dela? As palavras de Callum não paravam de se repetir em minha cabeça. *Acha que ele só pegou pesado com você na infância?* Ele estava certo, era o que eu achava. Callum era o filho mais velho. O orgulho e alegria do nosso pai. O padrão impossível pelo qual o resto de nós era medido. Mas Callum era sete anos mais velho que eu, tinha tanta coisa que eu não tinha presenciado. Por mais difícil que fosse viver à sombra de Callum, pela primeira vez em minha vida pensei em como deve ter sido estabelecer esse padrão.

Meu pai andava cada vez mais grosseiro, o que, percebi, era culpa da doença. E eu o evitava cada vez mais. Não era de se admirar que minha mãe tivesse suportado tudo sozinha por tanto tempo. Não era de se admirar que Callum e Heather não tivessem me contado.

— Como você está se sentindo? — perguntou ela, por fim.

— Não sei… confuso. Triste. Culpado.

Ela se virou até conseguir ver meu rosto.

— Por que se sente culpado?

— Por não ter percebido antes. — Dei de ombros. — A barreira que coloquei entre mim e toda a minha família.

Ela segurou minhas bochechas, os polegares passando para cima e para baixo.

— Sabe que a distância entre vocês não vira culpa sua só porque ele está doente, certo? Isso não faz de você o vilão.

Tive que engolir as lágrimas antes de dizer:

— Eu sinto como se fosse o vilão.

— Não, meu bem, *nunca*. E essa doença não quer dizer o fim do caminho. Se você decidir perdoá-lo, ainda há tempo. Mas você não tem que carregar esse fardo sozinho. Precisa da sua mãe, da Heather e do Callum. Precisa de sua família ao seu redor.

Eu preciso de você, não sei como vou fazer isso sem você, eu queria dizer — e teria dito, mas o celular dela piscou, com a tela para cima no braço da cadeira e nós dois o olhamos por instinto. Ela virou o celular, mas não antes de eu ver uma mensagem aparecer na tela.

— O que é?

— Não deve ser nada. Agora não é a hora.

— Agora é a hora, com certeza, uma distração cairia bem.

Ela levantou o celular, desbloqueando a tela para ler a mensagem. Ela fez uma pausa, erguendo os olhos para procurar os meus.

— Consegui o papel no filme.

— Mas você… — As palavras foram interrompidas. Senti como se estivesse me afogando. — Você ainda não fez o teste.

— De acordo com Angela, Ainsley Clarke já tinha bastante certeza antes de receber minhas fitas.

Eu não tinha como responder, então estendi a mão para o celular, precisando ver com meus próprios olhos. As palavras estavam borradas na tela, um jargão que eu não conseguia nem começar a decifrar enquanto a sala balançava ao meu redor. Apenas duas coisas se destacavam. *Londres. Daqui a dois dias.*

— Você vai para Londres.

Não era uma pergunta, mas ela respondeu mesmo assim.

— Sim.

Minha respiração acelerou. As mãos suavam e começaram a formigar. Então, uma notificação contendo uma única palavra apareceu na parte superior da tela, confusa o suficiente para me acalmar.

Vadia.

Cliquei nela sem pensar, um pouco surpreso ao ver uma foto minha na tela. Reconheci a imagem como sendo do dia em que acompanhei April até seu carro, algumas semanas antes. Eu estava de lado, com minhas feições pouco visíveis, meu corpo curvado de forma protetora sobre a figura menor de April. Estávamos juntos, minhas mãos a prendiam ao carro enquanto nos beijávamos com intensidade. Ficamos bem juntos. *Certo.*

Então notei o comentário de novo, *vadia,* com o nome dela marcado ao lado da palavra. Antes que eu pudesse me conter, cliquei nas respostas e percorri comentário após comentário, insulto após insulto. Nenhum deles foi dirigido a mim. Meu corpo deve ter revelado minha fúria, porque April espiou a tela por cima.

— O que foi?

— Esses comentários, quem são todas essas pessoas? — Minha voz era um atiçador em brasa.

A mudança nela foi instantânea. Ela curvou os ombros, a luz em seus olhos diminuindo enquanto puxava o celular de volta e bloqueava a tela sem olhar.

— Ignore... São uns babacas aleatórios.

Como ela poderia esperar que eu ignorasse aquilo? As coisas que eles estavam dizendo, como a chamavam. Ela nem sequer pareceu surpresa.

— Temos que denunciar.

— A quem eu denunciaria? Os moderadores de redes sociais não se importam. Para cada cem comentários que eu denuncio, talvez um é removido, se eu tiver sorte. É melhor não ler.

Essa é a realidade da vida dela, percebi. A tristeza de April naquela noite de bebedeira voltou à minha memória, tão fresca que quase consegui vê-la diante de mim.

— Eu não consigo entender. — Tentei controlar minha raiva, mas as palavras soaram duras até para meus próprios ouvidos. — Por que você quer isso? Por que continuar se expondo para que esses babacas machuquem você?

Ela parecia indignada. Segundos antes, estávamos mais próximos do que duas pessoas jamais poderiam estar, e agora, ainda que ela estivesse *ali* fisicamente, podia sentir que ela se afastava.

— Porque é o meu trabalho.

— Algumas semanas atrás, eu te abracei enquanto você chorava por causa de todas as merdas que essa indústria faz você passar, princesa. Eu não...

— O quê? — Ela se afastou. Suas sardas se destacavam na pele pálida. — Do que você está falando? Quando foi que eu chorei?

— Na noite... na noite em que eu trouxe você do bar para casa. — Ela fechou a boca, piscando sem parar enquanto tentava se lembrar daquele dia. — Eu não toquei no assunto antes porque não sabia se queria mesmo compartilhar essa informação comigo. Queria que você confiasse em mim o suficiente para me contar, não para sussurrar confissões quando estivesse bêbada e triste.

— Eu contei... contei do Aaron?

Aaron. O nome dele se encaixou, atingindo o primeiro lugar na minha lista de inimigos.

— Você não me disse o nome dele, apenas que assinou um contrato que não deveria ter assinado.

Ela deve ter percebido meu desânimo, porque respondeu na mesma hora:

— Eu não contei não por não confiar em você, mas porque estou com raiva de mim mesma e dele. Quero esquecer que isso aconteceu.

Minhas mãos se curvaram sobre as dela.

— Eu jamais te julgaria.

Ela apertou o lábio inferior entre os dentes, mordendo quando ele começou a tremer.

— Pode ser que julgue quando souber de tudo.

— *Nunca.*

Esperei enquanto ela apertava os dedos na minha camisa, baixando a cabeça.

— Eu assinei contrato com Aaron quando tinha 19 anos. Ele virou meu empresário e fazia um bom trabalho, na maior parte do tempo. Ele me conseguiu audições com diretores com os quais eu sonhava em trabalhar e, em troca, quando me disse para mudar minha aparência, eu concordei. Quando sugeria uma dieta rigorosa, eu a seguia sem questionar. Dizia a mim mesma que ele sabia o que estava fazendo. As pessoas o chamavam de canalha e eu as ignorava. Ele era um tanto durão, mas era uma pessoa que você queria ter ao seu lado. — Precisei de todo o meu esforço para manter o ritmo lento de minhas mãos em seus braços nus e não as imaginar enroladas no pescoço do maldito canalha. — Então, alguns anos atrás, eu terminei um namoro de bastante tempo. Aaron se ofereceu para me levar para jantar, para me animar, e foi só quando estava na metade do prato principal que me dei conta de que aquilo era um encontro. Fiquei desconfortável, mas… Não sabia como dizer isso para ele, não queria magoá-lo. Então, quando ele me beijou no final da noite… eu permiti. — Minhas mãos pararam nos ombros dela. — Eu me convenci de que talvez fosse uma boa ideia sair com ele, tínhamos uma ótima relação de trabalho e até que ele era atraente. — Ela suspirou, trêmula. — Aposto que você deve me achar muito burra, né?

— Não, princesa, não acho que você seja burra.

Já ele...? Sim, tinha algumas coisinhas para dizer a respeito dele.

— Durante algumas semanas, as coisas pareciam bem, ele era atencioso e gentil, sempre me comprava presentes. E então tudo ficou intenso demais, ele se tornou muito inseguro e queria passar o tempo todo junto. Depois de um mês de namoro, ele me pediu pra morar com ele e começou a me pressionar para transar. — Ela parecia ficar menor à medida que falava. Sua voz se reduzia a um sussurro. — Isso se chama *"love bombing"*, mas eu não conhecia o termo na época. Foi só quando eu disse que não poderia continuar com aquilo que me dei conta de como tinha sido idiota, porque ele tinha minha carreira inteira nas mãos. Ele passou a bloquear todos os trabalhos que chegavam do meu agente, todas as entrevistas, todas as audições.

Eu poderia matá-lo.

— Você não podia contar à sua agência? — disse, entredentes.

— Ele tinha... tinha acesso a todas as minhas redes sociais, disse que faria login e escreveria coisas que eu jamais diria. Ele me disse que tinha... fotos... de mim no celular. Felizmente, isso acabou sendo mentira. Mas ele ameaçou me arruinar e eu acreditei nele.

Observei as lágrimas escorrerem pelo queixo dela, invadido por uma fúria que nunca tinha sentido antes. Eu queria destruir o mundo todo até segurar aquele homem covarde em minhas mãos. Puni-lo por cada grama de dor que ele havia causado à minha mulher — *a qualquer* mulher, porque agressores nunca agiam uma única vez.

— Aceitei qualquer trabalho que ele permitisse, os reality shows ridículos, a dança e as redes sociais, qualquer coisa que eu pudesse fazer para sobreviver...

— E agora?

— Algumas das outras clientes dele prestaram queixa e eu me senti segura para fazer o mesmo. — Seu lábio inferior tremeu mais um pouco.

— Fui uma covarde por não ter feito isso antes.

Balancei a cabeça bruscamente.

— Isso não é verdade, você não tinha como saber que ele não cumpriria as ameaças.

Ela enxugou as bochechas.

— Ele não enfrentou nenhuma acusação criminal, mas foi demitido e virou *persona non grata*, então suponho que seja algum tipo de justiça.

— Queria que tivesse uma forma de mudar tudo isso, de impedir que você vivesse um único momento dessa situação. — Penteei o cabelo dela para trás para olhar em seu rosto, o rosto que se tornara mais vital para mim do que o ar em meus pulmões. — Ainda não entendo por que você voltaria para essa vida. É por causa do salário? Como a destilaria está ganhando dinheiro agora, você não precisa dele. Você pode só ser… feliz.

Comigo.

Ela enxugou outra lágrima do olho.

— A destilaria não está dando dinheiro.

— O quê?

— Está dando dinheiro, mas não o bastante.

32

April

"SOMETHING IN THE ORANGE" – ZACH BRYAN

— Está dando dinheiro, mas não o bastante — falei como se tirasse um peso enorme dos ombros.

Observei enquanto o rosto dele mudava de suplicante para confuso, com linhas pesadas riscando sua sobrancelha normalmente lisa.

— Não estou entendendo, princesa.

A verdade a libertará. Nesse caso, a verdade parecia mais com uma lâmina escondida.

— A destilaria e a casa... não foram deixadas para mim no testamento, Mal. Eu já era a dona de tudo isso.

Eu o observei processar as informações, como se estivesse observando um grande relógio marcar o tempo.

— Na casa dos meus pais, você mencionou que Kier estava pirando. O que quis dizer com isso?

— Kier estava com dívidas, *afundado* em dívidas. Quando as coisas começaram a dar certo para mim, eu mandava dinheiro para ele de vez em quando. A destilaria não estava tão movimentada como antes e ele não queria demitir funcionários. Então, um dia, ele me ligou do nada, completamente transtornado, confessando que tinha um problema com jogos de azar. Pedi ao meu contador da época que desse uma olhada nas finanças. A dívida dele era tão grande que o banco estava ameaçando tomar tudo.

— Você pagou a dívida para ele — complementou Mal, adivinhando.

Assenti com a cabeça.

— Paguei grande parte da dívida e comprei as propriedades, mas a destilaria ainda precisava de muito investimento só para continuar funcionando, e então aconteceu o Aaron… e eu aceitei todos os empregos que pude para impedir que a gente afundasse.

— Por que você não me contou? — exigiu ele. — Eu poderia ter ajudado.

— Eu ia contar naquele primeiro dia, mas então você me disse que estava comprando a destilaria em prestações. Kier estava tirando dinheiro do seu salário sem intenção de vender, porque não tinha como vender. Ele estava te manipulando, Mal. Como eu poderia mudar para sempre o homem que ele era aos seus olhos? Pensei que, se pudéssemos criar um fluxo constante de renda, ficaria tudo bem e que, um dia, a destilaria poderia ser sua sem que você precisasse saber a verdade. Esse filme é a única maneira de garantir isso. — A ferocidade nos olhos dele se transformou em dor e vi o momento exato em que algo dentro dele se desfez. Eu o abracei. — Sinto muito… Sinto muito, muito, muito.

Ele me segurou e eu o senti tremer, mas no fim das contas era eu que tremia.

— Kier tinha defeitos, como qualquer outra pessoa — disse ele, por fim, contra minha bochecha. — Eu sempre soube quem ele era. Senti o amor dele por mim, assim como senti o amor dele por você. Isso não mudou.

— Como você pode perdoá-lo com tanta facilidade?

Como, se eu temia que uma parte de mim nunca o perdoaria?

— Porque estou fazendo isso por mim. Eu me recuso a deixar que cada momento com Kier se torne uma mentira. Muitas pessoas já nos decepcionaram em nossas vidas, April, não vamos deixar que ele se torne mais uma.

Mal estava certo. Eu consegui encontrar paz com minha mãe porque tinha parado de esperar coisas dela. Não conseguia fazer o mesmo com Kier porque ele sempre, sempre esteve ali quando precisei.

Eu me recostei no colo dele, deixando seu cabelo grosso deslizar por entre meus dedos. Ele se entregou ao meu toque.

— Você vai aplicar essa lógica ao seu pai?

— Vou tentar. — Ficamos abraçados em silêncio por um momento, até que ele disse, por fim: — Você precisa fazer esse filme. — Ele parecia cansado. Derrotado.

— Eu preciso fazer esse filme — concordei.

Eu esperava que Mal dissesse mais alguma coisa, mas ele só passou um braço por baixo dos meus joelhos, me puxando para seu peito.

— Vamos para a cama.

Ele se levantou e atravessou o quarto, deitando-me no colchão. Ele me despiu devagar, com os olhos fixos nos meus enquanto tirava as sandálias dos pés, depois abria o zíper do meu vestido, dobrando-o com cuidado na gaveta. Minha roupa íntima veio em seguida e foi só depois de me deixar nua que segurou meu cabelo e me beijou, adorando minha boca. Foi um beijo que disse o que nossas palavras não conseguiram dizer. *Ele me ama.* Ele beijou a declaração na minha boca, minhas pálpebras, a pele sobre meu coração. Meus lábios diziam o mesmo na pele nele. De joelhos, eu o vi cair em êxtase, murmurando as palavras em torno de sua carne quente enquanto falava.

Quando ele me penetrou, resmunguei baixinho e ele se retesou.

— Qual o problema?

— Estou cheia de dores… É sexo demais.

Ele começou a se retirar, mas eu o segurei com força entre as pernas, afastando o cabelo que haviam caído em seus olhos.

— Não pare, eu preciso muito de você, Mal. *Meu* Mal.

— Sim, seu, princesa. *Sempre.* — Ele trocou nossas posições, fazendo amor comigo devagar, por trás, uma mão me acariciando com suavidade entre as pernas, a outra segurando meu peito, bem onde meu coração acelerava. — Sempre só seu.

Nunca dissemos as palavras em voz alta e, durante o restante da noite, nenhuma palavra foi dita. Porque nós dois sabíamos: eu precisava fazer aquele filme e não podia deixá-lo.

33

Mal

"FEELS LIKE" — GRACIE ABRAMS

O cabelo dela era como chamas sobre o travesseiro, a respiração constante e uniforme, ainda que não tivesse dormido nada bem. Ela se remexeu por horas, se enroscando cada vez mais no meu braço para depois se afastar de novo. E a cada mudança de posição eu resistia à vontade de prendê-la a mim, de abraçá-la o mais forte possível, enquanto eu ainda podia. Cada expiração suave era como areia deslizando em uma ampulheta. Cada contração de suas pálpebras era como uma faca em minhas entranhas.

Eu era um tumulto de ansiedade, meu cérebro repleto de pensamentos intrusivos que não podiam ser diminuídos com o passar das horas. Meu pai. Callum. Kier. April. Era coisa demais. Tentei acalmar minha respiração, isolar cada emoção e rastreá-la até a fonte. O que mais se destacou foi a culpa. Meu peito ardia com ela. Eu havia falhado com todos que precisaram de mim. Acima de tudo, eu havia falhado com April.

Durante todo aquele tempo, ela não apenas estava carregando o peso das próprias preocupações sobre os ombros, mas também o peso das preocupações de Kier e, por consequência, as minhas. Durante toda a noite, nossas primeiras interações se projetaram em minha mente como um filme que se repete. Cada momento de crueldade e acusação. Eu basicamente a chamei de interesseira, e April absorveu cada golpe, carregando o fardo para que eu não precisasse.

Ela se mexeu de novo, o lençol deslizando de forma sedutora na curva de seu ombro enquanto me abraçava, uma perna sedosa deslizando entre as minhas pernas maiores. Como foi possível não amar essa mulher em algum momento? Aquele homem parecia tão distante de mim agora que eu sabia que nunca mais seria ele. Que bom. A única coisa que importava agora era fazê-la feliz.

Eu queria implorar de joelhos para que April ficasse. Mas o que ela havia revelado sobre Kier e a dívida parecia grande demais. Eu não sabia como começar a resolver aquilo. Desejei ter um mal para destruir. Um dragão para matar. Um desafio físico que eu precisasse superar para salvar o dia como um herói em um filme. Mas tudo o que eu tinha era *eu mesmo*.

Não aguentava olhar para um futuro que não poderia ter por nem mais um minuto sequer, então depositei um beijo na têmpora dela, tracei a espiral sedosa de um único cacho e saí da cama. Dudley permaneceu aninhado no colo de April, mas Garoto levantou a cabeça assim que enfiei os pés nas botas, seguindo-me fielmente até o sol da manhã.

Subimos a colina, com o mar, o sal, a urze e aquela sensação indescritível de estar em casa me invadindo. *Será que voltaria a me sentir assim depois que ela partisse?* Já sabia que não. Eu era como um dos meus quebra-cabeças. April havia desmontado toda a minha vida em questão de semanas e me remontado de uma forma que o antigo eu não se encaixava mais. Eu havia mudado irrevogavelmente, mas quem sabe, talvez, uma parte dela também tivesse mudado ao longo do caminho.

— Você tem que lutar por alguma coisa, Mal — sussurrei, recostando-me em meus calcanhares. Garoto deu um sólido latido de concordância.

E foi ali, olhando para o nascer do sol que me lembrava aquele roupão horrível que April tanto amava, que tomei a decisão. Talvez eu não pudesse dar a ela um motivo para ficar, mas pode ter certeza de que eu lhe ofereceria um lar para onde voltar.

34

April

"I GUESS I'M IN LOVE" – CLINTON KANE

— Para onde eles foram? — perguntei a Dudley, que em algum momento havia se enfiado debaixo dos lençóis da cama e roubado o travesseiro de Mal.

Meu cachorro bocejou, o corpo todo tremendo enquanto esticava as três patas, fazendo uma flexão de costas profunda que faria até o mais talentoso praticante de ioga chorar de inveja. Em seguida, olhou para mim como se dissesse: "Não sei, mulher, eu estava dormindo, assim como você".

— Ainda bem que não adotei você para me proteger — murmurei, levantando-o da cama porque ele ainda não conseguia pular direto no piso de madeira do chalé.

Vesti uma das camisas do Mal e um par de suas meias grossas que eu havia adotado como minhas e saí para encontrá-los.

Ouvi o Mal antes de vê-lo.

— *Essa porra inútil do caralho!* — rugia ele. — Por que você não funciona? — Eu o vi curvado sobre alguma coisa na colina, a cerca de trinta centímetros da borda do penhasco. Garoto pulava ao lado dele, cada latido ampliado pelo vento forte.

— Mal? — eu disse, me aproximando. A grama estava úmida, encharcando minhas meias e deixando meus pés dormentes. — O que você está fazendo?

Ele ainda usava a calça de pijama azul-marinho, com as bainhas enfiadas em botas pretas. Pude ver pelo vermelho brutal de suas mãos e bochechas que estava ali fora fazia algum tempo.

Ele se levantou, girando e estendendo as mãos como se quisesse bloquear a forma de madeira semiconstruída atrás dele.

— Não era para você ver ainda — disse ele, mas eu estava muito ocupada olhando para o rastro de sangue que escorria pelo pulso dele.

— Você se machucou.

Ele engoliu em seco, colocando a mão para trás.

— Eu estava tentando fazer algo pra você, mas parece que não consigo nem mesmo fazer trabalhos básicos com madeira.

— Não me importo com isso. Me deixa limpar sua mão.

Eu o alcancei e ele recuou um passo, se afastando.

Seu corpo inteiro tremia.

— Espere... Só me deixa dizer o que preciso dizer.

O vento estava frio, moldando a camisa dele no meu corpo, causando arrepios em toda a minha pele. Mas era o medo, não o frio, que me fazia tremer.

— Está bem. — Assenti, os braços apertados em volta de mim. Mal estava tão agitado que eu queria correr até ele. Forcei-me a fazer o que ele pediu e me mantive imóvel.

Ele passou uma mão trêmula no rosto.

— Fiquei acordado a noite toda tentando entender a situação e... Não tenho nada, princesa, absolutamente nada para oferecer, exceto isto... — Ele se afastou, revelando o que eu supunha ser um banco. Uma das pernas era mais curta do que as outras três e parecia que um vento mais forte poderia desmontá-lo. Lágrimas se acumularam em meus olhos. — Ficou horrível! Uma coisa monstruosa! Ao que parece, não consigo fazer um banco nem que minha vida dependa disso e eu amo você! — Ele praticamente gritou tudo isso, jogando a declaração para mim.

Eu me abracei com mais força. Percebi que a mandíbula dele estava cerrada sob a barba, como se as palavras tivessem escapado antes que ele pudesse segurá-las.

— Você me ama ou está apaixonado por mim?

— O banco…

Balancei a cabeça.

— Mal, não me importo com o banco. Você está apaixonado por mim?

Ele soltou todo o ar em um único sopro e se aproximou até que tudo o que eu podia ver era ele.

— Desesperadamente. — Ele parecia derrotado. — Não sou o Tom Hanks, não sei dizer as palavras que você merece ouvir. Não posso encontrar você no topo do Empire State Building. — Ele começou a passar a mão nos cabelos, percebeu que ainda sangrava e a deixou de lado. — Você *precisa* ir embora, e eu nunca vou tentar impedir. Mas que tal assim… Quando você for embora, e se eu continuar amando você? Para o resto da minha vida. O que acha? — Eu não tinha palavras. Sua declaração abriu caminho dentro do meu peito e roubou tudo o que eu estava morrendo de vontade de lhe dizer durante todas aquelas semanas. — Entendo que essa não é a declaração de amor mais saudável — continuou ele —, mas você literalmente me trouxe de volta à vida e me fez acreditar em mim mesmo como ninguém jamais conseguiu. Eu queria ter algo para dar em troca. Queria que você soubesse que sempre terá um lugar no mundo onde alguém te ama, um lugar onde alguém se pergunta onde você está e se você está bem. Um lugar onde você estará segura se quiser voltar. Um *lar*.

— Mal… — Seu nome saiu tão seco quanto a areia do deserto. — Não é só que eu preciso fazer esse filme, eu *quero* fazer.

— Eu sei. — Ele assentiu um tanto brusco e eu o observei tentar juntar os pedaços de si mesmo à força. — Não deveria ter colocado todo esse peso em você… me desculpe.

— Mas que tal assim — disse as palavras de volta para ele, deixando todo o calor dentro do meu peito vazar para a minha voz. — Eu vou embora às vezes… só quando preciso. Mas eu sempre, *sempre* volto pra você.

Os olhos dele, antes opacos, brilharam. A cautela e a esperança irrefreável se chocaram até que rolavam tão estrondosamente quanto as ondas abaixo dele.

— Você estava indo embora — disse ele, por fim, sem acusação.

— Sim… você leu o e-mail. Preciso ficar em Londres por três dias, tempo suficiente para fazer algumas leituras e testes de química. Depois, volto direto pra você. Atuar é meu trabalho, mas esta é minha casa, Mal, como você disse. Este lugar, mas, mais importante que ele, você. Nunca me senti tão em paz, tão *eu mesma*, como me sinto aqui com você. Adoro meu trabalho, mas nunca mais vou deixar que ele consuma toda a minha vida.

Ele parecia atônito, com os dedos flexionados ao lado do corpo.

— Você já pretendia voltar?

— Claro que sim. Eu também amo você! — gritei. — Perdemos tanto tempo, Mal, que não quero me separar de novo.

Em um piscar de olhos, eu estava em seus braços, meus pés saindo do chão para me enrolar na cintura dele. Mal me abraçou, nós dois chorando sem vergonha enquanto ele me olhava com uma ternura que eu não teria sido capaz de imaginar semanas antes.

— Tudo vai ficar bem, princesa. Podemos vender a destilaria, vou conseguir dois empregos, farei o que for preciso.

Encostei minha testa na dele, deixando o azul-acinzentado de seus olhos eclipsar todo o resto.

— Talvez não seja necessário. Se o filme sair como planejado, será o suficiente para quitar o restante da dívida e muito mais.

Enquanto eu dizia aquelas palavras, ele já estava se movendo, manobrando-nos para dentro do chalé apenas com a memória muscular e indo direto para o banheiro. Tiramos nossas roupas em tempo recorde, sem nem mesmo esperar a água esquentar antes de entrar no chuveiro. Mas, quando nos juntamos, foi sentindo um sabor de cada vez, porque tínhamos todo o tempo do mundo.

E, quando ele me empurrou contra o vidro embaçado, passando aqueles dedos calejados ao redor das minhas coxas para me abrir mais, eu sussurrei:

— Mal, isso significa que posso pegar minha lingerie de volta?

Sua risada foi suave. Rouca. *Feliz.*

— Ah, princesa, nenhuma chance de isso acontecer.

EPÍLOGO

April

"CALM" – VISTAS

Bati os pés no degrau da entrada do chalé, sacudindo a neve das botas enquanto a chave girava silenciosa na fechadura. O ar quente que soprava lá dentro era como um par de mãos acolhedoras. A luz suave que se espalhava ao meu redor vinha da árvore de Natal pequena, mas bem decorada, colocada no canto entre a poltrona e a lareira.

Como era de se esperar, Mal era um Grinch que se recusava a decorar para o Natal e eu estava determinada a convencê-lo por meio de várias chamadas de vídeo do meu set de filmagem quente demais em Algarve. Eu havia montado uma arvorezinha portátil com algumas decorações baratas em meu trailer no final de novembro, mas não surtiu o efeito desejado.

No final, eu nem precisei pedir. Mal fez uma videochamada depois do que ele sabia ter sido um dia exaustivo de filmagem, com o iPhone novinho em folha apoiado em uma pilha de romances meus para os quais ele havia liberado espaço em suas prateleiras já cheias. Ele me disse para observá-lo enquanto decorava uma pequena e triste árvore cheia de luzes multicoloridas e enfeites horrorosos, até que os galhos começassem a se dobrar com o peso. Ele até colocou uma playlist de Natal. Eu chorei, é claro. Já estava longe havia cinco semanas e sentia muita falta dos meus três meninos.

Coloquei a bolsa ao lado da porta, desenrolei meu cachecol e tirei as botas com movimentos silenciosos, desesperada para não o acordar enquanto me aproximava da cama. Mal dormia profundamente no emaranhado de lençóis azul-marinho, a respiração suave se misturando aos roncos mais pesados dos cães. Mesmo dormindo, ele parecia exausto. Depois que caiu na boca do povo que eu era a dona, ou, como era o caso agora, uma das sócias, a destilaria começou a vender muito mais. Chegamos até a assinar alguns contratos de atacado. Até o verão, o Uísque Kinleith estaria nos supermercados de todo o país.

No início, parecia um pouco errado usar meu status de celebridade para obter publicidade gratuita. Mas, como nossa nova gerente, Heather, muito sabiamente observou, enquanto eu estivesse sob os olhos do público, minha vida estaria em discussão, então poderíamos pelo menos tirar algo de bom disso.

Garoto foi o primeiro a me ver, sacudindo a cabeça ao pé da cama e o rabo batendo sem parar. Eu avancei depressa, afundando meus dedos no monte de pelo dourado na base de seu pescoço antes que ele pudesse latir.

— Oi, bonitão. Você tem cuidado bem dos nossos meninos?

Ele lambeu meu pulso em confirmação e eu afaguei suas orelhas, já começando a fungar quando vi o corpo minúsculo de Dudley enfiado sob o queixo de Malcolm.

Fiquei parada, absorvendo aquela visão, meu coração disparando *casa, casa, casa,* até que não consegui mais me conter. Subi na cama, acariciando Dudley com cuidado enquanto meus lábios percorriam a testa de Mal. Ele se remexeu sonolento, a mão se enrolando na minha cintura e subindo pela minha coluna como se fosse algo natural.

Sua mão chegou até o meu ombro antes de parar, atordoada.

— Princesa?

— Feliz Natal — sussurrei.

Na teoria, ainda faltavam três dias para o Natal, mas isso não importava.

Na penumbra, conseguia distinguir os olhos dele piscando sem parar, como se procurasse se certificar de que não era um sonho. Então, ele se sentou e me puxou para o seu colo. Dudley deu um grunhido indigno e se escondeu aos pés da cama.

— O que está fazendo aqui? Era para eu te buscar no aeroporto de Glasgow amanhã. — Mãos calejadas apertaram minhas bochechas, meus ombros, as pontas dos meus cachos.

— Encerramos mais cedo por causa das festas de fim de ano. Eu não conseguiria aguentar mais um dia que fosse. — Envolvi minhas pernas na cintura dele.

— Você deveria ter me contado, eu iria buscar você.

— Isso teria estragado a surpresa — respondi e, assim, ele desistiu de discutir e levou a boca até a minha.

Beijando-me com urgência, mas com suavidade. Cheio de amor e saudade.

— Senti sua falta, princesa — sussurrou ele na minha boca. — Estava com saudade pra caralho.

— Eu também estava. — Abri a longa blusa térmica dele, enquanto ele puxava minha legging para baixo, já me posicionando por cima dele.

— Preciso de você por cima — disse ele, erguendo os quadris para tirar a própria calça. — Sempre por cima, querida. — Ele estava dentro de mim em um piscar de olhos. Segurando minha cintura, ele se recostou contra os travesseiros, observando com os olhos baixos enquanto eu o cavalgava com força e rapidez, gemendo seu nome sem parar até que ele ficou incompreensível aos meus ouvidos. — Olhe só para você... Não acredito que posso ver você assim. Você parece uma deusa. — Quando gozei e ele gritou junto comigo, cada músculo de seu belo corpo tremendo com a força do gozo, eu *me senti* uma deusa.

Desabei sobre seu peito, espalhando beijos em cada pedaço de pele que conseguia alcançar enquanto lutávamos para recuperar o fôlego.

— Como estão as raposas?

Ele se virou para olhar para mim.

— É isso que você quer perguntar primeiro, sério?

— Elas são uma parte importante da família.

Ele grunhiu, o meu favorito entre seus sons. Era o som que fazia quando tentava fingir que estava irritado, mas falhava na missão.

— São um saco.

— Mentiroso, você ama todas elas.

— Amo mesmo — concordou ele, os olhos brilhando, e as palavras saíram da minha boca no mesmo instante.

— Casa comigo.

Eu tinha planejado fazer o pedido de forma um pouco mais romântica, ao lado do nosso banco na manhã de Natal, mas não havia como voltar atrás agora.

Ele me segurou mais apertado, como se eu pudesse voar para longe.

— O quê?

Eu me levantei, focando seus olhos, que retribuíam a mesma firmeza.

— Casa comigo?

— Você andou mexendo na minha gaveta de meias?

Mordi o lábio. Tinha visto o anel meses antes.

— Sim. Me desculpa, foi sem querer e eu cansei de esperar.

Mal gemeu, fechando os olhos.

— Eu não queria apressar você.

— Ainda bem que eu não ligo de apressar você, então. Acho que a gente deveria se casar amanhã.

Ele abriu os olhos de novo. Cheios de admiração e descrença.

— Amanhã?

— Quero casar antes de ter que viajar de novo. — Eu teria três semanas de folga no Natal e, em seguida, as últimas oito semanas de gravações em Portugal; mas Mal viria me visitar durante duas delas. Ele estava fazendo terapia duas vezes por semana desde o verão e tinha certeza de que estava pronto para sua primeira viagem de avião. — Além disso, Alastair poderá estar presente e seu pai ainda está bem o bastante para participar. Não sabemos se as coisas estarão assim daqui a alguns meses.

Foi uma transição difícil para Mal e Jim nos últimos seis meses. Mal tentava se fazer presente para a família e Jim, ciente de sua condição, queria seu filho por perto. Mas falar era fácil, difícil era fazer. Jim não tinha como compensar todos os erros do passado. Eu duvidava que ele algum dia soubesse de fato o efeito duradouro que suas visões ultrapassadas tiveram na saúde mental do filho mais novo. E, para fazer as pazes com seu pai, Mal sentiu que não tinha outra escolha a não ser deixar para lá. Mais uma vez: falar era fácil, difícil era fazer. Ele nem sempre me contava o que acontecia nas sessões de terapia. Por vezes, voltava para casa cansado, com sombras roxas sob os olhos, e eu o abraçava ou conversava com ele por videochamada até que a faísca se reacendesse. Outras vezes, ele parecia um milhão de vezes mais leve do que quando saiu. Ele disse que estavam ajudando e, a longo prazo, isso era tudo o que importava.

— Não me importo com Alastair e meu pai. Eu me importo com você, com o casamento que *você* quer. Não precisamos ter pressa.

— Quero me casar com você na colina, ao lado daquele banco horrível que construiu para mim. Amanhã ou em uma semana ou daqui a dois anos. — Inclinei-me para beijá-lo, com uma lambida suave no lábio inferior dele. — Mas eu prefiro amanhã.

Mal murmurou um palavrão, nos virando até que eu estivesse embaixo dele.

— Você joga sujo, April Sinclair.

Dei uma risadinha.

— Fazer o quê? *Nós, atores,* estamos acostumados a conseguir o que queremos.

Como eu esperava, as bochechas dele ficaram vermelhas quando sorriu.

— E você conseguiu? Conseguiu o que queria?

Lá fora, a neve voltou a cair, um cobertor branco e gelado. Aconchegados em nossa cama quente, onde ela não poderia nos tocar, eu sorri.

— Não faça perguntas ridículas, Macabe.

CAPÍTULO EXTRA
Mal

— Estou com saudade — a voz sedosa de April deslizou pela chamada, me cobrindo como a neve cobre o parapeito da janela do chalé.

Aos pés da cama, Garoto deu um gemido melancólico, como se sentisse que ela e Dudley estavam a poucos passos de distância. Passei a mão nas costas dele. Ele se inclinou ao toque e nós dois nos acalmamos.

Alguns meses antes, eu teria ficado aterrorizado com quão essenciais os dois tinham se tornado em nossas vidas. Nossa felicidade. Mas, agora, isso parecia habitual. Era certo. Éramos uma unidade. E uma unidade era mais forte junta do que dividida.

— Também estou com saudade. — Fechei os olhos enquanto falava, me prendendo na cama.

Ela poderia estar em meus braços em cinco minutos.

Três, se eu corresse.

É só por uma noite, lembrei a mim mesmo. *Uma noite nas poucas semanas que faltam até ela partir de novo.*

— O que está vestindo?

Arregalei os olhos ao ouvir isso. Minha língua de repente ficou grande demais para minha boca. Não seria a primeira vez que faríamos sexo por telefone — longe disso. Eu não tinha vergonha nenhuma do fato de ter comprado um celular novinho em folha, sem a rachadura gigante no centro da tela do meu modelo antigo, com o único propósito de ver cada centímetro cristalino dela durante as longas semanas de filmagens em Portugal.

No entanto, essa era a primeira vez que eu planejava recusar. Fiz uma oração silenciosa pedindo forças.

— Essa pergunta é proibida.

— Hmm… Não me lembro de ter concordado com isso. — O tom dela era recatado. Tímido demais. Eu podia imaginá-la em seu quarto na mansão, com os lençóis enrolados em suas lindas pernas enquanto planejava todas as melhores maneiras de me torturar.

— Nada de sexo até nos casarmos, lembra?

— Faltam doze horas. — Ela ressaltou como se isso tornasse todo o nosso acordo discutível. — Eu preciso de você. — A declaração foi um apelo ofegante, e eu gemi audivelmente.

— Você não está jogando limpo, princesa. Eu só concordei com essa despedida de solteiro ridícula porque Callum prometeu que seria uma boa distração.

— E funcionou?

— Nem um pouco. Meus irmãos não são tão divertidos quanto gostam de imaginar. Dividimos uma garrafa de uísque, jogamos cartas algumas vezes e eles saíram mais pobres do que chegaram.

— Esse é o meu homem.

Eu sorri igual um idiota para o quarto vazio.

— Como foi sua noite?

Juniper, Heather e as gêmeas estavam passando a noite na mansão. Ava e Emily tinham uma série de atividades minuciosamente planejadas, desde filmes de princesas, tranças no cabelo e manicure.

Para uma mulher que havia insistido em um casamento discreto, April aceitou todo esse furdunço como uma verdadeira campeã.

— Muito açúcar, talvez eu não consiga subir ao altar amanhã.

— Eu te carrego.

— Você poderia vir me buscar agora.

Sempre me tentando.

— A gente não pode se ver até o casamento.

— Sexo por telefone não é se ver — disse ela, e estava certa.

Porra, meu corpo inteiro concordava.

— Tenho certeza de que sexo por telefone se enquadra na categoria de má sorte, princesa.

— Acho que precisamos revisar as regras mais uma vez.

Suspirei, passando uma mão frustrada pelo rosto.

— Dá azar a noiva e o noivo se verem na noite anterior ao casamento.

— Quem disse?

— As pessoas. As pessoas dizem isso.

— E por que confiamos nessas "pessoas"?

— Eu... Eu não sei. Mas não vou correr nenhum risco. — *Não com você.* — Você está com seu "algo azul", certo?

Eu entrara em pânico com tão pouco tempo para me preparar e teci uma pulseira muito esquisita com uma das minhas camisas xadrez azuis. April chorou de alegria quando a presenteei e chorou ainda mais quando coloquei uma pulseira igual no meu pulso.

— Você sabe que amanhã não importa, certo?

Eu me levantei, com um suor de pânico esfriando minha pele quente.

— É claro que importa.

— Não quando a gente pensa no quadro geral. É só mais um dia. — Sua voz doce era um bálsamo calmante. — O que importa são os dias que virão depois, os dias que vamos compartilhar. E vou amar você em cada um desses dias. Nenhuma má sorte imaginária vai me afastar, Mal, nunca.

Eu ainda estava trabalhando com meus sentimentos de inadequação em minhas sessões semanais de terapia, que consistiam sobretudo em identificar e compreender as fontes da minha baixa autoestima. Aprender a reconhecer aquela voz crítica em minha cabeça que pertencia ao meu pai e não a mim.

Minha voz era áspera como uma lixa quando respondi:

— Eu sei.

Eu sabia, de fato. Talvez nem sempre em minha mente, mas em meu coração. Eu sabia.

Ela cantarolou toda alegre e ouvi as molas da cama gemerem ao fundo. Fui arrastado de volta no tempo, para a primeira vez em que nos beijamos. Como ela tinha sido paciente. Suave, sensual e persuasiva, mas sempre com uma paciência imensa. Minha mente relembrou o que veio a seguir, a maneira como ela se abriu para mim, entrelaçando sua língua na minha como se pudesse envolver nossas almas.

Meu corpo ficou quente e passei uma mão inquieta pelo peito.

— Talvez seja melhor eu te buscar, no fim das contas.

— Não.

— O quê? — Eu já estava com um pé na bota.

— Você tinha razão, acho melhor a gente esperar até amanhã.

— Princesa? — Minha voz ficou baixa. — Desde quando você dá ouvidos para o que eu falo?

— É para você ficar esperto de vez em quando.

Afundando de novo na cama, acenei para que Garoto voltasse. *Alarme falso, amigo.*

— Mal?

Estava agarrando o celular com força.

— Sim, princesa?

— Quando você gozar esta noite, imagine que estou sussurrando "marido" no seu ouvido.

E, com isso, ela encerrou a ligação.

— *Porra.*

April

— Você parece uma princesa de conto de fadas. — Ava pulava de um pé para o outro enquanto Emily batia palmas com suas mãozinhas. — Gire de novo, tia April.

Fiz o que elas pediram, girando diante do espelho comprido para que pudessem ver todos os ângulos do vestido de boneca com as costas abertas que havia me custado uma pequena fortuna para receber a tempo.

Iris enxugou os olhos:

— Você está linda, querida. Linda demais.

Eu me sentia linda. Com certeza não era adequado para o tapete vermelho, segundo os padrões de qualquer pessoa. Não tinham arrumado e cutucado cada centímetro da minha existência. Minha maquiagem era leve e fresca e meus cabelos pendiam em uma cascata de cachos naturais pelas minhas costas nuas. Eu me sentia verdadeira. Eu mesma.

Sonhava com esse dia desde que era muito pequena. Muitas vezes, encenei a ocasião com minhas bonecas Barbie, usando qualquer item doméstico aleatório que pudesse compor de forma adequada os duzentos convidados presentes. Um casamento digno de uma princesa.

O caso era um pouco... *diferente* aqui. E nunca imaginei que teria tanta impaciência para acabar logo com aquilo.

— É melhor a gente ir andando. — Insisti com as mulheres na sala, fazendo o possível para não pular no lugar.

Heather olhou por cima do celular, tirando fotos das gêmeas em seus lindos vestidos formais.

— Temos tempo.

— Você tem certeza de que quer usar as galochas? — perguntou Juniper de novo. Tão querida, ela tentou não estremecer enquanto olhava para os sapatos ofensivos. Eram rosa-bebê e chegavam até os meus joelhos.

— Com certeza. — Estendi o pé. — Está nevando lá fora.

— Mal abriu o caminho com a pá esta manhã.

Claro que ele fez isso.

De repente, mais impaciente para chegar até ele, peguei meu modesto buquê de margaridas brancas e amarrei a guia de Dudley em meu pulso.

— Vamos começar o espetáculo.

A neve polvilhava nossos ombros enquanto nosso pequeno grupo subia a encosta íngreme. Ao chegar ao topo da colina, levantei uma mão para proteger os olhos, semicerrando-os ao passar pelos homens que nos esperavam. Jim Macabe estava sentado. Os irmãos de Mal, Callum e Alistair, inclinavam as cabeças em uma conversa particular. Um único oficiante... E lá estava ele.

Iluminado pelo sol baixo de inverno, Mal estava empertigado como um soldado, com uma das mãos apoiada na cabeça de Garoto, que permanecia sempre fiel ao seu lado. Apenas a passagem rítmica do polegar sobre as pontas dos dedos denunciava seu nervosismo.

Callum parou atrás dele e sussurrou algo em seu ouvido. Mal ergueu a cabeça, me vendo na colina. Ele não desviou mais o olhar, mas encontrou e sustentou o meu até se permitir absorver o restante de mim. Suas bochechas ficaram vermelhas quando viu minhas pernas nuas.

Pisquei o olho e ele riu, torto e lindo e simplesmente… ele.

Acelerei o passo, chegando ao seu lado em um instante.

— Você está adiantada. — Engoliu em seco, os olhos passando por mim como se não soubessem onde pousar primeiro.

— E você também.

— Você está linda.

Minhas mãos se apertaram ao redor das hastes das flores.

— E você também.

E ele estava. Usava um traje completo das Highlands. Seu kilt e *fly plaid*, o xale de um ombro só, eram de um verde e roxo profundos. Os cabelos tinham sido penteados para longe do rosto com cuidado e a barba fora aparada, mostrando as maçãs do rosto afiadas.

Entreguei minhas flores para Juniper e aceitei as mãos de Malcolm, deixando que seu calor e tamanho me envolvessem.

Surgindo de repente, o oficiante se aproximou do banco de madeira que havia sido decorado com muitas flores, limpando a garganta.

Mal o interrompeu:

— Você não está com frio?

Balancei a cabeça. Eu sabia que deveria estar, mas não conseguia sentir.

Mas Mal já estava desenrolando seu *fly plaid*, colocando-o em volta dos meus ombros e usando as pontas para me arrastar para mais perto.

— Aqui… melhor?

Lágrimas faziam meus olhos arderem.

— Melhor.

O oficiante limpou a garganta de novo e Mal corou.

— Desculpe… continue.

— Sejam todos bem-vindos ao que talvez seja o casamento mais rápido que já tive o prazer de celebrar. — Houve algumas risadas de nossa família, mas nós apenas sorrimos. — April e Malcolm decidiram não fazer nenhuma leitura e passar direto para as declarações.

Suas palavras foram um torpor que mal registrei e, antes que eu percebesse, estava dizendo "aceito". E Mal, com lágrimas brilhando no rosto, repetiu o juramento.

— April pediu que o casal trocasse os votos em particular.

Percebendo que essa era a minha deixa, puxei a mão de Mal, levando-o para longe da pequena festa e subindo mais até ficarmos apenas nós no topo do penhasco. Dali, era possível ver todo o caminho até o continente. Mas aquela não era a vista que me interessava. Com minha mão no ombro dele, eu o conduzi exatamente para onde eu queria, de modo que a mansão, a destilaria, Dudley e Garoto estivessem todos à vista. A vida que continuaríamos a construir juntos.

— O que é isso? — perguntou ele, por fim. O vento soprou seus cabelos para trás enquanto ele me aconchegava.

— O casamento e a pompa podem ser para todos os outros… mas esta parte é só para nós. Eu sabia que você ficaria menos ansioso assim.

Ele passou uma das mãos pelos meus cabelos, a outra se enrolando no *fly plaid* que me envolvia.

— Como você pode ser tão perfeita?

— Porque eu sou sua — respondi apenas.

Ele apoiou a testa na minha.

— Eu amo você… Amo demais. Acho que palavras nunca vão ser o suficiente.

Minha mão encontrou seu coração acelerado.

— Você não precisa de palavras. Não quando eu puder sentir.

E ali, unidos no topo do penhasco, juramos nosso amor um ao outro. Prometemos hoje, amanhã e sempre. E, embora tecnicamente ainda não fosse permitido, nós nos beijamos, compartilhando votos sussurrados e palavras acaloradas até sabermos que era hora de voltar e oficializar o casamento.

Mal

— É falta de educação fugir da própria festa de casamento? — sussurrou April enquanto, usando apenas a memória muscular, eu a puxava pelo labirinto escuro de barris de uísque no depósito.

— Princesa, a essa altura eu não estou nem aí. — Segurando seu cotovelo, passei o outro braço ao redor de sua cintura, guiando-a à minha frente à medida que o lugar ficava mais escuro, as vozes e a música da pequena festa de casamento se transformando em um zumbido distante. — Cuidado nessa parte, o piso é irregular.

Depois que nós nos retiramos para a sala de degustação para tomar um drinque e jantar, April trocou as adoráveis botas de chuva cor-de-rosa por um par de saltos prateados altíssimos que me deixaram impressionado e assustado na mesma medida.

Permitindo que eu a conduzisse, April relaxou em meus braços e tomou um gole de uísque.

— Estou tendo flashbacks.

— Essa é a ideia.

Fizemos uma última curva e eu a conduzi pelo corredor estreito, em direção ao conjunto de barris que eu havia arrumado especialmente para aquele propósito.

Minha esposa fez uma pausa, entendendo minhas palavras enquanto um brilho malicioso surgia em seus olhos. Ela recuou alguns passos, a bainha do vestido subindo de forma tentadora pelas coxas.

— Alguém está te deixando maluco, Mal?

— Sim. — Eu a segui, afrouxando minha gravata e jogando-a no chão. — Você. Sempre.

Eu a agarrei pela cintura e a ergui até que aquela bunda linda estivesse na ponta do barril, me enfiando no meio das coxas dela enquanto eu tirava o copo de suas mãos e dava um belo gole.

— O sabor é ótimo — comentou ela.

— O seu é melhor.

Para provar meu ponto, inclinei-me e passei minha língua sobre seus lábios entreabertos, me inclinando para me emaranhar nos dela, como eu estava louco para fazer a noite toda.

Nessa posição, eu ficava sobre ela. Suas costas se arquearam e se estenderam para alcançar minha boca enquanto eu me curvava sobre ela, enfiando minhas mãos em seu lindo vestido para acariciar a parte externa de suas coxas. Ela retribuiu o beijo no mesmo instante, as pernas se abrindo ainda mais, as panturrilhas se curvando ao redor da minha cintura para me aproximar, enquanto enfiava as mãos por baixo do meu kilt.

— Ainda não — disse, ofegante contra a boca dela, ajeitando de volta o kilt na cintura. — Sem pressa. Tenho uma fantasia para realizar. — Desci até sua garganta, raspando meus dentes contra sua clavícula enquanto puxava uma manga do vestido até que seu seio ficasse à mostra. — Caralho. — Passei a língua no mamilo firme. — Você usou esse vestido lindo para me torturar, esposa? Só você usaria um vestido de noiva tão curto e esperaria que eu pudesse manter minhas mãos longe de você.

Ela segurou minha nuca, as unhas cravadas no meu couro cabeludo enquanto me puxava contra si.

— Talvez esse tenha sido meu plano desde o começo.

A confissão ofegante valeu uma mordida no mamilo e ela sibilou e se arqueou ao mesmo tempo.

— Doeu?

— Não.

Eu mordi de novo. Lambi e mordi enquanto me ajoelhava, puxando--a até que a parte de cima do corpo dela estivesse nua. Não precisava temer por ela estar sem roupa, porque dessa vez eu havia me certificado de trancar a droga da porta.

Assim como naquela noite, meses atrás, dei um beijo em seu tornozelo, soltando seu sapato e apoiando o joelho dela no meu ombro. April sorriu, já antecipando minhas próximas palavras.

— Vai deixar eu te foder com a minha boca hoje?

Dessa vez, ela não resistiu. Se apoiou nos cotovelos com um gemido.

— Sim… Sim, por favor.

Porra. Minha esposa era uma visão deliciosa. Esparramada como uma deusa nos barris, os cabelos balançando contra o chão empoeirado, o vestido de noiva amarrotado no meio. Deixei a imagem se encaixar, dei um beijo em seu dedo anelar e mergulhei por baixo de suas saias, pronto para exigir:

— *Levante os quadris, princesa.*

Só para descobrir… que ela estava sem calcinha.

Dei risada em suas partes quentes.

— Você veio preparada.

Ela apertou as coxas em volta do meu pescoço.

— Sou muito prevenida. Agora me foda, marido.

Ela não precisava pedir duas vezes. Usando uma das mãos para mantê-la aberta, venerei minha esposa com lambidas longas e demoradas que a fizeram estremecer. Provocando sua abertura com a ponta do meu dedo anelar, mas nunca penetrando, até que ela se contorcesse e gritasse meu nome sem parar. Até que as sílabas se fundiram em um único canto indistinguível, enquanto ela se contorcia cada vez mais.

Eu a chupava com desespero, um homem consumido pelo prazer dela e somente pelo prazer dela, até que senti sua mão nos meus cabelos, me empurrando para longe em vez de me puxar para perto.

— Princesa? — Eu saí de baixo de suas saias, o peito trovejando.

— Você ainda não gozou. — Meu tom era quase acusatório. Eu havia planejado fazê-la gozar pelo menos três vezes antes de levá-la para a nossa cama.

Duas vezes ali e uma vez contra a parede.

Ela estava maravilhosamente corada, tremendo ainda mais do que eu.

— Preciso de você dentro de mim.

— Depois.

Comecei a mergulhar de volta entre suas pernas, mas ela me chamou de novo.

— Quero gozar junto nesta primeira vez. — Levantando a perna, ela abriu os braços para mim.

Eu não tinha forças para negar qualquer coisa.

Fiquei em pé, ergui o kilt e me libertei em movimentos rápidos. Nós dois estremecemos enquanto eu me centrava, arrastando a cabeça do meu pau pela abertura toda molhada dela até meus olhos revirarem.

— Mal. É bom demais. — Foi quando ela sussurrou, a voz tão abafada, que enfim a penetrei. Eu juro que quase gozei nessa hora. Mas então ela estava rebolando, *me* guiando até que eu me recuperasse e conseguisse encontrá-la no meio a cada estocada.

— Eu amo você. — Gemi enquanto gozava. E quando ela gozou também, disse, num suspiro:

— *Marido.*

Era a única palavra que eu precisava ouvir.

Minutos ou horas depois, beijei seu ombro nu, ajeitei a parte de cima do vestido no lugar e amarrei o laço delicado na base de seu pescoço.

— Não acredito que a primeira vez que fizemos amor como marido e mulher foi em um galpão de uísque velho e sujo.

— Tão romântico — provocou ela, e eu dei um tapa leve na bunda dela, gerando uma risadinha. Meu coração adorou o som.

— Talvez a gente possa guardar o barril e dar um gole nesse uísque no nosso aniversário de vinte e cinco anos de casamento.

— *Isso* sim é romântico.

Ela jogou a cabeça para trás, apoiando no meu peito, e eu beijei sua testa, tão satisfeito que poderia ficar naquele mesmo lugar com minha esposa pelo resto da vida.

— Mal... o chuveiro pode ser o próximo a ser batizado no sexo nupcial?

Ou não.

Rindo com uma leveza que eu nunca tinha tido antes de April, eu a virei em meus braços.

— Seu desejo é uma ordem, princesa.

AGRADECIMENTOS

Escrever pode parecer uma tarefa solitária, mas é preciso um verdadeiro exército para publicar um livro.

Em primeiro lugar, meu incrível marido. Se já não agradeci muitas vezes todos os dias, obrigada! Obrigada por seu infinito apoio. Obrigada por acreditar em mim nos dias em que eu mesma não acreditava. Obrigada por mostrar a esta autora de romances que o amor verdadeiro existe.

À minha família, por seu apoio infinito e por concordar em não discutir as cenas mais picantes. Acho que minha mãe vendeu mais exemplares do meu livro do que eu.

À minha incrível agente Katie, por ter visto o potencial do livro e ter lhe dado asas. Sem o trabalho árduo e o apoio dela, esta obra não estaria em suas mãos.

A toda a equipe da HarperCollins e da Avon por terem se arriscado com a minha história. Lynne, Tessa, Lucy, Morgan, Madelyn (desculpem se estou esquecendo de alguém!).

Britt. Obrigada por seu conhecimento e gentileza. Obrigada por amar e acreditar neste livro e em seus personagens.

Sam (Inkandlaurel) Rainha das capas de livros. Obrigada por dar vida à April e ao Mal com essa capa dos sonhos.

Meus incríveis leitores Beta. Obrigada por dedicarem seu tempo para melhorar este livro e por mandarem mensagens privadas gritando a respeito dos personagens.

Eu adoro todos vocês.

À comunidade do bookstagram. Obrigada por serem tão obcecados por enredos e namorados de livros impossivelmente perfeitos. Obrigada por darem uma chance a autores desconhecidos e por possibilitarem que escritores independentes realizem seus sonhos.

Por fim, obrigada a todas as pessoas que pegaram este livro e passaram um pouco de seu tempo em Kinleith. Mal é o personagem da minha alma, minhas preocupações e meus medos. Sua ansiedade é uma extensão da minha. Toda vez que vejo alguém o acomodar em seu coração, sinto uma parte do meu se curar.

Este livro foi impresso em 2024, pela Vozes, para a Harlequin.
O papel do miolo é avena 70g/m² e o da capa é cartão 250g/m².